擎翼棉棉 上

牛莹 著

重庆出版集团 重庆出版社

图书在版编目（CIP）数据

擎翼棉棉 / 牛莹著. -- 重庆 ：重庆出版社，2024.6
ISBN 978-7-229-18742-2

Ⅰ．①擎… Ⅱ．①牛… Ⅲ．①长篇小说－中国－当代 Ⅳ．①I247.5

中国国家版本馆CIP数据核字(2024)第102907号

擎翼棉棉
QINGYI MIANMIAN
牛　莹　著

选题策划：李　子
责任编辑：李　子
责任校对：杨　婧
封面设计：冰糖珠子
版式设计：侯　建

重庆出版集团
重庆出版社　出版

重庆市南岸区南滨路162号1幢　邮政编码：400061　http://www.cqph.com
重庆天旭印务有限责任公司印刷
重庆出版集团图书发行有限公司发行
E-MAIL:fxchu@cqph.com　邮购电话：023-61520646
全国新华书店经销

开本：880mm×1230mm　1/32　印张：15.875　字数：578千
2024年7月第1版　2024年7月第1次印刷
ISBN 978-7-229-18742-2
定价：69.80元

如有印装质量问题，请向本集团图书发行有限公司调换：023-61520678

版权所有　侵权必究

目 录

第一章 ○ 离开 /1

第二章 ○ 相遇 /10

第三章 ○ 冤家 /26

第四章 ○ 决定 /36

第五章 ○ 圈子 /47

第六章 ○ 骗局 /58

第七章 ○ 推广会 /68

第八章 ○ 事故 /77

第九章 ○ 赔偿 /89

第十章 ○ 压力 /98

第十一章 ○ 身世 /110

第十二章 ○ 合作 /118

第十三章 ○ 身边人 /126

第十四章 ○ 深入接触 /137

第十五章 ○ 包地 /147

第十六章 ○ 登堂入室 /159

第十七章 ○ 分歧 /171

第十八章 ○ 说服 /182

第十九章 ○ 她的技能 /191

第二十章 ○ 启动资金 /204

第二十一章 ○ 智能工具 /210

第二十二章 ○ 设备失窃 /224

第二十三章 ○ 播种 /233

第二十四章 ○ 风灾 /244

第一章　离开

嘭——咻咻咻，一朵朵烟花在夜空中炸开，五彩绚烂。然而在时间就是金钱的海城，步履匆忙的人流中没有谁会为这份忽如其来的惊喜停下脚步。街道两边的商铺热火朝天地打出了元旦促销的招牌，即便已经快到一月了，在这个人挤人的大都市里，也没有一点儿冬天的萧瑟。

穿着驼色长款外套的余飞刚从超市出来，就被夜空中的烟花吸引，她在路边停了下来。看着前方不远处炸开的烟花，一张清秀白净，但略显疲惫的脸上全是落寞和茫然。

时间过得真快啊，转眼就到了元旦，距她失业那天，已经过了两个月。

余飞从未想到，以她海城大学研究生的学历以及劳模一般的工作强度，有一天竟然会被公司开除。她更没想到，被开除后的自己，在这个偌大的城市里，竟然连份同类型的工作都找不到了。

可在两个月之前，她明明还在高大上的会计事务所里上班，出入各个资产上亿的公司，做着至少外人看起来光鲜亮丽的审计工作。她的上司还说她今年元旦有望升职，还夸她是这么多年所里少有的两年就能晋升到高级审计师的员工。然而这一切，全在两个月前戛然而止。

她被公司抽调到一个IPO项目组，临时顶替请了几天假的同事。没想到她却在那几天，发现了这个专门做无人机研发销售的云上科技有限公司的财务报表存在造假问题。

也怪她经验不足，当下就去跟对方的财务总监沟通了，再然后，她就被调离了项目组。后来，她的工作、前途以及扎根在这个城市的希望，都如眼前的烟花一般，烟消云散了。

余飞迈着沉重的步子往自己租的房子走去，房子租到春节前就到期了，要是到时候还找不到工作，她要何去何从？

这两个月里,她投简历都不再投那些同级别的会计所,甚至降了无数个档次,但凡跟金融沾点边的职位她都投了,还是没有一家公司录用她。也不是没接到过面试电话,对方对她的学历和这两年的工作经验都十分满意,但毫无意外,都会在入职前不了了之。

跟她关系还不错的前同事曾暗示余飞,说云上科技在海城甚至在全国金融行业里关系网都很硬,想要整一个像她这样的海漂,犹如捏死一只蚂蚁。对方劝她别在海城耗了,赶紧回老家吧。

余飞努力了这么多年,才从老家来到了这里。她不想回去,也不甘心就这么回去。她知道云上科技之所以这么做,是担心财务造假问题泄露;可她当时把发现的问题和证据都给了上司,自己手上什么东西也没有,拿什么举报?他们明知道她没有证据,还要步步紧逼,这是得有多心虚?

余飞在一些原则问题上挺倔,虽然知道胳膊拧不过大腿,但倔强的她认为做错事的人不是她,所以受惩罚的人也不应该是她。她不相信云上科技能只手遮天,她更不相信,自己苦学了这么多年,会被云上科技逼得在海城没有立足之地。

回到小区已经接近九点,光线一下暗了不少。小区里今天在整修电路,路灯都灭了,只能靠小区楼上住户星星点点的灯光来辨认脚下的路。

余飞租的是小区里最里面的一栋,平日里除了住这栋的住户,基本没有其他人在这块儿溜达,此时周围路上更是一个人也没有。

走着走着,余飞忽然听见后面有脚步声,很急的样子。她飞快转头看了眼后面的影子,那人穿着卫衣戴着鸭舌帽,朝她越走越近。

余飞一米七二的个子,大长腿加快速度往前走,没想到后面的人也加快了步子。她警惕起来,临近年关,抢劫盗窃的事件比平时的要多。此时虽然还不算太晚,但冬天黑得快,加上没有路灯,小区里连个能求助的人都没有。

余飞攥紧了手里装着一些方便食品的超市袋子,强迫自己迅速镇定下来:她体能不错,可眼下手上没有防身工具。除了跑快点,她没有别的办法了。

余飞一向动作比脑子快,想着跑的时候,其实已经跑出了好几步。后面的人显然没想到她忽然拔腿就跑了,等反应过来,她已经进了楼栋里。

这是个老小区,没有电梯。余飞住在五楼,她一口气跑上楼,每一层的声控灯她都故意跺亮,想着要是那男人敢露面,她就能看清对方的脸。就算对方行凶,她事后报案也能描述清楚。

人在着急害怕时潜力是无限的，余飞以百米冲刺的速度跑到家门口，气喘吁吁地转头时，发现那男人没跟上来。她不敢耽搁，进了门就赶紧锁了外面的铁门，再把里面的木门给反锁上，这才靠在鞋柜边喘气。

躺在沙发上敷面膜的甄妮被余飞的动静吓了一跳，翻坐起来，捡起被吓掉的面膜："怎么了，这是？"

余飞刚要说话，就听见外面的铁门不轻不重地响了一声。两人皆是一惊，余飞示意甄妮别说话。屋内的两人屏住呼吸听了一会儿，外面没了动静。甄妮松了口气，把面膜扔进旁边的垃圾桶里："都被你弄紧张了，估计是楼下哪家的熊孩子又摔门了。"

话音刚落，就听见门外发出一声巨响，是被人从外面用极大力踹门的那种响。屋里的两人脸色均是一变。余飞没再迟疑，转头跑去厨房拿了两把菜刀，扯着嗓子朝门口大喊："别以为我们好欺负，你敢进来我就砍死你。"

甄妮看着拿着刀的余飞，战战兢兢地问："外面的人是谁？"

"抢劫的，赶紧报警。"拿着刀的余飞死死盯着木门，此时她求生的欲望超越了害怕。小时候她也是帮过家里杀猪骟猪的，要是那男人真闯进来，把她逼急了，骟个人她也是可以的。

甄妮做不到余飞这么勇敢镇定，她的手一直抖着，磕磕绊绊地找了好一会儿，才找到沙发上的手机。

或许是听到了她们的报警声音，也可能是余飞破釜沉舟的话起了作用，外面忽然就没了动静。等屋外传来警察的声音，余飞才敢把门打开。

外面的铁门已经被人撬开了，里面的那层木门也被踢变了形。要是当时对方再多踢两脚，估计门就散架了。看着摇摇欲坠的木门和门上被人用红油漆喷的一个"滚"字，余飞心下一沉，随即气得浑身发颤。

警察走后，惊魂未定的甄妮拉着余飞："走，这里不能住了，今晚去我家，万一那人再返回来，这门真挡不住了。"

甄妮是海城人，工作是在海城大学做辅导员。因为不想听爸妈天天念叨让她找对象，加上不忍心看余飞为了省钱租到海城郊区，索性就跟她一起合租了这个两房一厅，三不五时的过来住一住，给余飞带点老妈做的好菜改善一下伙食。

余飞摇头："不行，我不能去你那儿。"她知道甄妮是好意，但她更知道那人是为什么来。她不能连累甄妮和她的家人。

甄妮刚要再劝，余飞口袋里的手机响了。余飞老妈带着哭腔的声音传过来："老二你快回来。你哥在外面不知跟人借了什么网贷，欠了人家二十万。那些追债的上门砸东西，说还不上钱就赖我们家里了。你哥现在已经跑了，你爸被气进医院了，我现在跟你妹在外面躲着，已经一天没吃东西了，你赶紧回来啊！"

余飞脑子"轰"的一声，网贷二十万？

"小飞，你说话啊，听见妈的话了吗？你赶紧帮你哥把钱还上，再多带点儿钱回来给你爸治病。"

"我爸现在怎么样？"余飞觉得自己的声音都在飘。

"医生说有中风的迹象，以后要是真躺床上了，家里的事和承包的那几十亩棉田就得指望你哥了，你可一定要救他啊！"

"我没钱！"余飞声音干哑。

刚才还带着哭腔的声音随即就尖利起来："你在海城工作，又进了这么好的单位，没钱谁信？你要真没钱就去借，我告诉你，你就算是卖血也要帮你哥把钱还了！"

听到余妈理所当然的无理要求，余飞火了："我借不到，也不想借。钱让你儿子自己还！"

看余飞强硬，那头立马就软了："老二，妈不是这个意思，余强可是你哥，你不能不管啊。你哥要是出了什么事，妈也不活了……"

余飞心烦意乱，直接挂断了电话，转头就给余强打过去。不出所料，电话关机了。

从小到大，每次余强捅出娄子就会玩消失。等家里人帮他擦完屁股，他才没事人一样大摇大摆地回来，一副什么事也没发生过的样子。"混蛋！"余飞握紧手机，颤抖的身体慢慢滑到沙发里。

甄妮过来抱住她，跟余飞同住这么久，没人比她更知道余飞有多不容易。每次看到被家人压榨得一干二净、骨瘦如柴的余飞，胖胖的甄妮就觉得自家父母就是天使，他们一家连身形都像天使。

余飞工作的这两年，虽然名片上的称谓有些唬人，但每个月实际拿到手的工资也就刚刚过万。从她工作开始，她妈知道她不会把钱给余强，就以各种名义装病从她手里拿钱，不给就打电话闹腾。

余飞不是傻子，当然知道她妈拿钱是为了给她那个好吃懒做的哥。可她又不敢不给，万一真是父母身体有问题，他们家除了她，真的没人能救他们了。所以这两年，她即便过得极省，也照样是月光一族。她不关心她那个惹是生非的哥，她就怕那些人去骚扰她的父母和还在上高二的妹妹。可现在让她拿二十万出来，她上哪儿去弄？

正心烦意乱间，手机又响了，是个陌生号码。余飞一脸警惕，甄妮让她别接，有可能就是那些催债的。但余飞还是接了起来，躲得了一时躲不了一世。再说那些人来找她，好过让他们去骚扰她的家人。

电话接通，余强像是在哪儿躲着，压低声音说："老二，你赶紧想办法给我弄二十万，你哥这次真被人坑惨了。"

"你还有脸给我打电话？"余飞气不打一处来。

"我也实在是没办法了，当时那人说带我投资一个什么云的无人机开发的公司，说是包赚不赔。你哥三十好几的人了，我就想着赚点快钱，赶紧把媳妇娶了，再拖下去彩礼又要翻倍。我当时就是一时糊涂，才听那人的话去网上借贷的。老二你读书好门路多，你一定要帮我，不然我真会被那帮要债的打死的。"

余飞身形一震，什么云的无人机开发？她下意识就想到了云上科技。

看来为了把她赶出海城，云上科技把她和她的家人都已经摸透了，无非就是让她知道，只要她敢做出什么对云上不利的事，他们分分钟有办法收拾她。

余飞攥紧了拳头，浑身发颤，那头的余强还在絮絮叨叨："老二，你一定要帮哥还钱，听见没有？家里就我一个男丁，你和余美以后都是要嫁人的，老家就只有我能给爸妈养老……"

余飞情绪崩溃，朝电话里吼："余强你脑子里装的都是屎吗？人让你贷款你就贷款，现在人让你死你怎么不去死？这些年你除了问爸妈要钱，给过他们一分钱吗？我告诉你，我不会再给你擦屁股了。爸妈养老的事就不劳你费心了，从今天开始，我回去照顾他们。至于你，是还不上钱被人打死，还是自己惹的祸自己平，都与我无关。"

"哎你怎么说话呢，我是你哥，信不信我抽你……"

余飞没再听他废话，直接挂断了电话，把号码拉进黑名单。甄妮过来抱住余飞，余飞极力平复了好一会儿，情绪才稍稍平稳下来。她擦干眼泪问甄妮："你之前不是说云上科技的CEO白敬宇去过你们学校的计算机系演讲吗，能不能帮我问到他的号码？"

甄妮一脸警惕："你找他干什么？"

余飞咬牙切齿："杀人不过头点地，我要当面问他，他到底想干什么！我钱没有，命就一条，他要是再敢动我家人，我不会放过他。"

甄妮知道余飞和云上科技的纠葛，她拉住余飞劝："你去找他就是以卵击石，为了一口气去跟这种人拼命不值当。现在也快过年了，你先回家一趟，看看家里什么情况。"

想到被气病的父亲，还有在外面东躲西藏的余妈和妹妹，余飞瞬间就像是被人拔了气门芯的球，瘪了。先是断她工作，又上门恐吓，现在又加上网贷，她不知道她再不走，他们还会干出什么让她无法承受的事来。这一刻，余飞才觉得刚才说去找白敬宇的话有多无力。她就算去质问他，他又怎会承认？一个能做假账的公司的CEO，她还期望他能跟她讲道理？"好，我走。"余飞闭上眼，声音虚弱。

收拾好行李，余飞买了最早的一趟飞机票。送余飞去机场的时候，甄妮往她手里塞了一张卡："我平时大手大脚惯了，也没存下什么钱。这卡里有三万，不够我再想办法借。网贷可不是闹着玩的，那些人不会跟你讲什么人性。你自己要小心，有什么事记得给我打电话。"

余飞忍着泪，用力抱了抱这个多年的闺蜜，心中的不甘变成无边的苦楚："谢谢你甄妮。我一定会再回来的，钱我也会尽快还你。"

甄妮也红了眼眶，拍了拍她的肩膀："钱的事不用着急，注意安全。"

飞机起飞，余飞看着下面越来越小的城市：虽然现在的她还斗不过云上科技，但假的真不了，她相信云上科技总有一天会露出马脚，真相也一定会浮出水面。到时候，她会连本带利地向云上科技讨回来。

白敬宇穿着款式简约的黑色风衣和长裤，右侧单手夹着一个小纸箱，毫无留恋地走出云上科技的大楼。

即便他脸色极难看，也让人难以忽视他的样貌。高大颀长的身形，短短的黑发散落在额头，深邃的五官刻在那张棱角分明的脸上，叫人印象深刻。坐在工位上的员工有的在窃窃私语，有的低头不敢看他。

走到云上科技的那个红银相间的醒目标志前，他停下脚步，最后一次仰望它。看着那个标志，仿佛看到了他跟那群志同道合的小伙伴刚刚创立云上科技的初期,他们在无数个加班的夜里攻克难题,他们让一个个新产品在手上诞生,他们看着公司从十几个人的小工作室慢慢变成现在这个规模。那些回忆让他修长的眼里光芒流动,仿佛又回到了没被资本裹挟,他们聚在一起,只是单纯想要做出一个好产品的简单快乐的时光。

"敬宇。"白敬宇回头,看到追出来的曼歆。"敬宇……"曼歆有些哽咽。

白敬宇语气淡淡:"被挤走的人是我,你哭什么?"

他的容貌和气质太过出众,只是静静站着,就让人移不开眼。这一刻,她真的有些后悔了:"对不起,我真不知道他们早已联合在一起,不然我一定站在你这边。"

白敬宇嘴角动了动:"人各有志,无论你做什么决定,我都不会怪你。"

曼歆脸色一白,他知道。原来他什么都知道。

他知道她做出了选择,选择跟资本站在一起,跟那些背叛他的人站在一起。可是她能怎么办?云上是她辛辛苦苦打拼了八年才创下的公司啊。白敬宇可以为了坚持梦想和初心,不跟资本妥协,可这个公司也有其他创业者的心血,其他人的初心只是想要发财致富,包括她。是白敬宇高估了人性,被自己曾经一起创业的兄弟们和注资的资本一起卖了,所以落得个CEO被开除的结局。

"林睿那边我去说,如果你愿意留下,这里依旧还有你的位置。"曼歆的情绪有些激动,眼眶泛红。她本就是个美女,如今这个样子,任何一个男人看到都会不忍心。

"我不愿意。"白敬宇加重语气,他以为她会懂他,没想到她竟说出这样的话。

"敬宇,云上离不开你,我们也离不开你。"曼歆说的是真心话。云上科技现有的无人机产品,几乎每一款都是白敬宇主创设计的。要是他走了,云上接下来在研发方面估计会遇到不少问题。

白敬宇的嘴角勾起一抹讽刺:"但你们还是选择了林睿。"

曼歆无法辩驳,看他转身要走,赶紧伸手拉住他的衣角:"敬宇你听我说,现在的环境已经不是八年前了。你现在出来重新创业,难度有多大你比我更清楚。你如果真不想往消费娱乐方向发展,一定要做农业方面的智能产品,那我们就跟林睿继续谈,没有沟通解决不了的问题。要是农业无人机产品真有市场,林睿不会不做的。云上是你创下来的,我知道你不甘心就这么离开，你对公司、对我们都是有感情的，不然就不会只带走这张照片。"

白敬宇看了眼小纸箱里的那张云上所有合伙人的合照，一脸嘲弄："我想你是误会了，我拿着这张照片，是为了提醒自己，同样的错误，不要再犯第二遍。"

曼歆还不习惯白敬宇用这样的态度对她。毕竟他们在国外读书的时候曾是情侣，即便后来因为她移情别恋分手了，但在一起工作这么久，她的第六感告诉她，他心里还有她，不然他不会一直不找女朋友。这些年，她没有一天不后悔跟他分手这件事。她不是没跟他求过复合，但他没答应。她觉得他是因为心里的伤还没好，而她，愿意等到他好起来。

"敬宇。"曼歆艰难地张了张嘴，"云上眼看就能上市了，这不就是我们曾经一起憧憬的吗？你留下来，我们重新开始好吗？"

她一语双关，白敬宇听懂了。沉默两秒，他把箱子扔进旁边的垃圾箱里："我再说一遍，同样的错误，我不会犯第二遍。无论是对事，还是对人。"

看着决然离去的白敬宇，曼歆在路边站了许久。好一会儿，她的情绪终于恢复过来，拿出电话，声音如常地打出去："老蒋，推荐给你的场地怎么样？还合适吗？"

"太合适了！谢谢你曼歆，要不是你从中帮忙，我们也租不到这么好还这么便宜的地方。新公司这么快能办起来，你真是帮了不少忙。"

曼歆笑笑："合适就好。老蒋，这些事就你知我知，不要告诉敬宇是我帮的忙。"

那头的老蒋叹了口气："你俩啊。"

"以后公司有需要帮助的地方你给我打电话。能帮的我一定帮。"

"好，我替敬宇谢谢你。"曼歆挂了电话，她从来不是一个轻易放弃的人。

她从口袋里把印有"财务总监"几个字的工牌戴上，一转头，看到不远处的男人拿了杯咖啡，正气定神闲地看着她。曼歆一惊，不知道他已经站在那里看了多久。她把脸上的慌乱隐去，挂着略显僵硬的笑意朝男人走去："林总。"

戴着金丝框眼镜，穿着精良西装的林睿饶有兴致地看着眼前的曼歆："曼总监不会是想跟着前 CEO 一起出去创业吧？"

曼歆笑得恰到好处："林总说笑了，老同事离职，我下来送送。"

林睿把咖啡递给她："你喜欢的拿铁不加糖。"

曼歆有些意外，但也接了过来，柔下声音："谢谢林总。今天是您第一天出任云上科技的董事长，我代表云上科技的老员工对您表达最诚挚的欢迎。"

林睿笑笑："别人欢不欢迎无所谓，你欢迎就行。"

"大家都在等着您。"曼歆做了个"请"的动作。

林睿跟着曼歆刚走进公司，所有新老员工都站起来，朝着林睿鞠躬。

曼歆心里有些难受，有些庆幸白敬宇没有留下来。要是他看到这样的场面，会是怎样的一种心情？她恨那些在背后背叛了白敬宇的老员工，同时也恼白敬宇的一根筋，要是他愿意退让和兼顾，悦橙资本根本钻不了这个空子。她告诉自己，她跟那些卖了白敬宇的人不一样。她留在这里，是为了守住白敬宇创下的公司。她心里云上 CEO 的位置，始终都是白敬宇的。

白敬宇在创业园下了车，走到一栋不起眼的仓库和办公楼一体的三层小楼前。楼前几个工人正在挂公司的名字，白敬宇站在门口，跟他们说再往左边些。

口袋里电话响了，他拿出来看了眼名字，嘴角扬了扬，接通道："昨天下午给你打电话怎么没接啊？"

那头的严志高碰了碰被人打伤的眼角："别提了，你昨天打电话来那阵，我正跟人打架。"

白敬宇脸色一变："怎么回事？你去支教也能打架？没受伤吧？"

"看不起谁啊，我海城拳王是白叫的吗？"

白敬宇知道严志高打架是把好手，应该吃不了亏，这才说："打赢了坐牢，打输了进医院，有什么话不能好好说，非要动手？"

"这事还非得动手。我教的班里有个学生，她哥好像借了网贷。那帮混混找不到她哥，就来学校抓他妹。我当时不跟他们打，那女学生就被他们抓走了。"

白敬宇皱眉："这样的事学校没人管吗？"

"当时大家都没反应过来，我在这里支教这么久，也是头一次遇见。算了，不说这事了，你让我帮你跟村民推广的那些农业植保无人机，一言难尽啊。"

"什么情况？"

严志高把村民们丢在广场上的资料都一一收了回来："先不说你这专门

用来打药的农业无人机能力怎么样,人家一看这接近十万一台的价格,直接就把宣传册撂下了。这里是农村啊哥哥,人均年收入四千都算脱贫了,十万就是个天文数字。别说他们不舍得花这份钱,就算舍得花,也没人用过这玩意儿,谁会相信这些玩具一样的东西能帮人干农活?"

白敬宇沉默几秒:"这样,我明天去你那一趟,带个样品过去,现场给他们演示。"

严志高差点气笑:"我说大哥,你知不知道还有不到半个月就要过年了?你这个时候要过来?你怎么想的?"

"过年的时候村里的乡亲不是正好都在吗?人齐,展示的好机会。"

"你可歇了吧!天寒地冻的,田里都上冻了,你演示个屁?再说我过两天就回海城了,在这儿支教了大半年,再不回去我妈就要杀过来了。这样,我过完年大概二月底再回村,到时候叫上你。"

此时一个工人问正在打电话的白敬宇挂上的牌子正不正,白敬宇朝他们比了个 OK 的手势,笑道:"行,那就到时候联系。"

"对了,你那新公司在哪儿,回头我去看看。"严志高说。

"以前的创业园。"

"得,越混越回去了。名字叫什么?"

白敬宇看着阳光下闪光的几个字,扯了扯嘴角:"擎翼科技。"

第二章　相遇

元宵节刚过,华北平原上的西贝村里,到处散落着红色的炮仗衣。回村过年的年轻人在初十之前都回到城市打工了,村里已经恢复了往日的宁静。凌晨下了场大雨,早上地上还湿漉漉的,被冷冽的寒风一吹,踩在上面一刺一滑。天刚擦亮,又还不到春种的时节,村民们此时大多缩在家里的土炕上睡大觉。

村口的公路边上,一个穿着粉色羽绒服的十五六岁姑娘问一个年纪相仿的小年轻说:"小亮哥,你说海城那边的电子厂真能把我这种高中没毕业的招进去?"

王亮拍胸口打包票："初中没毕业的都能进，你都上了高中了，妥妥的。我都跟厂里车间领导打好招呼了，你跟我走就成。"

从村里去海城要先坐大巴到县里，再从县里坐长途车到市里，在市里买上绿皮车的站票，熬个两天两夜，就到海城了。村里到县里每天两趟车，农忙时是早上六点半和中午十一点，现在刚过完年，时间上只能碰运气。

"要不咱别等了，先走着，一会儿车来了招手再上。"余美跺了跺有些冻麻的腿。她是真怕她姐发现她偷偷跑了。要是余飞知道她高中不念要跑去海城打工，非扒了她的皮不可。同村的王亮殷勤地帮余美提包，余美没让他提，自己拎着往前走了。

道路两边是枯草丛生的田地，两人顶着寒风走了快一个小时，头都要冻掉了，才听得身后传来轰隆隆的声音。余美转回头，雾霭的晨光中，竟然开过来一辆拖拉机。

这时候村里用拖拉机的人已经不多了：一是大部分的村民都不种地而选择外出打工；二是这种需要一定技术才能开的大家伙，费力也容易坏。农忙就那么几天，关键时候一坏，把整个农忙计划都打乱了。所以村里有机器且能开、会开、愿意开拖拉机的，几乎就没有了。

车子缓缓开过来，停在余美面前。驾驶位上是个穿着黑色羽绒服，戴着一顶黑色帽子的女人。空气太冷，加上黑色的衬托，更显得她那张巴掌大的脸白净如玉。当余美看清楚开拖拉机的人是谁时，整个人都懵了："……姐？"

余飞熄了火，瞥了眼她的行李箱，冷声问："你要去哪儿？"

余美瞬间脸色发白："去，去学校。"

"正好，我去县里帮二叔买种子，我送你去。"

余美吓得不动了，旁边的王亮赶紧开口说："飞姐你先忙，我今天没事，去县高中找个朋友，顺道送小美去学校。"

话音刚落，拖拉机后车斗里忽然站起一个穿灰棉袄的五十多岁女人，跳下车就揪着自己的儿子："你初中都没念完，去县高中找个屁的朋友。走，跟我回家。"

"哎哎，妈，疼。"王亮没想到自己老妈也来了，挣脱钳制，也顾不上余美了，赶紧提上袋子，一溜烟儿往家跑了。

王婶骂了自己儿子几句，转头过来跟姐妹俩说："小美啊，听你姐的，赶紧回学校上学吧。我家王亮是要去海城打工的，跟你们不是一条道。"

11

等王婶撵上儿子，一脚踹在王亮屁股上，压低声音警告道："我跟你说过多少遍，不要招惹余家的女儿，那就是个无底洞。连余飞这么个研究生我都没让你哥娶，那高中都没毕业的余美更别想进咱家的门！"

王亮摸着屁股，不甘心地低声嘟囔："那是余飞姐没看上我哥。"

"放屁，你哥现在在海城可是飞机工程师，工程师你知道不？那可是比咱村长都大的官，她一个回家帮家里种棉花的敢看不上你哥？你哥现在工作好工资高，怎么也得娶个城里媳妇，余飞要是能留在海城还好说，现在就别想了。"

王亮从小就是大哥王明的陪衬，烦死了老妈对大哥的无脑夸，撇嘴说："什么比村长官大，什么飞机工程师，他就是一做飞机模型的。他刚进的那公司叫云上科技，干进去也就几千块工资，还赶不上在工地扛水泥赚得多，有什么可吹的？"

王婶又踹了他一脚："你哥坐办公室就能赚几千，你有本事也去赚个试试？赶紧去海城找份像样的工作，别一天到晚的光想着余美那小蹄子。"

母子俩的话多多少少也掉进了姐妹俩的耳朵里，余美是个火爆脾气，气不过要冲过去理论，被余飞拦下："口舌之争，赢了也没有意义。"她把余美的行李搬上车："走，我送你去学校。"

"我不去学校。"余美一把抢过余飞手里的箱子，赌气道，"我要去海城找工作。"

余飞恼了："你现在才几岁？就算你够十八岁，你这学历哪个公司会要你？"

余美反唇相讥："你倒是高学历，现在不也在家待着吗？咱妈说得对，女孩子读这么多书有什么用，嫁人了还不是别人家的。"

余飞看着她，依旧一脸冷峻："妈没上过学才说出那样的话。你上过学，应该知道女孩子更要多读书，才能摆脱'嫁人就成别人家人'的命运。"

余美哼笑："你倒是读书多，你摆脱命运了吗？"

余飞深吸了一口气："至少我现在可以选择自己想过的生活。"

余美冷笑："留在这里就是你想过的生活？爸到现在都下不来床，哥也一直不回来，那些人随时都会来把我抓走。我不想留在这里担惊受怕，也不想一辈子困在农村。你要留没人拦你，你也别拦着我。"

余飞拉住她的箱子，沉默几秒，开口说："我承认这不是我想过的生活，但我为什么要留在这里,你不知道吗?"

余美当然知道,所以才心里难受。她红着眼眶:"姐,我就是替你不甘!你之前在会计事务所上班的时候,王婶恨不能一天上门提亲八遍;现在你一回家,她立马就说你配不上她儿子了。我看她那样我真来气。我真不想在这里待着了。如果读书的尽头就是回家种棉花,那我还不如早早去海城打工,说不定还能留下做个海城人。"

余飞一口气堵在心口,她缓了缓,才开口说:"我之所以回来,不是因为读书没用,而是有别的原因,不得不回来。可我就算回来了,我也因为读书见识过更广阔的世界。这个世界跟你辍学去工地、工厂打工见到的世界,不是同一个世界。"

余飞没法把云上科技的事跟家里人说,只能语重心长地劝余美:"你要真想出去,我不拦你。但你得堂堂正正地考出去,而不是像现在这样偷偷摸摸地跟人跑出去。等你明年考个好大学,我亲自送你出去。"

余美当然知道读书和不读书的区别,但眼下家里已经家不成家,学校里被那些要债的去一闹,她也觉得没脸再去上了。余美咬着嘴唇:"我不去学校,我怕那些追债的再来。"

"我已经报警了,那些人不敢再去学校捣乱。"

"可哥一天不还钱,他们还是会找我们麻烦的。"

余飞脸色被寒风吹得有些苍白:"钱的事交给我,你只管上好你的学。我保证他们不会再去打扰你学习。"

自从大哥余强网贷之后,全村能借钱的人他们家都借过了,余爸卧病在床,余妈眼睛也哭成半瞎,只能勉强自理。余美不知道她姐还能从哪里借钱。"姐……"余美看着这个回来不到两个月,就已经瘦到脱相的姐姐,眼眶瞬间就红了。

"别磨蹭了,上车。"余飞是个冷静到近乎冷酷的人,从小到大她都极少会哭,因为哭解决不了任何问题。

余美没再反抗,乖乖上了车:"姐,你哪来的拖拉机?"

"二叔家借的。"

"二叔能白借给你?"

"他们玉米地播种的时候我去帮忙。"

"他不舍得让他两个儿子回来出力,可劲使唤你呢。"余美看着余飞原本细腻白净的双手已经有了裂口，又气又心疼。连她都看不下去，要是被余爸看到他们家的骄傲变成了这样，肯定心疼死。她爸在没倒下之前，最疼爱的就是这个学霸姐姐。

"没事，开拖拉机牵引机械耕地播种，也花不了多大力气。"余飞说着就下车发动车子。

余美见她双脚跨步站稳，重心在脚部腰部，左手按住压缩器，右手把Z型启动器放入摇动的卡槽里用力搅动。启动完成的瞬间，余飞猛地拉出启动器，这个时候是最危险的。以前很多人都被这个"绕把子"给打到，但余飞动作干净利落，没被伤到半分，还把拖拉机顺利发动起来了。

余美由衷佩服，她这个姐姐是十里八乡出了名地聪明，考试从来不愁，连拖拉机这种东西，她摸半天就能上手。这都过了多少年了，县一中现在还在流传着她当年"考神"的传说。想到余飞现在要回家种老爸留下的棉花地，余美真是替她可惜了。

余美不是没看过飞出去的女儿怕被老家吸血，一出去就跟老家断了联系的事。她这个姐可好，被她妈和哥哥吸了这么多年的血，连吭都没吭一声，现在还毫无怨言地把一家人的重担揽到了自己身上。她有时候都忍不住想，要是她在余飞的位置，能不能做到余飞这样。冷风在脸上刮过，余美吸了吸鼻子："姐，我会好好学的。"

余飞开着拖拉机目视前方，语气笃定："我知道。"

到了县一中，余飞把余美托付给来支教的严老师，才开着拖拉机去帮二叔买春耕用的种子。回去的路上，她又去田里捡牛吃的草饲料，想着运回村里的养殖队。

村里的扶贫办为了鼓励村民参加公社养殖致富项目，出了扶贫条例：没法出钱集资的贫困户只要每天去捡回一车草料给公社养殖队，三个月之后，公社就会给出力的贫困户分配两头刚出生的小猪。

对于现在要撑起整个家的余飞来说，任何一个创收的机会她都不会放过，每一分钱都要精打细算。甄妮借给她的三万块，她除了给余爸治病，没花一分钱给她哥还债。无论她妈怎么骂她、闹她，她也绝不松口。

等送完二叔的种子和公社的草料，已经是四点多，虽然天还没全黑，但天已经暗了。

余飞开着车子往家里赶，路过一座土桥时，她看到前方有个背着大包小包的影子。那男人看穿着打扮不像是村里的人，一米八五往上的个头分外惹眼。对方显然对这附近很不熟悉，一脚踩进了道边的稀松泥土里。余飞摁了下喇叭，提醒他不要再往里走。那个位置之前因为下大雨，木头栏杆被冲走了。

没想到男人听到喇叭声，还继续往外移。余飞刚要开口，就见男人身体一歪，没平衡住，一头扎进了河里。余飞吃了一惊，跳下拖拉机就冲了过去。

此时河里水位不高，加上余飞看起来瘦，力气却不小，虽然费了不少事，但还是把人从河里拉了上来。浑身湿漉漉、喘着粗气的余飞打量着同样全身湿透已经晕过去的男人，他额头上有些血迹，估计是刚才滑下去的时候撞到了河里的石头。黑色短碎发，眉眼干净清朗。她忽然觉得他的样子有些眼熟。这人明显不是村里的，可她到底是在哪里见过呢？

余飞一时想不起来，此时外面天寒地冻，她不敢耽搁，只能先把人拉到了自己家里。

晚上白敬宇终于醒了过来，发现自己躺在一个陌生的、几乎可以说是家徒四壁的房间里。身下的土炕暖得有些发烫，屋内的烟熏味和淡淡的土腥味，加上床头墙边贴着的老牌港台女明星的海报，让他一度有些恍惚，以为自己回到了二十多年前的外婆家。

自从外公外婆相继离世，这样的感觉他就再没体会过了。这种来自记忆深处的回忆，让他瞬间有些动容。稳了稳情绪，白敬宇的理性慢慢回归。

他从被窝里撑坐起来，才发现自己身上竟然穿着一套大红色的、上衣和裤子分别只到他小臂和小腿肚子的男士保暖内衣裤。衣服能看出是全新的，但颜色和款式真是一言难尽。

白敬宇不知道这是哪里，他只记得自己坐了飞机再转火车，转了火车又坐汽车，下了汽车又上三蹦子。一路上在寒风中不知道绕了多少路，屁股都快要颠裂的时候，那人把他扔在了路边，告诉他往前走过一个三岔路口再走一百米就能找到车去县中学了。

他一路上给提前去了学校的严志高打电话，但从上了三蹦子后，信号就一直断断续续的。他下了车，还没来得及给严志高再打个电话，就有个女人开着拖拉机向他鸣笛，让他避让。

他当时也没多想，就往边上挪了挪。没想到脚下一滑，就摔进了河里，估计是头撞到石头，等再醒来，就到了这里。

他想到落水那一刻，自己的手机也跟着掉水里了，眉头便皱了起来，倒不是心疼手机，只是担心留在大本营的老蒋和一直等着他的严志高联系不到他。他得赶紧找个电话联系他们。

"有人吗？"他朝屋外喊了一声。

没人回应。

他想下床，但在山道上颠了一天，全身跟散了架一样，别说下床，声音都发虚。

白敬宇不知道是谁救了他，又是谁把他带到这里帮他换了这身衣服。他的额前隐隐作痛，摸了摸，发现上面缠了厚厚一摞白纱布。屋顶正上方镶着的二十瓦灯泡虽然不亮，但也够他看清屋内的情况。

炕是倚着南墙和西墙砌的，南墙上有扇大窗户，外面下着雨，已经关起来了。炕尾摆着一个样式老旧、掉了漆的木柜子，炕的旁边是一张简易的木桌和木凳，跟土炕对着的墙角放着一个黑色背包和一个银色行李箱，那是他的东西。箱子旁边还放了个竹篾编织筐，里面堆满了男人的衣服，从款式上看应该是村里三四十岁男人常穿的式样。地上还掉了只袜子，像是匆忙收拾过的痕迹。除此之外，屋里没有别的东西了。

白敬宇又环顾了一圈，确定真没别的东西了，他着急起来。他一共带来了两个箱子、一个背包。银色箱子里装着机器的充电设备，黑色箱子里装着植保无人机的展示样机，如今电池箱子和他的背包都在，无人机哪儿去了？

白敬宇刚要下床，门外响起脚步声，木门下一秒就被人推开了。

一个穿着军绿色大衣的圆脸女人挎着一个白色药箱走了进来。看他起身，愣了一下："哎，你怎么起来了？"

白敬宇捂着头上的绷带，跟眼前面色和善的女人说："大姐是你救了我吗？谢谢。"

陈双看着眼前打着绷带、穿着大红色保暖内衣裤还能颜值不崩的男人，心说这人平时得有多帅。虽然对面是大帅哥，但陈双也不抢功："我只是帮你清理了伤口而已，跳进河里救人这事我可干不了。那河水零下四五度，我下去就直接冻抽筋了。你赶紧给我躺进被窝里，别再着凉了。"

白敬宇怔了一下，不是她救的，那她知不知道箱子的事？愣神的瞬间，他就被陈双推进了被窝里："那也得感谢你，请问你贵姓？"

"免贵姓陈,叫我双姐就行。"

白敬宇又开口问:"双姐,那是谁救了我?这里是哪里?"

"西贝村余家,是飞哥救的你。"她说话又快又脆,白敬宇刚要问她飞哥在哪儿,她就转头朝屋外喊:"余婶,姜汤煮好了吗?"

白敬宇看着筐里的男人衣服和自己这一身,心说救他和给他换衣服的,估计就是那个飞哥吧。

一位五六十来岁、后脑盘了个圆形发髻的女人端着一碗熬成褐色的东西走进来。陈双赶紧去把姜汤接过来,放在桌上,嘴里一直不闲着:"我来我来,婶您应我一声,我出去端就好了。这汤这么烫,你眼睛又不好,要是再烫到了,飞哥非怪我不可。"

白敬宇住在别人家里,得了人家的照顾,开口说:"谢谢余婶。"

"不谢不谢。"余婶看了床上的白敬宇一眼,有些拘谨,退到桌子边上,跟陈双说:"这有啥好怪的,你婶皮糙肉厚的。再说屋里的位置我都熟,端个水的事我还是能干的。"

"是是是,我婶子最能干。"陈双从箱里拿出一根水银体温计递给床上的白敬宇:"夹在腋下一分钟。"

这种最老式的三棱水银体温计,白敬宇已经很多年没见过了,他还是小的时候在外婆家才用过。

他听话地夹上,问:"双姐,飞哥呢?"白敬宇心里着急,他得马上问问那个飞哥,有没有看到另外一个黑色的箱子。他这次来就是给乡亲们做产品展示的,要是东西没了,他还怎么做展示?

"她去医院了。"

白敬宇一怔:"他怎么了?"那飞哥不会是救他的时候受伤了吧?

"她爸从床上摔下来,情况有点危险。她送她爸去县医院做检查了。"

白敬宇没想到是这样,他能想象飞哥此时在医院忙得焦头烂额的样子。虽然着急,但他也不好意思这个时候去打扰对方,只能问:"那他什么时候才能回来?"

"现在还不知道。今晚是肯定回不来了。找她有事?"

"……我想问问他,他救我的时候,有没有看到一个黑色的箱子。"他着急地指了指那个银色的箱子,"比这个稍微大一些的,他是不是放在别的屋里了?"

一旁的余婶赶紧开口:"没有箱子了,她把你带回来的时候,就只有一个背包和一个箱子,全给你放这儿了。"

没有了?白敬宇看向外面漆黑的雨夜,眉头全拧在一起。箱子如果没被人捡走,很有可能还在他摔下去的河岸附近。他也顾不上别的了,掀开被窝出来:"我得去河边找找。"

"你给我躺好。"陈双提高音量,她就看不得这种不听话的病号。

"双姐,我头上应该就是皮外伤,不碍事。我那箱子很重要,我得去找找。"

"外面黑灯瞎火还下着雨,路都看不清,你上哪儿找?我听飞哥说她是在三叉桥下把你捞上来的,东西要是落那儿估计早被水冲到下游去了。三叉桥有三条支流,谁知道会冲到哪条支流里?现在天太冷了,不会有人去那儿的,你等明天天亮再去找吧。"

装机器的箱子是个大概五十厘米长、五十厘米宽、十五厘米厚的扁方形,重量大概四十斤。按箱子的重量和当时的水流速度来算,箱子的确是有可能被冲到下游去的。

"那三条支流的下游在哪里?"白敬宇问。

"离这儿可有段距离,就不知道箱子被冲到哪一段了。不过放心吧,这河里的水都不太深,最深的也就两米不到,明天去找找应该能找到。飞哥今天可是费了半条命才把你给捞上来的,你可别再现在下水寻死。"

"……"白敬宇只是想去找东西,什么时候说要寻死了。想到无人机做了防水处理,加上箱子也是密封的,应该不会进水。加上农村不比城市,外面黑灯瞎火的的确没法找,他只能暂时作罢。

看白敬宇终于乖乖坐回床上,陈双开始拉家常:"对了,还不知道你姓啥的呢,你肯定不是这村里的吧,你来这儿干吗?"她不觉得他是来西贝村旅游的,正常人都不会来这鸟不拉屎的地方旅游。

"我姓白,白敬宇,你叫我小白就好。我是要去县一中找人的。"

陈双一听更来劲了:"县一中?我就是县一中的校医,你找哪位?"

"来支教的严志高严老师。"

"严志高老师?"陈双怔了怔,这男人的气质的确跟严老师很像,都是那种很惹眼的城里人,她早应该想到的。陈双语气更亲切了:"严老师可是县一中的名人,他的宿舍就在校医室旁边。"

"那真是太巧了。"白敬宇也没想到能在这碰上严志高的同事。

"你找严老师干吗?也是来支教的?"既然有都认识的熟人,陈双就更聊得开了。

"不是,严老师帮我联系了县里的农机产品推广大会,我是来推广产品的。"

陈双了然,随即说:"县中学跟这里南辕北辙,你是被倒客的给卖了吧?"

白敬宇拿出体温计递给她:"应该是。对了双姐,你能不能借一下电话给我?我手机掉进河里了,没法联系严老师。"

陈双笑道:"不是姐不舍得借,在这里手机就是摆设,打不了,没信号。"

白敬宇一怔:"那这里的人怎么跟外面联系?"

"村口有家村主任开的小卖部,那里有个固定电话,村里人有事就去那里打。"

固定电话用的是有线传输,手机用的是无线传输。无线传输有损耗,不是每个地方都可以传输得到,且手机通话要有基站连接,通过光纤和机房取得连接然后再进行转接。如果不能和基站联系上,那么就不能和外界联系。

白敬宇没想到这里远比他想象的落后,此时已经太晚,小卖部也关门了,他只能等明天再联系了。

陈双看了他的体温计,把姜汤推过去说:"你身体不错,没发烧,就是在冰水里受了寒。这是姜和红糖煮出来的,能把身上的寒气逼出来。你喝下去睡一觉,明天应该就没事了。"

白敬宇从小喝中药喝怕了,看到这类颜色相近的汤汤水水就打怵,他犹豫几秒:"我一会儿再喝吧。"

"一会儿就凉了,你赶紧趁热喝。"陈双不由分说。

白敬宇还想拒绝,没想到竟被她端起碗,硬灌了进去。被灌了满嘴姜汤的白敬宇看着自己身上的红色保暖衣和头上的大纱布,心中郁闷,忽然想到那个开拖拉机的女人,心说要不是她,他现在也不会变成这个样子。

第二天一早,白敬宇被打碎东西的声音惊醒。他翻坐起来推开窗户,发现余婶跌坐在院子的地上,一个咸菜缸摔成好几瓣,咸菜疙瘩撒了一地。

此时家里除了余婶就只有他。白敬宇昨晚睡了一宿,现在也缓过来了。

他从炕上跳下来,来不及穿上外套就冲了出去。刚扶起地上的余婶,顺着余婶惊恐的目光看去,白敬宇看到一个贼眉鼠眼的男人从墙头上踩着瓦片翻了进来。

对方显然没想到这屋里除了余老太太还有个男人,怔了一下。就这么一瞬,白敬宇已经冲了上去,伸手要把人抓住。

对方反应也快,马上跑向门边,把大铁门上的锁打开。门外呼啦一声,闯进来四五个流里流气的男人。余婶尖叫一声,满脸害怕地躲在白敬宇身后。白敬宇看着对面的那些人,护着身后的余婶:"你们是谁,想要干什么?"

为首的男人是个长得五大三粗的寸头,手里拿着根钢管,饶有兴致地朝穿着一身红色保暖内衣的白敬宇上下打量了好几秒:"你跟这家什么关系?倒插门的?"

白敬宇心说你才倒插门,你全家倒插门,但嘴上却冷声说:"出去,不然我报警了!"

寸头像是听了什么笑话:"报警?你报啊,欠债还钱天经地义,老子就是来要钱的,我看警察来了是抓我还是抓你们这些欠钱不还的。"

余婶朝他们哭喊:"家里值点钱的东西全被你们拿完了,我们真的没钱了。"

白敬宇看对方说话时眼神都带着杀气,再听余婶的话,心里大概也猜到了七八分。"他们欠你多少钱?"白敬宇问。

"不多,加上利息三十万。"

手脚发颤的余婶呆住:"不对,你之前明明说是二十万,怎么变三十万了?"

寸头把钢管往地上一杵:"二十万是过年前,现在,变成三十万了。今天你们要是拿不出钱来,我就把你这破屋给烧了。"

寸头说完,旁边两个干瘦病态的男人拿起手边的汽油就要往墙上洒。余婶哭喊着扑上去:"不能烧啊,我求求你们了。我们真的没钱了。"

"没钱就去借。"男人恶狠狠把余婶一把推开,"不然就等着给你儿子收尸!"

白敬宇想去把余婶拉起来,余婶就像是被人点了命门,抱着男人的腿喃喃说:"别杀我儿子,我女儿有钱,她替我儿子还,你们去找她要。她有钱,你们放过我儿子。"

白敬宇眉头一皱，对面的男人果然停下动作："你女儿在哪儿？"

话音刚落，只听有人喊："着火了。"

墙边不知什么时候烧了起来，白敬宇迅速回头，忽然看到墙根边闪过一抹白色身影，又瞬间不见了。院子里的人都惊了，寸头甩了手下一巴掌："谁让你真点的？"

手下一脸冤："不是我点的。"

白敬宇把余婶往安全的地方拉。要债的人保命要紧，刚要往外跑，就被一群拿着锄头铁锹的村民堵在了门里。火被迅速扑灭，五个要债的被村民摁住就一顿暴打，全都抱着脑袋缩在墙角鬼哭狼号。"老乡，有话好好说。再打我就报警了。"寸头号得最大声。

"你跑我们村烧房子，是欺负我们村没人了，是吧？"一个瘦高的五十多岁男人黑着脸，指着寸头说。

寸头一脸小心翼翼道："误会了大叔，我们就是来帮人催债的，没有欺负人。就跟老嫂子唠了两句嗑，不信你们问问他们。我们是正经来要债的，这欠钱总得还，是吧。"

"是个屁。烧人房子就是绝人活路，你不是来催债，你是来催命的。"一个女人的声音从后面传来。

寸头没看清对方是谁，刚要骂人，耳边就传来一阵破风声。下一秒，一把铁锹"咔"的一下插在距离他头部不远的墙角砖头上，砖头应声而裂，铁锹的位置离寸头的脸只有两厘米。寸头差点吓尿，愣在原地一动不动。

白敬宇转头看去，站在寸头面前的，是个穿着白色羽绒服、身形高挑纤瘦、面容白皙清秀的女人。

她的长相在这群人中很有辨识度，光是冷白的肤色就已经跟一般的村民区分开来。加上轮廓分明的鹅蛋脸，没有过分棱角感的立体五官，鼻梁又高又直，自带一股清冷感。这样的长相，别说是在村里，就算在海城，也是能让人一眼就记住的。正是因为她的模样让人印象深刻，白敬宇才立马就想起了那天开拖拉机的女孩子。原来是她！

此时寸头总算看清楚眼前的女人是谁了，声音都抖了："你可别乱来，房子不是我们烧的，我们只要钱，别的不要。你妈还说了，你哥欠的钱你来还。"

白敬宇看向那个身材清瘦的女人,这就是余婶的女儿？余飞看了眼她妈，余婶低下头去不敢看她。她妈之前答应过她,不管那些人说什么做什么,都不能松口。可为了她大哥,她妈又把她给卖了。余飞心里有气,盯着地上的寸头,一字一句问:"你让我来还?"

"对……对。"寸头竟然有些心虚。

余飞笑得人畜无害,下一秒就抄起铁锹,朝着寸头的手指铲下去。

"啊!!!"

事情发生得太快,所有人都没反应过来。寸头足足喊了半分钟,才发现铁锹铲在了他的食指和中指之间,压根没碰到肉。"我再问你一遍,是让我来还吗?"余飞看着对方,眼中的冷意让寸头不寒而栗。

"这……"寸头说也不是,不说也不是。钱再重要也没有命重要啊。

余飞忽然拔起铲子,眼神里带着狠绝:"你给我听好了,债权人无权对非受益人进行催收,谁欠的钱找谁去!今天你们来烧我家房子,打你们一顿算轻的。下次要是再让我看到你出现在这个村子里,我让你们有来无回。滚!"

村民举着锄头吼,几个人赶紧抱着头从人群中冲了出来,鞋跑掉了也没顾上捡。

"谢谢二叔,谢谢大家。"余飞收起刚才的愤恨情绪,朝二叔和各位乡亲鞠了一躬。

西贝村里大多是沾亲带故的,二叔并不是余飞的亲二叔,是治安管理队长,在村里威望极高。他看着余家破败的院子,开口说:"都是一个村的,不能被外人欺负了。你哥是个烂怂,以后你爸妈就靠你了。他们要是再敢来,你就招呼一声,叔伯们都在。"

"谢谢二叔。"余飞把人群送出门,顺手给走在后面的二婶塞了五百块钱。

下个月月初村里改选村干部,二叔能不能坐上村主任的位置,就看这次选举了。这钱是余飞让二婶买点投票会上的瓜果茶点的。二叔虽然稳了,但也需要给村民一些小恩小惠。二婶就喜欢余飞这种眼力见,所以说读书多还是有用的,全村这么多年轻人,她就最看好这个余飞,只可惜是个女娃娃。

二婶拿了钱,余飞心里就安心了。有二叔帮着震慑,这些要债的一时半会儿估计也不敢再来了。

陈双从外面走进来,一脸崇拜地看着余飞:"我的妈呀,刚才你真是帅呆了。"

余飞把院子里被那群人给弄倒的东西扶起来:"不把他们吓狠点,那帮欺软怕硬的还得来。"

今早要不是陈双在村口看到那几个要债的人把车停在村口,然后马上在小卖部给她打了电话,余飞都不敢想她妈自己一个人面对那些人会出什么事。

然而余妈却不感激女儿回来救自己,跑过去拉扯余飞,边哭边埋怨:"你的钱呢?你让他们去找你哥,你哥哪有钱给他们?他们连我们的房子都敢点,你哥真被他们打死了怎么办?"

"那我被他们打死了怎么办?"余飞心寒,要不是他们这么惯着她哥,她们现在也不至于到这个境地。

余婶没接话,只是一个劲地哭:"你要不管你哥,他们一定会把他打死的。"

"婶子,他们不敢也不会,人死了他们上哪儿弄钱去。"陈双对余家重男轻女的思想也是烦得很,但没有办法,这就是村里的常态。

"他们连我们的房子都敢烧,还有什么干不出来的?"余婶边哭边说。

余飞听着她妈的哭嚎心烦得不行,没好气说:"房子是我点的,就那些人的胆,你儿子死不了。"

余婶张了张嘴,随即跳起来就要打她:"你个败家玩意儿,竟然把自己家点了?你知不知道要是真烧起来,我们全家就完了。"

陈双拦住余婶,余飞冷着脸说:"我要不点,能光明正大地打他们?不给他们点苦头吃,你还想有好日子过?我要是不这么做,我们全家才真的完了。"

白敬宇想到刚才看到的那一抹白色身影,心说他刚才果然没看错。

"哎哟,这日子没法过了。"余妈哭着自己先进房去了。

陈双看了眼站在旁边、穿着一身红色单衣、一直没说话的白敬宇,赶紧拉他进屋,同时指了指余飞:"你不是着急找飞哥吗?来,这是你的救命恩人飞哥。飞哥,这就是你昨晚豁出半条命救回来的人,白敬宇。"

白敬宇和余飞同时停下脚步,同样一副震惊的表情盯着对方。

白敬宇?他就是白敬宇?怪不得她昨天救他的时候,就觉得他那张脸有些熟悉。原来他就是害她丢了工作,被行业封杀的云上科技 CEO 白敬宇。余飞无法形容自己此刻的心情,她没想到自己跳下零下几度的水里救出的人,竟然是叫她咬牙切齿的仇人。她不知道白敬宇来这里干什么,她都已经离开海城了,难道他们还要追到这里来灭口不成?让一个老板来灭她的口,这也

23

太看得起她吧？

　　理智告诉她，灭口不太可能。就算灭，也不可能是大老板来灭她这个小渣渣。可如果不是这个原因，余飞实在想不出，白敬宇堂堂一个即将上市公司的执行总裁，为什么会出现在这个穷乡僻壤的小山村里？

　　对面的白敬宇并不知余飞此时所想，他只是没想到救他的"飞哥"竟然是个女人，更没想到这个女人就是昨天害他掉进河里的女拖拉机手。想到自己身上的衣服是"飞哥"换的，白敬宇老脸一僵，语调都不顺了："你就是飞哥？"

　　听着他"阴阳怪气"的声音，余飞冷声说："你现在可以走了！"余飞不管他是因为什么事来到这里，她现在只希望这个瘟神赶紧离开。

　　陈双没想到余飞一开口就赶人，小声说："不用这么着急吧，他头上的伤……"

　　余飞打断她："死不了，赶紧走。"

　　陈双极少看到这样的余飞，不敢再说话了。

　　白敬宇不知道这位"飞哥"为什么忽然说炸就炸，他其实原本也是打算今天走的，但走之前，要先找到箱子才是要紧事。"没问题，我可以马上走，但请你告诉我，我另一个黑色箱子在哪儿？"白敬宇问。

　　余飞眉头一皱："不知道。"

　　白敬宇注意到她说到箱子时眼神闪了一下。他小时候从他做经侦的父亲那儿学了不少观察微表情的方法，直觉告诉他，她一定知道箱子的事。白敬宇耐着心性："你再好好想想，我当时拿着两个箱子和一个背包。现在那个黑色箱子不见了，那里面有我很重要的东西。"

　　"我说了，不知道。"余飞的不耐烦已经写在了脸上。

　　白敬宇一直留意着她的表情。她在有理的时候，就算对着穷凶极恶的要债人，也是目光坚定语气铿锵。然而她刚才说不知道的时候，竟然不敢看他。看来她并不是个擅长撒谎的人。白敬宇开口说："没有电池，那个箱子里的东西就是个摆设。要是帮我找到东西，我愿意出酬金。"

　　他意思是她拿了他的东西？他以为她故意拿着东西等他给钱？余飞气得冷笑，她想起她刚发现云上科技做假账的时候，对方也曾用钱来收买她。在她拒绝并且上报给领导之后，对方就用尽一切手段来逼她离开海城。在他们心里，这世上的人和事都是用钱来衡量的，果然心脏的人看谁都脏。

白敬宇当然不知道这位飞哥此时心里想的是什么。他一向相信自己的眼睛和判断，他确定这个飞哥一定知道箱子的下落，而且知道她家现在急需用钱。虽然是她摁了喇叭他才滑进水里，但要是她不把他救起来，他现在也没法站在这里。他不管是不是她故意把箱子藏起来了，只要她愿意送回来，他就愿意给她报酬。

　　余飞已经没耐心跟白敬宇再耗下去，她把昨天给他晾干的衣服裤子扯下来丢给他，又把他的行李箱和背包推到门边："这些是你全部的东西，赶紧走。"

　　白敬宇一手抱着自己的大衣和裤子，一手撑着铁门："你不告诉我箱子在哪儿，我是不会走的。"

　　"不走是吧，好，我现在就去找二叔他们过来收拾你。"她不相信云上科技的手能伸这么长，这里是她老家，她不信她在自己老家还能被他们这么欺负。

　　陈双拦住她："飞哥你是不是气糊涂了？他现在头上的伤还没好，有什么话可以好好说啊。"

　　"他的伤跟我们有什么关系？我做得已经够多了，我就不应该把他救回来。"余飞是真恨自己的多管闲事，把这个瘟神带回了家。

　　看着这个翻脸比翻书还快的女人，白敬宇只能开口提醒她："你当时摁喇叭让我给你让道，我后退两步才摔进了河里。按交通事故责任来说，你是有义务帮我的；况且我现在还丢失了一个很重要的黑色行李箱，你应该配合我找回来。"

　　余飞看着眼前的男人，要不是她尚存一丝理智，她都想拿起铁锹问候这个倒打一耙的男人了。看他不走，余飞边把他的行李扔出去边说："第一，我没让你给我让道，我摁喇叭是好心提醒你靠近河边路滑，让你离那里远点。事实证明多管闲事遭雷劈；第二，我没看到什么黑色箱子；第三，给你一分钟离开我家，不然我马上报警。"

　　陈双一听她要报警，赶紧说："飞哥你是气糊涂了吗？他是你昨晚救回来的，不是那些要债人。"

　　余飞心说这个男人比那些要债的还可怕，他就是她的"仇人"。而她竟然为了救这个"仇人"，自己差点挂了。就因为下了冰水里救他，昨晚她在医院还发了烧，挂了两瓶水，差点没虚脱过去。余飞此时都要悔死了，她使出全身力气把白敬宇推出院子。

陈双看劝不动余飞,只能跟白敬宇说:"她现在正在气头上,你先走吧,回头我帮你问她。"

白敬宇没想到这个女人的力气这么大,他一个趔趄被推到门外,还没等站稳,面前的大铁门"砰"的一声关上了。

第三章 冤家

白敬宇是第一次遇到这么蛮不讲理的女人。用力敲了几下门,没人开,他冻得打了个喷嚏,只能在门外狼狈地穿上羽绒服和裤子。今天虽然太阳不错,但也是十度以下。

白敬宇穿衣服的时候,听到一阵笑声。他转头看去,发现是隔壁的几个孩子在自家门口偷看。

"他为什么被赶出来了?"一个看着年纪最小的小姑娘歪着头问。

"这还用问,肯定是飞哥没看好呗。"最大的女孩说。

刚才那些要债的动静太大,住隔壁的人都听到那些人管白敬宇叫"倒插门",当时他也没反驳,所以大家自然就认定他就是倒插门的了,看他的眼神都带着新奇。

"可我觉得这个大哥哥挺好看的呀,飞哥为什么没看好呢?"最小的小姑娘不解。

"切,中看不中用,飞哥才不会喜欢呢。"一个半大小子说。

"我爸说男子汉不能做倒插门,人家一辈子拿你不当人,我以后可不做倒插门。"一个吸溜着鼻涕的小男孩大声说。

冻得又打了两个喷嚏,白敬宇刚匆匆拉好裤子拉链,就听铁门"吱呀"一声开了条缝。白敬宇抬眼看去,看双姐提着他的那双运动鞋闪身出来,一脸抱歉说:"忘了你的鞋子。不好意思啊,我也不知道飞哥这是怎么了,她平时不是这样的,估计是被刚才那些人气的。"

"谢谢。"白敬宇接过鞋子,把脚下的灰色塑料拖鞋换下来,"双姐,你能不能帮我问问飞哥,她到底有没有看到那个黑色箱子。"

"我刚才问了,她说不知道。估计是真没看到吧。昨天她把你拉回来的时候天都黑了,没看到也正常,要不然你先去河边找找吧。"

事到如今,也只能先这样了。白敬宇不再耽误,道了谢,背起背包就朝河边走去。

陈双关上大门,余飞急急地问:"走了吗?"

陈双点头:"走了。"

余飞松了口气,陈双蹲下跟她一起收拾咸菜缸:"你这是怎么了?昨晚你把人送回来时还让我过来好好帮人看看伤情,怎么今天一听他名字就赶人走了?"陈双认识余飞这么久,也没见她对谁这样过。

余飞缓了几秒,这才开口说:"他就是云上科技的CEO。我之前在他们公司的时候也只是远远看过他一眼,所以没认出来。今天听到他名字才确定。"

"什么?"陈双顿时就站了起来,"他就是害你丢了工作,还把你赶出海城的那个人?"陈双是余飞从小到大的玩伴,余飞回来的时候,把在海城的遭遇告诉了陈双。"你刚才怎么不早说?我还给他拿鞋,我就应该直接拿扫帚拍死他。"陈双的火气上来,恨不能拿着扫帚追出去。

余飞此时已经冷静下来:"多一事不如少一事。他有没有说他来这里干吗的?"

陈双压着火:"你还记得上次护着余美的那个严志高老师吧?这个姓白的是严老师的朋友。之前文涛不是说县里要搞个农机、农产品推广大会嘛,严老师就帮他联系了这个农业产品的推广。他是带着产品过来推广的。"

原来是这样。余飞刚安心了些,但几秒之后又觉得不太对劲:他一个CEO,亲自带着产品来他们这个小县城推广产品?这事跟他亲自过来灭她这个小角色一样离谱,怎么看都透着蹊跷啊。

陈双知道白敬宇的真实身份后,忽然问道:"飞哥,你到底有没有看到那个箱子?"

余飞这次说了实话:"看到了。"

那只黑色箱子她的确看到了,但她当时手里拉着白敬宇,所以腾不出手来钩箱子。箱子被水流冲到了中间的支流里,她原本打算今天回来后帮他去下游把箱子捞回来。如今知道他就是白敬宇,那就对不起了,别说帮他去捞,她还希望他永远也捞不上来。

听到余飞这么说，陈双瞬间就觉得解气不少："干得漂亮，就不应该告诉他，让他吃点苦头。"

余飞这时却不这么想了，要是他找不到，会不会又回来找她？

陈双不知道余飞在想什么，自顾自说："就是难为了严老师，帮他张罗了大半天，我听文涛说严老师可没少给他打电话。哎，谁让他摊上这么个混蛋朋友呢，只能白忙一场了。"

余飞把碎片扔进垃圾堆："不会白忙一场的，三条支流都捞完，最多不超过两天。他要是聪明点，选对地方，一天就能捞上来。"

严志高之前帮余美打退过那几个要债的，余飞对他还是很感激的。那条河现在是干涸期，水位不高，东西好捞；不然她真怕那个白敬宇找不到东西肯定还会来找她，她不想再跟他有什么牵扯。

陈双一面替严志高庆幸，一面又觉得便宜了那个白敬宇，闷闷道："你说严老师这么好的人，怎么会有这样的朋友？"

"交友不慎吧。"余飞看了眼早就摔门回自己房间的老妈，她此时也没空再去跟老妈吵了。她快步走到厨房，从早上到现在一直没吃东西，她早已饿得前胸贴后背。

盛了碗玉米碴子粥一口气喝下去，余飞这才觉得飘着的双脚踩实了。陈双在旁边给她弄了碟咸菜，问道："对了，余叔现在怎么样？"

刚才一下发生这么多事，她都没来得及问余飞这事。

"没什么大问题，但医生说以后是不能干重活了。"

陈双替余飞操心："你哥也不回来，你爸又不能干活了，你家承包的这几十亩棉田咋整？"

余飞没说话。

她爸是西贝村种棉花种得最好的人。当年打工潮出现的时候，村里很多壮劳力都去城里打工了，她爸依旧坚守在这片土地上，不但不走，还承包了好几十亩村里空闲的土地，全部用来种植棉花。这么多年，她爸就是靠种植棉花，养活了一大家人。村里不少人都觉得供女儿读书就是给婆家培养人，只有她爸跟她说，只要她还想念，他就一直供。正因为她爸对她好，她才一定要回来照顾她爸，撑起这个家。可她花了十多年好不容易才走出了村里，她是真不想留在这里种棉花。

沉默几秒，余飞开口说："棉田合同还有五年到期，我想转租出去。"

陈双摇头："你想得挺好，这村里愿干活的都出去打工了，不愿干活和干不了活的都在村口小卖部打麻将，谁会来租？"

余飞深吸一口气："不行就只能空着了。我可能过段时间就要走了。"

经过这两月的治疗，她爸昨晚在医院复查，医生说情况已经稳定了。今天这件事之后，要债的应该也不会再敢进村了。她妈在家里可以照看她爸，余美在学校有老师帮忙照顾。只要余强这个搅屎棍不在，家里应该不会再出现什么大问题了。

从甄妮那儿借的钱已经花得七七八八了，余飞不能继续留在这里。她得尽快出去工作赚钱，才能让全家的花销维持下去。

"你找到工作了？"陈双问。

余飞点头："在锦城的一家会计事务所，对方让我尽快过去。"回家的这段时间，余飞一有机会就去县里的网吧投简历，海城不行，就投其他城市。她相信天无绝人之路，事实上也的确如此，只要有能力，总会有公司愿意要她。

"锦城也好，虽然比不上海城，但总归比这里强。"陈双是赞成余飞出去的。在村里除了种棉花和在农村合作社工作，就没别的岗位了。工资不行不说，余飞的专业根本就没有用武之地。

"我已经在县医院给主治医生说了，请他每半个月过来看看我爸的情况。我妹那边住校，我妈这里，到时候就麻烦你多过来看看了。"

陈双点头："你放心在外面工作。文涛说县里最近有助学名额，我看能不能帮余美申请一下。"

文涛是陈双的丈夫，在县里政府部门任职。两人和余飞都是高中同学，但两人都比余飞大了好几岁。高中毕业后，余飞考上了海城的大学，文涛毕业就去参军了，陈双则去读了卫校。余飞研究生毕业留在了海城工作，文涛复员后去县政府上班，跟同样毕业回家、在县中学做校医的陈双结婚了。

"那谢谢文涛了。"余飞对这两个老同学心存感激，她不在的时候，他们没少帮余家的忙。

"你妹妹就是我们的妹妹，有啥可谢的？不过文涛也只能试试，不一定能申请上，毕竟咱这块贫困户太多了。"陈双说。

余飞点头："没事，只要我在外面站稳脚跟，余美的学费就不用担心了。"

陈双有些心疼地拍了拍她的肩膀："你别光想着帮家里，也要为自己想想。"

余飞笑笑："我知道。等我把余美供出来，我就去过我想过的日子。"

"你想过自己的日子？你想得美！"余飞妈不知什么时候站在厨房门口，阴恻恻地盯着余飞。

陈双和余飞都吓了一跳。余飞脸上刚升起的一丝对未来的向往，瞬间就消失得无影无踪。她站起身，拉着陈双说："你不是要去县里吗？走，我送你出去。"

余妈对余飞没有拿钱出来救余强耿耿于怀，如今看余飞这不把她放在眼里的态度，更是气得直接张口就骂："你这个白眼狼，有点儿能耐就想去过你自己的日子。也不想想你走了你哥怎么办，我跟你爸怎么办，这个家怎么办？你爸辛辛苦苦供你读书读到现在是为什么，就是为了让你给这个家，给你哥多做贡献。你倒好，翅膀硬了就想撇下我们！我告诉你想都不用想，你不准去锦城。"

余飞对她妈已经没什么想说的了。她木然地转身出去。余妈扑过去，一把将她拽回来："我说了，你不能走。"

陈双赶紧过去拉开："余婶，飞哥现在不走。"

"现在不走，以后也不能走。"余妈一把鼻涕一把泪，死死抓住女儿的衣服，生怕一松手她就飞了，再也不管这个家了。余飞也不挣扎，任由她妈拉扯。

陈双好不容易把余婶和余飞拉开，她拦在中间说："余婶，飞哥不是出去不回来了。她出去工作也是为了多赚点钱，家里现在里里外外都要靠她。她不出去赚钱，余叔的医药费和余美的学费从哪儿来啊，您一家的生活费从哪儿来啊。"

"她连她哥都不管，就想着以后继续去过她自己的日子，她一走肯定就不回来了。"余婶边说边抹泪，指着余飞，"你把你爸和你妹都丢给我一个瞎老婆子，那些要债的随时都可能再来，你，你这是要逼死我啊。"

"我不是余强，干不出逼死你这种事来。"余飞声音干哑，"我是一定会出去的，你拦不住我。"

"好，你，你翅膀硬了，我管不了你了。"余飞妈说完哭哭啼啼地转身回了房。

陈双看余飞脸色不好，过去安慰她："余婶也是被那些人刺激的，你也别太难受了。"

"没事,习惯了。"余飞吸了吸鼻子,"你赶紧回学校吧,我去收拾东西。"

两人刚走到院子,就听余飞妈房里传出"咚"的一声凳子倒地的声音。余飞眉头一皱,跑进去一看,余飞妈吊在一根绳子上,脸已经没了血色。

白敬宇背着包和行李箱一路打听着走到村口,终于看到陈双昨晚说的有电话的小卖部。

小卖部是两间打通的平房连起来的门面,大的一间卖烟酒糖茶这类日常用品,小的一间放着一个麻将桌。冬日的农村里,田里没活,娱乐活动又极少,村里的麻将室就是无处消耗精力的村民们最爱去的地方。此时四个男的在打,其余的男女或坐或站的在旁边嗑着瓜子,边看边大声说八卦。

王桂花满脑袋短毛波浪卷,倚在打麻将的丈夫身边,把瓜子皮吐得到处都是,唾沫星子飞出来:"哎,你说那飞哥读这么多书有什么用,家里有个病爹加个瞎娘,还摊上这么个老赖哥,谁家能娶她?"

桌上一个男人打出个二筒,哼道:"人飞哥心气儿多高啊,人家能看上村里的男人?她可是要嫁城里有钱人的。"

王桂花往地上啐了一口:"切,你看她瘦得屁股都没了,保准生不出儿子,哪个城里人能瞧上她?"

"我今天听我男人说,飞哥领回一个城里的倒插门呢。村里不少人在余家都看到了。"旁边一女人说。

"村里的都不愿接这种无底洞,城里人能来这儿给余家做倒插门?怕不是个有病的就是个瘫吧?"王桂花哼笑。

有人插了一句:"桂花姐,你弟王明小时候不是跟飞哥还定过娃娃亲的吗?"

"放屁,没有的事。"王桂花拍了拍手上的瓜子屑,"我弟可是在城里大公司上班的,前途好着呢,能娶她一个回家种棉花的人?"

有人就看不得她嘚瑟:"飞哥之前在城里上班的时候,你弟还没找着工作呢。"

几个人笑起来,村里人谁不知道王明喜欢飞哥。之前飞哥在海城工作那会儿,王婶天天上门催着要结亲。余建国都以女儿刚工作太忙,没时间考虑结婚的事为由给推掉了。这三番五次的拒绝,明眼人都知道是飞哥看不上王明,王家人能不知道?

王家人压根不知道余飞的重点大学和王明的二流大学之间有多大差别。在他们眼里，同样是大学生，余家凭什么这么拒绝他们？他们家王明差哪儿了？王婶和王桂花心里早就有了疙瘩。现在看飞哥倒霉，王桂花自然是要多踩几脚。

看周围人人帮着飞哥说话，桂花急了："不是我弟找不着工作，是一般的工作我弟没瞧上。我弟学历在那儿摆着，当然要找一份工资高又合意的工作。"

有人抬杠："你弟学历没人飞哥高吧？"王明的学历只是本科，余飞是研究生。王明当然也是想考研的，但考了两年，余飞都毕业了他也没考上，索性也就不考了。

学历比不过，王桂花嘴上却不想认输。她不顾自家弟弟的叮嘱，把王明让她别说的事抖了出来："学历高又怎么样？还不是让人给开了。现在全海城的公司都不用她，她只能滚回老家了。"

"飞哥被人开了？"好事者都竖起耳朵听八卦。

王桂花故意神神秘秘的不说话。

那群人也知道她在故意卖关子，所以就有人开口激她："不可能，飞哥可是我们村学历最高的。我听说她在海城可是在最好的办公大楼里上班的，那都是厉害人待的地方，怎么可能找不到下家？"

王桂花"切"了一声，果然开口继续说："不懂了吧？她在公司里贪污，昧了黑心钱，所以才让公司给开了。人家公司可不是吃素的，直接把她像通缉罪犯一样公布出来，海城那些公司全都看到了，谁还敢要她？你看她到现在还蹲在家里，跟外面人说得好听，说要留在家里照顾父母，实际上是外面没人要她了，她除了家里蹲，哪儿都去不了。"

这八卦信息量太大，打麻将的差点都忘了摸牌："原来是这么回事，往年过完初七她就走了，现在还赖在家里，装得跟真的似的。"

王桂花满意地看着大伙的反应，"好心提醒"道："你们听了可别到处瞎传，到时候被飞哥打上门我可管不了。"

这句话就跟废话一样，王桂花比谁都清楚，只要在小卖部说出来的事，不消半小时，全村老少都一清二楚了。

这个劲爆消息让小卖部里瞬间就热闹了。余飞长得漂亮，学习又好，毕业还进了好单位。西贝村不少闲人羡慕嫉妒恨，但又挑不出一丁点事来编派她。如今有了这件事，大家可算是有了光明正大骂余飞的理由。即便这事跟他们屁关系没有，但丝毫不妨碍他们站在道德制高点骂得唾沫横飞。

看店的刘大柱听不下去了，插了一嘴："飞哥能干贪污这事？她之前给村里的合作社和海城好几家厂子穿针引线，合作社给她好几千感谢费她都没要。"刘大柱是这届村主任刘老柱的儿子，村里的一些事他自然是知道的。

这话王桂花就不爱听了，提高音量："她怎么就不会干了？合作社的感谢费才几个钱，她不要就是嫌钱少呗。她在外面贪的肯定不是一星半点儿，不然能所有的公司都不用她？"

"说得跟真的一样，你是真看到她贪污还是怎么地？"刘大柱也提高了音量。

"爱信不信，我要是说一句假话……"

有人插话道："你要是说一句假话，你家老头今年都赢不了牌。"

大家哄笑，王桂花看了自己的丈夫一眼，不敢说话了。

起哄声更大了："怎么不敢说了？敢情你之前都是瞎说的？"

王桂花急了："我瞎说一句天打雷劈。"

"这话不靠谱，你跟我们说这消息谁跟你说的，你说出来我们就信你。"

王桂花受不得激，直接就爆了出来："我弟说的。我弟在海城最出名的无人机公司云上科技上班。飞哥被开除这事，他们公司就没人不知道。"

刘大柱冷哼："你弟怎么会知道飞哥公司的事？吹呢！"

"飞哥那公司是去给我弟公司做服务的，他能不知道吗？切，跟你们说了也白搭，一群土老帽。"王桂花不耐烦地翻了个白眼。

这群人说话极其大声，白敬宇还没走进小卖部，就在外面听了个一清二楚。在听到"云上科技"几个字时，白敬宇愣了几秒。他没想到在这个偏远的小村子里，还能听到这个熟悉的名字。同时他也心下疑惑，那个叫余飞的之前在海城到底是干什么的。她被辞职，为什么云上科技的人全都知道？

白敬宇刚走进小卖部，好几个已婚妇女的眼睛都滴溜溜在他身上打转，拔都拔不下来。头发油腻，左眼有些斜的刘大柱上下打量着白敬宇这一身行头，粗声粗气问："买什么？"

"我不买东西，我打电话。"白敬宇带着海城口音的声音，瞬间吸引了旁边麻将桌的所有人。

麻将桌边有女人窃窃私语："走亲戚的？哪家的？"

33

有人笑道："他就是飞哥带回家的倒插门。"

"真的假的？"

"今天二叔带人去余家，我家男人都看到了。"

这些话让刘大柱有些不爽，不耐烦地指着玻璃柜台上一部老旧的红色电话跟白敬宇说："一分钟五块。"

"这么贵？"白敬宇的第一反应就是现在的手机套餐在一定的通话时间内都不收费了，这里打个固话竟然这么贵。

"就这个价，嫌贵就别打。"刘大柱瞪了他一眼，狠狠扔了颗花生米进嘴里。村里人来打是一块钱一分钟，像他这种外地人嘛，宰一个算一个。

白敬宇知道这个价格不合理，但整个村就这么一台电话，对方就算要一分钟五十块，此时的他也得打。

拨通电话，那头的严志高听到白敬宇的声音，声音都高了几度："你跑哪儿去了？打你手机也打不通，我都差点儿要报警了，你现在在哪儿呢？"

"我这边昨天出了点小状况，现在在西贝村村口。"

"西贝村？你怎么到那儿去了？出什么事了？"

"掉河里了。"

"啊？"那头的严志高吓了一跳，"人没事吧？"

"没事。"

"好，你等着，我马上去西贝村接你。"

"你直接去三叉桥那边，带点打捞工具过来，我手机和装机子的箱子还在河里。"

"啊？机器在河里？那过两天的推广会怎么办？"

严志高没想到白敬宇能出这样的事，心说老同学的这次重新创业，还真是出师不利啊。这玩意儿泡一晚上，捞上来估计也废了。白敬宇山长水远地从海城过来参加推广会，"出师未捷身先死"啊。

"箱子和机子都有防水，先找回来，看情况再说。"白敬宇心里当然也是担心的，但眼下最重要的事就是先找到东西。

"行，我马上过去。"

挂了严志高的电话，白敬宇又给老蒋打过去，告诉他机子掉进河里，有可能因为进水导致无法使用，让他准备好另一台和一些维修工具，提前邮寄过来。

两个电话一共五分零三秒,刘大柱对着白敬宇伸出三根指头,左眼不受控制斜向一边:"四舍五入六分钟,三十块。"

"四舍五入是这样算的?"白敬宇看着对方的眼,忽然想到一个词"偏见"。

"在西贝村,就这么算。"男人提高音量,一副"我就是宰你外地人了,你能拿我怎么样"的架势。旁边几个小跟班晃着膀子也围了过来。

白敬宇不是喜欢给人起外号的人,但此时他看着这个"偏见",觉得不这么叫他,都浪费了他的"天赋"。

刘大柱伸出手,露出"不给钱你今天走不了"的凶狠表情。

白敬宇不是个任人欺负的软蛋,但更知道事情的轻重缓急。现在他的机器还下落不明,他不想为这么几块钱跟这些人起冲突浪费时间,索性拿出钱包付了钱。

刘大柱瞧着他那个一看就不便宜的皮质钱包,给旁边人使了个眼色。

白敬宇给了钱,刚要拖着行李离开,就听"偏见"开口说:"那三叉河的水可有七八米深,你一个不熟悉河道的外地人去捞箱子就是找死。这样,我们帮你捞,一千块,三条支流,一条也就三百多,便宜你了。"

白敬宇看他一眼:"我不喜欢占人便宜。"

刘大柱没想到他会这么说,怔了一下,眼睁睁看着白敬宇拖着行李箱走了。没捞到更多的钱,刘大柱狠狠丢了粒花生米进嘴里,边嚼边用白敬宇能听到的声音说:"怪不得说城里人都是傻子呢,傻子才不喜欢占便宜。"

白敬宇越发觉得"偏见"这词用在这斜眼男人身上简直太恰当了。他不想跟"偏见"去做无谓的争辩。他昨晚跟陈双打听好了,从村口往西走八里地,再转南走三里地就能看到那座桥了。

王桂花瞄着男人的背影,一脸猥琐地跟大家眨眨眼:"这男的昨天被飞哥带回家睡了一晚,今天一早就走了,这是连倒插门都嫌弃她啊。"

刘大柱把吃进嘴里的一颗烂花生吐了出来:"放屁,飞哥昨晚送她爸去医院了,那男的自己在她家睡的。"

"哎呦,你这么帮飞哥,她又听不到,装好人也没用啊。"王桂花哼笑一声,"她是半夜才走的,在那之前,谁知道两人在屋里干什么了。"王桂花边说边嗑着瓜子,嘴巴上下翻飞,吐出一口瓜子皮,好几颗皮黏在自家男人的麻将牌上。

她身边的男人忽然一脚踹在她凳子上，她没坐稳，一屁股坐在地上，屋里一阵哄笑。"杀千刀的，你踢我干什么？"王桂花短暂的发蒙之后回过神来，气得指着自己男人骂。

男人指着输了的牌，一脚踢在老婆的腰上："你个败家娘们儿，生不出儿子也就算了。一天到晚就知道吃，吃完就满嘴喷粪，把老子的好运都败完了。滚回家去，不然老子打死你。"

王桂花捂着腰，不敢再还嘴，恨恨地跑出小卖部。

第四章　决定

白敬宇拖着行李箱在寒风中走了快三个小时，才走到昨天他落水的河道边。从岸边看下去，还能看到他昨晚掉下去的痕迹。河流在不远处分成三股，朝不同方向蜿蜒前行。

如果那个飞哥没藏起箱子，那箱子应该就是在这三条分支中的一条里。如果她说谎了，箱子是她藏起来的，没有充电装置，她要那台机子有什么用？如果是为了要钱，他都已经说要给钱了，她为什么还不拿出来？

他想不通，但又有充分理由怀疑她说谎：她先是把因为她鸣笛导致他滑落桥下说成是好心提醒他。过后他又听到小卖部的人说她是因贪污被开除，导致现在无法在海城立足。所以此时出来打捞箱子的白敬宇也没抱太大希望。老蒋已经把备用的寄过来了。如果找不到，他肯定要再去找她，只是到了那个时候就不是给报酬了，而是让她跟警察好好交代了。

白敬宇在桥上观察四周，这是个乡村级的河道，这条河的河流主要依靠后面高山上的冰雪融水。冬季气温低，河流没了补给来源，河流里的水才像双姐说的，最深才一米多，不超过两米。白敬宇看了眼河岸两边的杂草和淤泥，估计这条河到了夏天，河面会上涨，变宽变深，说不定真有刚才那"偏见"说的七八米这么深。他庆幸现在是春季，箱子能相对容易地捞起来。只是河里有三条支流，如今没法确定他的箱子到底被冲进了哪条支流里。

此时余飞和陈双在家里折腾了大半天，余飞妈终于缓了过来，在床上睡了过去。

　　看着两眼都是血丝的余飞，陈双一脸心疼："你也别想太多了，余婶只是一时想不通，过两天就好了。等她情绪缓和了你再跟她提出去工作的事，跟她保证一定不会不管他们，打消她的抵触心理，应该没问题的。"

　　余飞看着远处灰黄色的田地，一脸苦涩："双姐，我不去锦城了。"

　　陈双知道刚才的事对余飞打击太大，她一时半会儿接受不了。她柔声劝余飞："你可别犯傻，好不容易才找到的工作，你说不去就不去了？余婶是被那些要债的吓到了才这样的，你可别真留下。这村里留下的都是没本事出去的人，能出去的哪个不早早离开了？"

　　余飞不说话，陈双又继续说："事儿今天都全赶上了，大家情绪都激动。你今天也好好休息休息，别胡思乱想了，等余婶睡醒了你再想想怎么跟她说说。"

　　余飞慢慢把视线收回来，语调干涩："是我之前太想当然了。我妈眼睛不好，照顾不了我爸，我却把希望寄托在她身上，想着让你和县里的医生隔三岔五过来看看就行。"

　　余飞越说鼻音越重，她不得不停下调整了呼吸。

　　余妈用这样决绝的方式硬要把她留下，余飞一开始是愤恨和委屈的。但看着生死未卜躺在床上的余妈，那一刻，她忽然觉得要是余妈真就这么走了，那她这辈子可能都没法去面对余家所有人了。

　　余妈只是个没上过学、一辈子也没出过几趟门的农村老太太，她没法对她要求太多。余妈不能站在她的角度去想问题，那她就只能站在余妈的角度去考虑。再说她出去赚钱也是为了家里，如果为了赚那点钱，家里的人少了一个，那她出去还有什么意义？

　　陈双看余飞不是开玩笑，着急问说："你真打算一辈子留在这里啊？"

　　余飞把纷乱复杂的情绪压下去："现在说一辈子太早了。我之前在海城工作，也以为自己一辈子能留在那里，没想到转眼就回了老家。以后的事谁知道呢，说不定过两年我爸好起来了，我就可以重新出去了。也说不定我在这里发展好了，就再也不想出去了。"

　　陈双知道她最后一句说的是负气话，问说："那你想好在这干什么了吗？"

　　余飞转头看向窗外："种棉花。"

37

陈双一怔，随即急了："你知道种棉花有多辛苦吗？别说你这种拿惯了笔杆子的手干不了，就连常年干农活的村民，也没几个能受得了这个苦的。"

"棉花田是我家现成的，眼下时节马上就到播种的时候了。我在家种棉花，这样可以一边照顾我爸和家里，一边挣点收入。"

陈双犹豫了几秒，开口说："说句不该说的，其实你不用做到这一步，你欠余家的其实早就还完了，你看他们家余强都跑了，你又何苦为难自己？"

余飞忽然问："双姐，你知道棉花的花语是什么吗？"

"棉花还有花语？"陈双以为只有玫瑰、百合那些才有花语。

"棉花的花语是：珍惜身边人。余爸虽然没读过什么书，但他读懂了棉花。他虽然不是我亲爸，但却给了我真正的父爱，为我遮风挡雨，让我顺利长大。现在他病了，要是我也走了，那这个家也就散了。这个家是余爸一辈子的心血，我不能丢下他，也不能让这个家散了。"

陈双叹了口气："我知道你是个重情义的，但办法有很多，没必要拒绝好工作留在这里种棉花。你现在情绪不稳定，别想太多，好好睡一觉。过两天余叔出院，你去县里接余叔的时候早点儿来，我叫上文涛，咱三个先聚一聚，帮你也合计合计。"

送走陈双，余飞自己在余妈床前坐了许久，也不知过了多久，她站起来，出门去了村口小卖部打电话。从村口回来，余飞看着天上的云，不知不觉就走到了自家的棉田里。

放眼望去，除了她家承包的这些棉田，村里已经没有种棉花的了。没了肯干活的年轻人，老人们想干也干不动，空着长草的田地自然就多了。此时还没到播种的时候，棉田里剩了些没捡拾干净的棉花秆，余飞像小时候一样，在自家田地里弯腰捡了起来。

余飞记得上小学的时候，每年过了十一月，棉花就没有了。他们三兄妹每天放学后都要过来先把地里的棉花秆给拔出来，捆成一捆捆的再拖回家放着，等冬天时作为烧炕烤火的柴火。

以前村子里种棉花的人多，每家每户都会把棉花秆拉回去放在门口。村里的孩子们都喜欢在小山似的棉花秆后面玩捉迷藏。余飞记得好几次她藏着藏着就睡着了，每次都是她爸打着手电筒去挨个"小山"后找她，再把她背回家。捡着这些棉花秆，余飞忽然意识到，自己的生长过程中，始终都贯穿着棉花的痕迹。

从懂事开始，她就跟在余爸后面，在棉田里看着他如何侍弄棉花。再大一点，她就知道他们一家人吃穿和她上学的费用，都是这些棉花带来的。她大学毕业留在海城工作那年，余爸从他们家棉田里亲手摘了最好的棉花，打了一床又大又暖和的棉被，说是留给她当出嫁的嫁妆。

余飞揉了揉有些发酸的鼻子，就算难受，她也很少哭。作为捡回来养的孩子，她从小就知道自己跟余强和余美不一样，他们累了、困了、委屈了，可以找余妈去撒娇、去偷懒、去哭。但她不能，她要把眼泪和委屈憋回去，想办法解决问题。她像落在底层的种子一样，为了看到外面的阳光，拼命抓住一切能向上生存的机会。她没想到自己兜兜转转，又从海城回到了这片土地上。

余飞把粗糙的棉花秆捆成一捆，恍惚间，时光仿佛倒流，回到了她扎着两条小辫子，在棉花田里奔跑的岁月。旧日里那些美好的、满怀着希望的情感清晰喷涌出来。她记得每一季棉花从播种、耕种再到收获的喜悦心情，也记得棉花在生长过程中带给他们家的每一个喜怒哀乐的瞬间。

如果说之前她决定留在家里种棉花是被迫的无奈之举，那这一刻，她已经从心底接受了这个决定。余飞是个要么不做，要做就一定要做好的性子。她虽然回家种地，但好歹也读了这么多年书。她不想跟父辈一样做个传统棉农，她要做的是，用科学知识和现代农业生产工具来侍弄土地的新农人。

等余飞拿着两捆棉花秆回来，发现二叔已经在院子外等着她了。"二叔，你找我？"余飞放下棉花秆。

二叔扔掉已经抽到烟屁股的卷烟，用脚在上面碾了碾："小飞啊，叔想跟你说件事。"

"那先进屋喝口水吧。"余飞说着要开门。

"不了，叔就几句话，说完就走。"

余飞站定："二叔您说。"

二叔看着她："小飞啊，听说你要留下来种棉花？"

"对。"余飞对于二叔的话并不意外，她知道她在小卖部打完拒绝锦城工作，说要留在老家种棉花的那通电话之后，这个消息不出半小时就能传遍全村，所以她也不问二叔是怎么知道的。

二叔咧嘴笑起来："小飞啊，打小我就知道你是个有前途、能干大事的。

你肚子里有墨水,就算留在村里种棉花,能耐肯定要比其他农民大。"

"二叔你想说什么?"余飞知道二叔在这儿等她,肯定不是为了夸她。

"二叔想说,你要种棉花,小打小闹的赚不了钱,只有把规模弄上去,收益才看得见。你既然要种,就多种点,那几十亩不顶事,二叔想再给你划拉些棉田,凑够三百亩。"

看着二叔伸出三个手指头,余飞愣了:"三百亩?"

"如果不够,还可以商量。"

余飞反应过来,赶紧摇头:"二叔,我没亲自种过棉花,我家那几十亩已经够我忙活的了,三百亩我种不过来。"

开什么玩笑,她现在手上的钱就那么点,种自己家的地还要好好规划才能把钱用在刀刃上。现在让她再多包两百多亩,光是承包的钱就把她的钱给掏光了,她还拿什么来种棉花?

二叔像是早就料到她会拒绝,接着说:"你爸可是这方圆百里最有能耐的棉农了,虎父无犬子。再说你是海大毕业的大学生,学东西快,种棉花那些事还不是一学就会嘛。再说了,要真有什么困难,不是还有二叔和村委嘛。"

对于这些夸奖的话,余飞左耳朵进右耳朵出,压根不会往心里去。至于有困难找二叔嘛,她这么大的人,自然不会相信有白给的人情。余飞直截了当地拒绝说:"二叔,我就跟您说个实话吧,不是我不想租,您也知道我家的情况,您的好意我只能心领了。"

本以为二叔会失望离开,没想到二叔眉开眼笑:"钱的事好商量,只要你想租,愿意种棉花,我就能让你不用交租。"

余飞以为自己听错了,重复了一遍:"您说我不用交地的租金?"

"你家的这种情况,我已经提前跟别的村委通过气了。今年村里又多了百分之二十的空置田地。多少家的田里草都一米多高了,只要你愿意种,这些地都给你白种。"

余飞怔了半秒:"那些田地的主人都同意?"

"怎么不同意?家里的男人都出去外面打工了,空着也是空着。你只要不在地上种破坏土壤的作物,他们就愿意让你种。田里有东西,总比长杂草强。也就是你说要种棉花,我相信你能做好,才拉下老脸去跟他们说的,你可别错过了这个好机会。"

这两百多亩让她白种?余飞记得她爸租那几十亩地时跟她说很便宜,可也要三百块一亩，这二叔现在直接给她白种？说不动心那是假的，但她一个没有实操经验的新农人，自家那几十亩地就够她忙活的了，如今多了几百亩，她真能搞得定吗？

看余飞没马上拒绝，二叔就知道她动心了，笑眯眯道："这事你考虑考虑，尽快答复我。"

余爸出院那天，余飞一早给余妈做了一天的吃食，就提前去了县里。陈双和文涛已经在县一中门前的小吃店里等着她了。余飞到之前，陈双已经把余飞要留在老家种田的事跟文涛说了。本以为文涛会跟自己一起劝余飞去锦城，没想到文涛觉得余飞留下种棉花是条路子。

陈双白他一眼："你瞎说啥呢？种棉花能是什么好路子？"

"你以为飞哥跟你一样，拍个脑袋就做决定？"文涛拿出手机给她看上面的新闻，"国家从今年开始改革棉花政策。从今年开始，国家在棉花产区启动了棉花目标价格改革试点。也就是说，当棉花的市场价格低于目标价格，国家将对棉农予以补贴。她所在的西贝村就是试点之一，有国家政策兜底，只要她肯种，种出来的棉花质量不差，收益就能得到保障。飞哥也是看到了这个新闻，结合家里的各种因素考虑，才决定留下种棉花的。飞哥这脑子的确活，怪不得人能念到研究生呢。"

陈双将信将疑，还没等她再说话，余飞就走进店里来了。余飞一来，文涛就直夸她有魄力，一上来就敢种四五十亩棉花，不愧是那个敢想敢干的飞哥。

店里抱着小孙女的老板娘一看到他们三人就笑开了花："哎呦是你们啊，好多年没见你们三个一起来了。"

文涛笑说："老板娘，给我们三个来三碗老三样。"

余飞笑笑："老板娘，再加个咸鸭蛋。"说完回头问两人："你们还要不要再吃点别的？今天我请客。"

文涛摆手："怎么能让你请客？今天谁都别跟我争。老板娘，她加咸鸭蛋，我再加个油饼。"

陈双食量不大，没什么想加的。她只是好奇地看向余飞。从小到大，余飞开心的时候会吃咸的，不开心的时候吃甜的，今天她这是有什么开心的事吗？"是不是余妈想通了？"陈双急急问余飞。

41

余飞摇头，神神秘秘地看向已经有些微微谢顶的文涛和头发浓密得梳不开的陈双，开口说："你们觉得五十亩少不少？三百亩怎么样？"

陈双夫妇对看一眼，陈双率先反应过来："你说什么？三百亩？"

余飞把二叔之前跟她说的话跟夫妻俩说了，问他们意见。文涛听完后问："飞哥，你的意思是，你不但要留下种棉花，还要扩大面积，想种三百亩的棉花？"

余飞点头。

陈双从刚才的震惊中缓过神来，边扒蒜边摇头："我还以为你是能出去了，没想到这是铁了心要留在这儿种棉花。五十亩都够你累的，二叔还让你再加二百五十亩，还真把你当二百五了？他之所以让你把那些地都承包下来种棉花，是因为他要竞选村主任，现在村里耕地闲置的太多了，他要是能让你把地都种了，这就是功绩啊，他还有选不上的道理？你可别真傻，把苦活累活揽自己身上，最后给他人做嫁衣。"

文涛掰开筷子，边搅和面条边说："我倒觉得吧，二叔说的这事也不全是坏事，毕竟这是免费的地。"

陈双在桌下踢了文涛一脚："你少坑飞哥，地是免费的，在上面种东西不用钱啊？"

文涛一脸委屈："你这话说的，我怎么能坑飞哥呢？我是真觉得可以干，毕竟今年棉花市场有了新政策，人飞哥自己肯定也思量过，觉得这事可行，不然也不会加咸鸭蛋了是吧。"三人都是老同学，对彼此的喜好和性子都摸得一清二楚。

余飞笑笑，文涛说得没错，她的确觉得这事有搞头，所以昨晚上她几乎没怎么睡觉，一直在算这其中的成本和收益，就是想用实际数据去考虑这个问题。但考虑了这么久，她还是相当纠结。在国家补贴的利好政策下，多种确实可以多赚钱；但多种，也意味着更多的开支、更多无法预测的问题和更多的责任。

她从包里拿出一个本子，翻开其中一张，上面是罗列得十分清晰的各种数据：

"承包的费用方面，我昨晚算了一笔账，除了地皮费，这么大的面积，我需要的人工费加上病虫害防治、水费、农资这些一系列的支出费用，都是一笔不小的开支。从我爸这些年的实际收益的平均值来看，一亩地的棉花成本大概在1600元，而这1600元的投入中，主要是大量的人力成本以及水费。"

余飞逐行解释："我爸之前种棉花，2010年的时候雇人摘棉花的成本是每采摘一公斤一块钱。二叔跟我谈之后我就去打听了，现在雇人成本已经翻了一倍，每公斤两块钱；加上打药，我要种肯定就要打正规药，所以都不便宜。2010年的时候每亩地都要接近四十块，现在只多不少。里里外外算起来，这些地我要是承包下来，每亩收益要超过一千五才有盈余。就算免了地租再加上补贴，赚得也不多。"

陈双越听越糊涂："你知道赚得少还想要种三百亩？"

余飞笑笑："我刚才说的那些，是按照以前的老思路、老办法的种植成本，要是有新的方法，不用请这么多人，又不用出这么多力，成本还能少一大半，那赚的就肯定不是这点钱了。"

陈双摸了摸她的额头："这孩子怎么了？余婶是不是又气你了，都把你给气糊涂了。"

"农业植保无人机你们听过吗？"余飞眼睛亮亮的。

之前在海城的时候，因为余爸还在种棉花，所以她对棉花种植的新闻是有关注的。她记得有个新闻曾经说过有家公司研发了一种农业无人机，能够解放棉农的双手。这个无人机不仅能打药，除草，还能打顶。当时余飞就觉得这机器真是神了，但那个时候她太忙了，也没有去深入了解。一是觉得新闻上可能夸大了，二是感觉余爸的小棉田也用不上。如今轮到自己种棉花，她忽然想起这件事来。棉田的打药、除草、打顶等人工费不菲，如果能用机器来代替，那省下来的钱，可不是一星半点儿了。

陈双一头雾水，文涛擦了擦嘴，兴致勃勃道："巧了，我还真听过。这不，过两天县里马上就要开农业智能产品推广会了嘛，我前段时间为了这个推广会也联系了不少农机厂家，其中有个来参展的产品我印象非常深刻，就叫做农业植保无人机。"

"真的？那公司叫什么？"余飞瞬间来了精神。

"擎翼科技。"文涛打开话匣子就收不住了，"那公司的广告宣传和产品功能我可是看了，神奇得很，说是不仅能喷施农药，还可以进行土地测量，农作物病虫害、农作物生长监测，土地墒情监测，等等。这些原本要人工来做的事，现在全都交给机器做。只要让无人机作为搭载平台，搭载不同的设备，就能完成不同的功能。要是这个产品真有宣传的这么厉害，有了这个机器，包下三百亩，可真能赚不少。"

"宣传片你手机里有吗？"余飞恨不能现在就看。

"我现在没有，宣传册是对方来参加推广会的时候才带来的。"

"那实物你见过吗？"余飞又问。

文涛又摇头："也没有，实物也是厂家人员推广会才带来。但那个宣传PPT我是看了好几遍，真的太神奇了。那机器好像叫什么擎翼一号。就拿喷农药来说，那擎翼一号携带调配好的农药，飞到空中进行遥控喷施农药。高压喷施，据说这样农药使用量少，喷施更为均匀；而且高空喷施可以沾在叶片表面上，减少农药残留。对了，这个农业无人机效率极高，几百亩地，嗖嗖就喷完了，不仅时间减少、费用减少，相应的农药和水费的支出也少了不少。"

"你这吹得有点离谱了吧？"陈双听文涛说得神乎其神，忍不住打断他，"你这不是科技，这叫魔法。"

文涛看老婆不信，也不跟她辩："推广会那天你俩去现场看，现场不仅有厂家的技术员直接讲解还有产品演示。到时候我把厂家的专家介绍给你们认识。"

"好。"余飞一口应下，心说今天真是收获不小。如果这个农业无人机真这么厉害，对余飞来说，就相当于是为她量身定做的一样。她一个新手，种植和管理的经验都不够，管理机器，比管理人要省心多了。

陈双嘴巴一撇："就算你说的是真的，人工用机器来替代，那三百亩的水肥和种子总是要花不少钱的吧？"

余飞开口说："我来之前专门去农村信用社打听过了，我可以去申请小额贷款。"

文涛插了一句："你这种情况，应该可以申请家庭农场贷款。这个贷款额度可比小额贷款高多了，但好像需要一些资质，到时候你可以去银行再详细问问。"

"涛哥你今天给我的金点子可真是太多了，大恩不言谢，今天这顿就让我来请吧。"

文涛爽朗笑道："少不了你那顿，等你把棉花种出来，再好好请我们。"

陈双看两人越聊越嗨，叹了口气："你俩把贷款都想好了，这万一……"

看陈双欲言又止,余飞了然,拉着她的手说:"放心吧,我现在也不是马上就要去贷款包地种棉花,这不是还要考察吗?推广会咱都去,要是那机器不行,我们就不包。"

余飞是大胆但不是冒进。如果那机器真可以省钱省力,价格她又能接受,那她当然有信心用这三百亩棉田来练手。敢于做第一个吃螃蟹的人,才是新农人该有的精神。

说到农业展会的事,余飞忽然又想起了云上科技的白敬宇。她记得云上科技的无人机全是航拍娱乐方向的,并没有针对农业服务类型的,余飞不知道白敬宇为什么要来参加这个农业推广会。"涛哥,这次来参展的厂家,是不是有家叫云上科技的?"余飞问。

自从白敬宇那天走后,家里又发生了这么多事,余飞也就顾不上他了。如今文涛是展会的负责人,她就顺道打听点儿关于白敬宇的消息,毕竟那男人不是什么善茬,她得知己知彼。

"云上科技?"文涛想了想,摇摇头,"没有。"

"没有?"余飞疑惑。

陈双也很奇怪:"会不会是他那装机子的箱子没找着,所以就退展了?"

"你们说谁啊?"文涛边用手机回工作信息边问。

余飞不想让忙得七荤八素的文涛分心,摇摇头说:"一个糟心人,既然没有,那就不用管了。"

单位打电话催文涛赶紧回去,文涛匆匆吃完,拿了张纸巾边擦嘴边叮嘱余飞:"推广会那天记得早点来,九点半就开始,到时候很多村民都会过来看,来晚了没好位置了。"

"放心,我不会迟到的。"余飞对这个擎翼科技公司生产的擎翼一号好奇拉满,恨不能马上就见到,怎么会晚去?

"那行,我得赶回去协调布展情况,你们慢慢吃。"

文涛结账走了,余飞放下筷子,陪着还没吃完的陈双继续坐着吃。老板娘忙不过来,把小孙女抱过来让她们帮照看一会儿。

陈双放下筷子,小心翼翼地抱起这个小肉球,满脸的喜欢藏都藏不住。小家伙认生,"哇"的一声哭出来。陈双有些手忙脚乱,余飞眼角看到旁边有张店里的传单，拿起来随手就折了个纸飞机递给孩子。孩子接过纸飞机，果然咧嘴笑了。

老板娘忙完跑过来边道谢边抱孩子，陈双依依不舍，眼睛一直看着小孩。余飞看她这个样子，心里替她难受，安慰说："你和文涛都还年轻，会有自己的孩子的。"

陈双苦笑一声："结婚都这么多年了，我已经不奢望了。"说完，她从包里拿出一张卡递给余飞，"你决定留下来种棉花，我和文涛也没什么能帮上忙的，这里有五万块钱你先拿去用。"陈双是真把余飞当自己的半个亲人了，所以才把辛苦攒的这些钱全拿出给她。

余飞一顿，随即把卡推了回来："你们攒下这笔钱不容易，我不能拿你们的钱去冒险。再说那三百亩的事情还没定下来，现在入股太早了。"

"从小到大，你决定要做的事，哪件没成功？我不相信别人，但我相信你。虽然我不舍得让你留在村里，但你既然决定了，我就支持你。这钱你就先拿着，不管是小额贷款和文涛说的那个什么家庭农场，都是需要根据抵押物来估值贷款的，到时候余婶不一定会让你把宅基地和老宅拿去抵押。"

陈双嘴上说的是"不一定"，其实心里清楚，余婶肯定不会让余飞把这些东西拿去抵押的，所以她才要把钱借给余飞。陈双之所以这么帮余飞，是因为初中时她的眼睛被弹弓打到，所有孩子都吓得跑了，只有余飞镇定地安慰比自己大的陈双，还背着她上了大路拦车。这才让陈双的眼睛得到及时治疗，不然她的左眼早就瞎了。

"双姐，我们家还有抵押的东西，这事你就不用担心了。"余飞没要她的卡。解释说，"我之前去农村信用社问的时候，用的是我家棉田的承包合同。那五十亩地承包期还有五年，我想着拿去抵押，应该还是可以借出点钱的。"

陈双没想到承包期也能抵押："那对方怎么说？"

"信用社那边说贷是可以贷，但钱肯定不会多。具体能贷多少，还得内部评估之后才能确定，你就不用担心了。再说了，我不是只出不进。我人虽然在村里，但我可以通过网络去赚外面的钱。我刚才来的时候，已经在学校附近的网吧里联系了海城的朋友甄妮，让她帮我找找看有没有什么兼职可以做。她说可以给我介绍一些兼职会计的活，而且她还给我推荐了一些金融类的辅导机构，我以后给他们做课业内容。如果做得好，收入还是可以的。"

兼职会计是有的，但辅导机构是余飞编的。她只是想让陈双安心，她不能用陈双的钱。她知道这是陈双攒着，以后要去做试管婴儿的钱。

陈双和文涛结婚这么久，一直没有孩子。因为这件事，陈双这个十里八乡出了名的孝顺儿媳，硬是被她婆婆数落得一文不值。余飞还在海城工作的时候，陈双就曾跟她打听过海城哪个医院可以做试管婴儿，如果不是已经绝望到一定程度，谁会想去做试管？家家有本难念的经，余飞不能因为自己有困难，就心安理得地把风险和难处嫁接到别人身上。

陈双终于被余飞说动，把卡收了回去。吃完东西，两人在店门口分别，陈双回学校，余飞去医院接余爸回家。两人刚走了没一会儿，白敬宇和严志高就走进了这家小吃店。

第五章　圈子

"老板，来两碗酸菜肉末面，两罐可乐，再加盘圆葱拌牛肉和两个肉火烧。"严志高朝柜台喊了一嗓子。

白敬宇找了个空桌坐下，看了眼旁边桌上没来得及收拾的三个面条碗和一个咸鸭蛋壳，说："老板，加个咸鸭蛋。"

"怎么忽然想起吃咸鸭蛋了？"严志高边拿筷子边问。

"忽然想吃。"白敬宇看着这个咸鸭蛋，忽然想起自己外婆以前经常自己腌制的咸鸭蛋。自从来到这个小县城，以前的记忆总是会时不时跳出来。

严志高无语："听君一席话，犹如听废话。"

老板娘背着小孙女，把他们点的东西一一端上来。小孙女手里的纸飞机忽然掉在地上，老板娘没看到，一踩就踩烂了。孩子一看自己心爱的纸飞机就这么毁了，"哇"的一声哭出来，老板娘怎么哄都哄不住。

"看我的。"严志高站起来去逗孩子玩。

"行不行啊？别吓着人家。"白敬宇说。

严志高一甩刘海，自信满满："哥的颜值可是大小通杀。"没想到小孩看到他，哭得更厉害了。

坐在旁边的白敬宇一脸无语，眼角看到刚才孩子掉的那个纸飞机。他伸手捡起那架被踩扁的纸飞机，发现这架飞机的折法不是普通的折法，而是能

47

投掷出三十多米的立体远射折法。能在这里看到这种折法，倒是令他有些意外。他拿起另一张传单，快速折出同样一架纸飞机递给小女孩，小姑娘立马破涕为笑。

"这也行？"严志高不敢相信自己这张脸竟然输给一架纸飞机。

白敬宇看了严志高一眼："小姑娘审美不错。"

老板娘看孩子被哄好了，一脸惊喜地道谢，然后说："这种纸飞机能飞很远，但很难折的。我在县里开这家店这么久，除了飞哥，你是第二个折出这种飞机的人。"

白敬宇一怔，飞哥？哪个飞哥？不会是那个飞哥吧？

严志高嘴快，边把酱油加进面条里边说："我这位兄弟可不止会折纸飞机，他什么都能折。光是纸飞机，他就能折出八百种不重样的飞机，肯定比你说的那个什么飞哥厉害。"

老板娘表情复杂地看着他们："折这么多纸玩意做什么？你们……是开寿衣店的？"

严志高喝进去的可乐瞬间喷了出来。

白敬宇忍住笑，跟老板娘认真解释："不是，我折来玩的。"老板娘这才松了口气，开开心心地让小孙女玩那架纸飞机。白敬宇吃了一碗面，放下筷子："赶紧吃，我们还得去买点工具修机子。"

"后天就要展示了，你真能把那进水的机子修好？"在严志高看来，等老蒋寄来新的就完了，费那劲干吗？

"我尽力吧。"白敬宇现在也没有十足的把握。虽然他让老蒋把备用机子寄过来了，但他怕赶不上后天的展示会。所以他要做两手准备，去这边的五金店买些简易工具，就在严志高的宿舍拆机，看看里面的电路有没有被损坏。

"话说这箱子也真是牛，泡了一天一夜，竟然只漏了一点儿水。"严志高跟着白敬宇在河里整整打捞了一天，现在身上的肌肉还在隐隐酸痛。

"箱子是撞到了河床的石块上变形了，不然应该也不会漏水。"白敬宇说。虽然进水，那也比找不到要强。当时他们把箱子捞起来的时候，他还有些意外，没想到那个余飞真没骗他。

吃饱喝足，两人走在这个总人口不到二十五万的小县城最繁华的商业中心，步行半小时内就能从南走到北，从西走到东，距离很短。

街上卖衣服的店比较多，但极少看到什么大品牌。全县唯一一家电影院就在这条街上，循环播放着嘈杂的音响。两人都被巨大的声响弄得有些烦躁，快步出了所谓的繁华地段，最后总算在一个偏僻的小巷口找到一家小五金店。

白敬宇买了些能卸开机子螺丝的工具，细软毛牙刷还有无水酒精。他本还想买热风枪，但跑了好几个五金店都说没这个东西，他只能买了个小型的吹头发的电吹风。回到宿舍，严志高去上课，他则迅速进入工作状态。

机子找回来后，因为没有工具拆，白敬宇不知道内部受潮情况，不敢贸然开机，怕里面的主板元件短路。如今他把机子拆开后，仔细检查了每块主板，没发现有模块炸开或者锈蚀，只是芯片有些潮，肯定是进了水，但好在不多，且他之前没在机子里装电池，这一切都还算可控。白敬宇松了口气，这种程度的进水情况，即便工具简陋了些，应该也可以搞定。

他先是将每一个能拆开的部件全部拆开，进行非常仔细的清洁。有些细微的脏污点，他便用无水酒精擦拭干净。而主板元器件的焊接位置，他则用软毛牙刷细细刷干净。

这类元器件拆开之前，如果没有记清楚，是没法重新安装回去的，要是安错了一个位置，要么无法启动，要么就有炸机的危险。就算安装对了，拆机的螺丝要按照一定的规则摆放好，螺丝之间的差异很小，很容易搞混；将一颗长螺丝拧在不对的位置，也能引起器件损伤。所以不是专业人员，一般都不敢擅自拆机。

然而这些事对于白敬宇来说根本就不是问题，他把所有元件都清理干净，然后打开吹风机，用热风慢慢烘主板，把里面的水汽逼走。

这种小县城里卖的不知名的小吹风机极其吵闹，且温度达不到热风枪的热度，白敬宇只能一直开最大最热的档位，忍受着超高分贝的轰轰声。吹了差不多十五分钟，白敬宇已经闻到了吹风机内部塑料融化的味道，他只能先停下，等吹风机凉下来了，才能继续。

老师的宿舍是一栋三层的筒子楼，一楼最西头的那间是校医室。

这么长时间的大声轰鸣，轰得陈双头晕脑涨。她从校医室走到走廊，顺着声音走到105房，那是严志高老师的宿舍。门关着，她从玻璃窗户望进去，看到了埋着头、拿着电吹风不停在吹手里一块电路板的白敬宇。

原来是他。

之前陈双不知道这个男人就是害飞哥丢了工作的人，现在知道了，她肯定要让这个白敬宇吃点儿苦头。

这个筒子楼每层都有一个电闸,一楼的电闸就在这间校医室里。陈双轻手轻脚地回到校医室,拿上包,伸手拉了电闸。陈双拉电闸之前已经观察过了,现在这个点老师们都在教室里上课,一楼其他宿舍都没人,所以拉电闸受影响的只有白敬宇一个人。

做了亏心事的陈双快步从学校侧门走了,因为心虚,还差点绊了一跤。

正聚精会神干活的白敬宇忽然发现手里的吹风机不响了,他以为是吹风机过热烧了,伸手拉电闸,发现灯也不亮了。他走出宿舍,发现对面两层的教学楼里是亮灯的,难道是这个吹风机功率太大,宿舍楼跳闸了?

白敬宇到处找这排宿舍的电闸也找不到,好不容易等到课间,他跑去找了严志高,严志高带着他跑到校医室门口,发现锁门了。"奇怪,下午上课之前我还看到双姐了,这会儿人哪儿去了?"严志高摸出手机,给陈双打了过去。

陈双料到严志高会打来,故意隔了好一会儿才接:"严老师怎么了?"

"双姐,我们宿舍停电了,可能是跳闸了,想进校医室检查一下电闸。你在哪里,方不方便回来开一下门?"

"哎呦,真不巧,我这正去县医院补药呢,现在已经在公车上了,还有两站就到了。"

严志高没辙了。县一中和县医院是两个方向,一来一回得两个多小时。

倒不是说这小县城有多大,主要是这种小县城里的公车跟大城市里不是一个概念:城市里的公车每个站点停车多少分钟、几点到达,都有个准数;但小县城里的公车更多的是招手就停的状态,而且兼带快递物流功能。

前一站的人会拿着一摞农产品或是一笼家禽放上车,跟司机说拉到哪个地方有人过来接,然后给司机一块钱就行。到了地方,司机得等人过来拿,车上的乘客已经司空见惯,也没有怨言地一起等。大概是村县的生活节奏慢,大家对时间也就不那么苛求。严志高刚来的时候是特别不习惯这种方式的。他除了跟鸡鸭鹅这种小型的家禽同过车,还跟一群小猪崽坐过隔壁,吓得他全程都没敢动。直到现在,他才慢慢见怪不怪了。

大家都不着急,但急着弄机子的白敬宇着急啊。严志高又问:"那医务室的钥匙还有哪位老师有?"

"只有我这儿有一把。"陈双遗憾的语气恰到好处。

"那您大概什么时候回来？"

"大概下午放学前吧。"陈双肯定要放学前回来，她不能耽误其他老师用电啊。

严志高挂了电话看向白敬宇，摊了摊手，表示没办法了，怎么也要等上三四个小时。

白敬宇看着屋里那些泡了水的零部件，他本想吹干之后，再晾上一天，这样才能让水汽完全蒸发掉。如果晚上才来电，那开电吹风声音太大会影响其他老师休息，肯定是没法干的。白敬宇当机立断："这附近有没有好点的酒店？我现在把东西拿起开间房，吹干就回来。"

严志高摇头："还酒店，你当这是海城呢？看着干净点儿的就是政府楼旁的小宾馆。"

"行，就去那儿。"白敬宇一分钟都不耽误，回宿舍收拾了东西，拎着两个箱子就走。

在宾馆忙活了一下午，各个零件总算是吹了一遍，剩下的就是等着它们自然干了。白敬宇提着两个箱子回学校的时候，县一中最后一节课还没下课。

他沿着宿舍的墙一路走进来，整个中学据说是全县最好的学校，可全校仅有一幢四层的教学楼，分为初中部和高中部，每个年级都只有三个班。学校里还有两幢简陋的宿舍楼：学生宿舍和教师宿舍。一眼望去，整个学校面积满打满算也就三四十亩。配套设施除了一个学生餐厅和一个小操场，再无其他的东西。毫不夸张地说，海城一个普通小区里的幼儿园，基础设施都建得比这个县重点学校要好得多。白敬宇没想到严志高能在这样一个环境里待下来。

一开始他说要去贫困县东山县支教的时候，白敬宇以为他是在开玩笑。毕竟海城的有钱土著严少爷平时喝矿泉水都只喝巴黎水，但在东山县里，连农夫山泉都难买到。而严志高来这里的原因，白敬宇到现在都觉得好笑。因为海城的风流债太多，他要找个偏僻的地方避风头，所以就报名参加了支教。当时的白敬宇以为严志高熬不过一周，谁成想严少不仅熬下来了，还签了两年约。因为这件事，白敬宇对这个发小又有了新的认识。

白敬宇快走到教师宿舍楼的时候，远远看到小侧门上好像"夹"住了一个人。小侧门是用一根根竖着的铁条焊在一起的，只上下有两根横条，瘦点的女孩，挤一挤是可以钻进来的。可眼前这个穿着羽绒服的学生，显然是被

51

卡在中间了。

余美此时恨不能把全身的肉压平拍扁，好通过这两根铁棍隔出来的间隙。

可她越挤，身子卡得越紧，直到她从头到尾被两根圆形铁棍死死地"一分为二"，再也动弹不得。余美一脸懊恼，她刚才出去的时候明明还能钻出去的，怎么回来就钻不进来了？难道是因为她刚才在外面吃了个包子？眼看下课铃就要响了，要是一会儿被同学老师看到，那她谎称生病不上课，偷偷跑出校外上网的事就被发现了。县一中对学生纪律要求极严，这事要被发现，可是要被记大过的。要是记过肯定得通知家里，到时余飞知道了，肯定饶不了她。

就在她气急败坏又动弹不得的时候，一个男人的声音从她身后传来："你是这个学校的学生？"

余美的头被卡得死死的，没法转过头去看，还以为是被哪个老师抓住了，只能自认倒霉，丧着语气道："是。"

"为什么不从大门进来？"白敬宇问。

余美在心里翻了个白眼，心说我要是能走大门，还会钻门缝？但对方是老师，她不敢这么说，只能可怜兮兮道："老师，我刚才出去看我爸了，他在医院住院，今天下午就出院了。从正门出去要绕远路，我为了赶时间就从侧门出去了。谁知道出去的时候没问题，进来就卡住了，老师，你拉我一下吧。"

白敬宇走到她面前，看着眼前那张年轻的脸。她的头紧紧地塞在两根铁管之间，理论上来说，只要头部能通过的空间，身子都能通过。看她现在卡得这么严实，看来……只能硬拉了。

余美此时终于看清站在她面前的这位老师了，心说这是哪个年级的老师，怎么长得跟电影明星似的。

就在她发愣的时候，白敬宇忽然拽住她的羽绒服，用力一拉。"啊"的一声，余美喊的同时，身体已经从那个细小的空间里出来了，紧接着额头上就是一片火辣。她捂着额头，一脸慌张："老师，我额头是不是出血了？"

白敬宇看了一眼："没有，擦红而已。"他刚才是确定不会弄伤她才把她拔出来的，顶多喷点云南白药。

"真的？"余美揉着脑门，怎么就这么不信呢？

"知道你为什么卡住吗？"白敬宇指了指她被卡的位置旁边那个空间，"你钻错位置了。"

余美用手一比量，旁边的那个空隙，好像真的比她刚才钻的这个要大上一丢丢。余美一脸郁闷，都怪自己不细心，不然就不会这么丢脸，还被抓个正着。她顶着红肿的额头跟白敬宇道了谢，撒腿就往学生宿舍楼跑了。

白敬宇提着箱子转身回宿舍，刚走到门口，就看到陈双在开校医室的门。白敬宇快走两步："双姐你回来了，正好，我去帮你看看跳闸的位置，把电通上。"

陈双做贼心虚，为了不让白敬宇看出她是故意拉的闸，连忙摆手说："不用不用，我看过电工怎么弄，我自己来就行，很快就好，你先去忙吧。"

"我现在没什么事，换保险丝还是有些危险的，还是我来吧。"白敬宇坚持。

陈双急得脑门都冒汗了："我说不用，你赶紧回去吧。"

被强硬推走的白敬宇心中虽然疑惑，但也没再说什么，转身回了宿舍。

陈双等了好一会儿才把电闸拉上，心说这亏心事真是干不得，这一下午提心吊胆的还差点露馅了，以后杀头也不能干这种缺德事了。

来电后，白敬宇把各个机器部件从箱子里拿出来摆在宿舍的桌上继续晾着，各种零零碎碎的零件足足摆满一桌。刚摆完，严志高就推门进来了："怎么样？弄好了吗？"

"刚弄完，晾一晚上，明天再看看干燥情况。"

"要是干不了怎么办？"

"晾二十四小时，应该问题不大。"

"你后天一早起来组装来得及吗？展会九点半就开始了，我们得八点赶到会场做准备。"严志高看着一桌子密密麻麻的零部件，要是让他来装，估计装一周也未必装得完。就算装完了，也未必能装对。

"来得及，半小时内就能装完。"在研发和实验过程中，这些机子白敬宇拆了装，装了拆，不说上万遍也有上千遍。他就算闭着眼，也能把机子装个八九不离十。

严志高一脸崇拜："不愧是碾压了我这么多年的学霸。听说推广会现场已经布置得差不多了，到时候除了农机产品的厂家，还有一些种子公司和农产品相关的公司也一起过来做推广。那天我们得提前去，占个好位置，对了，

53

宣传单别忘了。"

"忘不了，都在箱子里准备着。这事你从昨天开始到现在已经说了不下十遍。"白敬宇是想忘也忘不掉。

严志高一副受打击的样子："你这是在暗示我唠叨吗？"

"明示。"白敬宇给了他一个"自己体会"的眼神。

严志高叹了口气，自从他当了老师，就不知不觉间成了这副样子，他真不想的："我以后注意。"

"你开心就好。"

严志高朝他挑眉："说到开心，现在你也没什么事干了，晚上出去找点乐子？"

白敬宇不知道这个小县城晚上能有什么好玩的，看他神神秘秘，忽然想起严志高的尿性，皱眉说："你是不是又看上哪个女老师了，让我陪你？"

严志高嘴角抽搐了几下："我说白总，我在你心目中除了泡妞，就没别的正事了？"

白敬宇诚实地点点头。

严志高无语："大哥，现在农村男多女少你又不是不知道，学校里适婚年龄的女老师早就名花有主了。再说你当我傻啊？让你陪我我还有机会？"

"那你想去哪儿？"白敬宇问。

"我是让你跟我去网吧打两局，到时候叫上老蒋他们一起上线。这么久没玩，手都痒了。"严志高在这边一是要顾及老师的形象，二是真没有队友，的确是有段时间没去网吧打游戏了。

白敬宇这段时间忙着新公司的事，也很久没打了，点点头："行，我现在给老蒋打电话。"

严志高拿上包："走走走，边走边打，先去吃饭，吃完马上去网吧。"

吃完晚饭，为了顾及严志高的老师形象，两人去了离学校有点距离的一个网吧。严志高开开心心买烟去了，白敬宇看了眼周围，不少年轻人都在上网，但看起来都不是学生的样子。

白敬宇刚要收回视线，就看到坐在跟他隔了一条过道那一桌，有个背着他坐着、戴着鸭舌帽的女生，看侧面，好像就是今天被卡在铁门上的那位女学生。严志高不是说这里不会有县一中的学生吗？

白敬宇不是多管闲事的人，只是那位女生的屏幕正对着他，所以他能看到女生聊 qq 的内容。她给对方发的满屏消息都是一样的内容：你让我存进户头的钱不见了！

这些红色加粗字体，让他想忽略都不行。

此时余美不知道身后正有人盯着她的聊天内容，她着急地在键盘上打字，说她今天中午按照对方的要求，给了对方身份证、电话号码以及银行信息之后，存了 300 元保密保证金进去，并且每一步都"按照对方的语音提示去做了"，可为什么她刚才查看，发现户头上的 300 块不见了？

对方的解释是：不知道钱怎么跑到他们公司账号去了。随后对方开始"教"余美如何要回那 300 元保密保证金：继续往里面再存 300 元，就能把前面那 300 元退回到卡里。并再三强调：只有他们确定了她卡里有这笔保证金，她才能得到书稿，只要她能照着书稿打一万字，就有一千块的收入，打得越多，收入越多。

这是个极其拙劣的骗局，在看到女生打出"好，那我马上就去给你打钱"这句话时，白敬宇再也忍不住，起身走了过去。

白敬宇听严志高说过，在县一中上学的学生，大多是成绩不错，但家境很一般的孩子。全校百分之七八十的学生，都是贫困生。他知道三百块对这些孩子来说，很可能就是半个月的生活费甚至是一个月的生活费，他不想看着这个学生再继续受骗。

"你被人骗了。"他在她身边的座位坐下。

余美吓了一跳，发现说话的人是今天中午在学校拉了她一把的老师。这里离学校这么远，余美也是怕被人发现她在自习时间上网，所以才特意跑这么老远到这里。没想到跑到这儿还是被人发现了。余美惊慌地看向白敬宇，随后转头看了眼自己的屏幕，当即恼了："你偷看我的聊天记录？"

"我不是故意的，你的屏幕正好对着我。你不要再给对方汇钱，马上去报警。"

余美却不买账："你谁啊？关你什么事？你知道我在聊什么吗就让我报警？多管闲事。"

白敬宇看着恼羞成怒的余美，慢慢说："你叫余美是吧！你今天中午说是你爸住院，你偷跑出去看你爸，可实际上你是去给骗子汇钱，我说得没错吧？"他刚才看她给骗子说了她的名字和身份证号，记住了。

余美被他说中，气势瞬间弱了下去，但嘴上还是不示弱："你又不是我老师，我去哪儿关你什么事？"

"我姓白，白敬宇，我虽然不是你的老师，但我可以很肯定地告诉你，你现在要是再按着那个骗子说的，往卡上再存三百元。你不但拿不回之前的三百，还要再损失三百。"

"我凭什么相信你？"

"如果你不信，我可以让你们学校的老师过来，让他给你判断一下。"白敬宇拿出在这儿刚买的新手机，想要打给严志高。

余美慌了，她怕这事传到班主任严老师那里，那余飞也就知道了。她答应过余飞要好好学习，但这个工作只要照着对方给的稿子打一万字就能有一千元的收入，她实在是抗拒不了这个诱惑啊。余美腾地一下站起来："好，我相信你，我现在就走。"她心里想着却是，等会儿她出去就给对方汇钱。

白敬宇刚才进来的时候发现门外蹲着不少染头发的小年轻，他怕余美出去有什么麻烦，想把她送上回学校的车。"你跟着我干吗？"余美却不想他跟着，越走越快。

"把你送上车。"白敬宇说得坦坦荡荡。

"不需要。"余美说着就跑了出去。

此时街道的路灯刚刚亮起来，陈双从公车上下来转大巴，急着赶末班车回村里给婆婆送熬好的药。还没走到大巴站，她就看到对面路边有个像余美的学生，在跟一个男人争执。情急之下，陈双叫了一声："余美，你在那干什么？"

余美听到有人喊自己的名字，定睛一看，发现站在街对面的陈双。她瞬间就像是看到了救星，抬脚就迅速跑了过去，拽着陈双就赶紧走。

白敬宇隔了条马路，看清楚叫余美的人是陈双，知道对方没危险了，就再没有追过去。"看什么呢？"严志高站在白敬宇身边，看向他看的方向。

"买包烟这么久？"白敬宇转回头。

"刚才买烟的时候看到这个，这可是这里才有的路边小吃，赶紧尝尝。"严志高把一袋子烤串递给白敬宇。

白敬宇拿出一串，刚要吃，发现上面竟然是一串带着血管神经的眼睛。

"我去。"白敬宇赶紧丢回去。

严志高哈哈笑："你也有怕的时候？我以为你胆生毛呢。"

"什么鬼东西。"白敬宇一脸嫌弃。

"别不识货，这是羊眼，这是牛睾丸，都是当地烧烤的尖货。为了买到这俩串，我可是排了半小时的队。这么说吧，要是当地人跟你一起喝酒，那顶多就是普通朋友。可要是对方愿意跟你一起吃羊眼，那才算跟你交心，把你当真朋友了。"

"你吃过？"白敬宇想到刚才那排眼睛，头皮还在发麻。

严志高一脸得意："那当然。"

"什么滋味？"白敬宇一脸好奇。

"你自己尝尝。"

"那还是算了吧。"白敬宇转身进了网吧。

严志高跟在后面问说："对了，你出来干吗？"白敬宇回到座位上，把刚才的事大概说了一遍。严志高皱眉："那学生叫什么你知道吗？"

"余美。"

严志高一怔："余美？"

"你学生？就是我上次救的那个女学生。"

严志高越想越觉得不对，一拍大腿："不行，我明天再跟她好好说说，不能让她再给骗子汇钱。你不知道她家里的情况，她哥借了网贷不敢回家，追债的人就来骚扰家里人。她爸气病住院，她妈眼睛又不好，全家现在就她姐一个人撑着，太不容易了。这余美也真不省心，她那西贝村还没信号，没法通知她姐。哎，实在不行，等明天我去她家一趟。"

"西贝村？她是西贝村的？"白敬宇之前就是在西贝村受的伤，然后被那个叫"飞哥"的救起来。那个女孩姓余，余家被追债……白敬宇皱眉："她姐叫什么？"

"余美她姐？余飞。"严志高边开电脑边说。

余飞？飞哥？严志高嘴里说的撑起一个家的姐姐，就是那个脾气怪异又狠厉的"飞哥"？白敬宇真不知道该说这个地方太小，还是他跟这一家太有缘了。

他气不打一处来："我当时掉进河里就是因为那个余飞。"

严志高皱眉："那把你赶出来，不告诉你箱子在哪儿的也是余飞？"

"不是她还能有谁？"

严志高挠头："不对啊，我认识的余飞跟你说的那个是一个人吗？那余飞我见过两次。一次是上学期末，余美被歹徒差点抓走，她来把余美领回去。

57

当时学校担心影响不好，不想把事情闹大，但余飞坚持去派出所报了案，说不能让坏人逍遥法外。还有一次是前一阵她送想要退学的余美来上学，跟校长和我们几个老师说他们家再难，余美也决不能退学，请我们帮她看着余美。我觉得这个余飞三观还是挺正的，应该干不出你说的那些事。"

"小姑娘两副面孔？"白敬宇冷哼。

"不能吧？我之前听校长说这个余飞是县一中有史以来最优秀的毕业生，考到海城大学，研究生毕业，还进了海城的仕达会计事务所工作。过年前因为她哥的事，她爸妈又没法照顾自己，她妹又还在读书，就从海城辞职回来了。现在也不知道她在干什么。"

白敬宇想到他在西贝村村口小卖部那里听到余飞是被开除的，还闹得人尽皆知。他在脑中把优秀的、三观正的余飞和贪污被开除的、翻脸比翻书还快的余飞综合了一下，发现不是这个女人精神分裂，就是她太能装了。他不想再去想那个余飞的事，只是觉得仕达会计事务所这个公司名字很耳熟，几秒之后，他猛地想起来，这是云上科技请来做审计的那家公司。

第六章　骗局

那个余飞难道是给云上科技做审计项目的成员之一？除了这一点，白敬宇真想不出还有什么原因，让她一个会计师被开除的事，能传遍整个云上科技。这个余飞明显对他是有意见的，那他是不是可以理解为，她是因为在这个项目里贪污被开除的，所以她才把账算到他头上？

"想什么呢？"严志高推了推白敬宇："游戏开始了。"

白敬宇看回游戏屏幕，选了游戏角色，心说爱谁谁吧，反正他现在跟云上科技和那个飞哥都没关系了。

此时路边的陈双拉住余美问："刚才你在跟谁说话呢？我瞅着怎么那么像那姓白的。"

余美怔了一下："双姐你认识他？"

陈双一脸警惕："他跟你说什么了？"

"他……我们没说什么,就问我这里哪儿有宵夜摊,什么东西比较好吃。"余美搪塞道。双姐竟然认识那姓白的,余美就更不敢说实话了。

"就这?"陈双将信将疑,"你这个点应该在学校上自习,怎么跑这来了?"

余美反应也算快:"我……我听我们班上的同学说,她邻居想要找高中生给小学生辅导作业,每个月来辅导三次,能赚四百块钱。我就想来试试课,没想到人家已经找到老师了,我就回来了。"

陈双听余美说完,沉默几秒,拉着她:"余美,我知道你是想给家里减轻压力,但你明年就要上高三了,应该抓紧时间学习,不要捡了芝麻丢了西瓜。你姐要是知道,肯定不会让你这么做的。"

"双姐,你千万别告诉我姐,反正我现在也不去了,你就别让她再担心了。"

陈双没再怀疑,拉着余美往车站走:"放心,你好好学习,我不会告诉她的。以后晚上别乱出学校,走,我送你回去。"

余美不想让她送:"双姐你别送我了,别再赶不上车了。"

陈双看了眼时间:"那行,我看着你上回学校的车再走。一会儿我会给你们晚自习老师打个电话,跟她说我让你出来的,你赶紧回去。"

余美看陈双真站在原地盯着她,只能硬着头皮上了刚过来的一辆公车,心说今晚上是没法去汇钱了,等明天中午,她再想办法跑出去汇。无论如何,她都要干这份兼职。

余飞下午把余爸接回来,又马不停蹄地做了晚饭,伺候完父母,她才坐下来,还没来得及吃上一口,就看到陈双红着眼进来。余飞都不用问,就知道陈双肯定又是在她婆婆那儿受气了。

"我刚烙了几个韭菜盒子,赶紧趁热吃。"余飞递给陈双筷子,又给她盛了碗玉米碴子。余飞往自己的碗里加了勺糖,问陈双要不要,陈双摇摇头。

看她往玉米碴子稀饭里放糖,陈双就知道她心情不好,问说:"你跟余叔说留下种棉花的事了?"

"嗯。"

"余叔怎么说?"

余飞搅动碗里的稀饭:"他让我去县里找份工作。"

"你怎么想的?"

"不去。"余飞停顿了几秒,继续说,"如果那个擎翼一号真这么有能耐,我不但要在这里种棉花,还要种满三百亩。到时候我在这里能赚到跟在海城一样多甚至更多的钱,那我爸就没有理由反对,更不会觉得我在家种棉花当农民丢人了。"

"你真相信那个小飞机模型能做这么多事?"陈双是不信的。

"海城的物联网很发达,在城市里,很多工作都由机器来代替人力了。我相信农业智能化是未来趋势。"

陈双知道余飞决定的事九头牛都拉不回来,也就没再劝:"行,还是那句话,只要是你想做的,我都支持你。"

余飞笑笑,给她夹了个自己做的"韭菜盒子"。

刚咬第一口,陈双就觉得不对劲,嚼了几口吐出来,发现里面不是韭菜和鸡蛋,而是萝卜和……酸杏?

"不好吃吗?我今天回来的时候,顺手摘了几颗杏,没想到太酸了,我就把它跟萝卜一起炒了放进去。"余飞边说边自己咬了一口,几秒之后,也吐了出来。余飞皱着脸:"算了,等明天加点水和糖搅一搅,煮成稀饭吃吧。"

"听姐一句,别再浪费明天的火了。你也没做多少个,不吃就不吃了。"陈双极力劝阻,太久不吃余飞做的东西,她竟然忘了余飞是个暗黑料理王。想起当年吃过余飞自创的南瓜炒猪红和田鸡苹果粥之后,她对那几味食材至今都还有"阴影"。

余飞看陈双那痛苦样,也"回头是岸"了。两人就各喝了碗稀饭,结束晚餐。

陈双放下碗说:"今晚我得跟你挤挤了,明天一早再赶早班车走。"

余飞知道她不回婆家,肯定文涛他妈又给陈双气受了。她边收拾碗筷边说:"好啊。正好明天我要开拖拉机去县里帮公社运些草料,我早点出发,咱俩一起走。"

"对了,我刚才回来的时候,看到那个白敬宇在跟余美说话。"

"白敬宇找余美做什么?"余飞停下动作,脑中瞬间警铃大作。

陈双摇头:"余美说只是问路,我已经叮嘱她离姓白的远些了,但这事我觉得你还是得留个心眼。"看余飞脸色不好,陈双继续说:"那个白敬宇找到丢失的箱子了，今天他在严老师的宿舍修了一天。看样子是还想参加推广会啊。"

余飞沉默几秒："甭管他，最好井水不犯河水。"

第二天一早，白敬宇的生物钟让他准时在六点睁开眼。

上铺的严志高还睡得正香，昨晚两人在网吧玩到十一点才回来，这个点对于加班狂人白敬宇来说刚进入下半场，但对于习惯了小县城生活的严志高来说，就是严重熬夜，不补觉根本起不来。白敬宇轻手轻脚地起身下床，第一时间去看桌面上晾了一晚上的无人机部件。

昨天下午的吹风机加上一晚上的室内暖气，这些部件表面上看去已经很干爽了。今天再晾上一天，明天应该就没问题了。这么想着，白敬宇洗漱完，拿了张擦汗的毛巾，出门晨跑去了。

晨跑是他从高中就养成的习惯，每天跑大半个小时，甭管前一天晚上加班加得多晚多累，只要第二天早上出去跑上一圈，保准一整天都神清气爽。

三月初的早上还是寒风阵阵，学校的路灯六点准时亮起，白敬宇在简陋的水泥操场上跑了五六圈后，学生们的身影逐渐增多。

跑到微微出汗的白敬宇慢慢朝宿舍走去，路过操场一侧，听到一位穿着粉色羽绒服的女学生正在路灯下卖力地读英文，声音很大，读音很怪。他侧目看去，认出她就是余美。此时学生宿舍还没来电，一片漆黑，这个余美倒是挺用功。这么冷的天，她能站在路灯下读书，的确是有点毅力。

知道这余美是余飞的妹妹之后，白敬宇特意看了她好几眼，越看越觉得这小姑娘跟她姐长得一点都不像。那个"飞哥"妥妥的"人狠话不多"的凉薄长相。而眼前这个余美就显得有些憨。要不是严志高说她们是姐妹，白敬宇压根就不会把这两人联想到一块儿。

正在念书的余美感觉到异样，转过头，发现又是那个多管闲事的白敬宇。"你跟踪我？"余美眉毛都拧起来了，一脸警惕。

此时的白敬宇终于觉得这姐俩像了：一样的莫名其妙和想当然。他把脖子上的毛巾拿下来："我没你想的那么闲。"

他说的是英文，英式口音很纯正，让一直读不准、带着浓重本地口音的余美震了一下。她忍不住说："你的读音真好听。"

"除了口音，我更希望你能听懂这句话的意思。"白敬宇说完，转身朝宿舍走去。

严志高刚醒，揉着惺忪的双眼，艰难起身："又跑步去了？"

"嗯。"白敬宇去洗完手回来，跟严志高说自己碰到余美的事。

"我今天再跟她好好说说网络诈骗的事，她要是不听，我就去找她姐。"说到自己学生的事，严志高立马就清醒了。

"这种事还得自己想通，不然谁劝都没用。"

严志高当然知道青春期的学生有多犟，点头说："我最近多留意她点儿，走，去食堂吃早饭。"

"我不去了，你之前不是说你这里有辆车吗？一会儿借我用一下。今天我想自己去附近乡镇的农田里转转，看看这里的田地和春播情况。"

要不是白敬宇说起这事，严志高自己都快忘了这辆车了。"你等着，我去把车开出来。"严志高说着风风火火就出去了。

十多分钟之后，白敬宇听到宿舍外一阵轰鸣声，他推门出去一看，严志高正从一辆绿色的川崎250上下来。白敬宇以为他说的车是四个轮的，没想到是摩托车。这车刚在国内上市的时候，严志高就马上买了一台。白敬宇没想到严志高竟然把这车运了过来。

"你是真想来这儿找女朋友的？"白敬宇一脸无语。在这个小县城开这么扎眼的车，严少爷到底是来教学生的，还是来带歪这些青春期小男生的。

严志高满脸"甭提了"的表情："还找女朋友？你看看这上面的灰，这车山长水远地运到这里我总共就开了两次。本以为空闲时间多，没事能出去踏踏青，没想到学生的事太多了，一个个都不让人省心啊。这台车在学校的杂物间里已经放了大半年了，这几天没下雨，你凑合着开吧。"严志高把钥匙递给他："我怎么感觉我这台车就是给你准备的。"

"谢了。"白敬宇边笑边拿了块抹布，把车子好好擦干净，顺手检查了刹车线和胎压。之前在海城白敬宇也是玩机车的，所以严志高不担心他跟车子的磨合问题。

一切准备就绪，穿着黑色皮衣和短靴的白敬宇背上包，长腿跨上摩托车："我中午不回来了，有事打我电话。"

看白敬宇骑在车上的造型那叫一个帅，严志高郁闷地手一挥："赶紧走。"

白敬宇戴上头盔，车子缓缓开出校门，一路上不知吸引了多少少男少女的目光。

白敬宇骑着车子一路出了县城的繁华区,慢慢地,眼前的景色从房屋变成了农田,从小块田地又变成大块田地。

惊蛰过后,气候变暖,万物复苏。初暖时节,阳光正好,小风吹在脸上很舒服。骑着车的白敬宇看着返青的小麦,近水盛开的桃花,一路上小鸟啼鸣,心情着实不错。其实在海城的时候,每当研发遇到瓶颈,他就在夜晚开着车子穿梭在空无一人的城市街道,这能让他暂时从无序纷乱的工作中抽离出来,压力瞬间小了不少。

在钢筋水泥中骑行,跟在自然风光中骑行的感觉完全不同。他开得越远,满目生机盎然的景色就越生动鲜活,让他生出一种说不出的畅快淋漓之感。他时不时把车停下,到那些长满杂草甚至杂树的田里去实地查看,发现田里有不少经年累月的、已经干枯的棉花秆。

东山县自然条件优越,背后还靠着大青山,山上常年积雪,水源不缺。加上这里地势平坦,秋雨少,日照充足,有利于棉花的生长。20世纪80年代末到2000年初,这里都是有名的棉花种植区。

整个东山县,连着他前几天去的西贝村一带,地势都比较平坦。现在才三月初,日照时间已经不短了,这对种植业来说是个很大的优势。但白敬宇这一路走来,发现田地空置的很多。

我国作为农业大国,在农业方面有大量的人力物力需求,随着人口老龄化和农村人口比例的降低,这个缺口会越来越大,所以白敬宇坚信,随着时代的发展和社会结构的变革,农业对智能产品的需求会越来越高。正因为如此,他才从很早之前就开始投入到农业科技的研究当中。

白敬宇这次出来就是想实地考察地形和环境,看适不适合推广擎翼一号。

这一路走下来,他越发觉得这里有利于大规模、机械化种植的开展,如果他的机器能被这里的农民接受,一定能大展拳脚。在白敬宇的蓝图里,植保无人机只是他第一款产品。以后,他还要一步步开发出适合其他作物的高精度、高性能的产品。

在外面跑了一上午,白敬宇也了解得差不多了,便骑上车子往回走。

中午的县城热闹了不少,白敬宇把车停在学校旁边的小吃店门口,刚要摘下头盔进去吃碗面,就看到余美边打电话边急匆匆从他身边走过去。

白敬宇听到她跟电话里的人说："你放心,我不会泄密的,我现在就把保证金给你打过去。我就在汇款机旁边,你来说,我来操作。"

白敬宇眉头一皱,看她此时已经走到信用社ATM机前,他快走两步,一把拉住她的羽绒服帽子："你是不是又要给骗子汇钱?"

正打着电话的余美吓了一跳,转头看到是白敬宇,赶紧把电话挂掉了。

"我的事不用你管。"余美恼怒地甩开他的手。她刚才在网上又联系了那个找她做兼职的人,人家已经跟她保证平台是正规的,还拿出了盖公章的图片证据。余美一个小县城的高中生,哪能分辨这些?再说那已经交上去的三百块她也想尽快拿回来,对方已经说了,无论她做不做这个兼职,如果不再汇三百过去,她之前的钱是拿不回来的。所以为了拿回之前的钱,也为了拿下这份正规的兼职,余美急急地去信用社把卡里仅有的几百块钱汇过去。没想到在这里又碰上这个阴魂不散的白敬宇。

"我现在跟你去网吧,网上被骗的人肯定不止你一个,你去看看那些人发上去的被骗经历是不是跟你一样。"

"我不去。"余美急得不行。对方说了,如果一点之前她没有把钱汇过去,不但工作拿不到,钱也拿不回来了。她现在得马上把钱汇过去,哪有空跟他去什么网吧。看时间来不及了,余美彻底失去了耐心,转身就把卡朝机器插进去。

白敬宇再次上前拉住她,余美气得朝他嚷："你谁啊,凭什么管我?我的钱,就算被骗了我也愿意!我又不是傻子,是不是骗子我还看不出来吗?"

说实话,之前要不是因为严志高是这个余美的老师,白敬宇是真不想管她的闲事。如今看她如此执迷不悟,白敬宇心说算了,这样的人,不给她一个教训,她是记不住这个亏的。

两人的争吵引起了周围人的注意,余飞给二叔家买完种子,想着去学校看看余美。昨晚陈双跟她说白敬宇找过余美,余飞心里就一直不放心。她刚把拖拉机开到这儿,就听到对面有人在争吵,其中一人正是余美,而另一个,竟然是白敬宇。

余飞心里一惊,余美这时候本应该在学校吃午饭,为什么会在这里跟白敬宇争吵?她熄火跳下车,拨开人群冲过去,朝着白敬宇喊："你干什么?"

余美和白敬宇听到声音转头看到余飞,两人都愣了一下。余美反应过来,跑到余飞身后,谎话张口就来："姐,他跟踪我。"

余飞脸色一变，指着白敬宇："你有什么事冲我来，要是敢动我妹一根指头，我跟你拼了。"

白敬宇觉得这个女人实在是不可理喻，竟然连原因都没问，就要跟他拼命？他目光幽淡，脸上藏着一抹嘲弄："在你这里，处理事情的方式只有莽勇？"

余飞也是被气急了："对你这种人用不着讲理。"

白敬宇不知她对他哪来的这么大的敌意，这女人的思想太过极端，他也懒得跟她再浪费时间了："好，算我多事。"他真是闲的，饿得前胸贴后背还来管这闲事，关键还好心没好报。

看这个烦人的白敬宇终于走了，眼下还有五分钟就要一点，余美赶紧转头把卡插进了ATM机里，以迅雷不及掩耳之势，把钱转了过去。

等盯着白敬宇离开的余飞转过头来，就看到余美一脸发蒙地盯着ATM机里显示的余额。"你卡里的钱呢？"余飞看到余美的余额里只剩几块钱，急急问道。她记得送余美来上学的时候，她刚给余美存了七百块。学校里的食堂价位都不高，每天十五块钱三顿饭在这里已经是吃得很不错了。这才几天工夫，余美卡上的钱怎么都没了？

余美的心此时一寸寸地往下沉，对方说过，只要她把三百块汇过去，之前的三百就会马上退回来。可现在已经过了两分钟了，钱怎么还没回来？余美拿出手机，急急拨了出去，没想到刚才还跟她通话的号码，如今已经关机了。她登上qq，想要找到那个跟她聊天的人，没想到对方已经把她给拉黑了。余美头皮发麻，直到这一刻，她才知道自己真的被骗了。

看到余美一脸苍白，余飞也意识到了不对："你刚才给谁汇钱了？"

"我……我……"余美半天说不出话，最后双手捂脸，"哇"的一声哭了。

"说话！"余飞提高音量。

余美看瞒不住了，只能边哭边把事情告诉了余飞。

余飞看白痴一样看着余美："这么低级的骗局，你竟然真给对方汇款了？"

"我也是想帮家里……"余美哭出鼻涕泡。

"谁让你帮家里了？你现在的任务是什么，你不知道吗？你脑子能不能清醒点？"余飞虽然心疼那些被骗的钱，但更气余美浪费时间，轻重不分。

"姐，对不起。"余美肠子都悔青了，也顾不得丢不丢脸了，当街就哇

65

哇哭起来。

余飞现在恨不能一分钱掰成两分花。没想到余美拿着钱就这么轻易转给了骗子。气归气，但余飞迅速冷静下来，生气和哭闹解决不了问题。想要找回那些钱，只有马上收集证据及时报案，才有可能追回被骗的钱。余飞问余美要骗子的电话号码、银行卡和QQ号以及账号信息，余美泪眼婆娑地抬起头："姐，我担心这些信息也是假的。"

余飞当机立断："不管真假，先去公安机关报案再说。"

"可……"余美犹豫，她要是报案了，说不定全校人就都知道她干的这件蠢事了。她不想让班上的人知道这件事，尤其是班长徐华。她恳求道："姐，能不能不要报案？这个钱是你给我的生活费，我这个月就吃学校免费供应的稀饭，你不用再另外给我一分钱了，可以吗？"

余飞气不打一处来："这是钱的事吗？任何人发现有犯罪事实或者犯罪嫌疑人，都有权利和义务向公安机关举报。你现在已经被骗了，就应该报案。如果案件侦破，这些被骗的钱还有可能追得回来。如果你藏着掖着不举报，只会增加更多像你一样的受害者。"

"可我担心报案之后会给我的档案留下案底，不利于我考大学。"余美咬牙说。

余飞真是要被气死了："余美，你是受害者和报案人，报案人会在公安局有姓名、基本情况以及报案时提供情况的相关笔录，但不会有案底。我已经跟你说得很明白了，你现在可以跟我去报案了吗？"

余美没了借口，只能跟着余飞上了拖拉机，朝着派出所开去。

一路上余飞不发一言，余美越想越觉得自己愚蠢至极。"都怪我太贪心。如果我当时能听那个白大哥的话，不把钱汇出去，也就不至于被骗得一分不剩。"余美说着又要掉泪。

余飞一怔，反应过来："所以刚才白敬宇是让你别汇款？"

余美一脸羞愧地点头，把白敬宇从昨晚看到她上网就开始劝她的事说出来。余飞没想到事情竟然会是这样。余飞皱眉："昨晚双姐看到你们在街边说话，也是因为他在劝你？"

余美擦掉鼻涕泡，再次点头。"你简直就是猪脑子。"余飞忍不住骂道。

报完案，余美垂头丧气地跟余飞走出派出所。听到余美肚子咕咕叫的声音，同样没吃午饭的余飞带着她去了学校门口的小吃店。两人要了两碗阳春面，余美估计是饿坏了，狼吞虎咽地吃了起来。

余飞放下筷子，相对于失去的钱财，她更担心余美没把心思放在学习上："余美，姐再跟你说一次，家里的事有我，你现在的任务是读书不是赚钱，清楚了吗？"

"嗯。"余美鼻音浓重地应下。

吃完饭，余飞送余美回学校。刚走到学校门口，余飞姐妹俩就听到一阵摩托车的轰鸣声。

学校里面不能开车，白敬宇停下车，摘了头盔，刚要推着车往学校里走，就看到了余家姐妹俩。

看余美眼睛肿成那样，白敬宇也猜到是怎么回事了。他没说话，推着车就要进学校。

余飞想到自己刚才误会了他，也是有些别扭的，但想到云上科技对她和她家人做的那些事，她刚才误会他也是情有可原。

余美是个直肠子，后悔自己刚才没听白敬宇的话，她主动叫了一声："白大哥。"严老师今天早上其实已经找过她谈话，她没听进去，但却知道了白敬宇不是他们学校的老师这件事。

白敬宇停下脚步，转头看向她。

"对不起，我之前应该听你的劝说。"余美说完，深吸了一口气，"谢谢你之前一直劝我，是我不识好歹，我为之前的话跟你道歉。"

还知道道歉，看来是得到教训了。"报案了吗？"白敬宇问。

余美点头："我姐拉我去报案了，警察说钱追回来就通知我们。"

白敬宇看了余飞一眼，心说这女人在关键时刻还算拎得清。瞧见余美一脸"坐等钱回来"的表情，白敬宇毫不客气地泼她一脸冷水："那些钱是追不回来的，不用等什么通知了。"

余美脸上一僵，白敬宇的话把她揣着的那点小侥幸全都踢飞了，原本觉得已经没这么难受的她，瞬间又满是负罪感。

余飞当然知道希望渺茫，但听他这么一说，心里就是很憋屈。她开口跟余美说："既然报案了，我们就要相信警察的破案能力。"

白敬宇嘴角又是一抹嘲讽，兀自推着车子走了。余美小心翼翼地看着余飞沉下来的脸："姐，那些钱……"

"我说过了，你现在的任务是好好学习，钱的事不用你管。今天的事你要吸取教训,不要老想着天上掉馅饼的事。"

看余飞是真生气了,余美只能点头:"姐,你说的我都记住了,我会好好学习,不再胡思乱想了。"

自己的妹妹,余飞还能说什么?看着余美飞快地进了学校,她这才开着拖拉机去信用社,又咬牙给余美存上了这个月的生活费。

第七章　推广会

第二天白敬宇还是一如既往地出去晨跑,在操场上又看到了出来早读的余美。这次是余美主动跟他打的招呼:"白大哥早。"

白敬宇本不想再搭理余家这两姐妹,但余美已经开口了,他只能礼貌性地朝她点了点头,继续往前跑。

看白敬宇不想搭理自己,余美也不去自讨没趣,继续站在路灯下读英语。

白敬宇每次跑过来,都能听到她别扭的读音。白敬宇就不明白了,这严志高到底是怎么教的,这孩子怎么能把音发成了这样。

等白敬宇跑完,余美已经冻得在原地跺脚了。看她天寒地冻的出来早读却是念的错误读音,白敬宇摇头,跑回了宿舍。

严志高已经起床了,正拿着手机在跟姑娘视频聊天,即便躲到鸟不拉屎的地方,也不耽误他撩妹。不知严志高刚才说了什么,屋里全是姑娘的笑声。

白敬宇对这种情景已经见怪不怪了,面无表情地从严志高身后走过去。只是这惊鸿一瞥,就把视频里的妹子看呆了。

"宝贝,在你所有的表情里,我最怕你面无表情。"严志高说。

"那个,刚才从你身后走过去的是谁?"那头的妹子眼睛放光。

"来借厕所的。"严志高没好气道。

白敬宇在厕所里摁下冲水键,朝外面喊了一句:"你厕所堵了。"严志高捂着话筒,赶紧跑过去看,发现并没有。

严志高一副作死的样子,捏着嗓子朝白敬宇撒娇:"骗子。"

白敬宇无语,那头的妹子一头雾水:"骗子?什么骗子?"

"没什么,我的意思是你有空的话,可以来骗骗我的感情和肉体。"

"严哥你好坏！"

白敬宇听得要吐了，赶紧远离严志高这个"人间油物"。

白敬宇以为严志高还要再腻歪一会儿，就听严志高说："好了，我要给别的妹妹打电话了，晚上再跟你聊。么么哒！"

白敬宇正喝水，听他这么说，差点没喷出来。严志高哼了一声，递过去一张纸巾："你能不能对自己好一点？这样我们就有共同爱好了。"

"你做个人吧。"白敬宇没好气地接过来擦了擦嘴，"也不知道你教出来的祖国花朵会被你荼毒成什么样。"

"哎，你可以侮辱我的人，但不能侮辱我的职业操守。我告诉你，我聊天用的都是争分夺秒的课余时间，上课时我可是一心扑在学生身上的。"

"谁能证明？"

"我指天发誓，我要是工作时聊天，就让我永远找不到女朋友。"对于"人间油物"来说，这种已经算是毒誓了。

白敬宇给了他一个"你自己心里有数就行"的眼神，准备干活。今天是农机展会日，他要马上装机，一会儿就要出门。

严志高给自己和白敬宇各冲了杯咖啡，坐在旁边说："我今天得监考英语，没办法跟你去会场了。"

白敬宇拿起咖啡喝了一口："没事，我自己能搞定，你忙你的。"

"那我就放心了。"严志高拿起杯子晃了晃，说，"对了，你发给我的那些英语教材我看了，真是不错，你从哪儿搞来的？我替孩子们谢谢你啊。"

"问国外同学拿的。举手之劳，主要是我听着那余美念英语别扭。"白敬宇喝完最后一口，放下杯子。

严志高不厚道地笑起来："我一开始也不适应，现在都麻木了。你就说那余美吧，勤奋是勤奋，但就是差那么点儿聪慧。其实这孩子压力挺大的，所有老师都知道她是余飞的妹妹，对她寄予厚望。可这人跟人不同啊，勤也未必能补拙。"

从小到大，白敬宇几乎没有吃过学习的苦，所以看到像余美那样在寒风中苦读还学得一般的孩子，他是有些无法理解的："你可以试着把海城的一些先进的教学理念带到这边，相互融合一下。"

严志高喝了一口咖啡，摇头："不是没试过，的确水土不服。"说完他又想了想，"我回头去跟学校领导提提意见，看能不能开一间自习室给那些早起的学生。别给整感冒了,这大冬天的。"

喝完咖啡,白敬宇洗好手擦干净,准备装机器。老师宿舍是有暖气的,烘了一晚上,白敬宇在组装部件之前,得先一个个仔细检查。

"怎么样?没问题吧?"严志高在旁边大气都不敢喘。

"应该没问题。"白敬宇说完,动作娴熟地将所有的部件一一装回去。每一个螺丝他都按顺序认真拧紧,之前那些内部电路的排线背胶已经没有黏性了,白敬宇又一点点重新涂上胶水,固定好内部的线路。

机器组装完成,白敬宇摁了开机键,电池显示正常启动了,无人机上的指示灯也亮了起来。能正常启动,说明所有部件都没有问题了。白敬宇又测试了机子的一些功能,一切正常,这才拆了电池,将机器快速装进了箱子里。

严志高给白敬宇拿出"战袍":"走,去吃完早饭就出发。"白敬宇穿上,提起箱子,信心满满地走出学校。

此时余飞坐的早班车刚到学校,在门口跟陈双会合后,两人看时间还早,就先进了早餐铺。刚要了两碗面条,就看到两个高大显眼的身影走了进来。

陈双皱眉:"这白敬宇还真是要去参展啊?"余飞看白敬宇穿得这么正式,心里也猜得八九不离十了。

陈双偷偷拿出手机给文涛打了过去:"你到会场了吗?"

"在会场呢。"文涛为了保证万无一失,此时已经到了会场,正边吃包子,边跟同事做最后一遍检查。

"我和飞哥在吃早餐。今天农机这边一共有多少家厂家过来推销?"

"十来家吧。"

"那个云上科技是不是来参展了?你把那家放在最后。"

"啊?"此时文涛那边有个同事过来找他说点儿事,他压根没听清楚老婆说了什么,只是含糊应付着就挂了电话。等跟同事解决完事情,文涛想起陈双电话里说的话,这才回过神来:这次推广的公司里就没有一个叫云上科技的公司啊。

陈双以为事情搞定了,给余飞比了个"OK"的手势。

余飞抬头看了眼跟她们隔着好几桌的白敬宇,热气腾腾的蒸汽包裹住他那半张棱角分明的脸,在店里吃东西的不少女客户和女学生都在偷偷看他们。

白敬宇赶时间吃得快，严志高也速战速决，两人吃完就走了。

陈双看着白敬宇的背影，忽然说："哎，说实话，你刚把那个白敬宇救回家的时候，我还觉得你俩的样子挺般配的。"

余飞手里的筷子抖了一下："饭可以乱吃，话不能乱说。"

"我没乱说。当时我不知道他的底细，光看外貌，你俩是真不错。再说了，如果他不是云上科技的总裁，只是个来我们县里推销产品的技术员，我觉得你真可以考虑一下。"

"这世上没有如果，只有后果和结果。"余飞心说那白敬宇和云上科技把她和她家害成这样，不但还能在她面前装成没事人一样，还反咬她一口，说她害他掉进水里，质问她为什么不告诉他箱子的下落。这份无耻，还真不是普通人能比得了的。

余飞吃完放下筷子，她到现在也想不通，白敬宇一个堂堂即将上市公司的执行总裁，为什么会亲自跑到他们这个农村小地方来推广产品？难道是为路演提前作秀？所以也不介意小店里油乎乎的桌椅板凳，对这里的住宿环境和粗茶淡饭都没有表现出丝毫的嫌弃？余飞知道吃得了苦又享得了福的人不是一般人。她不愿去招惹这种人，只希望他早点离开这里，不要再跟她有任何交集。

吃完早饭，余飞和陈双走出早餐店。推广会九点半左右才开始，对于来看展的人来说时间还早。陈双先回学校，余飞去了趟电信营业厅。她今天来县里不仅为了产品推广会，还想拉一条网线。

她之前从海城带回了一台工作的手提电脑，那是她工作这几年唯一为自己买的贵重物品，还是为了工作。她算过了，以后要是每周村里县里来回跑三次给甄妮传兼职文档，实在是太花时间了；再说要是以后真要种棉花，用农业智能产品肯定需要网络，她这也算是提前做好准备。

进了营业厅，余飞说明来意，一位打着毛线的女营业员立马摆摆手："西贝村没信号，装不了网线。"

"我们村的村口有电话，能不能利用电话线上网？"余飞问。

营业员两只手上下翻飞："利用电话线上网对线路是有一定要求的，能够通电话的线路不一定能上网。通电话对线路的要求较低，网线就不同了。如果给你勉强装上了，到时你上网不流畅、网速低就会投诉，我们可没办法给你解决。"

余飞听明白了，电信公司这是不想给自己找麻烦，可村里只有她一户想要安装网线，电信又不可能单独为了她一个用户去安装网线。"那像我这种情况，还有什么办法可以上网吗？"余飞不死心。

营业员的心思都在毛衣上，被余飞问得有点不耐烦，没好气说："没了。"

话音刚落，一位长得斯文周正的年轻男人走进来，营业员立马站起来："经理您来了。"

男人点点头，看到余飞的一瞬，整个人就被吸引了。张谦抻平身上的西装，主动上前开口问明了余飞的需求，然后颇为热情地给她出主意："你想要上网还有个办法，就是用无线网卡。维修电脑的店都有代售，无线网卡800到900元一张。900元的网速会好些。只要你不常下载大型软件，平时只是看看电视剧、上上网，就算是玩游戏，800元无线网卡也能用一年的。"

"那无线网卡可以连接农业智能产品设备吗？"

八百一年，虽然不便宜，但对于现在的余飞来说，的确是最便利的方式了。只是不知道这样的网卡速度能不能带得动智能产品。

"农业智能产品设备？这个……得到时候连接了才能知道。"张谦不是很清楚她说的这些到底是什么设备。

"那我先去卖无线网卡的地方看看吧。"

余飞道了谢刚要走，男人给她递了张名片："我叫张谦，是这里的技术经理，你要是上网遇到什么问题，可以随时找我。"

走出电信营业厅刚过了八点半，县里客流量少，电脑维修点还没开门，余飞想着等推广会结束再去买无线网卡。

县里这次为了方便展示产品的性能，推广会场地安排在近郊的农田旁。余飞一路走过来，太阳晒在身上暖洋洋的。街上的车站和路灯上都贴了农产品推广会的宣传单和彩旗，指示标识都做得很到位。

等余飞赶到会场，陈双已经到了，坐在最靠前的那一排中间，时不时向会场入口处张望。看到余飞，她赶紧朝余飞用力招手。余飞快速跑到陈双旁边坐了下来："这次活动声势搞得不小啊，你家文涛真是辛苦了。"

陈双左右环顾："可不是吗？这些天差点没把他给累坏了。你看那边，都是县供销、农业、农机等单位的负责人。另一头的是村镇委成员和县领导。这东山县下面全部村镇可来了不少村民，你别看现在这里的人乌泱乌泱的，像你这种冲着农机产品来的是少数，多数人都是奔着热闹来的。"

这次来参加联合推广会的农机厂家有十多家,算是近几年来得最多的一次了,多数农机产品都是针对棉花种植的。因为这些年城乡结构的改变,农民进城打工的多,留在村里种地的人少。没了市场,这些农机厂商也不过来了。今年因为棉花政策,县里才联系到这么些厂家搞了这个推广会。文涛在现场主持大局,忙得不可开交。

余飞盯着左侧的样板区,所有参展厂商的机器样品都放在了展品区展示,等着一会儿在众人面前演示。

而各个厂商的人员,已经站在样板区那儿给围着那些新式机器左看看右摸摸的村民们发宣传册了。在一大群人中间,余飞一眼就看到了穿着正装、正在跟前来咨询的村民说话的白敬宇。

他面前摆着一台亮红色机身,四旋折叠翼,长宽不过一米,高不到半米的无人机,不少村民都好奇地过去瞧新奇、看热闹。

"这还卖玩具飞机呢?"有人问。

白敬宇给对方递了张宣传册:"这不是玩具飞机,是植保无人机,遥控它就能帮棉农完成打药驱虫。"

旁边的人不信:"这玩具飞机能下地?"

有人摇头:"谁知道呢。"

"这玩意细胳膊细腿的,咋可能是下地用的?那是让人干完活,给人表演解乏用的。"

一群人哈哈笑,白敬宇看着这几个故意带偏风向的村民,认出其中一个就是西贝村村口小卖部的"偏见"。

刘大柱当然也认出了白敬宇,流里流气地问:"我说卖东西的,你那天要下河捞的东西,就是这个玩具飞机吧?"刘大柱心里气他那天没给他们赚那一千块,今天故意要找茬。

白敬宇也知道他不是真想了解产品,所以也不跟他们废话,淡淡说:"这是农业植保无人机。"

"偏见"吐出嘴里的瓜子皮:"什么机?"

白敬宇没再理他,而是拿出几张宣传册分发给围过来想要看的几位村民,说:"这是专为棉田设计、能代替人力打药除草驱虫的农业植保无人机,大伙可以了解一下。"

刘大柱也抢过来一张,瞧着图册上的介绍,哼笑:"这玩意儿是长手了

73

还是长脚了,你倒是说说它是怎么帮着打药的?你今天要能编出个花来,把老子哄高兴了,我就买你一台玩玩。"

刘大柱跟其他几个同样是来找茬的男青年嬉皮笑脸。

白敬宇脸上还保持着礼貌,但眼神已经冷了下来:"我们公司的产品你玩不了,到别处去吧。"

看白敬宇不把自己放眼里,刘大柱把宣传单扔在地上:"你拽个屁,傻子才买你这泡过水的破玩意儿。"他故意把"泡过水"这几个字说得极其大声,就是想让大家都听见。

看旁边的村民都围了过来,刘大柱更是提高嗓门嚷嚷:"都来看看啊,他这玩具飞机是泡过水的,大家千万别买啊。"

"泡过水的?这不是坏了吗?"

"坏的东西还拿出来卖,这是看我们农民好欺负是吧。"

风言风语越来越多,白敬宇也不急,沉声说:"大家听我说,几天之前,因为一些小意外,这台机器的确掉进了河里。但大家可以放心,我们在设计的时候就考虑到雨中作业的情况,这个产品是有防水、防尘、防摔功能的。除此之外,这台农业无人机还能适应各种复杂、恶劣的天气环境,掉进水里不会对它造成影响,不然我今天也不会带它来参加展会。如果大家还是不放心,一会儿有展示环节,大家可以近距离观看一下这台掉进过水里的农业植保机,是如何不受任何影响地完成喷洒农药的任务。"

白敬宇没有否认机器掉进水里,还很有自信地让大家一起看机器演示性能,一副完全不担心机器出问题的样子。这一波反向营销让不少棉农都留意起了这个农业植保无人机。

刘大柱原本是想揭白敬宇的短,没想到还反倒帮了他。几个跟班把手里的宣传册全都扔地上,还故意往上踩了几个脚印才扬长而去。白敬宇深吸一口气,把火压下去,蹲下去,把被踩的宣传单给捡起来。

远处的余飞一直偷偷观察白敬宇的反应。她虽然没听到他们具体在说什么,但想也知道刘大柱是故意找茬。她不同情白敬宇,甚至还觉得有些暗爽。本来嘛,这就是一场农业推广会,云上科技这种专门做娱乐方面的无人机厂家,压根就不应该来凑这个热闹。现在让他尝点儿苦头,早早离开这里也好。

展会还没正式开始,会场有些乱。看余飞在样板区不停张望,陈双问她:

"看什么呢?"

"我想看看那个'擎翼科技'在哪儿。"

陈双拉她坐下来,给她塞了两个大黄杏子:"人都挤在那儿,你光伸着脖子也看不见啊。耐心等着,大会马上开始了,文涛说那擎翼科技是他们领导都看好的,肯定第一个上台。咱这位置看得清楚,甭着急。"

余飞想想也是,坐下来,吃了口杏子,酸得眉毛都快掉下来了:"这谁给你的,这么酸。"

陈双吃得津津有味:"这还酸啊?比你那天的酸杏盒子不好多了?"

余飞笑着把另一个也递给她:"你都吃了吧。"

陈双接过来,边吃边说:"哎,中午我们学校教语文的张大姐约我们吃饭,去不去?"

"张大姐?约我们?"余飞舔着酸倒的牙,有些意外。

陈双酸得眼睛眯成一条缝:"张姐有个弟弟,今年二十七,之前一直在锦城工作,跟你一样,光忙学习、忙工作去了,就没顾上谈朋友。这不最近调回来了嘛,在县里电信公司上班。小伙挺踏实的,也努力上进,年纪轻轻就成了经理。张姐知道你要留在这里种棉花,想让你和她弟见见。"

余飞哭笑不得:"你跟人说我家情况了吗?正常人谁会蹚这浑水啊。"

"说了,张姐说就看好你这个人了。那小伙我也见过,叫张谦,来过我们学校修过网络故障,还给学生上了节关于网络知识的免费公开课。人踏实,是个过日子的。我觉得吧,处不处的都是后话,在这小县城里,多认识个朋友就多条路,对吧。"

张谦?余飞顿了顿,这名字好像在哪儿看到过,但又一时想不起来了。余飞现在一心只想赚钱,把她爸的病治好,将这个家撑起来。其他的事暂时都不在她的考虑范围内,所以也不想耽误别人:"算了,下次吧。我现在满脑子都是家里那摊子事,没时间考虑别的。"

陈双也不勉强:"行,那就以后再说。"

此时会场的大喇叭响了起来,文涛拿着话筒站在台上:"尊敬的各位领导、各位来宾,各位乡亲父老,在这初春时节,我们欢聚在东山县,隆重举行2014年优质农产品推介会开幕仪式。借此机会,向百忙之中莅临指导的各位领导表示热烈的欢迎!向所有关心和支持东山县农业发展的各位来宾和各界朋友表示衷心的感谢!"

底下掌声雷动，陈双鼓得尤为起劲。

　　文涛接着说："咱们东山县是省级生态县，境内自然资源丰富、生态环境优越，具有发展生态农业得天独厚的条件。可现在我们很多农村的年轻人以为回家种棉花就是吃苦没出息，宁可去外面打工也不愿回家种棉花，其实这都是落后的想法。现在很多南方发达地区的农村，农民回家种田已经成为了新潮流。他们利用现代的农业设备，不仅做出了特色农产品品牌，还获得了比外出打工更多的收益。"

　　底下的村民开始窃窃私语，文涛示意他们先安静："你们不要以为我在开玩笑，这一切都是有真实数据的。我们的自然环境并不比南方的乡镇差。他们之所以能成功，除了思想转得快，最主要的是得益于现在的农业智能机械。什么叫智能机械你们知道吗？"

　　有人喊："加了棚的大铁牛？"底下的人有的笑，有的摇头。

　　"智能机械可不是铁牛遍地走的老三样，是可以让我们彻底摆脱繁重劳力，还能让我们有好收成的、高端化、智能化、大型化的农业机器。这次的推广会，我们邀请了多家优秀农产品企业过来展示他们最新的产品，这些产品的最大特色都是智能化。有了这些产品，我们种棉花的时候再不用扶着拖拉机在泥巴里打滚，在阴凉的室内就可以操作这些机器去田里干活，不用再吸入滚滚尘土、不用再忍受高温。"

　　有人打断他的话："你这说的是棉农吗？说的是城里的白领吧。"

　　大家笑起来，文涛也笑："有了这些先进机器，农民就是田间的白领，不仅工作'体面'，收入上也不会少。现在国家实施了棉花新政策，只要大家肯干肯种，收入一定不比城里的白领少。"

　　余飞带头鼓起掌来，跟旁边的陈双说："你老公可以啊。"

　　陈双拍得手都红了，一脸骄傲："那是。"

　　台上的文涛清了清嗓子："话不多说，我们马上请出今天的主角。首先上台的是来自海城的擎翼科技公司，他们带来的是一款名叫'擎翼一号'的农业植保无人机。"

　　余飞用力鼓掌，眼睛顺着文涛视线的方向看去，想要看看研发出这个神奇机器的到底是什么人。她万万没想到，此时朝台上走去的人，竟然是白敬宇。

第八章　事故

余飞瞪大眼，什么情况？白敬宇不是云上科技的吗？他什么时候变成擎翼科技公司的了？还是做农业智能产品的？

陈双也蒙了，而且她的反应比余飞还慢一个层次，自言自语说："这是怎么了？我之前明明跟文涛说了让云上科技排最后的，这白敬宇怎么先上去了？"

余飞脑中飞速运转，心说这擎翼科技难道是云上科技的子公司？可她在云上做审计的时候，并没看到他们有一家叫擎翼科技的子公司啊。难道是最近才刚成立的？余飞脑袋有些发涨，如果擎翼科技也是云上的，那她还要不要用他们的产品？

此时白敬宇走到台上，看向下面的人群，开口说："大家好，我是擎翼科技的主创研发人员白敬宇。我们公司主要研发农业智能产品，致力于改变传统低下能效的植保方式，让农业植保更高效和更安全。"

余飞死死盯着台上的白敬宇，此时的陈双总算是反应过来了，扯着余飞问："飞哥，他刚才说他是擎翼科技的技术员，而不是云上科技的老板，这到底是怎么一回事？"

余飞茫然摇头，她确定自己当时在云上科技大楼里看到的人就是白敬宇。她不明白，为什么只过了短短几个月时间，云上的总裁怎么就变成擎翼科技技术员了？

白敬宇在台上说的那些话，除了县里的领导和干部能听懂，农民兄弟们都面面相觑。看到这情形，白敬宇立马就换了个接地气的说法："今天我带来展示的这台机子叫'擎翼一号'。东山县是棉花产区，这台机子在种植棉花上的主要功能是打药去虫害和打顶。只要充满电，一次性可以飞十二分钟左右，一架无人机一次的作业面积是 10 到 20 亩。"

底下坐着的农民谁没种过棉花，谁没吃过喷药打顶的苦？听到台上的白敬宇说那台小飞机只要充电就能完成棉田的打药、灭虫害和去顶工作，一个个都笑出声。要知道这几个工序是棉花种植中最累的活，能干好的都是最有经验的棉农。而这几个工序，就算是熟手，一天能干个十亩都算是厉害人了，这姓白的竟然一开口就说这台小机器十多分钟能干完二十亩,这不是逗大伙玩吗?

男人们在嘲笑白敬宇外行的时候,女人们则在交头接耳,打听台上这个俊小伙今年几岁了,有没有结婚。

白敬宇面对底下乱糟糟的会场没有慌乱,继续说:"这台农业无人机除了干活快、效率高,另一个特点就是省钱。首先是省水,在棉田里,无人机打药用水量约是传统喷雾器的四十分之一,传统喷雾器打药每亩地需要2~3桶水约40升,擎翼一号只用1升水就够了。第二就是省药。在我们的田间测试中,在有效保证防治效果的前提下,用无人机打药对农药的使用量可以节省30%左右;第三省人工。我知道大伙以前种棉花,一人一天能打十亩药就算了不得了,但对擎翼一号来说,这就是十分钟的事。现在工人不但难请,而且价格也不便宜。有了机器,在农忙时就不用再到处请人来打药打顶,一台机器就能省掉大额的人工费用和解决请不到人的烦恼。还有最后一点,咱们农民兄弟都知道,以前的传统打药方式存在风险,棉农时有中毒的情况。而擎翼一号无人机采用远距离遥控操作,喷洒作业的人员可避免与农药直接接触,减少危险。"

这段话算是彻底说到棉农的心里去了,大伙这才从刚才的嗤之以鼻到交头接耳。

"这么个小东西,咋喷药?我们种了这么多年的棉花,每次喷药都还出现重喷和漏喷,这东西能喷好?"有人问。

"春天风大,要是遇上大风天,把这小东西吹走了咋办?"

村里人开大会也不管三七二十一,想到什么就朝台上喊。

白敬宇不紧不慢地回答道:"擎翼一号搭载精准高效喷洒系统,风场稳定,扇形压力喷头横向分布,喷幅面超过五米以上,一天能喷药300亩到500亩,不存在重喷和漏喷。这些数据都是我们经过无数次试验得出来的,大伙可以放心。至于大风天气时,不建议使用。"

"一天能喷药300亩到500亩?吹牛的吧?"刘大柱那群人在下面喊。

"这怕不是跟下雨似的,随手一泼就叫喷药吧?"

面对刘大柱一群人的捣乱,白敬宇也不恼,继续说:"擎翼一号的喷洒效果我说了不算,一会儿大家可以在试验田里近距离观看。"

底下讨论声更大,大家都开始算账。文涛只能用话筒让大家安静下来。

余飞看着那台被白敬宇夸上天的无人机,双手握在一起,心情澎湃。余飞心中寻思,如果这机器真有白敬宇说的这么好,那跟传统人工喷施相比,这台擎翼一号一个机器就能顶好几十个工人了,而且还是不知疲倦的工人。她数学极好,早在心中暗暗算了起来。要是真包下三百亩,那这台机器是真的可以给她省下三分之二的成本。可为什么偏偏这个产品是白敬宇设计的?

余飞纠结的时候,台上已经到了提问环节。余飞其实也有不少问题想问,但一想到对面的人是白敬宇,她又把话咽进肚子里了。

坐在余飞前面的一个黑脸农民举手站起来,接过话筒就开始说:"你刚才那意思是,有了这个机器,俺们就不用亲自给棉花播种、也不用喷洒药水除虫除草,更不用亲自给棉株去顶。只要动动手指,就能操控带着药水的飞机,让它来帮俺们干活?"

"是这个意思,但实际的操作中还需要更换一下电池和药水,而操控也需要培训。"

村民没明白,挠挠头:"可这飞机没有手,咋帮我们打顶?没有眼,咋帮我们抓虫?就算它能赶走麻雀,飞一会没电了咋整?"

大家笑起来,白敬宇也被村民们逗乐了,笑着说:"这台无人机不是用来赶麻雀的,它身上装着摄像头,摄像头就是它的眼。通过它的'眼',我们在手机上就能清楚看到哪片田里出现了虫害。我们只需要把药水挂在它身上,操纵它飞到有虫害的区域喷洒药水,就能及时防御虫害。草害也是同理。"

旁边一个村民接过话筒继续问:"这么小一台飞机,咋有力气带药水飞上天?"

白敬宇耐心回答说:"虽然擎翼一号身材小,但载重量不小。它一次可以带上二十公斤农药进行喷洒,每秒钟的喷洒面积有一到五米。满电可以连续飞行十五分钟。"

村民们讨论的声音越来越大,有人问:"那电用完了怎么办?"

"这台机子身上带着四个两公斤重的电池,这些电池可以有三百次循环充电使用的寿命,每次充电需要半个小时左右。电池需要充电,所以外场作业需要配置发电机,及时为电池充电。"

"飞十分钟要充半小时?还要配台发电机?这麻烦劲儿的。"

"现在暂时是这样,这个问题以后会改进。"白敬宇说。

擎翼科技研发的不是加汽油和柴油的无人机机器,所以电池续航和充电

79

问题是白敬宇现在要攻克的最大难题之一。

"那充了三百次之后呢？"

"农业无人机使用的电池和发动机都属于耗材，耗材到期是需要重新更换的。"白敬宇回答道。

"那换发动机和电池要钱不？"有人问。

"需要的。"白敬宇说。

白敬宇说完已经有人摇头了。下一个人又接着问："这一套机器连电池要多少钱？"

价格的问题白敬宇之前一直没说，是因为他担心要是先说了价位，就没人愿意再去了解这台农业植保无人机了。但现在该介绍的也说得差不多了，该说的还是要说的。

"一套装备下来，大概需要七万块。"白敬宇没有搞别的厂家那套，先整个虚高的价格，然后再打个骨折，爆出个正常价。他直接说出最低的实价，是因为他知道，这个价格对农民来说，已经是极高的价格。要是玩虚高打折那套，估计就更没人搭理了。

刚才还热热闹闹的会场，因为白敬宇说出的价格瞬间就安静下来。几秒之后，场上发出一阵哄笑。坐在下面的农民像是听了什么大笑话，笑得最大声的就属刘大柱一伙人："七万？你知道一亩棉花地才赚多少钱？年景不好的时候，一年到头那几亩地也就赚个两千块，还不如出去打工。你现在让我们花七万来买这个玩具飞机？"

"有那七万块我还种什么地啊？"

"这是推广会还是抢钱会，现在的城里人都想钱想疯了吗？"底下的刘大柱，嚷嚷得最凶。

余飞也被这个价格惊了一下，现在最先进的多缸四轮耕地拖拉机也就一万出头，这个小小的无人机就要七万？她之前做审计的时候看过云上科技的那些无人机系列产品的销售价格，便宜的一两千，贵的也超不过一万。那些产品的消费人群几乎都是城市里的玩家，那样的价位尚且有人嫌贵。如今面向农村市场，白敬宇竟然把价位定到七万？连余飞都觉得他是想钱想疯了。

白敬宇当然知道这个定价不低，但作为一个刚研发出来的新产品，在没有量支撑的情况下，所有的模具和研发费用都要平摊到每一个产品上。这已经是他能给出的最低价格了。

会场乱哄哄的，文涛拿起话筒，喊了好几遍，才让嘈杂的群众安静下来。他边帮着白敬宇把擎翼科技的宣传册分发给大家边说："大家安静一下。你们想想，以前大家都是背着喷雾器进地里打药，三十亩地全家人忙活两天也干不完，不仅效率低，药剂使用量高，长时间近距离接触药剂对身体也不好。现在农业无人机一天就可以干几百亩。现在种棉花有了新政策，要是有智能农业器械的加持，可以降低各个种植环节的成本，只要好好种，一定能赚到钱。虽然一开始投入大些，但大投入会有大回报……"

"没钱咋投入？"有人说。

"对啊，把我身上的毛拔光也没七万根。"有人附和。

底下的农民又开始七嘴八舌地打断文涛的话。

文涛知道不能再纠结价格的问题，赶紧转移话题："这个产品到底值不值这个价，我们就看看实际操作吧。接下来我们就请白技术员为我们做一下'擎翼一号'喷药的现场演示。"

白敬宇看了眼下面的人群，解释道："今天因为是演示，所以机子的药盒里装的只是一般的自来水。我等下会操控无人机给我们会场右边这块白菜地喷药。喷洒情况大家一会儿可以亲自去检验。"

说完，白敬宇把机子从箱子里拿出来。先是安装了充满电的电池，然后连接了手机程序，开启擎翼一号的遥控器，检查遥控器各项参数，一切正常之后他校准磁罗盘和卫星信号。

一切准备就绪，他往机盒里加进了自来水，然后检查水泵和喷头，确定一切正常，白敬宇解锁遥控器，"擎翼一号"便徐徐飞了起来。

大家都只看过在地里作业的机器，如今看着飞上天的无人机，全都惊叹起来。

在众人的目光中，白敬宇操作机器飞到了那片白菜地上，对着那几亩白菜进行了喷洒，前后不超过十分钟，无人机便已经完成任务，稳稳下降到起飞点。

几个检验员和好奇的村民早已等在田边，等机子一停，立马就到田里检查喷洒情况。不一会儿，一群人兴冲冲地跑过来跟大家说："都喷洒到了，一点儿不落，速度太快了。平时我们自己打药，这接近四亩地怎么也得大半天时间，这才十分钟，还真全都喷完了。"

看村民们情绪又开始涨上来，文涛趁热打铁："谁想上来体验一下如何操控这台无人机，白技术员可以现场指导。"让村民来现场操作这件事，文涛之前是跟白敬宇商量过的。

村民一听还能上去试试，全都把手举得高高的，有几个都已经站起来想要冲上去了。

文涛有私心，他问完这句话，就去把人群中没举手的余飞给拉了出来。余飞有些发蒙，等回过神，已经站在了白敬宇面前。

白敬宇眸色淡淡看向余飞，他其实在她走进会场的时候就已经看到她了。刚才举手的人太多，白敬宇没看清余飞有没有举手。看文涛拉她上来，白敬宇以为她是自己举手上来尝试的。

因为之前两人之间的事，白敬宇搞不清她上来的目的，却把她眼里的厌恶看得明明白白。他不知道她为什么对他这么大的意见，他跟她没有过交集，更自问没得罪过她，反倒是她一直在找他的茬，他还没说什么，她还越发来劲了？她不是想要跟他保持距离吗，那他就当着大家的面，主动向她伸出手："你好，我是白敬宇。"

余飞脸上的嫌弃几乎要溢出来：他就是故意的！虽然心里一万个不愿握，但上了台，众目睽睽下，她只能生硬地握回去："我姓余。"她连全名都不想跟他说。

白敬宇一脸好奇："多余的余吗？"

余飞刚要怼回去，白敬宇已经松开手，像没事人一样，开始讲解操作的技术要点和注意事项。

看台上的余飞吃瘪，坐在台下的陈双狠狠瞪向台上的文涛。文涛感受到老婆的杀气，不明所以，他觉得自己让飞哥上来没有任何问题啊：于公，飞哥是这些人里学历最高的，也见过世面，操作这个无人机比一般村民更容易上手。毕竟这么贵的东西，那些干惯农活的村民上手没轻没重，要是给掰坏了，到时候双方都不好弄。于私，飞哥对这个无人机感兴趣，所以他才把这个难得的尝试的机会留给她，老婆瞪他是为什么呢？

夫妻俩都不知道对方此时心里的想法，台上的余飞强迫自己不要被白敬宇影响情绪，既然上来了，就要学到东西。她集中注意力，认真听他讲解如何操纵无人机的程序。

要操作这个机器，最少也需要七天的培训。白敬宇看余飞接受能力不错，就快速讲解了一遍。"听明白了吗？还需要我再讲解一遍吗？"白敬宇把注意点都讲解完，问道。

"不需要。"余飞脑子聪明，学得很快，刚才看白敬宇操作了一次，现在又听他说了一遍，已经完全把步骤和要点记在了心里。

白敬宇看了她一眼，心里是不太相信她听一遍就能操作的。对于她的盲目自信，他理解为逞能。看她一副胸有成竹的样子，白敬宇想灭灭她的锐气，淡淡说："行，那就从第一步安装电池开始。"

他培训过不少新飞手，很多人都跟她一样，一学就会，一用就废。所以根本就到不了操控机子那一步，在前面起飞前那些细碎却必不可少的准备步骤里，他们就会有无数个出错的地方。他等着看她打脸。

在所有人的目光中，余飞有条不紊，一步步按着白敬宇刚才说的步骤做起飞准备。

安装好电池，余飞连接了手机程序，开启擎翼一号的遥控器，然后又检查遥控器各项参数。一切正常之后，她开始校准磁罗盘和卫星信号。

白敬宇本以为她在第二步连接手机程序时就会出问题，毕竟这个地方就卡过不少男学员。没想到余飞操作到现在，一个问题也没出现，各项都做得合乎规范，让他已经到嘴边的风凉话又不得不咽了下去。

一切准备就绪，余飞往机盒里加进了自来水，然后检查水泵和喷头。确定一切正常，她利落地解锁遥控器，擎翼一号慢慢飞了起来。

田地里大多地形复杂，加药点难以选择，农业植保无人机往往在狭窄空间起降，没有跑道起降条件，必须具有定点垂直起降操控能力。所以垂直起飞的操控能力，是飞手的一个难点。白敬宇没想到余飞一次就成功了。

文涛带头鼓掌，在台下看着的陈双更是兴奋得大声叫好，她就知道她家飞哥做什么都厉害。

白敬宇看着平稳升空，再准确飞行到目标地块上的无人机，眼中闪过一抹意外。

余飞第一次操控这种农业无人机。她把机子飞到另一片白菜试验田上空，这是一块面积为一亩多的白菜田，为了保证不漏喷、重喷现象，她让机器保持直线，慢速飞行。因为白菜是低矮作物，所以她尽量让无人机在离作物两米之内的高度上匀速飞行，"药水"均匀地喷洒在地里的白菜上，形成一种雾化的效果。这种湿度，是最适合作物吸收"药水"的。

田地最远那端靠近老路的一面,有一排白桦树。这些树对于无人机来说是"障碍",同时也是最远目视的极限。

余飞为了喷好最靠树边的那行白菜,在心里把这块田地的长度和宽度都做了比对,根据前面每行需要的时间,来判断最后一行的喷洒位置和时间。靠着心算,余飞这个新手让无人机的"盲飞"时间到达她预定的时间点,才让无人机返航。

在目视飞行的极限距离内,在不借助导航设备的情况下,植保作业对飞手的要求比较高。这时候的飞手必须要做到锁高、直线、匀速飞行,狭窄空间定点起降,这是植保作业的最基本保障。想要做到这些,需要大量的练习和经验的积累。

此时白敬宇不得不承认,这个"飞哥"虽然脾气和性子不怎样,但的确有点能耐。他认为的能耐,不单指她操控无人机的能力,而是她能根据实际的地形判断,用她认为合理的方式,尽自己最大的能力去解决问题。这种能力,即便是老飞手,也不一定具备。此时白敬宇看她的目光中,不自觉多了一分探究。

此时的余飞根本没看到白敬宇在看她,她满心想的是既然有机会上手试试这个机器,她就要全方位地好好测试。不得不说,虽然云上科技和白敬宇这个人不靠谱,但这个机器还是挺靠谱的。

余飞在操作的时候已经想好了,这市场肯定不止有擎翼科技这一家做农业方面的植保无人机公司,她可以去仔细打听和了解,她就不信找不到比擎翼一号更好的无人机。这么想着,余飞脑中不知不觉就分了神,等听见旁边人大喊"停下"的时候,她才看到喷施的实验田边不知什么时候冒出一个人来。

情况紧急,饶是余飞再镇定,毕竟是新手,瞬间便手忙脚乱了。一通操作之后非但没能让无人机马上降下来,反而让飞机越飞越高。

白敬宇一个箭步冲过来,刚要拿过她手里的操控器,就听"嘭"的一声巨响,无人机撞到白桦树上,接着又摔到了地面的土路上。余飞傻了,田间的人也被这忽如其来的状况吓到,一头倒了下去。

整件事发生得太过突然,等文涛这些干部回过神来,白敬宇已经拔腿朝田间跑了过去。

惊魂未定的余飞以为白敬宇是着急去查看坠毁的无人机,没想到他径直朝老人摔倒的地方跑去。余飞怔了半秒，也紧随其后跑了过去。

白敬宇跑到地方，发现摔倒的人是位老奶奶，人已经晕了过去。他立马把老人扶坐起来，用中指和食指触摸她的颈动脉，发现对方的生命体征已经极其微弱。情况紧急，白敬宇也顾不了这么多了，跪在冰冷的泥地上对老人进行心肺复苏，并且嘴对嘴地做人工呼吸。

余飞赶到看到白敬宇的举动，再次意外。她蹲下来看清老人的脸，怔了一下，轻声喊道："宋奶奶？"

宋奶奶是西贝村的老人，儿子早年因为车祸去世之后，她的精神就一直有些恍惚，时而正常，时而不正常。自从她老伴去世之后，愿意跟她接触的人就更少了，村里的人都对她敬而远之。

白敬宇看她认识老人，开口问说："她有没有什么病史？"

"病史？没听过她有什么大病，但曾经受过刺激算不算？"余飞上大学之后就不在村里住了，她知道的也就这些。

白敬宇用手撑开老人的瞳孔，发现两个瞳孔都已经放大，他赶紧继续做心肺复苏。同时跟余飞说："打急救电话。"

余飞不敢耽搁，赶紧打了县医院的急救电话。好在刚拨通老人就有了反应，与此同时，文涛带着其他人也赶到了。

陈双挤过来，查看了老人情况，确定老人是真醒过来了，才拍了拍惊魂未定的余飞，气喘吁吁说："你们救助及时，没事了。"

"是他救的，我没帮上什么忙。"余飞说完，深深看了白敬宇一眼，如果刚才没有他，宋奶奶很可能就救不回来了。陈双听完也吃了一惊，没想到人是白敬宇救的。

文涛一脸感激："白总真是太感谢你了。"要是这里出了人命，文涛作为大会负责人，少不了被问责。

"举手之劳。"白敬宇没多说，跟大家把刚刚苏醒的老人抬出了田里，等老人被送上救护车，他才朝坠机的地点跑去。

余飞跟着他一起跑去，面上保持着镇定，其实心里是慌的。这机器七万块一套，要是就这么被她撞坏了，这对她来说可真是雪上加霜了。

第一个上台推介的产品就出了事故，文涛一脑门包。他没想到会出现这样的意外，他是真后悔把余飞叫上台来操作。要是余飞因此背上外债，陈双非跟他闹不可。懊恼归懊恼，坠机问题也得马上处理，推广会还得继续下去，

85

毕竟还有这么多厂商和领导在。

文涛把主持的大任交给了另一个同事，自己去处理棘手的"坠机"事件。

此时白敬宇已经在坠机的地方捡起地上的擎翼一号，上面的桨叶有几片已经被打裂，好在机体从高空摔下来，除了桨叶，机身没见明显的损坏。

在设计这款机型的时候，他考虑到农田附近的自然环境比较复杂。像是树木，山石和高压电线这些对人来说再平常不过的东西，对于无人机来说都是致命障碍物。所以白敬宇一早就给擎翼一号设计了防撞结构和多重保护功能设计，同时机子上安装了避障功能的雷达提醒，可以全环境、全天候检测，实现飞行方向全向感知障碍物及周围环境，准确预判所有障碍物动态。可惜新手余飞刚才太过紧张，没能及时操作好它。

文涛有些担心问道："白总，这无人机还能飞吗？"

白敬宇实话实说："现在是飞不了了，桨叶裂了，内部的情况我看不到，得回去拆机才能知道。"

文涛赶紧道歉："真是对不起了，宋奶奶的精神时好时坏，我们已经在试验田旁边拦了绳子，谁知道她还从绳子下面钻了进来。这次宋奶奶得救也多亏了您，您看要不然这样，您先检查机子的损坏情况，我回去给您申请一下维修费用。"

余飞看着几个桨叶都裂开的机子，她心下一沉，但就算再害怕，她也不能让文涛帮她顶雷。文涛现在是部门的重点培养对象，这次让他来主持这么大的推广会也是领导给他的机会，出了操作事故已经很让他难做了。要是再让他跟县里申请维修费用，那说不定文涛以后再就没有担大任的机会了。

白敬宇还没说话，余飞就抢先说："我刚才没想到田里会忽然有人出现，因为我的操作不当才让机器撞树上的。这是我的问题，跟主办方没有关系。你别找他们麻烦，机子损坏的钱我来赔。"

白敬宇看了余飞一眼，心说他这一句话都还没说，她就认定他会去找主办方的麻烦了？他对她这种习惯性的没有事实根据的先入为主，很是反感。余家的情况白敬宇不是没见过，为了把债主吓走，连自己家都点着了。现在她跳出来装大头，想自己把事全扛了？既然她这么想出头，那他也没理由拦着她。"你拿什么来赔？"白敬宇直接问。

赔不起还要强出头，他倒要看看她有多大能耐。

"倾家荡产我也会一分不少地赔给你。"余飞这话可不是说说而已，云上科技的手段她可是领教过的,可现在偏偏又弄坏了他们的无人机。她不想也不敢欠他们一分一毫。

倾家荡产?她家他是住过的,那些要债的估计已经把她家里稍微值点儿钱的东西都薅走了,她家里现在跟倾家荡产也没什么区别了吧。

陈双站在余飞旁边轻轻扯了扯余飞的衣角。一边是自己闺蜜,一边是自己丈夫,陈双没法开口让文涛把事情揽过去,也不能跟余飞说别把这事扛在自己身上。思来想去,她只能跟白敬宇求情:"白总,你刚才也看到了,那是个特殊情况,飞哥真不是故意要让无人机撞树上的。你看能不能看在飞哥救过你的分儿上,在拆机的时候,哪个地方能修复的就尽量修复,零件咱能不换就不换了。毕竟这个机器太贵了,飞哥家里的情况你也知道,还请你多帮帮忙。"

这还算是句求人的话。白敬宇是个知恩图报的人。陈双帮过他,就算他跟余飞不对付,陈双的面子他还是要给的。白敬宇的语气缓了缓:"我会酌情处理的。"

他其实已经在心里评估过,机体外壳没有破损,里面的芯片有大半的概率不会有严重的损坏。余飞是新手,他作为在旁的指导者,这件事他要负主要责任。所以白敬宇原本就没打算要让余飞或者主办方来承担损失,他只是看着她一副死鸭子嘴硬的样子,故意没把这些话说出来。反正检测也需要点儿时间,她这么硬气,那就先让她硬气几天再说。

看白敬宇的话里有商量的余地,陈双又轻轻碰了碰余飞,示意她也说两句软和话,说不定就不用赔这么多了。

余飞心说陈双真是太天真了,云上科技要是别人说两句好话就能网开一面,那也就不用对她赶尽杀绝了。深受其害的余飞不但不求情,还冷着脸跟白敬宇说:"该多少就多少,我不会赖账,你也不需要酌情处理。"与其后面被他们没完没了地折磨,还不如一开始就解决得干干净净。

白敬宇微微一怔,面无表情地看着她,嗓音低沉:"好,我知道了。"既然她都这么说了,他也不能让她"失望",对吧!

就在陈双夫妇急得抓心挠肺的时候,就听一个声音从后面传了过来:"飞哥,一个子儿也别给他!"话音刚落,一个身影蹿到余飞旁边,挡在白敬宇前面。

余飞定睛一看,竟然是村主任的儿子刘大柱。她有些意外,平日里除了需要打电话时去他们家小卖部,她跟刘大柱极少有交集。倒是余飞每次去打电话刘大柱都约她一起去看电影,她当然没去。

白敬宇看着站在余飞面前的"偏见",眉头皱起。陈双和文涛一个头两个大,原本事情就不好办了,现在又跳出个搅屎棍,还有完没完了?

刘大柱不知道自己在别人眼里是搅屎棍,还以为自己这是英雄救美。他护着余飞,一副不让她吃亏的样子:"飞哥你别听这人瞎扯,他这机器之前掉进水里了,在河里泡了一天能不坏吗?你可别当冤大头,真把钱赔给他了。"

刘大柱的几个跟班也跟着嚷嚷:"没错,那天他还想让我们帮他下河捞来着,就在三叉河那儿,村里很多人都看到了。"

白敬宇表情淡漠地扫了这些人一眼,看向文涛:"这个机子之前的确进过水,但它有防水功能,而且你们也看到了,没撞树之前,机子的各项机能都是正常的。"

陈双刚才听到刘大柱的话,私心里的确希望这机器是白敬宇自己弄坏的。但白敬宇给出的理由,她又无法反驳。

刘大柱冷哼一声:"正常不正常的我们哪会知道?你是厂家,就算不正常,你能告诉我们?"

"就是,欺负我们没见过这玩意儿,想要讹钱呗。"跟班们七嘴八舌。

白敬宇看向余飞:"你也操控过,你觉得机器在没撞树之前正常吗?"

此时所有人都看着余飞,她是除了白敬宇之外,唯一碰过擎翼一号的人。刘大柱不停给余飞使眼色,示意她只要说一句那台机器不太灵敏,哪怕就是加个"好像",她今天就不用背这个锅。

白敬宇把这些人的小动作看在眼里,他眼角带着不屑,心里已经打定主意:如果余飞为了脱责,硬要说这台机器原本就有问题,那他一定有办法让她照价赔偿,且一分也不会少。

余飞没理"偏见"给她的暗示,她比任何人都清楚这台无人机泡过水,也比任何人都想把责任推到白敬宇身上。但她刚才在操作的时候,摁下的每一个功能键机器都是有反馈的。在撞树之前,她确定那台擎翼一号的确是正常的。她不能因为厌恶白敬宇这个人,就昧着良心说这机器有问题。她要是这么做了,那她跟云上科技那伙没有下限的人有什么区别?可就这么给白敬宇辟谣了,她又不甘心,寻思着要怎么给他使点绊子。

看她迟迟不说话,刘大柱拍了拍胸脯,跟余飞说:"你别怕他,就实话说那玩具飞机有问题,他要是敢强赖你身上,我让他走不出东山县。"

白敬宇压根没把"偏见"的虚张声势放在心上，文涛却吓得不轻。这刘大柱恐吓的可是海城的厂商，要是传出去，还以为他们东山县是个法外之地，以后还有哪个厂商愿意过来？文涛当即喝道："刘大柱你胡说什么呢？东山县是讲理讲法的地方，无论事情是怎么样的结果，都有相关的人员去调查处理，你给我一边待着去。"

　　刘大柱平日里是不敢跟文涛硬顶的，但在"飞哥"面前，他不能就这么认怂："我说的是事实，姓白的就是以次充好想讹人，我不能眼看着外人欺负我们西贝村的人。"

　　"就是，这可是我们的地盘，文涛哥你好歹也是西贝村的，怎么胳膊肘往外拐？"

　　"你莫不是收人东西了吧？"

　　刘大柱的几个小兄弟嘴里没个把门的，越说越离谱。余飞没想到这些人竟然能把火烧到文涛身上，暗恼自己刚才脑子胡思乱想，竟然想用这些个不靠谱的人去给白敬宇使绊子，真是搬起石头砸自己的脚。余飞喝了一声："够了，你们谁看到文涛收人东西了，站出来！"

　　刘大柱一伙人面面相觑，余飞虽然是个女人，但她在村里也是出了名的"狠人"，敢惹她的并不多。手下的兄弟都看向刘大柱，刘大柱只能给余飞使眼色，意思是他们都在帮她，她可别不识好歹。

　　哪知余飞看也没看他，下一句就直接跟大家说："那台机器没问题，是我操作不当才弄坏的，该赔多少就赔多少。"

　　白敬宇刚才也看出了余飞是故意在拖延时间，心里猜测她十有八九会把责任推到机器泡水这件事上。如今她忽然说机器没问题，白敬宇知道她不是良心发现，而是怕连累到文涛，所以才不得不开口解释。

　　白敬宇心中冷笑，无论她是怎么想的，她没说谎推脱，算她运气好。

第九章　赔偿

　　刘大柱一伙人看余飞不领情，气急败坏，骂骂咧咧地走了。文涛只能先开车把机器和白敬宇送回县一中宿舍去修。文涛是真心觉得可惜，这机器摔坏了，机器报价又太贵。擎翼一号这个最被他看好的产品，在这次的推广会上算是彻底玩完了。

看文涛和白敬宇走了，陈双急急问余飞："你刚才是为了文涛才说那机器没问题的？"

"当然不是。"

"那你为什么之前一直不开口？"陈双不懂。

余飞一脸懊恼："我就是想要让那个姓白的吃点苦头，没想到会连累到文涛。"

陈双听完松了口气："文涛身正不怕影子斜。我就担心你吃哑巴亏。"

余飞拉着陈双的手："放心吧，以前在海城我是没办法，现在在自家门口，我还能吃他的亏？"

陈双愤愤道："他们云上科技之前在海城那么欺负你，要是我，说不定刚才就顺坡下驴，直接说他们的机器有问题了。"

余飞被陈双的样子逗笑："你就是刀子嘴豆腐心，干不出这事来。好了不生气，我弄坏的，赔也是应该的。"

陈双叹气："可这机器这么贵，修起来肯定不是笔小数目。"

余飞心情也沉重下来，心里盘算还有多少钱可以还债。心说真是屋漏偏逢连夜雨，看来她得马上去买无线网卡做兼职了。

此时文涛开着单位的捷达车把白敬宇和机器送回到了县一中的老师宿舍，满脸抱歉说："白总，我们县政府电工那边有很多工具，你维修的时候需要什么尽管开口，我一定马上给您送来。"

"不用了涛哥，电工的工具不合适，我来的时候自己带了一套备用的修理工具，你不用费心了。"

"哦哦，好。"文涛有些尴尬地顿了顿，"那检修机器大概需要多久？"

"现在还不太确定，要等拆机检查后才能知道。"

"那，那我就不打扰你工作了，你这边有什么需求随时打电话给我。"

"好的，慢走。"白敬宇看文涛并没有要走的意思，问，"涛哥还有事？"

文涛忍了又忍，还是开口说："白总，我想麻烦你个事。"

"你说。"

"是这样。其实这次的推广会变成这个样子，我要负很大责任，是我没把试验田围好，才让宋奶奶跑了进去。飞哥是个新手，当时也是没反应过来才让无人机撞树上的。等检修费用出来了你跟我说，这笔钱我来出。要是飞哥问起来，您就说没太大毛病，不需要她出钱了。"

白敬宇没想到这个文涛这么帮余飞。想到余飞刚才也处处维护他，白敬宇问说："你和飞哥是？"

文涛看他误会了，忙说："飞哥是我高中同学，陈双是我媳妇，我们三个以前就是从小玩到大的朋友。飞哥家里最近出了很多事，她一个人撑起一个家真挺不容易的。"看白敬宇没马上说话，文涛又说："飞哥对擎翼一号很感兴趣，她打算留在村里包三百亩地种棉花，用农业植保无人机来代替人力。就因为这样，我才特意让她上来试着操控的。所以这个事故我是有很大责任的。"

白敬宇没注意文涛最后的那句重点，他抓到的重点是：余飞对他的产品感兴趣，余飞要留在村里种棉花。他记得严志高说这个余飞是海城大学的研究生，还曾在仕达会计事务所工作过。能考上海大，还能进仕达的人，愿意留在村里种棉花？难道真像他在小卖部听到的那样，余飞因为贪污，整个行业没人敢用她，所以她只能留在村里种地？

白敬宇心里忽然有了一个想法，但很快就自己否定了，毕竟他已经在合作伙伴上吃过一次亏了，这个余飞明显人品就有问题，他疯了才找她合作。

送走文涛，海城公司那边的电话就打了过来。

白敬宇跟老蒋说了今天推广会上的情况，老蒋的语气是意料之中的失望："这第一炮没有打响，虽然有突发情况的原因，但主要是价格问题。只要价格降不下来，我们产品的市场真的很难打开。"

白敬宇当然清楚，他沉默了好几秒："其实我们可以换个思路，前期贵是因为要收回研发和生产的模具成本。只要市场打开，买的人多了，成本平摊开，价格就自然下来了。"

"话是没错，可现在价格已经在这儿架着了，市场怎么能打开？"老蒋觉得白总的话有点像废话，但他却没胆说出来。

然而在白敬宇看来，这不是废话，而是一个思路的转变。这个转变的想法在他听到文涛说余飞要自己种三百亩地的时候就已经冒出来了。

农业植保无人机在国内还是个新东西，大家对无人机的认知程度，还停留在遥控玩具、拍拍照片的程度。没人知道无人机应用到农业领域到底能干什么，加上机器的价位。别说销售的对象是收入不高的农民，就算是城里的普通中产，掏钱买个七万块的东西，也得好好寻思一下。可以想象，要还是按照以前的推广方式，不仅在东山县推广不出去，在其他的农村县份，肯定也困难重重。所以白敬宇才有了换条路走的想法。

耳听为虚、眼见为实，如果先让农民兄弟看到产品的作用和效果，让他们看到实实在在的收益。这种带货效果，是多少张嘴也比不了的。他要找谁合作，才能出个好效果？现在整个东山县已经没多少人种棉花了，不然县领导也不用开这么个动员会。白敬宇看着桌上的机器，又想到了余飞。她没有违心说出这个机器有问题，算她还有底线。条件有限的情况下，找她合作也不是不行。只要合同制定好了，她就没法钻空子。白敬宇在脑中把这个方法评估了一下，觉得大体是可行的。立马就跟老蒋说了自己的想法。

那头的老蒋一僵："你要跟村里人合作种棉花？"

"让他们看到效益，才是最好的宣传。"农村人赚的每一分都不容易，白敬宇能理解他们不见兔子不撒鹰的心态。

"……那你打算派谁去做这件事？"老蒋语气为难，公司的人都在海城，谁愿意大老远跑去村里驻扎，还一待就待上一年？

"我自己。"白敬宇就没想过让公司其他人过来。他小时候跟外公外婆一起住的时候种过棉花，算是有经验。二是他之前为了测试机器，也没少泡在田间地头，对于这样的环境，他更熟悉。

"你是我们擎翼科技的老板，你怎么能在田里亲自种棉花？"老蒋反对。

"那要不你来？"

老蒋脸都绿了："白总你就别说笑了，你也知道我这拖家带口的。要是我去农村蹲一年，估计我回来的时候我家小女儿都不认识我了。"

"那你想想，公司里还有谁更适合来这里？"白敬宇问他。

老蒋想了又想，要有田间经验，又要对机器特别了解，还不能在海城有家属牵绊的。算来算去，好像也就只有单身狗白敬宇了。"老板，那就辛苦你了。"老蒋说得真心实意。

"你在总部坐镇，看好公司，随时支援我这边。"

"收到。可是老大，这一季棉花种植完也快年底了。你可想清楚了，我们现在每一天都在烧钱，你的全副身家都用到研发经费上了。要是这一季棉花种出来产品还是没有市场,你就真要破产了。"老蒋跟白敬宇的关系不亚于严志高,所以跟他说话也没必要拐弯抹角。

"要是担心破产,我当初就不会创立擎翼科技。"白敬宇心里清楚,说年底破产都是好听的,按这个烧钱速度,七八月再没起色,估计就要玩完。从创立擎翼科技开始,对白敬宇来说每一步都是孤注一掷,但开弓没有回头箭,只能一直向前冲。

挂上电话,白敬宇摸着刚才边跟老蒋说话,边用白纸折出的一只小刺猬。他用剪刀在刺猬背后把刺给剪出来,画上眼睛,瞬间就栩栩如生了。他把刺猬摆在桌上,忽然觉得这随时随地都把刺竖起来的样子,还挺像余飞的。白敬宇拿出手机,给文涛打了过去。

严志高一放学就急吼吼地跑回宿舍了:"听说你今天在推广会上出事了?"

"听谁说的?"白敬宇被风风火火闯进来的严志高吓了一跳。他刚才拆了机器检查了一遍,确定内部没什么问题,这才刚松了一口气,起身去给自己倒了一杯水。

严志高一脸紧张地盯着他:"你的机器撞树上还撞死人了?这事是真是假?"

白敬宇喝进嘴里的水差点呛出来:"我要撞死人现在还能站这跟你说话?"

听他这么说,严志高的理智才慢慢回归:"有道理啊,那外面传得沸沸扬扬的事到底是怎么一回事?"

白敬宇把今天的事大致说了一遍,严志高终于知道三人成虎是怎么一回事了。转头看向桌上被拆得"缺胳膊少腿"的无人机,严志高又开始唠叨:"我就说今天我请假陪你去,你偏不让我去。这下好了,机子撞坏了吧。"

白敬宇给严志高倒了杯水,递给他,淡淡道:"你去了机子就不撞了?"

严志高嘴硬:"撞不撞的不知道,至少能多双眼帮你看着。"

"现场一千多双眼睛看着机子撞到了四米高的树干上,少你一双不少。但你们高二年级今天的英语考试,少了你这双眼睛就不行。"

严志高没话可说了。他们高二今天的确是要摸底考试,县一中竞争压力大,很多人会因为这次的成绩,从重点班掉到普通班;也有人能从普通班杀入重点班。对于只有读书这条路可走的小镇学子,他们把每一次的考试看得比天还大。而他作为老师，当然不能在这么重要的场合缺席。"唉。"严志高叹了一口气，"这么好的产品，本以为借着这场推广会能推广开来，谁想到这么寸，还能出现撞机事件。"

白敬宇一脸早就看开的表情："意外才是人生常态。"

"你倒是想得开。"

"不然还能怎么办？"自从他这个创始人被赶出云上科技之后，白敬宇面对这类突发事件的心态已经很稳了。

看他似乎没受什么打击，严志高也不急了："就冲你这心态，成功就是迟早的事。走，带你吃点特色东西，顺道帮你买回程票。"

白敬宇放下杯子说："谁说我要回去？"

严志高一顿："你不回去留在这里过年啊？"

"我留下推销产品。"

严志高摸了摸他的头："今天的事是不是对你打击太大了，让你忘了今天发生了什么？"

白敬宇把他的手打开："一次意外不代表产品不行。"

"大哥，道理我们都懂，但农民兄弟不买账啊。不是我泼你冷水，这里的人思想保守，今天发生撞树事件，外面都传你的机器不行，别说是买了，就算白送估计他们都嫌重。"

白敬宇把裂开的桨叶一个个拿下来，不紧不慢说："不试试怎么知道？"

严志高有些哭笑不得："不是，大哥，全国像这样的农村多得是，你怎么就跟这儿耗上了？东边不亮西边亮，懂吗？不要吊死在一棵树上。老实说，即便今天没有撞机事件，这一套无人机的价格也劝退百分之九十九的人了。当初你说要来这里推广的时候我就劝你三思。你看你这一来，机器先是泡水，现在又撞坏了，这地方明显是跟你犯冲。算了，要不然你还是去看看海城周边的乡镇吧。"

白敬宇听着严志高一个人絮絮叨叨，手上的活儿压根没停。

"我从刚才到现在说了这么多，你给点反应好不好？"严志高口干舌燥，发现白敬宇竟然无动于衷。

白敬宇把机器磕坏的部位全检查了一遍，这才抬起头，淡淡说："劝退了百分之九十九的人，不是还有一个吗？"

严志高不敢相信："合着我刚才说了这么多都成了废话？"

白敬宇拍拍他的肩膀："我知道你是为我好，但每个地方都会有每个地方的问题。今天在东山县我因为这件事走了，那明天我到另一个地方，也会因为另一件事而放弃。"

严志高听明白了，白敬宇这是跟东山县杠上了。"那要是这里的人一直不认这个无人机呢，你打算在这儿待一辈子？"严志高问。

"不认是因为没看到擎翼一号实际带来的效益和收益。如果看到了，我不相信他们放着效益好的产品不用，非要用人力。"

"可田里的效益又不是一天两天就能出来的，你怎么让他们看？"严志高一头雾水。

"那我就留在这里，把东西种出来给他们看。"

那头的文涛再回到会场时，大会已经散场了。

刚从车上下来的文涛看到领导在夸顶替他留下主持会场的同事。

这次的推广会除了擎翼一号出了问题，其余厂家的产品都得到了热烈反响，不少农户现场就下了订单。厂家和农户都很满意，相关部门对这次大会也给予了极高的评价。谁也不知道，为了这个推广会，文涛忙前忙后准备了多久。如今临门一脚，功劳全成了别人的，说不难受是假的。

文涛的肩膀被人从后面拍了一下。他转过身，看到身后的陈双和余飞。

余飞满脸愧疚："对不起啊，文涛！"听陈双说，文涛为了搞好这次大会，这段时间都在加班。为了说动这些厂家下乡，他是费尽了周折。除了搞定厂家，他还要一层层去跑场地和试验田的审批单，忙的时候连早饭都顾不上吃。

如果这次大会办成功了，文涛也离办公室主任不远了，没想到事情最后变成了这样。

"这是意外，你有啥对不起的？"文涛笑笑，虽然失落，但他搞推广会的初心也是为了给农民办实事。即便这次他升不上去，但农民找到路子得了实惠，这才是最重要的。

陈双也劝余飞别往心里去。说完转头问丈夫："那个白敬宇有没有说什么？"

想到白敬宇交代他的事，文涛咧嘴一笑："走，吃饭去，边吃边说。"

三人来到常去的那家小吃店，文涛把第一碗面推到余飞面前，笑眯眯说："白总说了，这事他也有责任，他会尽量修好，不用我们出维修费。"

这话让余飞和陈双同时怔住。"姓白的真这么说的？"陈双一脸兴奋，紧紧抓住余飞，"太好了，这下你可以放心了。"

余飞没说话，云上科技的人做事一向表面一套背后一套，她不相信白敬宇就这么算了。"你刚才说桨叶坏了，桨叶一共多少钱？"余飞一分钱也不想欠白敬宇的。

文涛挠挠头："这我倒是没问，他说机器里面也没什么大毛病，桨叶他是可以修好的；就算修不好，他也有备用的，不需要我们这边再出什么维修费用了，我也就没追着问了。"

"那我一会儿吃完饭去问。"余飞说。

陈双听不下去了："你怎么这么死脑筋啊？那白敬宇都说不要钱了，你还上赶着给他钱？要是我，这钱我一分都不出。他之前把你害得这么惨，你现在别说弄坏他几个桨叶了，就算把机器都弄坏了，你也有理。"

"什么情况，白总之前害过飞哥？"文涛眉头皱起来。

陈双之前看文涛一直忙展会的事，也就没机会跟他说余飞和云上科技的事，如今干脆就直接说了出来。

文涛越听越不对："你说的是云上科技，可现在白总的公司是擎翼科技，跟云上科技没有关系啊，你们是不是弄错了？"

陈双横他一眼："飞哥之前在云上科技做过审计，怎么可能弄错？那白敬宇之前就是云上科技的创始人。再说他那个长相，是能容易被弄错的？"

文涛想想也是，又看向余飞："飞哥，你说云上科技和白敬宇他们造假，把你这个知情人逼出海城，你现在有证据吗？"

文涛话还没说完，就被陈双用力踩了一脚："你是不是傻？飞哥要是有证据，还用被人逼回来？你问这话什么意思，是不是不相信她？"

文涛一脸无语："我怎么可能不相信她？我是觉得要是有证据，咱就可以直接去跟白敬宇对峙。"

"证据已经被他们抢走了，我现在没法揭发他们。但我收拾不了他们，总有能收拾他们的人。"余飞想起之前的自己实在是太没经验了，把证据给了领导。领导跟对方一通气，倒霉的人就是她。当初这件事让她气得寝食难安，虽然现在也气，但经历了这么多事，心态上已经平和了许多。

文涛不怀疑余飞说的话，但想到白敬宇，跟这人这几次接触下来，文涛真觉得这位白总不像是这种心机深沉的人啊。再说棉田合作这件事，对余飞来说也是千载难逢的机会。"飞哥,这中间……会不会有什么误会?"文涛犹豫了好一会儿,还是开口问道。

话音刚落,陈双的巴掌就噼里啪啦地打了下来:"你到底是哪头的?"

文涛疼得嗷嗷叫,捂着脑袋,把凳子移到余飞旁边说:"飞哥,你想啊,你之前说白总是云上科技的,可他现在明明是擎翼科技的,你难道就不觉得奇怪吗?咱不放过一个恶人,但也不要冤枉一个好人,这其中啊,说不定真有什么误会呢。"

文涛话音刚落,陈双又要过来揪他。余飞拉开陈双:"好了,面都凉了,赶紧先吃吧。"

看余飞不想再提这件事,陈双狠狠瞪了丈夫一眼,示意他"好好吃面,别再废话"。余飞虽然不说话,但心里对于白敬宇为什么会变成擎翼科技的老板,而且还亲自下乡这件事,她心里也有很多疑惑。

虽然陈双在旁边"虎视眈眈",但文涛还是顶着压力,继续开口说:"飞哥,要是那姓白的真欺负了你,我第一个饶不了他。我说句心里话啊,从我跟这个白敬宇的几次接触来说,他的言谈举止、待人接物,我觉得这个人不像是能干出这种阴毒事情来的。你们想想宋奶奶的事,他当时跑在最前面,要不是他给宋奶奶做心肺复苏和人工呼吸,宋奶奶现在早不在了。我们村里多少人嫌弃宋奶奶你们都知道,别说给她做人工呼吸了,就算说话都不愿跟她说。就凭这一点,我觉得咱就应该对这件事再深入了解清楚。"

"白敬宇是公司的总裁,没有他的授意,公司怎么可能做出这种决定?"陈双话虽然这么说,但语气上明显没这么冲了。虽然不想承认,但文涛说的的确有点儿道理。

一直不出声的余飞也想到了之前她误会白敬宇要对余美不利,事实却是他想要帮余美的事。难道,事情真的还有别的原因?"我现在已经决定回村种棉花了,是不是有别的原因,对我来说已经没有太大意义了。"余飞搅着碗里的面,淡淡说道。

"对啊,白敬宇跟我们有什么关系,我们为什么要去深入了解他?"陈双不满地看向文涛。

"这不是话赶话说到了嘛。对了飞哥,你今天也试了擎翼一号了,现在什么打算?"文涛现在还不能直接跟她们说白敬宇想要跟余飞合作的事。这种事要慢慢铺垫，再说他自己也要去白敬宇那确认一下，要是白敬宇真的坑过余飞，那他不仅不能让这种人渣跟余飞合作，还要亲自给余飞讨回公道。

余飞放下筷子："机器我很满意，但我不想用白敬宇的产品。我想查一下，看还有没有跟擎翼科技相似的产品。"她一向实事求是，撇开她和云上科技之间的事，她承认擎翼一号还是挺不错的。

文涛想了想，说："其实在擎翼科技要来推广的时候，我就已经在网上查过了，现在把无人机应用在农业上的、技术和功能都比较过硬的，国内的确就只有擎翼科技一家了。"

陈双看向余飞："只有他们一家，你要用姓白的设计的东西吗？"

余飞心里纠结，文涛开口劝说："咱对事不对人，先不管对方人品如何，产品好咱就用。师夷长技以制夷，对不？"

余飞摇头："做事就是做人。往大里说，他们能做出造假的事，我用他们的产品，就是支持他们造假的事实；往小里说，他们能在财务上造假，也可能在产品上造假。我现在看不出他们的这款产品有什么造假的地方，但不代表他们的产品在生产作业过程中就真没问题。人品决定产品，用人品不行的人设计的产品，就是在给自己挖坑。"

陈双坚定地支持余飞："没错。这种人的东西就不能用，要是种了再掉链子，到时候找谁哭去？"

看余飞态度这么坚决，文涛也就不再劝了，这事一定要先找白敬宇问清楚。

三人吃完了饭，各自分头去办事。

第十章　压力

余飞花六百块买了无线网卡，再次回到之前问过的电信营业厅买了张一百二的手机卡，有了这两张卡，她才能在家里上网。走的时候那个打毛衣的女营业员特意嘱咐了一句，说这张卡只能上一百二十小时，超时可是很贵的。

余飞数着卡里的余额，没舍得回家用这个无线网卡，想着都来县城了，就又直接去了趟网吧联系甄妮。

甄妮正好调休在家，看到余飞发来视频连接，马上就接了起来。"飞哥，你是在网吧吗？"甄妮看到余飞身后有好几个戴着耳机在打游戏的小年轻。

余飞调整了音量，看着镜头里好几个月没见的甄妮说："对，今天我来县里办了无线网卡，就想跟你说一声。以后咱们约定好时间上线传送文件，这样就不用大老远跑到县里来了。"

甄妮之前跟余飞在网上聊的时候都没开视频，这下才明白原来余飞每次上网，都要跑到县里。她本该想到的，飞哥在家连电话都得去小卖部打。这一刻，甄妮是真的心疼余飞。

看着画面里瘦了一圈的余飞，甄妮捏着自己肉肉的肚腩叹气："你什么时候才能回来啊？以前跟你一块儿住，吃你做的黑暗料理我还能瘦几斤。现在搬回家，我这体重是噌噌往上涨。你再不回来，我就要突破历史新高了。"

余飞看着视频里五个手指头上都套着一个妙脆角，说话的工夫就全吸到了嘴里的甄妮，哭笑不得："我谢谢你这么想念我的手艺。我就当你是夸我了。不过我这几年都去不了海城了，我打算留在这里种棉花，你少吃点零食。要实在不行，你寒暑假来我这儿，我给你做点减肥餐。"

"什么？你要留在老家种棉花？"从小在大城市里长大的甄妮不知道种棉花代表着什么，她只是单纯觉得，如果余飞没遇到云上科技那些糟心事，一定能在海城好好发展，而不是被困在一个连电话和网络都成稀缺资源的小山村里。

"嗯，等事情确定下来了，我给你发棉田的照片。"

甄妮心里难受，但却只能给余飞打气："好，我等着。飞哥你这么聪明能干，说不定种棉花还真能种出康庄大道呢。"

余飞想到困难重重的开局，苦笑道："承你吉言，希望真有这么一天。"

甄妮看出余飞情绪不高，赶紧扯开话题："对了，上次我不是跟你说云上科技要在我们学校设立教学点吗？这个月初云上科技大手笔给学校捐了一大笔钱，学校因此专门给他们配了一栋楼，还改名'云上楼'。现在他们公司派了两位技术员驻校，协助学校的老师一起教课，并承诺从云上学院毕业的优秀学生，优先跟公司签长约。很多学生听说了这事，都想改专业了。哼，也不知道以后云上科技爆雷的时候，改了专业的那些学生会不会后悔。"

"他们的确惯会做表面功夫。"余飞想到自己在云上科技看到的事，再想到云上科技现在的名气,那些学生争着抢着转专业也不足为奇了。

甄妮哼哼唧唧地吐槽:"我现在被调到云上楼了,你都不知道云上科技那个财务总监曼欹架子简直比院长都大,那个颐指气使啊,真把学校的老师都当他们云上的员工了。开学第一天就开始指使我干这干那,我差点没绷住跟她吵起来。还有其中一位叫王明的技术员,简直是个奇葩。看我在办公室有个零食箱,天天来跟我要吃的也就算了,还说我胸大屁股大有福相,以后一定能生儿子。我跟系主任反映说他骚扰我,但最后都不了了之,我现在真是一提起那些云上科技的人就来气。"

余飞听完,竟不知要怎么安慰甄妮。要是她当时把证据握在手里,估计云上也没机会到海大作威作福了。

甄妮不是个能藏事的人,吐槽完心情瞬间就舒服了:"现在想想,你回家种棉花也好,眼不见为净,总比留在这里,天天被云上科技骚扰来得强。"

余飞说:"如果我说白敬宇现在在我们村里你信吗?"

甄妮大笑:"你这笑话还不错。"

"我说真的。"

看她一脸认真,甄妮坐直身子:"白敬宇真在你们村?你确定没认错人?"

"没认错。"

"那他有没有对你怎么样?"甄妮想到之前云上科技为了赶走余飞用的手段,光是想想都害怕。

"暂时没有。"

"我的天啊,他堂堂一个总裁,为什么要到你们村推销产品,这根本不合理啊。"

"妮妮你方便的话,帮我跟他们云上学院的技术员打听一下,云上科技有没有农业无人机这个产品线,也看看他们关联的子公司和供应商里,有没有叫'擎翼科技'的。"

"没问题,你等我消息。"甄妮胸中的八卦之火让她瞬间就斗志满满。

文涛送老婆回县一中,顺道去找白敬宇。他没跟白敬宇说自己要来的事,就是要杀他个措手不及。刚走到严志高的宿舍门口,就听到虚掩着的门里面传来说话声。

白敬宇正在网上跟老蒋开视频会议。老蒋汇报公司的财务报表。说完数据,老蒋又气又恨说:"悦橙资本太不是个东西了,把你从云上科技挤走还不满意,现在还要赶尽杀绝。我们现在做的农业无人机,跟他们现有的产品线根本没有什么冲突,他们还各种使绊子。只要是跟云上科技合作的原材料公司和加工厂,全都单独给我们涨了百分之二十的价格,你说气不气人。"如果整个行业都涨价,那他们没话说。但单独涨他们擎翼科技的价格,这就明摆着欺人太甚了。

白敬宇就算再冷静,听老蒋说完,拳头也已经握紧了。当初他同意林睿的悦橙资本入股,是为了让云上科技能够发展壮大。没想到悦橙资本利用股权结构中的漏洞,反把他踢出了局。

老蒋也顾不得白敬宇生不生气了,心中的这口气他不吐不快:"云上科技那些人还放话出来,要是我们擎翼科技撤单,他们云上加倍给单,不会让那些工厂有一分一毫的损失。那些工厂为了抱云上的大腿,对我们可真是一点情面都不讲。那姓林的不是人我就不说了,没想到云上那群老员工也全是白眼狼。你上一年八月刚走,那些人就翻脸不认人了。也不想想当年要是没有你,能有现在的云上科技?能有他们如今的好日子?"

门外的文涛把他们里面的话听得清清楚楚,心里吃惊不小:原来白敬宇上一年八月就被云上科技给踢出来了,飞哥说她是九十月份才出的事,估计也就是前后脚,白敬宇出来之后就自己创办了擎翼科技。如果白敬宇跟云上科技没关系了,那也就没理由去陷害飞哥了。这就说明,余飞真有可能是误会白敬宇了。文涛松了口气,合作种棉花这事,他可以放心撮合了。

门外的文涛轻松了,屋里的氛围却是越说越沉。

这个行业能进行加工的工厂和原材料圈子都是相对固定的,一时半会儿想要找新的工厂来代替并没这容易,所以云上科技才会联合那些厂家来给他们使绊子。

老蒋埋怨云上科技那群白眼狼,说起白敬宇当年跟他们一起创业,一起租下创业园区的两间小屋子,几个人一起研发无人机。研发需要大量经费,无人机当时在国内还是个少数人知道的东西,当时他们找了几十家风险投资公司,所以也没有资本愿意投给一个在两间小破屋里搞研发的小公司。

就在云上撑不下去的时候,悦橙资本说愿意投资。按悦橙的投资金额,白敬宇能得到云上百分之二十九的股份。当时云上几个联合创始人加起来的股份远高于悦橙资本,但悦橙资本却要求对公司日常运营进行控制。

为了让公司活下去，白敬宇他们妥协了。

公司越做越大后，光有资本注入还不够，想要走出初创阶段，就必须引进专业的管理方法和销售人才。在双方协商之后，悦橙请来了国内家电行业顶尖的销售人才来出任云上科技的销售总监，并占有云上科技百分之五的股份。

白敬宇是以研发为主的，但他跟这位销售总监之间一直矛盾不断。他对于悦橙资本和新销售总监不顾长远发展，一切只向钱看的做法很有意见。白敬宇希望云上科技是一家有温度、有态度、有担当、不断成长的公司，然而悦橙资本显然已经等不及了。

白敬宇本着共同管理好云上的想法，极力协调着双方的关系。却不知悦橙资本早已在背后跟公司的人散播他想独占公司，成为最大获利者的谣言。

随着无人机市场逐渐被大众接受，云上科技研发的娱乐向无人机产品开始迅速盈利。一心投入到研发过程中的白敬宇看到以后的市场发展，不止一次跟合伙人提出开发农业方向的无人机，但都屡遭反对。

大家并不想从获利颇多的娱乐市场转向未知甚至是吃力不讨好的农业方向。而悦橙资本在这个时候钻了空子，在背后故意扭曲白敬宇的意图，并煽动公司里那些早已对白敬宇有看法的其他合伙人，一起用了些见不得人的伎俩，把白敬宇给踢走了。

失去公司可以再创业，但那些曾经的战友对他的背叛，是白敬宇无法原谅的。白敬宇的睡眠本就不太好，刚知道这件事的时候，他整宿整宿地睡不着。好在并不是所有人都背信弃义，当初跟白敬宇一起做产品研发的十多位老员工还有老蒋等人，就跟着白敬宇一起离开了云上科技，重新组建了擎翼科技。

而白敬宇之所以创立擎翼科技，不仅是为了告诉云上科技他可以从头再来，还为了实现他小时候的梦想和心愿。

当时只有六七岁的他看着外公外婆在棉花田里辛苦劳作，就立志要在长大后，给像外公外婆这种农人设计一种智能的、能代替人力工作的智能机械。所以即便离开了云上科技，即便眼前的路困难重重，他也不会停下研发农业智能无人机的步伐。

重新创业的白敬宇没找云上科技麻烦，一门心思想着如何搞好擎翼科技。没想到林睿竟然还要过来踩他一脚。

老蒋实在气不过："要不行，我们也给云上科技搞点小动作，让他们的无人机变'烧鸡',再联系媒体曝光他们的产品有问题。"

"不行。"白敬宇直接否决了。虽然他现在已经跟云上没关系了,但云上科技现在的每一款产品他都参与设计了。那些产品都是他的心血,他把它们看成自己的"孩子",他当然不能往自己"孩子"身上泼脏水。

"这也不行那也不行,难道我们就白白吃这个哑巴亏?"老蒋一脸不爽。

"当然不是。这事你别管了,我来处理。"白敬宇说。听他这语气,看来是有招了。

"你要怎么处理?"老蒋急急问。

"你忘了严少他们家是做什么起家的了?"

老蒋一拍脑袋:"我去,我怎么就忘了?严氏集团是海城做复合材料的龙头老大。"

复合材料因为比重小,具有良好的化学稳定性、耐磨性、耐热、耐疲劳、消声、电绝缘等性能,因此是制作无人机的优选材料。比起云上科技,那些厂家更不敢得罪原料霸主严氏集团。

门外的文涛正听得起劲,肩膀上忽然被人拍了一下。文涛吓了一跳,一转头,发现自己的老婆陈双正皱眉瞪他。怕屋里的人知道他在偷听,文涛赶紧捂着陈双的嘴,一路拉着她跑回了医务室。

"你在人宿舍门口偷偷摸摸的干什么?"刚关上门,陈双就没好气地扯开文涛的手,大声问道。

"你小点声。"文涛心虚地看了眼窗户,发现窗户是关着的,这才松了口气。

"你听到什么了?"陈双看他这样就知道听到了什么不得了的大秘密,马上问道。

文涛把白敬宇想要跟余飞合作以及他刚才在门外听到的那些话,全都一股脑地跟老婆说了,最后总结道:"飞哥应该是误会白总了,咱们要是能撮合他们合作,那就是双赢,不,三赢。要是这个棉花种成功了,咱东山县和西贝村就是第一个用新科技来种棉花的地方,新典型啊。"

陈双也回过味来:"要是这个白总跟飞哥合作,那飞哥就能省下一大笔机器钱,同时还多个人帮忙。我看成!趁热打铁,今晚我回去送药给妈,顺道就去飞哥家一趟。"

"行,反正推广会已经结束了,我跟你一起回去,人多力量大。"

余飞从网吧出来,就坐上车往家里赶。

车子到村口停下,余飞下车时,看到地里已经冒出了很多野菜。这些被称为苦菜的野菜,只有春天的头茬才最好吃,挖回家洗干净蘸酱吃,不仅可以去火,还营养丰富。

以前村里人都在家里务农的时候,一到春天就有不少人出来摘野菜。别说村里,就算更远的山里,不早点去都挖不着。如今大家都外出打工了,村里野菜随处可见,也没什么人来挖。毕竟挖回去还得费不少功夫洗和摘。这东西村里人都吃得够够的了,要不是穷得揭不开锅,谁也懒得去挖这些东西。

余飞知道余爸这段时间一直有心火,此时距离做晚饭还有段时间,她从包里扯出一个随身带的塑料袋,蹲在地上就开始摘。不多会儿,她便提了满满一塑料袋的苦菜往家里走,路上还顺道撸了好几把槐树花,想着晚上回去给余爸余妈摊个槐花饼,再做个苦菜糊糊粥。

刚走到巷子口,余飞就看到自家门外站了不少人。看到余飞回来,人群自动让出一条道。王桂花眼尖,看到余飞手里提着一袋子野菜,眼中露出鄙夷,开始跟旁边的中年妇女小声说大声笑。

余飞看这么多人围着,知道自家肯定是出事了。她怕是那些要债的又来家里打砸抢,赶紧穿过人群进了院子里。

外面的人都抻长脖子往里瞧,余飞没在家里看到要债的人,悬着的心放下来大半。虽然不知道发生了什么事,但余飞不想让别人看自家的笑话,顺手把院子外的铁门关上了。

农闲的村民最大的爱好就是看热闹,眼下没有免费的热闹看了,全都嚷嚷开了。王桂花把嘴里的瓜子皮一吐:"呸,有什么了不起的?还村里学历最高的呢,都混到回家挖野菜吃了,我家猪都不吃那玩意儿。"

旁边几个妇女也嘻嘻哈哈笑起来:"谁说不是呢?"

"再能干也架不住摊上这么一家子。"

"这就是她的命。还以为自己是只金凤凰,其实是个落汤鸡。"王桂花声音越说越高。想起当时余飞这样的也敢三番五次拒绝她弟王明,王桂花就恨不能让所有人都知道余飞现在过得有多惨。

余飞从小就不喜欢听村里的八卦,也从不去瞧谁家的热闹。她懒得理会外面人的话，穿过院子就进了屋。

刚推开门，余妈就跌跌撞撞的从房间里跑出来拉住她："你救救你哥，你要不救他，他就被人拉去坐牢了。"

余飞以为她妈又要让她拿钱去给余强还高利贷，沉着脸说："妈，我说过了，这些钱是余强自己借的，要还也是他自己还，我没有义务帮他还。"

余妈哭得上气不接下气："不是，不是他借钱的事。你哥今天打电话到小卖部，说他在海城跟人打架，把人腿给打断了。现在人家报警，把他扣在了派出所里。我们要是拿不出五万块赔给人家，人家就要告你哥，让他蹲大牢了。"

余飞手里装满野菜的塑料袋"啪"一声掉在地上，她浑身的血液不停往上涌，她刚把那些要债的人赶走，余强又立马惹出这么大的事，搁谁谁不气？气极了的余飞甚至在想，为什么不是对方把余强的腿打断了？这样他至少不能再惹祸了。

在屋里躺着不能下地的余建国气得在床上大喊："别管那个畜生，让他死在外面！"

余飞听见父亲剧烈的咳嗽声，赶紧进屋去给他拍背："爸您别生气，我不会管他的。"

话音刚落，余飞妈就扑了过来，边掐余飞边说："我儿子要是死了，我也不让你们好活。"

余建国虽然不是重男轻女的人，但一辈子怕老婆是出了名的。除了老婆想让余飞早早出去打工给余强攒彩礼钱他不同意，老婆在家怎么偏袒儿子、苛待余飞，他都睁一只眼闭一只眼了。此时被余强这个孽子气倒在床上的余建国，看着老婆子又在要死要活地逼余飞，余建国只恨自己当初没狠下心，没在余强小时候好好修理他。看着被余强祸害得不轻的家，余建国老泪纵横，后悔不已。

父亲在床上呜呜哭，母亲又揪着她又哭又喊，余飞怕她爸又气出个好歹来，一把拉开母亲："妈您要是再闹，我马上去告诉那些要债的人余强现在的位置。"

余飞话音刚落，左边脸上就重重挨了一巴掌。她妈指着她咬牙发狠道："你敢害你哥试试？看我不打死你。"

余妈虽然眼睛有些问题，但力气可不小，打起余飞毫不含糊。话音刚落，就抄起墙边一根柴火棍,力气极大地朝余飞腰上就打了过去。

余飞之前在海城长期加班,腰就不太好,如今被一棍子打在腰上,疼得她当下就差点儿站不稳了。

床上的余建国看着被打得脸色都白了的余飞,又看自己的老婆跟疯了似的,一副要把余飞打死的架势。他奋力拿起床边的搪瓷杯,朝着已经发疯的婆娘砸去。

搪瓷杯没砸到余妈,余妈却自己脚下一滑,跌坐在地上。余妈没想到被自己拿捏了一辈子的丈夫竟然为了余飞,敢用东西砸她,她嗷一嗓子就在地上哭喊:"杀人了,你们不救我儿子,现在还想打死我,我不活了。"

现在还没到农忙季节,村里大把的闲人。大家知道余飞回来肯定余家要大闹一场,所以即便看不到里面的光景,大家也不肯走,想着过过耳瘾也是个乐子。

虽然隔着一层大铁门,但门外没散去的村民都听到余婶在里面叫喊。好几个小年轻干脆爬到了铁门上,边津津有味地看,边跟下面的人解说实况。爱看热闹和爱听八卦是村里人的特性。这事跟外面的人来余家要债不同,这是余家自己的事,他们管不着也拦不住。

其实在余婶去小卖部听余强电话的时候,余强要坐牢的事已经传遍了全村。

在村口小卖部的时候,大家从余婶嘴里听到的是余强打断了别人的腿要赔钱,不然就要坐牢。等传到村尾的时候,已经变成了余强打死了人,要准备拉去枪毙了。

攀高踩低是人性。之前余飞考到海城,还找了个好工作,每月给家里寄那么多钱,有这么个赚钱主力,谁家不想跟余家结亲?不只是想娶余飞的,也有不少给余强说媒的,就图以后余飞能帮一把。可惜这余强就看好同村的张燕了。张燕她爸知道余飞能赚钱,狮子大开口。余家气不过也没这么多钱,两人就一直拖到了现在。

如今曾经在村里"挑挑拣拣"的余家兄妹,一个被开除,一个要蹲监,那些被余家"挑拣"过的,自然都跳出来幸灾乐祸了。听见余家院子里的争吵,外面的人恨不能加油助威。

余飞捂着自己的腰,疼痛让她连发出声音都有些困难。她这次是真生气了,一手扶着墙,一手扶着腰,转身回屋去看她爸的情况。对在地上撒泼的余妈,她不去扶更不去劝,任由着她哭号。

余飞刚进房间,就看到她爸全身发颤,连话都说不出来了。"爸,爸你怎么了?"余飞惊了,也顾不得自己的腰了,扑到床边,"爸您可别吓我。"

余建国盯着自己的女儿,嘴巴一直在抖,就是发不出声来。

听余飞的声音不对,刚才还在外面号的余妈也赶紧爬了起来,跑进屋里看到自家老头那样,刚才还哭天喊地的,瞬间就吓傻眼了。

余飞知道不能再耽搁了,她转身要出去找人。

"你去哪儿?"余妈六神无主,一把拽住女儿,生怕余飞就这么把生病的人丢给她,自己跑了。

"我去打电话叫救护车!"余飞气不打一处来,扯开她妈的手就跑了出去。

余飞刚把院子的大铁门打开,那些围在外面贴着耳朵听的人忽然一下就摔了进来,尤其是挤在最前面的王桂花,一摔摔了个大腚墩,直接扑倒在了余飞脚下。

众人哄笑,混乱的时候,王桂花撑在地上的手还不知道被谁给踩了一脚,疼得嗷嗷叫:"哎呦,哪个不长眼的王八羔子踩的我,看我不把你蹄子砍下来。"

"都给我滚出去!"余飞瞪着这些争先恐后来他们家看热闹的人,她已经没心情跟他们客气了。

大家没动,原本也在人群里看热闹的刘大柱站出来,帮着余飞赶人:"都聋了吗?赶紧走,别在这儿碍事。"

余家当家的余建国起不来了,只会窝里横的余婶眼睛又不好,余强都不知道能不能再回村,余美还是个学生,只剩一个余飞。她再厉害也只是个年轻女人,村里那些男男女女仗着人多,可不怕她。但眼下村主任的儿子公开帮腔了,那些人自然不想得罪刘大柱。虽然不情不愿,但还是纷纷散了。

"凶什么凶,请我我都不稀罕来。"王桂花本想来看笑话,没想到自己成了笑话,站起身拍了拍屁股,转过身没好气地呸了一声。

余飞心头压着火,看王桂花故意慢慢吞吞。余飞本就着急,干脆一把将她推了个趔趄,直接把身后的铁门给关上了。向前了好几步的王桂花又差点摔倒,好在抓住了前面一个人才将将站住,不然又得摔个狗吃屎。

王桂花本就是个泼辣的，别说一个刘大柱，惹急了，二叔在这儿她照样闹。此时她揪着余飞："臭不要脸的，别以为我们不知道你为什么躲在家里，你在海城贪污被人开除了，名声全臭混不下去了才跑回来的。都烂大街了，还装什么良家妇女，我呸！"

余飞身形一顿，这件事一直是她的心病，她被开除的事大概率是王明告诉王桂花的，但给她带来这个耻辱的，却是云上科技。所有的委屈和愤怒瞬间涌了上来，余飞一把甩开王桂花的手，哑声道："你再敢拦我一下试试？"

正骂得来劲的王桂花猛然看到余飞眼里瘆人的狠意。不知怎的，她忽然想起十多年前，余飞发狠拿着把砍柴刀，追着两个想要欺负她的半大小伙满村子跑的事。把这女人逼急了，她可是什么事都能干得出来的。王桂花愣是没敢再伸手，还硬生生地把到嘴边的话咽了回去。

余飞没空再理她，沉着脸朝小卖部跑去。刘大柱指着王桂花低声咒骂了一句，追着余飞跑了。看刘大柱那殷勤样，王桂花又往地上啐了一口："把个破鞋当宝贝，看你爹怎么收拾你。"

余飞一口气跑到小卖部打急救电话。没想到120那边一听在西贝村，就说把救护车调过去，来回耽搁时间太长。要是这边自己有车能送到县医院，患者才能争取到更多时间。

刘大柱一听余飞要送她爸去县里，赶紧去求自家老爹让他开车送余家父女去医院。

自家的小面包刘主任平日里可是宝贝得很，极少让刘大柱开。但眼下余建国都这样了，他好歹是个村主任，要是这时候不借，他以后少不了被村里人指指点点。这么想着，就把车钥匙给了刘大柱。

刘大柱嘴都咧到耳朵边了，开着自家的小面包就拉着余飞父女俩赶往县医院了。一路上刘大柱把车开得飞起，余飞看父亲颠簸得难受，说了好几次"开慢点"，刘大柱这才堪堪收了点油门。

"爸，您能听到我说话吗？"余飞紧紧握住父亲的手，红着眼眶轻声问。余建国脸色发灰，闭着眼，没有任何反应。

刘大柱从后视镜里看到背着身擦眼泪的余飞，怔了一下。他记得当年余美小的时候，在河边玩不小心掉进河里。余飞跳下去救人，手臂上被石头划出一条十几厘米的疤痕。当时村里的卫生所没有麻药了，医生没给她打麻药就给她缝了针。当时只有十四五岁的余飞一滴眼泪都没掉，就因为这件事，村里人都说余飞是个不会哭的狠人。刘大柱没想到，余飞现在竟然哭了。看到余飞哭的刘大柱也不知道怎么安慰，结结巴巴说："飞哥你别担心，余叔身体好，死不了的。"

这话比不说还让余飞难受，她背过身擦掉眼泪，深吸一口气："我没事，你好好开车，今天谢谢你了。"

刘大柱听到余飞谢他，整个人立马飘了起来："说谢就见外了啊，乡里乡亲的，咱俩又这么熟。那个什么，要是以后余叔再出事，你就直接来找我，你家的事就是我的事。"

余飞是真心感谢在关键时刻肯帮她的刘大柱一家，也是真心后悔跟刘大柱搭这几句话："谢谢你的好意，但今天不能让你白忙活，一会儿到了我把车费给你。"余飞不喜欢欠人情，更不想欠刘大柱的。刘大柱对她的心思，稍微有点脑子的人都看得出来。余飞不想让他多想。今天要不是情况特殊，她也不会让他开车送到县里。

"你跟我提钱？你把我当什么了？我心里怎么想的你不知道吗？"

余飞打断他的话："你怎么想的是你的事，我可以告诉你我是怎么想的。我们不合适，你不用在我身上浪费时间。除了好好赚钱养家，我不想考虑别的事。"

听她这么说，刘大柱的脸色立马就不好看了，压低声音说："你是女人，迟早是要嫁人的。余家还有余强，你还真打算给余家赚一辈子钱啊。"

"这是我们余家的家事，跟你没关系。"

刘大柱黑着脸，心说她余飞在海城的丑事谁不知道，亏他之前还一直帮她，真是给她脸了。不就长得好看点？还以为自己是什么抢手货。他要不娶她，看谁愿意娶！刘大柱忍着火气又把车开得飞起，把车里的父女俩颠得差点从车座上弹起来。

余飞一手扶着她爸，一手撑着前面的座椅背。她知道刘大柱是故意的，但又不能抱着她爸下车。只要能早点到医院，这些她都忍下了。两人心里都有气，一路无语，车子开到了医院。余飞把她爸扶下来的时候，刘大柱甚至都没下车搭把手，就坐在驾驶位上看着瘦弱的余飞自己吃力地抬着余建国下车。

余飞没开口让刘大柱帮忙，而是向医院门口的护士求助。路过的几个护士推着担架车过来帮忙把人抬了进去。

余飞从口袋里把五十块掏出来递给了刘大柱:"今天谢谢你和刘叔,这是车费。"从村里坐大巴到县里也才十块一个人,五十块包这个"专车"也算是合理。

刘大柱把钱狠狠抽走,一言不发把车开走了,心说就她家这情况,他就看她能硬气到什么时候。

余飞压根儿不管刘大柱心里是怎么想的,转头就跟护士一起把她爸推进了医院急诊室里。等急诊室门再次打开,余飞急急过去问医生情况。

医生推了推眼镜,说:"幸亏送来得还算及时,不然病人真要中风瘫在床上了。"

余飞脊背一凉:"那我爸现在情况怎么样?"

"这次检查发现你父亲脑中有个血块,虽然这次幸运没有堵塞,但这个血块的位置很危险,最好的办法就是尽快做个手术,取出那个血块。"

余飞越听越担心:"医生,那现在能不能在这儿做手术?"

医生摇头:"这种手术风险太大,县里做不了,最好是去海城那样的大城市做,无论是仪器和技术,都是有保障的。如果你决定要去,最好先把医药费准备好,在海城做这个手术,二十万都是打底的。"

二十万?余飞傻眼了,她现在把所有卡上的钱都刮下来,还不知道有没有两万,那还是甄妮之前借给她的。

跟医生道了谢,余飞进去看刚刚苏醒过来的父亲。看着床上虚弱的男人,余飞此刻唯一想的就是赚钱,她一定要赚够钱,带她爸去做手术。

第十一章 身世

下午护士过去催余飞去缴住院费,余飞到楼下窗口交了医药费,一转身,正好看到来医院补充药品的陈双。

"你怎么在这儿?"

"我爸又进医院了。"余飞心里无法言说的担心和委屈,在看到陈双那一刻,全都涌了出来。

她把之前家里的事都告诉了陈双,陈双气得爆了粗口:"我觉得余叔说得对,你别管余强,这么大的人了做事还没个轻重,进去改造改造,兴许还能懂点道理。"

余飞何尝不想这样?但她知道余爸虽然嘴上这么说,但心里还是不想让自己儿子受这个苦。不然也不会醒了也不说话,除了自责,就是没脸跟她开这个口。余飞虽然不想管余强,但她不能让她爸出事。

陈双叹了一口气:"那你现在打算怎么办?"

余飞一脸疲惫:"我妈刚才把余强被关押的地方告诉我了,他在海城,我先让甄妮去问问情况。我爸那边医生说了,现在情况稳定,只要不再受刺激,暂时就没什么问题,留一晚观察情况,明天没什么事就能出院了。"

陈双原本下班了想跟文涛回村找余飞的,这下也不用去了,直接给文涛打了个电话,让他下班之后买点儿晚饭过来。

此时正是吃晚饭的点儿,白敬宇和严志高边说话边朝着学校斜对面的小吃店走去。

两人刚沿着斑马线走到马路中间,严志高就被一台左摆右晃冲过来的小面包给刮倒了。要不是白敬宇眼疾手快拉住他,严志高已经被卷到车轮下面了。眼看车子连停都没停,直接就要开走了。白敬宇气得一个飞身上前,一拳砸在小面包的车尾门上:"停车!"

车内忽然一声巨响,把大着舌头、正跟着电台嗨唱的刘大柱吓了一跳。等反应过来车被人砸了,刘大柱骂了句脏话,随即一踩刹车,把车停了下来。

对方把车门一打开,白敬宇就闻到了浓重的酒味。等看清下来的人是"偏见"刘大柱之后,他的眉头皱得更深。

刘大柱在村里横惯了,现在喝了酒,更是暴躁异常。"敢砸我的车,找死!"看到追上来的白敬宇,刘大柱二话不说,上来就是一脚。

白敬宇在海城时练了八年拳击,往后一闪,顺势抓住他的腿往外一扯。刘大柱瞬间就劈了个叉,跌坐在地。疼得龇牙咧嘴的刘大柱还没起身,又被白敬宇擎住胳膊,一个反手,就把他给压得严严实实。刘大柱疼得瞬间就清醒了:"白,白技术员,都是误会。"

"误会?你酒驾撞人还肇事逃逸,满街的人都在看着,你说误会?"白敬宇不吃他这套。

"撞人?我什么时候撞的人?你可别胡说。"刘大柱嚷道。

白敬宇也不跟他废话,一只手摁住他,另一只手掏出手机报了警。

刘大柱傻眼了，他连驾照都没有，要是一会儿警察来了把车扣下，他爹不得打死他？"白技术员，不，白哥，你别报警，有话好好说，我什么时候撞人了？"

那头的严志高在地上骂："你瞎啊？老子都被你撞倒了你看不见啊？看不见还敢开车上路，不抓你抓谁？"

刘大柱这才看到四五米外坐着的严志高。酒瞬间又醒了不少。他刚才拿了余飞五十块，就在县里吃了顿晚饭，越想越气，不知不觉就喝多了。晕晕乎乎地开着车，天色也昏暗，他迷迷糊糊的，是真没觉察到自己是什么时候刷蹭到人的。"我刚才真没看到人，我不是故意撞的。白技术员，你就饶过我这一次吧。"刘大柱哭丧着脸。

"你是不是故意的，得让警察来判断。"白敬宇说完，拉起地上的严志高。傍晚气温降下来了，白敬宇真怕他一直坐在地上被冻得出现腹泻的症状。

十几分钟之后，两个民警来了，没想到刘大柱忽然反咬白敬宇他们是碰瓷的。双方僵持不下，严志高差点要动手打人。民警问刘大柱要驾照，刚才还嚷嚷的刘大柱瞬间就慌了："我……我今天忘带了。"

民警看着三人："你们现在全都跟我们去一趟派出所。"白敬宇和严志高配合完警察录了口供。

警察问刘大柱开车来县里干什么，刘大柱进了警局就蔫了，一五一十地把自己开车送村里余飞父女来县医院的事说了出来，说事情紧急才没顾上拿驾照的。他还特意强调了自己是做了好人好事。怕警察不信，刘大柱指着白敬宇说："我没乱编瞎话，他也认识飞哥，不信让他打电话问飞哥。"

白敬宇没想到余飞她爸又出事了，他是认识余飞，但他不想搭理眼前的"偏见"。

整件事明眼人基本都知道是怎么回事，警察记完笔录，也就让白敬宇他们先走了，把无证驾驶的刘大柱扣了下来，让同事给刘大柱家人打电话，让他们家人来交罚款。

白敬宇和严志高走出做笔录的房间，严志高说冻了肚子憋不住了，捂着肚子就去了楼梯拐弯处的厕所。

白敬宇站在楼道中间，倚着窗口，忽然听到旁边没关门的办公室里传来两个女人的说话声音。

"刚才无证驾驶的刘大柱是西贝村的村主任儿子,全村就他家有台电话,不然都不知道怎么通知人来领人。"刚打完电话的女人把电话挂上,转头问旁边的同事,"哎,你不是西贝村的吗?刚才那个刘大柱说是送余建国和他女儿余飞来医院的,这西贝村是有这两个人吧?是的话我就直接写到资料里去了。"

另一个上了年纪的女人点点头:"是有,这余建国以前可是西贝村的种棉花好手。这余飞也挺出名,考上了海城大学,她考的分数县一中这么多年都没人能超过。"

女人感叹:"你说都是养孩子,怎么别人的孩子就这么厉害?"

老女人笑道:"其实这余飞跟姓余那家没关系。余飞是生下来就被人遗弃了,被余家捡到收养的。余家倒是有一儿一女两个亲生的,也没咋成器。"

"还有这事?"

"我之前调去户籍科干了一段时间,整理过西贝村的资料。再说这事西贝村年纪大点的人都知道这事。"

女人咂舌:"那余飞知道自己是收养的吗?"

"那孩子那么聪明,能不知道吗?"

白敬宇无意偷听,但里面的说话声音太大,他一字不落地全都听到了。原来余飞是收养的,怪不得她跟余美长得一点儿都不像。想到余飞从小被遗弃,在爹不疼娘不爱的家里长大。余强跑了,她顶起这个家;余美不读书,她硬要把她送回学校。不知为什么,这一刻,他对余飞的反感忽然就淡了不少。或许,她并不像他想象中的那么无理取闹。

"走啊,在那想什么呢?"严志高从厕所走出来,看到白敬宇还站在窗边,低着头,像是在想事情。

白敬宇抬脚走过去:"肚子没事吧?"

"拉空了,有点饿。"

白敬宇一脸无语:"走,先带你去医院看看被撞到的手。"

"我说我饿了,先吃饭去。"严志高揉了揉肚子,朝白敬宇撒娇。

白敬宇没眼看:"医院也有病号饭。"

此时陈双和文涛在医院看过余叔,就跟余飞去了医院食堂吃饭。夫妻俩今晚原本就是要找余飞说合作的事,现在就正好在这儿说了。文涛把自己在白敬宇门外听到的以及白敬宇想跟她合作的事全都一一告诉了余飞，最后说："飞哥，我和双儿都觉得这是个好事。你刚才也说余叔现在需要钱手术，你跟白总合作，不仅能省下机械技术的钱，还能赚到更多的钱，这是个好机会啊。"

事情发展得有点快，余飞怔了几秒，还是有些不敢相信："白敬宇不是云上科技的人了？"

"可不是嘛，看时间，他和你应该是前后脚离开的。"文涛说。

余飞沉默几秒："你确定亲耳听到白敬宇是被云上科技赶出来的？"

文涛点头："我听说是那个悦橙资本联合了其他人，把白敬宇给踢出来了。现在这个悦橙资本还想搞垮白敬宇的擎翼科技。"

余飞记得悦橙资本是给云上科技注资的风投公司，在云上科技有很高的话语权，但以他们占比的股份，想要把白敬宇挤走也不容易。所以悦橙资本是联合了云上科技的其他股东，一起踢走了白敬宇。如果是这样，那众叛亲离的白敬宇，也真没比她好多少。

余飞说不清此时心里是什么感觉。之前她认为白敬宇就是罪魁祸首，但现在发现他竟然也是个受害者。她不知道白敬宇是不是对云上造假的事一点都不知道，更不确定这件事他有没有参与。如果他不知道这件事，那他八成也不知道她被云上科技逼到走投无路的事，不然也不会见到她的时候，一点反应都没有。想到自己之前对他先入为主的敌意，余飞心情矛盾又复杂。

看余飞不说话，文涛趁热打铁："现在白敬宇想要靠擎翼科技翻身，你也想要利用这次机会赚点钱带余叔去做手术。他出机械设备，你出土地资源，各取所需，强强联合。再说你俩都是被云上科技坑过的人，现在你俩合作，正好就是那个……复仇者联盟嘛。"

文涛的话让陈双差点把嘴里的稀饭喷出来，看丈夫瞪自己，陈双赶紧擦了擦嘴边，帮腔道："我觉得文涛说得没错，既然你和他都是差不多时候出局的，估计他也没心思去坑你。你现在要是跟他合作，的确利大于弊。"看余飞还在发愣，陈双伸手在她面前晃了晃，说："我们说了这么多，你到底怎么想的？"

余飞刚要说话，手机响了，是甄妮打来的。食堂里太嘈杂，余飞拿着电话走出食堂，来到一处幽静的楼道里才接起来："妮妮？"

甄妮刚走出关押余强的地方，刚喘匀气就给她打过来了："飞哥，我在海城高新区看守所，你哥已经从拘留所转到看守所了。"

"海城高新区看守所？"

余飞心下一沉，余强打电话来的时候还在拘留所，现在就到看守所了？

在拘留所表明余强只是接受治安处罚或者行政处罚，最长关押的时间也只是十五天，所以她之前才拜托甄妮去打探情况，顺便给余强送些换洗的衣服。但如果余强已经被关押在看守所了，这就表明余强涉嫌了刑事犯罪，关押的时间就不是十五天这么简单了。一个刑事案件从拘留到出判决，快的三个月，慢的一年半载都有。这时候如果不尽快与专业的刑事辩护律师联系，寻求帮助，余强很快就会被审判，进而彻底失去自由。

"怎么会这么快？"余飞还想怎么跟被余强打伤的人沟通，没想到形势比她想的更严峻。

"我这边了解到的情况是你哥把别人的腿打断了，现在对方已经起诉了。我听办事的人说，像你哥这种致人重伤的，要是判了，大概率是处三年以上十年以下有期徒刑。"

甄妮说完了看四周，压低声音："对方估计是找了人，我去的时候都见不到你哥，全是工作人员在接待。按这个情况，你哥这边要是不找个好点的律师，搞不好真可能被判十年。"

"十年？"余飞吓了一跳，"不至于吧？"

余飞就算再讨厌余强，但毕竟是一起生活了十多年的家人。即便不是亲兄妹，听到他要被判十年，还是有点无法接受。余飞查过，如果是恶性伤害罪，对方断了一条腿的情况下，要是不和解，多数是判三年左右。三年要是能让余强长点记性，余飞觉得余强应该付出这个代价。但如果关十年，先不说余强会怎样，余爸、余妈就先撑不住了。左右衡量，余飞觉得自己要疯了。

甄妮把对方的联系电话都给了余飞，最后说了自己的想法："要是请律师，费用估计也就比对方要求的赔偿金少个一两万，还不保证能赢。我觉得直接赔偿可能更省时省力。"

余飞心里、嘴里全是苦涩："谢了，我再跟家里人商量一下，看到底要怎么做。"说是商量，其实根本就没得商量。

"行，我在这边也再找找人，打听一下情况，咱们随时联系。"

余飞挂断电话，站在楼道的窗户前，看着外面的几棵梧桐树发了一会儿呆，这才慢慢朝医院食堂走去。

旁边开着门的骨科病房里，严志高和白敬宇把脑袋探出来，看到余飞的背影。严志高摸着喷了跌打止痛药的胳膊："我刚才就觉得这声音有点像余美她姐，果然真是。要说这飞哥也挺惨的，老爸病倒，老妈干不了活，摊上个不省心的哥，下面还有个青春期的妹，想想都糟心。"

白敬宇没说话，想起在派出所听到的那些话。

严志高看白敬宇一直看着余飞走的方向，开口说："看什么呢？她刚才说海城高新区拘留所，哎，现在一把手好像还是白叔之前的手下，我说怎么听起来有点耳熟。"

白敬宇瞥了他一眼："不是饿了吗？吃饭去。"

余飞回到食堂，跟陈双和文涛说了余强的事。陈双马上就急了："十年？不至于吧，这不是要了余叔、余婶的命吗？"

看余飞忧心忡忡，文涛偷偷扯了扯陈双，示意她不要再火上浇油。然后开口问余飞："你朋友说对方找了人，你之前在海城工作，认不认识这方面的人？"

余飞摇头："我就甄妮一个不错的朋友，她说会帮着问问她海城的其他亲戚。"

"那你以前的同事呢？他们都在这么厉害的公司，说不定认识人呢？"

余飞苦笑一声："说不定他们早就把我的号码删了。"之前的同事因为云上科技的缘故，从她离职后就没人再跟她联系。她也识趣地没有再去联系别人。这种浅薄的前同事关系，人家就算有人脉，也没人肯冒着得罪云上科技的风险去帮她。

陈双忽然想到了什么："对了，那个严老师不就是海城人吗？要不然问问他？"

文涛也打开了思路："对对对，严老师是海城人，很可能会认识。还有白总，他也是海城人，而且之前还是大公司的CEO，认识的人肯定不少。"

陈双夫妻俩越想越觉得可行，陈双马上掏出电话要打给严志高，还没拨号，就听到身后有人叫了一声："陈姐。"

余飞三人抬眼看去，看到严志高笑嘻嘻地朝他们走来，后面跟着一脸淡然的白敬宇。

余飞一怔，还真是说曹操，曹操到。

"严老师，白总，我正想给你打电话。"陈双没想到在这里会碰到这两人。自从知道白敬宇跟飞哥的误会之后,陈双看到白敬宇也没敌意了,真心实意跟人打招呼。

文涛站起来,笑着拉开旁边的两张椅子让他们坐下。"找我有事?"严志高问。

陈双刚要说话,余飞打断她,说:"严老师,陈姐刚才说你给高二的学生弄了不少英语口语的跟读资料。这里的学生想要学到标准的口音实在有些困难,资料很好,感谢你这么有心。"这件事是之前三人在小吃店吃饭的时候,余飞问了余美的情况,陈双随口说的。

余飞知道余美的读音一直有口音。她自己当年也是如此,到了海城上大学后,她才下苦功慢慢纠正回来。所以当余飞听说严志高给学校的学生弄了这么多原汁原味的跟读资料后,她一直想找机会感激他。陈双知道余飞是不想让自己说出托人帮忙的事,只能跟着在旁附和。

严志高没想到她们说的是这事,摆摆手笑说:"这个功劳我可不敢抢,那些资料都是白总给的,要谢就谢他。"

所有人都看向他身后的白敬宇,白敬宇还是一脸淡然:"举手之劳。"余飞的心情又复杂了几分。

"对了,你俩怎么来医院了?"文涛问。

"刚才出了点小事故,陪他过来拿点药。"白敬宇主动开口说道。

"严老师没事吧?"余飞看向严志高。

白敬宇有些意外,余飞竟然会接他的话?虽然不是直接出声接,但顺着他的话做出反应也是一种接。毕竟之前的她看到他不是针锋相对就是把他当空气,如今这种改变,还真让白敬宇"受宠若惊"。

严志高摆摆手:"没事,刚才被一辆小面包蹭到,破了点皮而已。"严志高不提刘大柱这一茬,也是不想给余飞添堵。

一旁的白敬宇为了验证自己的猜测,主动看向余飞,明知故问:"你们呢,怎么都在这儿?"

快人快语的陈双刚要说话,就被文涛在桌子底下拉住。陈双反应过来,看向余飞。

余飞对着白敬宇,第一次心平气和地开口说:"我爸住院了,他们过来探望。"

白敬宇心说自己的确没看错,这余飞对他似乎没了之前那股强烈的敌意。

他的好奇心忽然就被吊了起来，这女人到底是怎么了？上次见面她还一副跟他划清界限的仇人样，现在怎么忽然就冰释前嫌了？白敬宇忽然想到陈双刚才说要找严志高和他，又联想到他们在走廊听到余飞说她哥的事，瞬间就明白了。看来她这是有求于他们。

"余叔情况怎么样？余美知道这事吗？"严志高问。

"我爸现在情况已经稳定了，我就不告诉余美了，省得她担心影响了学习。"

"那也好，要是有什么能帮到你的，尽管开口。"严志高是个热心肠，尤其对美女，这句话更是他的口头禅。

白敬宇偷偷观察余飞，心说她估计就是在等这句话了。就连陈双和文涛也觉得这是开口求人的绝好机会，所有人都在等着余飞说话。然而余飞只是点点头，说了声"谢谢"，就再没后话了。

一旁的陈双都急坏了，她知道余飞不好意思开口。再次要张嘴，余飞忽然就站了起来，跟对面的严志高和白敬宇说："我们吃饱了，我爸还在病房，我们就先走了，你们慢慢吃。"说完，她硬是拉着陈双和文涛走出了食堂。

严志高一脸不解："我都给她机会了，你说她怎么没张口啊？"白敬宇看着头也不回的余飞，也有些出乎意料。

第十二章　合作

余飞三人走到病房门口，陈双忍不住了："刚才那么好的机会，你怎么就不问啊？严老师是个好说话的人，他要是能帮肯定会帮的。"

"对啊飞哥，这时候就不要顾及面子了。说不定他们真能帮到余强呢。"文涛也赞同老婆的说法。

余飞不想让病房里的父亲听到，压低声音："我不是顾及面子，余强现在已经在拘留所了，这不是帮忙跑跑腿买买东西的小事，是要消耗关系和人情的大事。扪心自问，我跟他们非亲非故，他们凭什么要帮我？我这么贸然张口，只会让双方都尴尬和难做。"

陈双和文涛还是不理解，这严老师都开口了，不就是话赶话的事吗？怎么会尴尬？况且话都没问出口，怎么就知道对方一定会难做？

余飞知道这些想法上的差别是所处的环境造成的。

陈双两口子的生活圈子都在村里和县里。农村住的是平房，大家没事就在门外干活聊天，下地干活时，一嗓子都是熟人。谁家有个事招呼一声，邻居朋友都乐意来帮忙，毕竟谁家都有不方便的时候，保不齐哪天自己就用到别人，所以但凡能帮上忙的，大家都会搭把手，谁也不会觉得对方尴尬和难做。

但城市里生活的人就不是这个想法了，大家的时间都很宝贵，谁也不想浪费在不熟悉的人身上。就算住对门，常见面也不一定是朋友，是朋友也未必是能帮忙的那种朋友。大家都小心计算着友谊的成本和代价，在这样的情况下，城市和农村的行事准则自然是不一样的。

看陈双两口子还是不放心，余飞拉着陈双说："我知道你们都是为了我好，我心里有数。我已经想好了，拜托甄妮帮我找个靠谱的律师，如果能打赢，赔的钱就不用这么多，进去的时间也不用这么久。"

余飞是个有主意的人，既然她决定了，陈双和文涛也就不多说什么了。"对了，那白敬宇找你合作这事，你怎么想的？"文涛他们今晚过来，就是想问这件事，刚才一直被别的事搅和，现在才想起来问。

她怎么想的？如果白敬宇出技术，出好机器，当然是解决了她眼下最大的问题。她自然是想尝试的。但刚才坐刘大柱的车来时，刘大柱跟她说了，如果她想要免费种那几百亩地，那就要跟大家签个六年以上的土地租赁长约。还说二叔已经跟刘大柱他爸通过气了，她第一年可以不给租金，但后面五年，租金是要给的，而且是递增的。之前二叔跟余飞说免费让她种棉花的时候，没说到后面的事，更没说过租金递增。余飞当然知道天下没有白吃的午餐，把递增的钱平摊，就跟每年交租金是一样的。

刚才她的脑子里全是乱哄哄的，都忘了跟陈双他们说这事。如今文涛问起，她这才把想法说了出来。

文涛想了想，说："如果确定要租种，合同是肯定要签的。这样不管是对飞哥还是对出租田地的农户，都是有好处的，不然以后扯皮，事情更麻烦。"

"我就说二叔没这么好心吧。还免费，这是挖好了坑等你跳呢。"陈双没好气道。

余飞没陈双那么生气，就事论事说："其实要是种好了，后面给租金也是没问题的。只是白敬宇那边的合作不知道会怎样,所以我现在比较纠结。"

文涛一拍大腿:"走,现在就去跟他聊,他们应该还没走。"

"改天吧。"余飞刚才不是不想问,只是事情太多,转变又太快,她想要好好想清楚再去跟白敬宇聊。

"也好,你先照顾好余叔,等余叔出院了再说。"文涛知道一家子的事都压在余飞身上,现在的确不是谈合作的好时机。

陈双摸出一张银行卡,开口说:"余强官司那边估计得花不少钱,这卡你先拿着。"

余飞看着那张她不久之前刚拒绝过的卡,此时的她就算再不想拿,也不得不先拿着了。毕竟兼职赚钱也得需要一定时间,但余强这事是急需要用钱的。"谢了。"余飞红着眼眶接过卡:"我会尽快还你们的。"每当余飞对生活绝望的时候,是陈双和甄妮这样的朋友的陪伴,才让她觉得人间值得。

"不用急着还,先把事情解决了再说。"陈双用力抱了抱她。余飞本来就是高瘦的身材,这段时间又清瘦了不少。陈双把她抱在怀里,心里不是滋味。

余飞吸了吸鼻子,把泪水憋回去,努力挤出笑脸:"我替余强谢谢你们。天不早了,我送送你们。"

把陈双夫妇送走,余飞返回医院,没想到在楼道口又遇到了白敬宇。余飞有些意外:"你,怎么还在这里?"

白敬宇扬了扬手里的袋子:"严志高忘了拿药,我回来帮他拿。"

"哦。那我先上去了。"余飞现在看到白敬宇还有些本能地反感,看来她还需要时间来调节情绪。

"我想跟你合作的事,涛哥跟你说了吧?"白敬宇忽然开口问道。

余飞没想到他忽然这么问,转身看向他:"说了。"

"你考虑得怎么样?"

余飞其实还没能仔细考虑,但现在她急需要赚钱。既然他已经问了,那她干脆就跟他好好聊清楚:"我想先听听你的计划。"

旁边人来人往,白敬宇看了眼时间,指了指食堂的位置:"去那边说吧。"

两人各坐在桌子的一边。被迫从海城离开的余飞没想到,自己有一天竟然会在老家跟白敬宇坐在一起讨论合作的问题。

"你为什么想跟我合作?"余飞开门见山。

白敬宇也不藏着掖着："农业无人机是个新鲜东西，市场现在的接受度不高。我想亲自用擎翼一号种一季棉花出来，让棉农看到农业无人机的作用和功效，说白了，就是用效果来拉动市场。你也知道外村人无法承包村里的土地，所以我想跟你合作，你负责土地流转事宜和村里的人脉关系，出田地和作物种植的费用。我负责整个棉花种植的所有进场的机器设备和建造费用，包括灌溉系统和压力系统。我用机器和技术帮你实现农业智能化种植，最终实现共赢。"

　　他说的这些跟余飞预想的差不多，对于他说的进场设备，余飞存有疑虑："除了无人机，还有别的机器吗？"

　　"当然。科学种植不会只有一个机器设备，而擎翼科技生产的产品，也不只有擎翼一号这一个产品。除了无人机，擎翼科技还有前期对土地和环境的检测调控产品以及贯穿前后的智能农业检测系统。所有的产品到时候都会在棉田种植中发挥作用。"

　　"智能农业系统？"余飞自从决定科学种植棉花之后，在网上学习的时候，就发现了一个名叫"新农天地"的网站。这个网站上介绍了不少科学种植的方法，其中就有关于智能农业系统的，只是她还没来得及细看。

　　"擎翼科技开发的智能农业系统就是农业物联网，包括能24小时监控农田的摄像头，让农户足不出户就能实时了解农田情况；能感知农田气候的小型气象站，让农户可以提前知道当地半个月的准确气候变化，能应变天气变化带来的难题。还有能快速了解农田土地温度湿度和成分的土壤检测仪，在种植之前，棉农可以根据检测出来的土地成分，适当增加缺少的有机元素和水分，让作物在生长初期就能获得更充足的营养。除了这些外在的工具，还有内在的智能软件——擎翼智能。如果把无人机和工具比作人的四肢，那擎翼智能就是它的大脑。各种数据在大脑里汇集，为生产管理提供合适的解决方案，还能通过各种数据，判断作物的生长情况，随时做出调整，让棉花时刻处在最优状态。这么说吧，传统棉农靠的是经验，擎翼科技相信的是数据。在种植过程中，每一个步骤都可以量化，通过这些数据，我们就能做到节省成本、提高效率，降低生产能耗。"

　　说到自己的产品，白敬宇一改少言寡语的状态，要不是电脑不在旁边，他都想打开PPT，一个个演示给她看。

　　余飞听完他刚才的那番话，大脑飞速转动。她从小就看着她爸种棉花，早已把种棉花的过程深植于心。如今听到白敬宇说的这套跟传统种植完全不同的种植理论，第一感觉是新奇，冷静下来后才是疑惑。提前预防，科学规划，时时监管，适时调整，这些在公司大项目里才会出现的章程，现在被白敬宇放到了农业种植上，真的行得通吗？所有的棉农在这之前，都只按经验来种植，谁也不知道科学种植出的棉花会怎么样，结果是否能像白敬宇说的那样，是未知数。"这些都太过笼统，能具体说一下大概的盈利是多少吗？"余飞问。

白敬宇拿出手机，从里面点出一张文档，说："传统的一亩棉花田一年能带来1800元左右的收入，但是成本就要达到1500元左右。每亩实际也就能挣不到300块。这1500元的成本中，大部分都是人力成本。如果使用我们的智能农业无人机，减去人工和节省下来的水、肥、药的成本，一亩地利润至少可以多两倍，有1000块以上。我听涛哥说你打算承包300亩地。根据你们东山县棉田最好产量数据，每亩可以达到300到400公斤的产量。预测棉田每亩350公斤，根据往年的棉花收购价格，这片棉田将生产出30万的利润。"

"30万？"余飞被这个数字震到，这比她自己预算的利润高多了。"这个利润你是怎么算出来的？"余飞将信将疑。

白敬宇又点开另一个他做的文档："传统种植的成本大头是人力、水、肥和药。按300亩地算，传统棉田需要棉农每天在农田里巡田，去发现棉花地里的问题，看是否有病虫草害，滴灌带有无破损，棉花长势，等等情况。要完成这些工作，起码要请4~5个常驻工人。现在有经验的常驻工人，每个人每月工资接近6000。如果用无人机，直接就能把这部分人工给减掉。其次是水和肥。传统的种植方法，每亩总用水量大概是600~1000方，包含冬春灌。传统的灌溉方式你应该清楚，大部分都是让工人去捏田坝上的毛管，管子硬了之后，再浇个五六个小时，这就是传统棉农的经验。可你有没有想过，如果土壤成分不同，需要的水量也是不同的。砂性土和黏性土是不一样的。砂性土含砂土粒较多且具有一定黏性，压实后水稳性好，强度较高，毛细作用小；黏性土含黏土粒较多，透水性较小，压实后水稳性好，强度较高，毛细作用大。黏性土颗粒细，孔隙小而多，透水性弱；砂性土其颗粒粗，孔隙大而少，透水性强，从这个特性来看，棉花种植更适合砂性土。而如果在种植之前，先检测了土壤，就能明确知道后面的用水量。"

这个余爸曾经跟余飞说过，他们整个东山县都是砂性土，所以种出的棉花质量比较高。

白敬宇接着说："灌水很关键。这一亩地，每个生育期的时候，在蕾期、花期、铃期的时候各需要多少水，都是需要有技术依据和数据支撑的。根据这些数据，才能把以前依靠经验浪费掉的水给堵住。而这些水，都是能节省下来的钱。"

余爸种了这么多年的棉花，用的都是最传统的灌溉经验。虽然知道浪费，但大家都是这么做的，谁也没想过这土是不是一样的土，这个经验浪费了多少水。听白敬宇说完，余飞瞬间有种豁然开朗的感觉。都说知识改变命运，看来改变的不仅是命运，还有旁人的看法。

白敬宇不知道余飞此时心里想什么，继续解说："在种植之前，我们要先建一个新的、能精准控制的灌溉系统。传统灌溉就是一根管，但其实水通过干管的远近不同，每个毛管的出水量、压力都不同，这就导致前端和后端的水压和水量都不一样。造成的后果就是前段可能已经够了甚至涝了，后段有可能还没多少水量，这就让棉田有些地块被淹了，有些地块却旱得不行。而这些问题，都得工人去巡田的时候才能发现。如果是种植面积大的地块，靠人工巡田也未必能发现问题。长此以往，就导致了既浪费水还没法让所有棉株都得到有效灌溉。棉株在生长过程中就已经良莠不齐，可以想象，最后收获时会得到怎样的品质和质量。这还没算人工踩进去查看的时候踩坏的棉株。"

白敬宇说的这些话让余飞沉默了几秒，问说："那你的新灌溉系统能解决这个问题吗？"

"可以，新的灌溉系统是用膜下滴灌的方式来灌溉。"

"膜下滴灌？"这个余飞在农业网站上看过，她问道，"膜下滴灌是不是可以人为控制水的流量，既可以增压也可以减压，目的是让棉田浇水更均匀的一种浇灌方式？"

白敬宇点头："比如300亩棉田，通过手部和泵把水打到支管，然后到水带，水带到毛管，都尽可能做到恒压，这样就可以均匀地给棉田灌溉。这样一来，每亩的总用水量不会超过300方，比传统方式省了一半的水，水费自然也就省下一半。"

余飞当然也算出来了，她心里激动，但面上还是极力控制着，可说话的字数明显多了起来:"膜下滴灌和让每个毛管上都有固定的压力的输出装备,投入成本高吗?"

"投入不大,主要是在关键环节把感知设备加上,因为我们要在棉田里得到想要的数据,就必须形成一个闭环。有了这个闭环,我们就可以用小型气象站和土壤检测仪来感知气候、土壤和水、肥的信息。然后根据这些信息数据,去做相应的调节。"

余飞虽然没见过这些,但她能听懂白敬宇的意思。她继续问说:"如何调节?"

"在每个出水口安装压力传感器,然后通过电动来调节阀门的角度,保证前段和末端的压力一致,水压一致用水量就会一致,不会浪费,也能均匀浇灌。"

余飞越听越觉得靠谱:"那肥料方面呢?传统的施肥方式是把基肥、苗肥、蕾肥进行撒施或垄开沟深施。相对于撒施,开沟深施会更好,养分损失少,可被分布在各处的棉根吸收利用的肥料也更多。我家之前种棉花就是在播种机上安装施肥器,和播种同时进行,前边播肥,施在两行棉花中间,深施8至10厘米,后边播种。这样省工,肥料集中,养分损失少,幼苗利用快。还有一种方法是我爸自己发明的,就是耕旋后浇水造墒。按亩灌水量60至80方计算,水深为9至12厘米,肥料不会随水渗入地下,而保存在地表浅土层内,可供棉花根系吸收利用。"

在肥料方面,余飞自认为她爸已经充分利用了,她想不到还有比浇水造墒更节省的办法。她真的很想听听他还有什么好法子能省肥。

白敬宇想了想,说:"余叔的办法在传统种植中的确是比较好的充分利用肥料的方式。但如果棉田里用了膜下滴灌的灌溉方式,就可以让肥料和水调和在一起,一起灌溉。"

"一起灌溉?"

"对,通过水肥一体化,控制压力和水量的同时,也控制了施肥量,同时保证让每一棵棉株都能浇灌到足够的肥料。"

余飞再次被他的想法震到,她和她爸以及那些种了这么多年棉花的传统农人,怎么就没想到这个省力又省肥的好方法?

"还有就是棉花采收。传统的采收办法是请短劳力,以每公斤多少钱的价格采收。这个阶段要付出多少工钱,跟棉田产量相关。产量越高,付出的人工成本越多。但如果你跟我合作，在这个阶段，我会用棉花采收机。棉农要摘好几个月的棉花，采收机几天就能干完。节约多少人力成本和隐形成本，你应该能估量出来。"

余飞可太明白了。想起当年她爸请人来摘棉花，不光要付工钱，他们家还要提供吃住，光是做饭做菜都把他们一家累坏了。晚上等那群人睡了，她们还得收拾锅碗瓢盆。不仅如此，人多了他们还要担心打架滋事的发生。可以说，那几个月里全是操不完的心。要是有了白敬宇说的采收机器，她就再不用请人来干活，不仅省钱，还省了不少糟心事，真是没有比这更好的事了。

"你刚才说的那些机器，都是你们公司生产的？"相比刚坐下来谈的时候，此时的余飞已经对擎翼科技这家公司很感兴趣了。

"不是，有些是从国外直接买的。我们公司现在也是刚起步阶段，很多产品都处在开发阶段，但以后肯定会越来越全的。"

"进口机器是你给钱吗？"余飞可付不起这个钱。

"只要是用到的机器方面，都是我来负责。"

听到白敬宇这么说，余飞彻底放心了。虽然没亲眼看到，但余飞按白敬宇的这个方案设想，已经认可了他之前推测出来的一千块利润。这一刻，她已经决定要跟他合作了。

"我还有最后一个问题。"余飞说。

"你说。"

"为什么会选择跟我合作？我是说，除了东山县，还有很多地方也适合种棉花。"毕竟全国不止东山县一个农村，能承包到地的人也不止她余飞一个。她之前对他的态度他也是知道的，她想不明白他为什么还会找她合作。

白敬宇坦然道："天时地利人和。眼下就到棉花播种的时节了，而你也正好打算种植棉花，如果我去找别人，还需要花时间，其次，东山县种植棉花的条件得天独厚，降水稀少，光照充足，能够满足喜光作物棉花的生长。除此之外，东山县附近还有许多高大的山脉，这些山上都分布有大量的冰川。冰川融化成水，棉花种植的灌溉就有保障，有利于种出高品质的棉花。我虽然对自己的产品有信心，但也需要好的环境才能事半功倍。现在所有的因素都符合要求，我想不出不跟你合作的理由。"

看他一切都以产品效果为考量，余飞放心了。"我同意跟你合作。但我需要点儿时间，去搞定田地的合同以及做家里人的思想工作。"余飞说。

白敬宇看着她："可以，我也有个条件，我需要你把棉田增加到六百亩。"

"六百亩？"余飞吃了一惊，"太多了，风险会不会太大？"三百亩她已经很勉强了，六百亩她心里根本没底。

"我计算过，三百亩地还是不够这些产品施展拳脚。再说三百亩地利润五五分，十五万不足以抵消机器使用频率和成本损耗，而六百亩刚好合适。"

"二叔答应第一年免费的是三百亩，另外三百亩要是想签下来，第一年就需要交租金。"

白敬宇不紧不慢地说："想要有收获就得先付出。"

"让我考虑一下。"余飞从最初的吃惊中迅速冷静下来，脑中飞速运转，三百亩的话，就算收成达到三十万，她能分到的也只有十五万。可去海城做手术需要二十万起步。手术越快做越好，毕竟她不知道余强又会做出什么事来，她怕她爸在这期间再受什么刺激，"好，我答应你，明天我就去跟二叔商量。"

白敬宇本以为她会回去好好考虑几天，没想到她当下就决定了。"你可以再考虑一下。"他不想看她后面再反悔。

"不用。我决定了就不会改。"余飞不是个犹豫的人，既然做了决定，就决不会反悔。

"好。我尽快把合同给你。"白敬宇做事也不喜欢拖泥带水。

余飞站起来："今天就聊到这儿吧。我还得回去照顾我爸。"

"留个电话吧，方便以后联系。"这是白敬宇第一次主动问女性要电话，以他的长相，一般都是别人主动给。

余飞顿了顿，慢半拍说："好。"

两人都有些机械地交换了手机号码，余飞存下白敬宇的号码时，不得不在心里感慨：这世界变化太快了。

第十三章　身边人

白敬宇回到宿舍，看到严志高正跟严妈打电话，严妈一如既往地催他赶紧回家，严志高也照旧敷衍，同时用嘴型问白敬宇：怎么去了这么久？

白敬宇把药放在桌上，也用嘴型回他："谈合作。"

严志高没听到，白敬宇也不理他，坐下来就把电脑打开了。

整间宿舍不过二十平米，里面放了张上下铺和一个长桌子，外加两把木椅子、一个书柜，这就是严志高在这里的所有"家当"。

白敬宇坐的椅子后面是垒起的一栋"快递墙"，这一箱箱未开封的全都是严志高家里给他寄的各种东西。严妈担心儿子在这里吃不饱穿不暖，隔三差五地就给他东西。小到纸巾、挖耳勺，大到泡澡的木桶和立式空调。在严志高再三声明，说他这里放不下木桶和空调，也没法吃下这么多海参、鱼翅之后，他妈才改成了给他寄各种自热米饭和自嗨锅以及随时补充能量的士力架等普通人常吃的东西。

白敬宇开始起草合同。一旁的严志高吃了一惊，没想到他动作这么快，哄着老妈挂了电话，紧接着转身就问："行啊，这就搞定了？你是怎么说服余飞的？这是答应帮她哥打听了？"

"想多了，我们的合作就是纯粹的金钱关系。"白敬宇边打边说。

"也是，余飞是个要脸的，不会轻易求人。"严志高看着白敬宇，忽然笑说，"你觉不觉得你俩挺有意思的。你看啊，你不待见她，她也不想跟你沾上边。可偏偏你俩又冤家路窄，你刚来这儿被她吓落水又被她救上来。现在你设计的产品卖不出去，她想种棉花有心无力，你俩真是最佳拍档了。不过别怪我不提醒你啊，你种棉花是在村里，西贝村你也不是没去过。我这老师宿舍已经够简陋的了，但至少还有个能洗澡的卫生间。你说你要真在村里种棉花，村里连洗澡都成问题，你确定你能受得了？"

"再往后天气就暖了，提个桶冲个凉水澡也不是什么难事。"白敬宇不觉得这是个大问题。

严志高开了罐咖啡递给他："堂堂一个老板亲自下地种棉花，你倒是想得开。"

"自己选的路，跪着也要走完。再说了，你严少爷都放着巨额家产不继承，在这里发光发热，我一个创业青年，有什么资格抱怨这抱怨那的？"

"小同志思想觉悟很高嘛。不过有一点你说错了，我没什么资产要继承。我家老头说了，我这种不争气的儿子让他很失望，他以后不会留给我一毛钱，要把钱全捐了。"

白敬宇看他一眼："你怎么不争气了？"

严志高双手一摊："还不是被你比的？我爸做梦都想有个你这样的儿子，

127

实话跟你说，就上次加工厂涨价那事，要不是你拜托的，换个人我爸压根不搭理我。"

白敬宇看他委屈巴巴的样儿，失笑道："等回海城，我要亲自请叔叔吃顿饭。"

"吃饭就算了，到时候我爸看到你，又得数落我。"

白敬宇喝了口咖啡："说真的，我其实还挺羡慕你的，虽然严叔对你严厉，但其实很关心你。"

严志高拍了拍他的肩膀："旁观者清，当局者迷，其实你爸也一样。"

白敬宇动作一顿，表情沉下来，想到那个从来没管过家，连他妈死的时候都因为执行任务没赶回来的冷血父亲，白敬宇的眼神都冷了几分。

"还记得初中和高中你生日时的蛋糕吗？"

"什么意思？"

"其实每一个都是白叔买的。他都把蛋糕送到学校，怕你不吃，就让我跟你说蛋糕是我买的。"

白敬宇冷脸盯着严志高，想要看出他是不是在说谎。

"还有，你还记不记得当时你刚转学来我们学校的时候，班上有个绰号叫'小马达'的小胖子总是找你茬？"

这事白敬宇记得，当时那胖子叫了几个人把他堵在厕所，最后白敬宇忍无可忍，把胖子给狠揍了一顿。

看白敬宇不说话，严志高继续说："那胖子的二舅是我们学校的副校长，这事你不知道吧？"

白敬宇还真不知道，因为打了那胖子之后，没多久胖子就转学了。

"那时候胖子扬言要把你赶出我们学校，但最后被赶出学校的人却是他。你觉得是什么原因？"

"我成绩好。"

严志高咳嗽两声："这顶多算其中一个原因，但绝对不是主要原因。你爸去找了校长，当时校长的儿子好像惹上了什么经济纠纷，你爸说三天内帮他找出证据，后来还真找出来了。"

白敬宇面无表情："故事编得不错。"

严志高发誓："骗你我是小狗。这事是我爸告诉我的。当时那起纠纷我爸公司也受到了牵连。我爸回来说的时候，我就觉得你爸真牛，我要是有这么个爸就好了。"

"你要是知道他是怎么对我妈的,你就不会这么想了。"白敬宇心里说不出是什么滋味,他一直以为自己和白季礼互不干涉,各过各的。他搞不懂,在他和妈妈最需要他的时候,白季礼没留在他们身边。等他伤透了心,他才回过头来弥补,还有意义吗?

"白叔工作特殊,很多事身不由己。"

白敬宇有些烦躁:"这就是你这么多年做他眼线的原因?"

"什么眼线,把你当兄弟才盼着你好。你说你跟你爸也没什么深仇大恨,何苦要把自己弄得跟个孤儿似的?"

白敬宇看向电脑:"习惯了,没必要装亲近。"

"习惯是可以改的,你俩是亲父子,又不是领养的。"

说到"领养",白敬宇忽然就想到了余飞。在白敬宇看来,从小受苦长大的余飞,好不容易考到外面,该还的恩也还了,完全有能力甩开拖后腿的余家,自己去过自己的日子。但她却没有这么做,不但回来照顾养父,还要留在村里种棉花撑起这个家。

他见过太多因为利益和诱惑生出的背叛,所以才知道一个懂得感恩,不离不弃的人有多难得。想到余飞一个人挡在那些要债的人前面,自己把辍学的妹妹送回学校,把生病的父亲送进医院,一个人撑起一个家,他忽然就觉得她那些强硬冷漠、自尊要强,甚至蛮不讲理,都可以理解了。

严志高伸手在他眼前晃了晃:"想什么呢?"

白敬宇回过神:"没什么,你早点睡吧,我把合同先弄出来。"

第二天一早,余爸说什么都要马上出院回家。余飞没办法,征得医生同意后去办理了出院手续,叫了辆车,把她爸又拉回去了。

从东山县到西贝村一百多公里,车子一驶出县城,两侧的山就多了起来。乡道上几乎没有人,偶尔有摩托车和三轮车从边上驶过,留下远去的轰隆声。离村里越近,路就越颠簸。余飞看着一直没张口说话,时不时咳嗽的父亲,问道:"爸,要不要喝点水?"

余建国终于点了点头。余飞喂她爸喝水的时候,请司机开慢点。路太颠了,水都灌不准。

开车的司机是县里人,要不是看余飞给的钱还行,加上县里到村里的路前几年也修过了，不再是之前的破泥路，不然他才不愿跑这一趟。可没想到即便修过的路，跑起来也一样要老命。

父女俩一路听着司机的抱怨，余建国看向窗外的云，声音沙哑地开口说："小飞，你走吧。去城里找一份干净体面的工作，不要再回来了。"

余飞没想到她爸开口的第一句就是让她离开。她不知道她爸这么长时间里到底经历了多少内心煎熬，她声音坚定："爸，您在这里，我哪儿也不去。"

余建国咳嗽了好一会儿，才吐出几个字："你糊涂啊！"

"爸，您是怕我留在这里，妈会一直让我帮我哥是吗？"

余建国顺了顺气，说："你在家里吃了不少苦，这些年你妈明里暗里逼你给家里汇了不少钱了。你妈偏心，但你不要怪她。要怪就怪我没教好你哥，你妈一个女人，也是没办法了才这样。"

"爸，我不怪妈。"

余建国叹了口气："你妈其实也不是个坏人。当年她肚子里怀了一个但流产了，在从县医院回家的路上就捡到了你。当时很多人都劝她不要养，她还是把你抱回家了，说寒冬腊月的，要是让你在外面就冻死了。"

余飞知道自己是被抱养的，但对细节也不太了解。她从没想过要去找抛弃她的亲生父母，而余爸余妈也没在她面前提过。

她记得自己四岁那年，村里有人当着她的面说过她是个野种。这事被她妈知道了，愣是冲到对方家里，揪着人的头发就开始打，二叔来了她妈也不罢休。还说以后谁家再敢在余飞面前胡说，以后村里棉花地的事，谁家也别想让余家帮忙。

二十年前村里家家户户都种棉花。余建国是种棉花的好手，谁家地里出个什么问题都去请他帮忙。村里人不傻，谁也不会为了图过个嘴瘾，而耽误了自家田里的事；加上二叔也说了，以后谁家再提余飞的身世，村里分东西、领东西都是最后一个，这事才没人敢再提了。

当时的余飞虽然还小，但却知道，单亲家庭的孩子和她这种非亲生、被抱养的孩子，是最容易被人欺负和凌辱的。不仅小孩欺负人，大人见了也不会制止，甚至还会挑头参与。如果她妈当时没去大闹一通，余飞以后在村里的日子可想而知。

正因为有了她妈，村里才没人再敢说余飞身世的闲话。她在村里的这十多年过得虽然算不上好，但也相对平静，至少没让她在最弱小的时候，自尊心受到打击和摧残。她感恩余爸余妈对她的保护,所以这些年她对余家的付出,都是心甘情愿的,又怎么会怪她妈?

余建国眼眶有些湿润:"这两天我想了很多以前的事。你从小就勤快懂事又听话,余美都是你背在身上带大的,家里的活都抢着干,还净考第一。村里人谁家不羡慕我们养了你这么个好女儿?你哥不省心,你妈偏心,我为了躲事,也总是偏向你妈,可你从来没怨过我们。你是个有良心的孩子,但我们不能一直这么对你,你欠余家的已经还完了。你妈越老越糊涂,我虽然没几天活头了,但也不能看着她再这么对你。你离开这个家,自己去过自己的日子吧,别让你妈和你哥找到你。"

看着家里曾经的顶梁柱如今面容枯槁、神情哀伤,余飞沉默了几秒,说:"爸,我既然姓余,就是这个家的一分子。我说了给你们养老,就不会丢下你们不管。我知道您担心余强,我会给余强请个律师,让律师去调查当时的情况。无论如何,事情都会解决的。您的病我也会带您去海城做手术,您不会有事的。"

余建国一怔:"你哪儿来的钱?"女儿这些年在外面工作赚的钱,都被家里的老婆子用各种理由骗回来了。这些事余建国其实都知道,但却无力阻止。

"双姐借给我的。"余飞也不瞒着。

余建国摇摇头:"他们两口子也不容易,你不要借他们的钱来给你哥办事了。还回去。"余建国不想余飞再为了帮她哥,又背上这么多的债。

余飞握着父亲粗糙的双手:"爸,钱我已经借了。有我在,您会好起来的,我们家也会好起来的。"

"爸对不起你啊!我都到这个岁数了,命都没手术费贵。就算救回来,也是个干不了重活的人,没有意义了。"

"爸,只要您能好好活着,我的努力就有意义。"余飞顿了顿,把想了一晚上的事说出来,"爸,我准备要跟海城的白总一起在村里合作种棉花。现在初步打算种六百亩,到时候这个棉田农场会采用现代化的方式来种棉花。我算过了,等到年底,我就能赚到足够的钱带你去做手术。"

"六百亩?"余建国被这个数字吓到,"小飞你疯了吗?种棉花能赚什么钱,你可别做傻事。"

"爸,传统种植方式的确没有优势,赚不到钱了,但现代化的科学种植就不一样了。我去县里的农业推广大会上试过农业植保无人机。这个机器就是白总他们公司研发的,不仅能帮着棉农打农药,还能驱虫、除草害。除了这个无人机,白总还能提供很多先进、智能的机器给我们。爸,现在有了国家的好政策,加上这些好机器,种植棉花真的跟以前不一样了。"

余建国知道女儿是见过世面的,但他到底是不放心,毕竟这可是六百亩啊。他种了一辈子棉花也不敢说能管好六百亩棉田,何况是从来没种过棉花的余飞。拿他们家那五十亩试试也就算了,还要包六百亩,这是要疯啊!余建国直摇头:"这机器它到底不是人,人都未必能种好,光靠机器能行吗?"

余飞耐心解释道:"爸,时代在发展,科技在进步,农业也是一样。您知道吗?在一些发达国家,农业人口只占总人口的十分之一,但种植出的产品不仅能养活全国的人民,还远销世界各地。这是因为在国外农田里干活的全是机器而不是人。我们国家以后也一样。您看以前村里有多少人种棉花,现在还有多少人愿意种棉花?种田的人越来越少,但大家还是得穿衣吃饭啊。随着科技的进一步开展,农人会越来越依靠先进的机械设备来帮忙。爸,我现在是比别人先行一步,我对这个农业科技有信心,对种棉花这件事有信心。"

想到那天操控擎翼一号的感觉,余飞第一次感觉到,原来那些繁重的农活,在机器的帮助下,竟然可以变成一件有趣的事。如果说一开始她是被迫无奈才想到要在家里种棉花的。那么现在,在她见识了智能农业植保无人机的威力之后,她开始发自内心地对种植棉花有了向往和期待。

"那个白总打算出多少个人和多少台机器?"余建国依旧皱着眉。

"多少机器现在还不确定,现在暂时就是我和白总两个人。"

余建国摇头:"这不是胡闹吗,就你们两个人怎么管理得了这么多亩地?"

"爸,国外的农民也是一个人管理几千甚至上万亩地,他们种棉花靠的是科学计划、智能管理和机械自动化,不是靠人力。再说对我这样的新手,管理机器比管理人要容易。"

看老爸还是担心,余飞安慰说:"爸您就放心吧,我虽然没种过棉花,但不是还有您帮我把关吗?以前您种棉花养活我们全家,现在我也要种棉花,让我们全家都好起来。"

看余飞下了决心,余建国知道反对也没用了。

车子开进村里,停在余家门口。余家的院子跟附近的邻居相比,显得更新、更气派些。余妈为了给自家儿子娶个好媳妇，特意用余飞的钱，把家里重新整修了一遍，还配备了冰箱、彩电、洗衣机和空调，村里不少人都羡慕余家养了这么个能赚钱的女儿。但现在也就只有表面看起来"气派"了，里面早已被要债的"洗劫"一空。不说那些家电，就连村里家家户户或多或少散养的三五只鸡和一两头猪，也全被那些要债的人给拉走了。

司机和余飞两人一个抬肩膀一个抬腿，把余建国抬回了房间的床上。

余妈看自家老头没事，转头就质问余飞："你打算什么时候拿钱去把你哥赎回来？"

"你还有完没完了？"余建国气得拍着床板叫道。

余飞和余爸在车上说好了，余强要救，但也要让余强认识到错误。他们不能再由着余妈的性子，让她再继续纵容余强，不然总有救不了的那一天。

余妈吼回去："我没完！余强是你儿子，你不心疼，不担心？"

面对余妈的咄咄逼人，余飞不疾不徐："妈，我上班的钱全在您那儿了。您要想救我哥，您就把钱拿出来；您要不想救，我现在也没钱了。"

"你，你说什么呢？我哪里还有钱？你那些钱全用来装修房子了，剩下的我全给你哥了，他自己一个人在外面没钱怎么活？你少骗我，你没钱这阵子你爸的医药费哪儿来的？你没钱怎么给老三交的学费？我都听人说了，你还打算租村里几百亩地种棉花，你没钱你怎么包地？你有钱不救你哥，还想着种棉花，看我不打死你。"老婆子说着就要上来抓余飞。

余建国怒了："你还要闹到什么时候？是不是我死了你才安心？"

余妈吓了一跳，接着哭号起来："你个杀千刀的，儿子是你老余家的根。他要是在外面有个三长两短，我也不活了。"

以前余妈一哭，余爸就会让女儿忍一忍，让她赶紧按余妈说的做，尽快息事宁人。但今天，余妈号得嗓子都哑了，余爸非但不说话，还把眼睛给闭上了。

老办法没用了，余妈忽然冲到厨房，拿起一把刀架在自己脖子上："老二，我知道你有钱，你要是不把你哥救出来，我现在就死给你看。"

自残自杀这种事第一次有威慑力，第二次就失去了意义。况且余飞知道余妈根本不可能真的砍下去，她的宝贝儿子还没回来，她哪放心得下？

看余飞无动于衷，余妈手里的刀抖了抖，最终还是慢慢从脖子处拿了下来，指着余飞骂："你，你个没良心的，早知道我当时就应该让你冻死在外面。"

133

看她妈把刀又重新放了回去，余飞一脸麻木地站起来，去厨房给她爸弄吃的。厨房里冷锅冷灶，一看就是昨晚到现在都没开过火的。她打开米箱，发现里面已经见底了，只能先用玉米碴子熬了一锅稀饭，然后又蒸了几个窝头。

余飞做饭水平虽然一言难尽，但快是真的快。半小时内，几样东西就上桌了。余妈早就饿坏了，自己坐在厨房里吃。余飞端着稀饭去喂她爸，余建国一点食欲也没有："这样的家，你还待在这里干什么？"

余飞哄道："爸，您别忘了咱在车上说的话。赶紧吃饭，一切都会好起来的。"余建国拿起饭碗，含泪喝了下去。

累了一天的余飞回到自己房间，马不停蹄地把兼职的活干完送出去，低头就看到甄妮在QQ上找她了。

在村里电话收不到信号，甄妮知道余飞办了无线网卡，有事就在网上给她留言。此时看甄妮发来视频邀约，余飞以为是之前托甄妮帮着找个靠谱律师的事有眉目了，赶紧点了"接受"。

甄妮的声音迅速传过来："小飞飞，你上次不是问我云上科技产品线上的产品和他们的对头公司吗，我帮你打听了。"

"你在办公室说这些会不会有麻烦？"余飞看她的背景还在公司，她不想让甄妮惹上麻烦。

"放心，这是我们教研组的办公室，云上科技的手伸得再长，也管不到这里。"

甄妮喝了口茶，继续说道："那个白敬宇好像真的离开了云上科技。我听他们云上的人聊八卦的时候，说他是被资本踢出局的。创立者被开除也是实惨。"

"这事我也知道了。"之前文涛跟她说的时候，她还有点不信，现在甄妮也这么说，应该是真的了。

"我看过云上学院的教案，他们给学生展示的公司产品线，全都是针对消费级的航拍产品，功能基本上就是自动起飞、自动降落、自动返航、高清图画回传、拍照摄像控制等，没有你之前说的农业无人机产品。我特意去打听了一下，现在市面上有植保功能的无人机，的确只有擎翼科技一家，但那家公司不是云上科技的供应商和子公司，是白敬宇从云上科技出来之后，自己创立的新品牌。"

余飞算是放心了，她现在基本已经确定，如今的白敬宇就是昔日光鲜总裁沦为创业青年，怪不得要亲自跑市场。农民不认他的产品，又遭云上科技各种打压，内忧外患之下，想孤注一掷跟她一起种出一季棉花，让大家看到他产品的功能和实力。这么说来，白敬宇的确没骗她。

想到这儿，余飞把白敬宇想要跟她合作的事告诉了甄妮。甄妮先是震惊，随后再一细想，也不是不行啊。她认真地跟余飞分析："我听云上科技的人说，白敬宇在云上的时候就是专门搞研发的。他现在出来单干，卖点和亮点肯定在功能上。如果他愿意把擎翼科技的全线产品都给你用，那对你种棉花的帮助应该不会少。他想要展示自己的产品，肯定要把所有好东西都拿出来，这么一看，你还真赚了。你俩这对难兄难弟，一起合作，还真有那么点复仇组合反击云上的意思，想想还有点小兴奋呢。"

余飞被她说笑："我现在只想脱贫，复仇什么的，等混好了再说吧。"

"混好了就是复仇。我是这么想的，白敬宇被赶出来，估计云上科技上市准备的很多事情他都不知道；他们财务造假的事，他可能也被蒙在鼓里。你要是成了他的合伙人，就可以跟他联手了。"

"我又没证据。"

"你没证据不代表他搞不到证据啊。他怎么说也曾经是云上的执行总裁。再说了，他被云上科技赶出来，心里肯定一肚子怨念没处发泄。你这时候跟他说，他肯定愿意帮忙。你俩要是找到了证据，把现在云上的那群掌权者弄下去，那他就能回去做他的总裁，你也能回到海城上班，云上科技这几个奇葩也不用在学校里蹲着了，岂不是三全其美？"

余飞摇头："现在刚接触，还不是时候。等摸清他的为人，确定他的想法，到时候再看。"

"我飞哥还是我飞哥，思虑周全。"

"你刚才说你最近被云上科技的人骚扰了？"余飞担心连累到甄妮。

"没什么危险，就是有点恶心。我之前不是跟你提过一个叫王明的吗？一天到晚在我面前没事找事，一见我就说土味情话，我实在是受不了了。"

"王明？"余飞怔了一下，甄妮之前说的时候她没在意。毕竟这是个普通的名字，同名同姓的人太多；但土味情话这事，的确像是她认识的那个王明爱干的事。她记得她在会计事务所的时候王明还没找到工作，他每天给她发三五十条的土味情话，她从没回复过他。她离职之前，他给她发过一条类似炫耀的信息，大意是他进入了云上科技这种大厂，以后就不是普通人了，意思是她要是识相，就赶紧答应跟他在一起。余飞当然不理他，没想到他现在去骚扰甄妮了。

余飞心疼甄妮五秒："都说好女怕缠男，答应我，无论他怎么缠你，都不要跟他在一起。这人是我们村的，嫌贫爱富，估计是看上你家的条件了。"

甄妮差点咬到自己的舌头："你们村的？"半秒后才反应过来，佯装生气，"怎么说话呢？什么叫看上我家条件了？"

余飞笑说："抱歉，话没说完，你这长相，要减下肥来，那就是妥妥白富美，王明是癞蛤蟆想吃天鹅肉。"

"这还差不多。"甄妮知道自己长得不丑，但看到好吃的就是管不住自己这张嘴。没办法，谁让她还没遇到一个让她愿意为他减肥的男人呢？

"飞飞我好想你，等放暑假我去看你和你种的棉田，顺道减减肥。"

余飞算了算暑假的时间："也好，八月份是棉花现蕾、开花的时候，到时你正好过来赏花。"

"棉花开出来的花？棉花不就是它开出来的花吗？"一直生活在城市的甄妮从来没见过棉花，以为雪白的棉花就是棉花开出的"花"。

余飞笑："当然不是，棉花不是花，是果实里产生的一些绒毛，属于果实的一部分。而棉花的花在棉花长出六七片叶子的时候就会出现。花朵的开放一般都在清晨，棉花的花很有趣，花开放后要变换好几次颜色。刚开的花是白色的，不久逐渐变成浅黄色，到下午开始转为粉红色或红色，到第二天变得更红，甚至带有紫色，最后整个花冠变为灰褐色而从子房上脱落下来。这时子房就开始发育，逐渐膨大，变成棉桃了。正因为棉花的花会变换几次颜色，而棉株上各部分花开放的时间又有先有后，这些花还是白色，那些花已变成红色、紫色……所以看起来，在同一株棉花上，就会有几种不同颜色的花。"

那头的甄妮听得一愣一愣的："天啊，没想到棉花不是花！还好我没到处跟人说，不然真是丢人丢大了。"

"你是没见过而已。我没去海城之前，很多新事物也是不知道的。还好有你在旁边教我。"

"八月我要去你那儿，让你给我扫扫盲。"

"行，那我得赶紧把摊子支起来，等你八月来赏花。"

第十四章 深入接触

跟甄妮聊完天，余飞手机里忽然进了条信息，是个微信添加请求，对方的微信名就是白敬宇。余飞愣了一下，加上了。

正犹豫要不要发个"你好"过去，白敬宇就先发来了好几条信息：

"飞哥，我把电脑里关于产品和棉花种植的计划书以及几个产品视频发给你。你可以先看看，有分歧的地方我们可以明天再讨论。要是没问题，我想尽快签合同。"

白敬宇竟然叫她飞哥？这个称呼只有村里人和熟悉她的人才会这么叫，如今听白敬宇这么叫她，她总感觉怪怪的，似乎他们也变成了朋友。想到一天之前她对他还是水火不容，余飞只能再次感慨现实的魔幻。好在她适应力极快，迅速回复了句商业客套话："好的，谢谢白总。"

白敬宇一向有事说事，不喜欢别人扯别的话题。可现在看她没有任何后话了，他竟然有种希望她能再多说点什么的想法。

余飞没空跟他扯闲篇，迫不及待地打开那几个文档。

这是个关于擎翼科技公司的简介。从这个PPT的简介里，余飞知道了擎翼科技是一家立志深耕农业，致力于研发农业方向的无人机产品和相关智能产品的农业科技公司。

当看到擎翼科技的愿景是"让农民成为最酷的职业"时，余飞心里震了一下。让农民成为最酷的职业？农村人都以离开农村，进到城市工作扎根为荣。就算是在城里工地上搬砖的，也觉得比留在村里种棉花的高人一等。在余飞心里，她并不觉得农民比别的职业低，因为她的农民父亲，就是靠着种棉花，养活了他们全家。但社会和世俗的看法让她没法说出做农民并不比别人差这样的话，就算不认同别人的想法，她也只能把自己想法放在心里。

余飞没想到，白敬宇这个海城人，不但致力于研究农业产品，还要让农民这个职业成为最酷的职业。不得不说，他敢于跟世俗看法叫板的勇气，真的戳到她了。她对他甚至有些刮目相看了。

另一个文档是关于擎翼科技旗下各个产品的性能的。她一个个翻看，仔细阅读上面的说明书和产品性能，越看越兴奋。这些产品的性能让她打开了新世界的大门，对科技和农业都有了新的认识。

最后一个文档，是白敬宇针对西贝村的种植环境，给出的一个棉花种植的方案。

播种之前，他会调动大型拖拉机进场耕地平地。平好地后，播种机入场，这个机器会把播种、压地膜和放置滴灌带一次性完成，同时建造一个水肥一体化系统的滴管设备。

棉花成长分为五个阶段：出苗期、苗期、蕾期、花铃期和吐絮期。前面四个期间的打药和驱虫全部依靠擎翼一号农业无人机。最后的吐絮收获期，大型棉花采收机入场，直接将棉花一次性采收打包好，全程需要的人力极少，几乎都是机器在工作。

在文档里面，白敬宇按时间线，将用什么方法、什么机器、步骤如何都写得清清楚楚。同时还注明了哪些机器是擎翼科技生产的，哪些是买回来的"外援"。

余飞想象着自己在家看电脑和手机就能管理几百亩棉田，知道田里各种工序的进度和情况，想想就跟做梦一样。别说余爸不信，在没跟白敬宇接触之前，她也不信。

根据白敬宇的种植计划，越想越兴奋的余飞把现代智能种植和传统种植做了一张对比图。

首先是耙地整地。种棉花之前，要先清除棉田残留的棉柴、地膜等杂物，减轻棉田污染和病害，同时也防止这些棉秆把机器铺的地薄膜给刮坏了。每当这时候，他们全家大小都一起上阵，去棉田里把棉秆给拔掉清理，每天都能从田里清出好几堆，拿回家当柴火烧。清出了棉秆，还要用机器把地给整平，用机器把地犁到底层，破除土壤板结，这样才能促进棉花根系生长。经过犁、耙整平之后，整块棉田才能达到地表平坦。如果土下太干，还要先浇上一遍水，让地下湿润。干完这些，才算是达到了播种的条件。

而这一步，就算有小型拖拉机帮忙，他们全家也得上阵。光是平地，就已经让一家人累得人仰马翻了。而按白敬宇那边的计划，这个步骤，只需要让大型的耙地机和平地机入场，一个驾驶员就能搞定所有。

接下来是播种环节。智能种植计划里，只需直接购买优质种子，播种机就会直接将种子、薄膜和滴灌带一起铺到地里。经过播种机的自动打孔，每个孔位里都会有一粒棉花种子，棉花种子有了足够营养，就能自己发芽，整个过程一次性用机械全部弄好,省时省力。

而传统种植,她记得以前每年的三月初,她爸就会先把棉籽买回来,不能直接播撒在地里,而是要先泡在药水里防止害虫,同时也更有利于种子发芽。每当这个时候,他们全家人都不能闲着,要先提前在自家菜园里翻起一堆土,做出一个个类似蜂窝煤一样高和大,但没那么多眼的棉籽培养基。

想要棉籽顺利发芽,就得先把菜园子里的土弄松散,还要经常浇水,不让泥土结块,但又要泥土保持黏糊糊的感觉。单是这个步骤,就要弄半个月。做好培养基后,一个培养基里放一颗棉籽,然后再用沙盖住;浇了水,用地膜盖住。有了湿度和温度,棉籽才有了发芽的条件。

小时候他们家还没承包那五十亩棉田,一家五口加起来只有五六亩地用来种棉花。那时候他们一家就需要做几千个培养基。等余爸包了五十亩地后,就得做几万个培养基。每年只靠自家人根本做不过来,所以就得请人帮做。在这个环节,传统种植就已经有了不少人工费。

照顾培养基也不是个轻省活,太阳出来了得把地膜掀开,浇点水。晚上还得把地膜盖上,保证温度,就跟照顾自己的孩子一样。发育长芽半个月后,棉苗长到十多厘米了,这时候还要把它们小心移到整理好的大田地里。他们家两个大人、三个孩子,大人负责把棉花苗移到田地里,他们兄妹几个负责分苗,让每株棉苗相隔三四十厘米种一株,行跟行之间隔个1米。那时候的余飞才三四年级,每当一家人累了一天回家,她爸总会语重心长地让他们三个孩子好好学习,以后就不用留在田里种棉花了。余爸常叹气,说棉农一公斤卖五块钱给扎花厂,扎花厂把籽棉脱籽之后,一转身就卖几十块一公斤给纺纱厂。只要一算这其中的差价,他就难受。

等她上了高中,市场上有了播种机之后,种棉花才不用再提前先培养幼苗,而是跟地膜一起直接埋到了土里。也就是那个时候,余爸才包了五十亩地。

这个时候的播种机其实并不好用,时常出毛病,铺地膜也要雇人。先用拖拉机把地膜和种子拉到田边,然后把地膜和种子都装到播种机上,一个人驾驶播种机,后面跟着三个人,看播种和地膜有没有铺平。完成之后,她爸会用勺子从地膜的方孔挖下去,看种子的播种情况。

等二十多天之后,棉花发芽。为了让棉花出来得更容易,他们一家又在棉田里蹲着,从薄膜的方孔里,一个个把间隔不到十厘米、被土块压着的棉芽用筷子轻轻挑出来,再用旁边的小土块在棉芽边上围上,这就是拔苗。一天拔苗下来，人都蹲不下了，都是跪着往前爬去检查，晚上躺在床上都是腰酸腿疼。

棉花一天天长大，就得打药防虫。棉花上的虫子全都是她爸在田里靠着自己的眼睛，在密密麻麻的棉花丛里，一点点给捉出来。那些吃棉花的虫子像豆虫一样，又绿又大。她爸没舍得踩死，一般都是抓回去喂鸡了。

打药也有拖拉机，但拖拉机开进棉田里会压倒棉花，造成减产，所以只能停在田埂上。余爸和一群工人，每人戴着一个简易的自制口罩走在棉田里，一人拽一个农药喷头，一个皮管，一点点在棉田里移动着来喷洒农药。

每当这个时候，所有棉田上空都弥漫着农药的味道。要是遇到风，要倒着走；要是逆风走，农药会喷到脸上，容易中毒。等到七八月，棉花已经长到胸前的高度，棉花开始挂桃，这时候就要开始"去顶"，不然棉花把营养都浪费在长高上就不结桃了。每到这个时候，为了不被晒晕，他们一家每天早上五点多就要出门。此时田里都是露水，大家身上还要穿着一件雨衣，不然全身都要被打湿。

去顶是个慢功夫，一个挨着一个过。这时候还招棉铃虫，虫子就喜欢在顶端上产卵。打完药觉得没问题了，但一返潮就又出来了，防不胜防。

掐顶时间太短，只靠家里人根本忙不过来。五六亩地的时候雇一个工人一天要三十元左右。每亩地成本在一千二，超过这个数才有赚头。换算成产量，就是亩产要出三百公斤往上才能赚到钱，要是达不到就成了杨白劳。现在这么多年过去，人工已经涨到了一天接近一百五十，但棉农一亩地的收益依旧是两三百块钱。所以还用传统的方法，根本就赚不到钱。

但有了智能农业机器就不同了，两个人遥控两台擎翼一号，半天就能完成六百亩的打顶和驱虫工序，省时、省力、省钱。到了棉花收获的季节，农业无人机能一次喷洒催熟药，保证所有棉田里的棉都在统一的时间里成熟。成熟的棉花不需要人力采摘，全部交给采收打包一体机来负责。

她看过白敬宇给她发的视频，这个机器是国外研发的，驾驶室里连人都没有，只需打开电源开关，对准棉桃，就能自动完成摘棉、导入全过程。采棉机在棉田走一趟，就可以生产一个又大又胖的金色棉花包。机器内部自动用黄色的塑料膜将大包包裹好。这层包裹的塑料膜防潮、防火，还便于运输，到时候就能直接运走了，毫不费力。

而传统的摘棉花却是个苦累活。田里的棉花成熟时间不同，得等所有棉花都出来了，才能去摘。每天的采摘时间也有讲究，不能赶早，去早了有露水，捡回来的棉花太湿，只能等太阳出来了才能摘。这时候就苦了摘棉花的人：要是不想晒伤，就要戴着帽子、穿着长袖衣裤忍受闷热。要是不想闷热，就有晒伤的危险。

余飞记得小时候每到采棉季节，那些摘棉工就会从全国各地来到这里，一干就是两个多月。每个摘棉工腰前挂个布袋子，弯着腰在及膝高的棉田里一干就是一天，晚上回来时每人手指上都缠着胶布，全是被棉花托给割伤的。余飞也去采过，在棉田里干一天，晚上才扛着一大包籽棉回来，腰直不起来，脚也走不动了。这么繁重的活，给的工钱自然不能少。那时候最勤快的采棉工一天能赚七八十块。这个工资开出去，自家棉田里的利润也就所剩无几了。

看完写满两页纸的对比，余飞心绪翻涌，越发觉得跟白敬宇合作是正确的选择。原本对种植六百亩还有些忐忑担心的她，现在只剩期待。余飞拿出手机给白敬宇回了信息："白总，明天我去找你签合同，你什么时候有空？"

白敬宇秒回道："我明天都有空，你到了给我电话。"余飞只发了个"OK"的表情，没有多余的话。

看着这张对比图，余飞又在 qq 上把明天要去县里跟白敬宇签合同的事跟陈双他们说了。

陈双立马发来语音视频，火急火燎地问："你们什么时候聊的？这么快就决定签合同了？"

"我送你们出医院那晚，回来的时候碰到他了，他就直接跟我谈了合作的事，刚才又把计划书发过来了。我觉得他们的产品功能和他的智能种植规划是可行的，所以决定合作。"

文涛凑到镜头前："太好了，飞哥我跟你说，你这三百亩绝对是整个东山县独一份。"

余飞一怔，笑笑："对了，忘了告诉你们，我打算租六百亩棉田。"

"什么？"陈双两口子又被她吓了一跳。

余飞把自己和白敬宇商量的结果告诉他们，同时也把一年赚够手术费的目标说出来："我看了白敬宇的计划书，这六百亩应该没问题的。"

"那可是六百亩啊，你就这么相信那个白敬宇？"陈双不放心。

"用人不疑、疑人不用。我既然决定跟他合作，当然是相信他的。"

那头的文涛也赞同："当过 CEO 的人就是有魄力，我看人一向很准，这个白敬宇应该是靠谱的。飞哥你就大胆去干，我们支持你。你什么时候去跟二叔签合同，到时候我请假陪你去一趟。"

"好，明天我去跟白敬宇签完合同，后天就去二叔那儿谈租田地的事。"

晚上严志高起夜，发现白敬宇还在电脑前坐着。严志高打着哈欠从上铺跳下来："我说你这天天大半夜不睡觉，是要修仙啊？"

白敬宇正在电脑前忙，头也不抬："等我解答完这个问题就睡。"

严志高低头凑过来看白敬宇电脑上写的内容，发现他正在一个叫"新农天地"的农业网站的帖子下面回答题主的问题。

严志高搞不懂："你这晚上加班到一两点的人，还有时间在这种农业网站上做免费解答？"

"这网站是我建的，免费解答也是应该的。"

"啊？"严志高一脸诧异，看着这个农业网站上五花八门，有种子、农药、化肥的论坛，有各种农作物交流种植经验的园地，有农机问题解答的帖子，还有二手农业物资转卖的信息。瞧这热热闹闹的光景，已经不是一个刚建的小站了。"你什么时候建的？"严志高在旁边坐下来。

"云上科技创立的第三年。"

"怎么没听你说过？你建这个网站干吗？"

"当时我就想让云上科技往农业方向发展，可惜那时候环境和技术都不成熟，我干脆就自己先建了个农业网站，本意是想要给全国农人提供一个交流平台，我自己也在上面普及一些物联网和农业无人机的知识。"

严志高浏览着网站页面上的内容："你在上面跟他们解答物联网和无人机的问题，就相当于推广擎翼科技的产品了，到时候这些人就是你的第一批潜在消费者。行啊，这么早就开始为农业无人机打基础了，想得够远的啊。"

白敬宇解答完，扭了扭脖颈："当时也没想这么多，就想着有个交流平台。后来注册的人越来越多，我就想着能不能通过移动互联网远程授课，邀请农业专家入驻，为用户分享经验成果。在邀请了专家后，网站人数激增。来上面分享经验和学习经验的人也越来越多。网站的专业人才多了，我在上面传播无人机和农业生产知识也更顺畅，这的确是个良性循环。"

严志高拍了拍他的肩膀："牛！有人勤学苦练也未必能搞出点东西来，你随手撒颗种子就能长成大树，上哪儿说理去，人比人真是气死人。"

"行了，赶紧睡觉吧。"白敬宇站起来，准备去洗澡。

"对了，明天学校有篮球赛，你也上去打会儿呗。"严志高组的队太菜了，他得拉个得力外援进来充门面。

白敬宇想到明天就等余飞来找他签约，也没什么急事，点头答应了。

第二天余飞把给余爸余妈的吃食都准备好之后，坐上班车去了县一中。下了班车再倒公车，她手上拿着个袋子，里面是给余美带的换洗衣物。

此时白敬宇和严志高正在篮球场上跟其他老师一起对战。两队分别都是男老师和自己教的班级里的男学生组队混着打，余美拿着一瓶水站在场边上，跟班上的女同学一起给严老师和班长徐华加油。

徐华长得高高瘦瘦，球打得还行，单看也是帅哥一枚，但跟严志高和白敬宇站在一起，差距就拉开了。但在余美心里，徐华就是最帅的。

天气慢慢热了起来，大家捂了一冬天，运动热情高涨。加上这场球赛因为白敬宇这个外援长得实在太耀眼，来看球的同学把赛场围得水泄不通。一场课后友谊赛，硬是比出了全国总决赛的氛围。两边的啦啦队都喊得极其卖力，两队正打得激烈，对方要上篮，被白敬宇一个盖帽拍飞，篮球砸在地上又朝着观众席弹了出去。

坐在边上的余美正看着场上的徐华，压根没注意到这个天外飞球。白敬宇心说不好，跑过去的时候已经来不及了。球直直砸在了余美的脸上，余美只觉得眼前一黑，"嗵"的一声就倒在了地上。所有人都吓了一跳，白敬宇反应迅速，过去背起余美，就朝陈双的办公室跑去。

余飞想着先把余美的衣服放在陈双那儿，两人刚坐下，就看到白敬宇抱着余美冲了进来："陈姐，快帮她看看。"

陈双和余飞手忙脚乱地把人放到床上。余飞是个护短的人，看这情形立马就急了，质问白敬宇："你把她怎么了？"

陈双怕两人在签约的紧要关头又因为这事发生矛盾，赶紧安慰余飞："你先别急，把事情了解清楚。这样，你们都出去一下，我先给余美做个检查。"

医护室的门关上了，站在门外的白敬宇没想到余飞也在这里，他把刚才的情况跟她说了一下，最后说："虽然是在比赛，但球的确是我拍的。余美要是有什么情况就马上送去医院，医药费我来负责。"他没推卸责任，加上后面跟着过来的严志高也帮着解释了当时的意外情况。余飞就算心里有气，也没法把这意外全算到白敬宇的头上。

在内间给余美快速做完检查的陈双走出来说:"球砸到了额头,不排除有轻微脑震荡的情况。"

余飞身形一顿:"脑震荡?"

陈双赶紧解释:"我说的是不排除,有也是轻微的,不用太担心了。只要好好休息,避免疲劳,避免熬夜,注意饮食营养的合理搭配,经过一定时间的调养是可以恢复正常的。"

白敬宇看余飞不放心,开口说:"先送县医院吧,检查清楚大家都放心。"

陈双看了眼余飞,余飞点头:"走。"

严志高叫了辆出租,陈双坐在前面,余飞护着余美坐在后排。车里空间不够,白敬宇只能跟严志高开摩托车跟过去。

从看到余美晕过去之后,余飞就没给白敬宇一个好脸。严志高坐在白敬宇车后忍不住调侃:"我发现你在这东山县还真是挺背的。刚来就掉水里,产品推广不顺,现在好不容易想到个联合共赢的办法,又把人妹子给砸晕了。你说要是余美真被砸出脑震荡了,这合同今天还能不能签了?"

白敬宇紧紧抓着车把手,没好气道:"闭嘴。"

余飞刚把余美推到检查室门口,余美就醒了。"小美,你感觉怎么样?"余飞着急问道。

余美一脸发蒙,感觉身子轻飘飘的,抬头一看,自己旁边怎么围着这么多人?再一转头,自己竟然来医院了?看她明显反应迟钝的样子,余飞有些慌:"她不会真的脑震荡了吧?"

白敬宇伸出三根手指在余美面前晃:"这是几?"

余美浑身发软,没力气说话。大家以为她连这都不知道了,全都慌了。陈双安慰着急的余飞:"先让医生给她做检查,有什么事一会儿再说。"

看着余美被推进去,余飞恨恨地剜了白敬宇一眼。白敬宇就算不是有意的,但也有口难言。

煎熬了十多分钟后,医生终于开门出来。白敬宇和余飞同时迎上去:"医生,人怎么样了?""大夫,我妹怎么样了?"

医生推了推眼镜,看着他们说:"患者额头上球砸的地方我们检查过了,没什么问题。"

余飞不信:"她刚才都晕倒了。"

医生解释说:"弹起来的球力道还不足以砸晕一个人。我们刚才检查过了,她是因为低血糖,又一直饿着肚子,所以才晕倒了。"

众人脸色各异。余飞呆了几秒,看看医生,又看看被推出来的、正在挂葡萄糖水的余美,有点不敢相信,她刚才难道真是又错怪了白敬宇?严志高拍了拍白敬宇的肩膀,意思很明显——背锅侠本侠。

陈双对于自己之前的判断有些脸红,笑着打圆场:"多亏白总把小美从操场背回来。"

白敬宇看向已经清醒的余美:"人没事就好。我先去把检查的费用交了。"

看他下楼,余飞追了上去:"余美的事跟你无关,费用我来出吧。"

"球总归是我砸的。"

余飞有些不自在地拢了拢头发:"那个,刚才误会你了,抱歉。"

白敬宇停下脚步看着她:"你之前是不是对我有什么特别深的误会?"

余飞一顿,否认道:"没有。"

白敬宇知道她没说实话,但也无所谓:"那就好。我和严老师先回去了。合同在宿舍,你处理完这边的事联系我。"

"好。"

白敬宇他们走后,余飞回到病房冷脸问余美:"你为什么要饿肚子?"

余美低下头小声说:"放学的时候没觉得饿,想着看完球赛再去食堂吃,谁知道会晕倒。"

余美没敢说自己是想要减肥。眼看天气越来越热了,很快就到穿裙子和短袖的季节,余美想要减掉小腿和手臂上的肉肉,这样看起来才跟高瘦的徐华更配。但她又懒得运动,所以就从前两天开始,每天只吃午饭,早饭和晚饭全都免了。

余飞彻底无语。

陈双从医院食堂把饭打回来给余美:"赶紧吃,吃完回学校。你啊你,差点耽误你姐的大事。"

下午余飞把余美送回学校,在严志高宿舍里跟白敬宇就合作的事又谈了许久。看余飞终于在协议上签了字,白敬宇伸出手:"重新认识一下,我是你的新合作伙伴——擎翼科技白敬宇。"

余飞看他一本正经的样子,虽然觉得有些怪,但也伸出手:"我是你的新合作伙伴——新农人余飞。"

窗外响起学生上晚自习的铃声。"一起去吃晚饭?"白敬宇看了眼时间,出于礼貌问了一句。

"不了,我爸妈还在家等我。"余飞要赶车回村,现在坐公交到汽车总站,还能赶上末班车。

白敬宇想起她还要回去照顾老人,而这里的公车时间又太随意。他放好协议,拿起车钥匙:"我正好出去吃晚饭,离汽车总站不远,送你一程吧。"

余飞也怕赶不上车,犹豫半秒:"好,谢了。"

两人走出宿舍,白敬宇长腿跨上车,递了个头盔给她:"上来。"

余飞接过头盔戴好,坐了上去。"扶好了。"白敬宇说。

余飞不知道手往哪儿放,想要抓住尾部,却发现尾部根本没有可以抓握的地方。车子一动,她差点摔下来。"扶我肩膀。"白敬宇放慢速度。

他肩宽腰窄腿长,余飞双手抓住他的肩膀,本以为像他这种整天在电脑前搞技术的男人会单薄些,没想到他的肩膀肌肉紧实有力,让她颇为意外。

车子在县城的街道上驰骋,早春傍晚的风有点凉,白敬宇看到在后面的余飞缩了缩脖子。他放慢车速挺直腰背,帮她挡住了大部分迎面而来的风。余飞在他后面,风中有股淡淡的、夹杂着被阳光烘干的青草和海盐的味道。她之前工作的地方很多男士都喷香水,但都没有他身上的好闻。她不自觉地用力吸了吸鼻子。等余飞反应过来自己在干什么的时候,窘迫得老脸一红。她在干什么?她肯定是疯了。虽然知道前面开车的白敬宇不会知道,但余飞还是心虚得厉害。

这辆车子的颜色声音和车上的人都异常扎眼,令街上的行人纷纷侧目。

电信营业厅门口,张谦看了眼刚才飞驰而过的摩托车,车上的那位女孩好像是那天来他们营业厅办理业务的那个女孩。但他们都戴着摩托车头盔,他又不太确定。

"看什么呢?"张姐推了推看着街口有些出神的弟弟。

张谦回过神来:"没什么。"

张姐眼尖,早看到自己弟弟盯着那车上的姑娘看了,撇撇嘴说:"那种坐摩托车在街上飙车的姑娘有哪个是正经的?我们学校有个学生的姐姐,长得不错,以前是一中的学霸,考上海城大学,还在海城的大公司工作过。现在为了照顾她爸,听说是要回家种棉花,是个孝顺优秀的姑娘,姐打算介绍你俩认识。我们学校的校医跟她关系不错,哪天让她约出来,你俩见见?"

张谦脑子里全是余飞的样子,对于这种相亲并不感兴趣,摆摆手:"还是算了吧,我刚回来,先立业,结婚的事不着急。"

白敬宇把余飞送到汽车总站。余飞下车,说:"我先走了,等我回去把承包地的事确定好再联系你。"

"不用。"

"嗯?"余飞疑惑地看向他。

"明天我去找你,一起去谈。"现在他和余飞就是合伙人了,她能不能谈成,谈的利益有多大,对他都至关重要。他当然要跟着一起去。

"好,明天见。"余飞转身上了公车。等车子开走,白敬宇才戴上头盔,朝另一个方向开去。

第十五章　包地

白敬宇吃完东西回来,严志高已经下了晚自习回宿舍了。"送飞哥去了?"严志高边问边拿着手机给一群妹子回信息。

"去吃饭。"白敬宇嘴硬不承认。

严志高挨个回着手机里好几百个未读的小红点,说来说去就那些猜心思的小伎俩,他忽然就感觉没意思了。

少有地放下手机,严志高拿起白敬宇随手折的一架纸飞机,在屋里飞来飞去,乐此不疲。"我去,这飞机也太稳了吧,要没这墙,我怀疑它能一直飞下去。"严志高拿着那架白色的纸飞机,在机头上哈了一口气,用力一掷,"改天我也让我们班学生都学学折纸,来个纸飞机大赛,放松一下紧绷的神经。"

白敬宇打开电脑:"这么多年了,你学会了吗?"严志高从初中开始就跟白敬宇学折纸,到现在折出来的飞机还是一飞就撞地球。

"我是裁判,学不学会也没关系。"严志高坐下来,看着旁边摆着的已经被白敬宇修好了的擎翼一号,问,"你从初中开始就对那些个飞机航模爱不释手,这都多少年了,还不腻吗?"

"喜欢是一辈子的事，你不懂。"

"我怎么就不懂了？"严志高严重怀疑他在内涵他频换女朋友的事，"好，我以前可能是不太懂，但自从在这里支教以后，我好像有点懂了。"严志高最初来到这里是为了躲情债，本以为一周就坚持不下去，没想到这里的孩子让他找到了坚持下去的动力。

严志高正自我感动中，白敬宇忽然开口："你是不是在这儿又看上谁了？"

严志高气笑："在你眼里，我除了对女人能坚持下去，就不能有点自己的追求？"

白敬宇给了他一个"自己体会"的眼神。严志高刚要跟他掰扯，白敬宇的手机响了。看到屏幕上"曼歆"两个字，严志高一脸看好戏的表情："治你的人来了。"白敬宇犹豫几秒，才把电话接起来。

严志高把耳朵凑过去，白敬宇看他那烦人的样子，干脆开了公放。严志高朝他竖了大拇指，用嘴唇说："大气。"

电话那头，曼歆的声音传过来："敬宇，是我。"

"我知道。"白敬宇看着在旁边挤眉弄眼的严志高，感觉心累。

曼歆顿了顿，语气带着愧疚："我今天才听说加工厂那边之前对你们发难了。我不知道这件事，要是早知道，我不会让他们这么做的。"

"事情已经解决了。"

白敬宇的语气听不出情绪，曼歆稳了稳呼吸："那就好。我这次给你打电话，还想问问你对林业巡逻这方面的业务有没有兴趣？"

白敬宇虽然不想再跟曼歆有什么牵扯，但想到还在为公司业务发愁的老蒋，他还是耐着性子："你说说看。"

曼歆想要弥补，且知道只要一说到工作，白敬宇就不会随便挂电话：

"是这样，我有个朋友是海城林业局的，他那边人手不够，想要一种更高效的巡逻方式，我就想到了你这边。他需求量不少，如果效果不错，他还能在全国推广。如果你这里能做这方面的业务，我约个局，你们见个面。"

严志高朝他使眼色，白敬宇沉默了几秒："不用了，我现在正准备开展新项目，这事暂时不考虑。"

本以为白敬宇肯定会感激她的雪中送炭，毕竟擎翼科技刚起步又遭到林睿的围追堵截，情况有多惨她是知道的，没想到白敬宇竟然一口回绝了。"……好，那以后有什么我能帮到忙的地方，你给我打电话。"曼歆努力让自己保持冷静。

"应该没有那一天。"白敬宇淡淡说。

曼歆早就从老蒋那知道擎翼科技根本没什么新项目,他之所以拒绝,就是还在怪她。曼歆忍住情绪,想要说点什么,却什么都说不出来。

"还有事吗?"白敬宇问。

"没有了。你睡眠不好,晚上不要喝咖啡,晚安。"曼歆先挂了电话,她知道他讨厌死缠烂打。挽回他的心不在一朝一夕,以擎翼科技的现状,白敬宇总有要她帮忙的时候。

白敬宇刚放下手机,严志高就一脸可惜:"这么好的机会,说不要就不要了?"

"给你你要不要?"

严志高耸了耸肩:"她冲着你来的,我可无福消受。"

"你想多了。"

"你还别不信,以我多年妇女之友的经验,那曼歆对你明显是没死心。你说她早知今日,又何必当初呢?"

"你是不想睡,是吧,那我现在告诉严姨,你需要妈妈的温暖。"

"别,我马上睡觉,不打扰你,你自便。"严志高带着手机,麻溜地爬到了上铺。

等余飞坐车回到村里,大部分人家里都已经熄了灯。夏天晚上大伙还会在外面纳凉聊天,现在初春天气还有点凉,谁也不愿意出来挨冻。再说现在已经到了准备春耕的时候,村里那些还种棉花的人家,已经开始着手买种子这些事了,当然要早早休息,天亮去干活。

余飞走回自己家里,本以为父母已经休息了,没想到余妈还坐在饭桌旁搓玉米。

搓玉米是农村大部分人家冬天里干的营生,余妈眼睛不太好,以前她在家喜欢边"听"电视边搓玉米。现在电视被讨债的拿走了,家里静悄悄的,只剩玉米粒掉落进盆里的声音。

"妈,你怎么还没睡?"余飞回到家,把给余美打包的饭菜放到桌上。

余妈把玉米往盆里一丢,盯着余飞:"我就问你一句,什么时候把钱给你哥汇过去?"

余飞看了眼她爸的房间，担心再吵起来刺激到他，压低声音跟她说："妈，医生说了，爸脑子里有个血块，不能再受刺激。如果爸再因为我们争吵进了医院，可就没上次这么幸运了。咱家现在已经这样了，您能不能不要再因为我哥的事跟我闹了？我哥已经三十好几的人了，他做错了事，吃点苦头也是应该的。"

余妈想到自家老头的情况，到底是收敛了些，但依旧不依不饶："你说得轻巧，被抓进去的人不是你，你当然不着急。我今天去西头给你哥算了一卦，神婆说你哥现在被困住了，要是再出不来，还会有大劫。你要是不用钱把你哥给赎出来，今天谁也别想睡。"

听到她妈又去找人算命，余飞的火就起来了。之前就因为她妈喜欢去算命，无论大小事，只要神婆说的，都奉为圣旨，这才耽误了眼睛的治疗，把原本一个小手术就能治好的眼疾，生生给耽误坏了。那之后她妈消停了一阵子，没想到现在又开始去找村西头胡说八道、装神弄鬼的神婆算命了。

余飞沉下脸给她妈下猛药："到底是谁自私谁心里清楚。我该说的都说完了。您要是还不听，把爸给气出个三长两短来，我马上就离开这个家，让你们再也找不到我。"

家里变成现在这样，余飞从来没说过要离开的话，现在一听余飞要走，余妈瞬间就慌了："你……你这个白眼狼，我们养了你这么多年，你想说走就走，没门！你要给我和你爸养老送终，不然我就告你去。"

余飞打断她的话："随您的便。这些年我寄了多少钱回来，您比谁都清楚，该还的我已经还完了。您要告我就把那些转账记录拿出来，让法官看看，我到底有没有养你们。法官就算要判，也是先审判您那个游手好闲、没养过您和爸一天的儿子。"余飞这些话当然都是吓唬余妈的，为的就是不让她再闹下去刺激余爸。

果不其然，余妈真被余飞吓住了，毕竟余飞的性子她很清楚，说到做到。要是老头子真瘫了，自己儿子又不回来，余美又指望不上，她还是个半瞎老婆子。余飞要真走了，他们余家可就真的完了。

余妈终于消停下来，余飞回到自己房里，拿出刚签好的协议。想到余强那边还需要钱来找律师打官司，她这边要包田种棉花，可她现在总共就几万块，还都是借的。余飞叹了口气，把协议放好，水来土掩，明天去跟二叔谈了再说。

第二天早上闹钟一响，余飞迅速爬起来，穿好衣服之后先跑到屋外，把炕洞门打开，往里塞了些干燥的麦秆、玉米芯。

　　昨晚下了点小雨，早上的温度有点低，她把大衣的帽子扣上，心说好在昨天走的时候把柴火和煤块的塑料棚都盖好了，不然这些东西要是湿了，可就燃不起来了。

　　等火慢慢起来又燃尽后，余飞搓着手，拿起长长的灰耙均匀地把灰烬捅到每个角落，再加点细煤，然后轻轻堵上炕眼门。用不了一会儿，烧了一晚已经有些凉了的土炕就会慢慢热乎起来，整个屋子里也就跟着暖和起来。

　　给土炕添加柴火是老家冬天和初春每家每户每天都要做的事，余飞虽然在海城待了好几年，但做起这些事来依旧麻利。家里好在有她，要只有两个老人，余妈光是弄这事，也得倒腾半天。

　　虽然相对于以前在屋里烧土炕被熏得眼睛都睁不开，现在把烟筒管道移到了屋外已经好多了，但对于老人来说，捣弄这些还是极其不方便的。还在海城的时候，余妈就因为出来烧炕，没注意脚下摔了一跤，疼得大半个月下不来床。那时的余飞就说要给家里买几个移动小太阳，在屋里摁个按键就能暖和。但她爸心疼电费，她妈更舍不得花给余强攒的媳妇钱，事情就拖到了现在。

　　之前余飞听文涛说县里今年要全面推广电炕时，就已经想好了，电炕温度稳定，干净清洁，最重要的是不需要每天抱着柴火烧炕。等推广到村里的时候，她肯定要说服父母把土炕换成电炕。

　　把炕弄好后，余飞又去做了早饭，然后再去把她爸房间的夜壶倒了，把洗脸水和牙膏牙刷拿进去，等她爸洗漱完毕，这才端着早餐进去给她爸。从回来的第一天，余飞每天都是这样雷打不动地照顾余爸。

　　"小飞，你今天是要去跟二叔谈承包的事是吗？"余建国喝了两口疙瘩汤，问女儿。

　　"对。"

　　"你想好了？这可是个新东西，这么大面积，困难不会少了。"

　　"想好了。按白总的合作计划书上的预计收益，明年就能带您去做手术。无论多困难，我都想试试。"

　　一直在门外偷听的余妈吓了一跳，老头子做手术要二三十万呢，这种一年棉花能赚这么多？

"小飞，这机器虽然好，但种庄稼抢的就是时间。要是这个白总公司的机器出了问题，那耽误的可不是一星半点儿，这可是六百亩棉田啊。"余建国还是不放心。

"爸，做任何事都有风险，就算用传统的种植方法也有可能颗粒无收。我想赌一次。"

"小飞，妈支持你。"余妈走进来接过她手里的稀饭，"我来喂你爸，你赶紧去你二叔家，早早把事情定下来。"

余妈虽然不识字，但算术却不差。余飞种棉花一年就能赚这么多，那以后余强娶媳妇、盖房子，还有生儿子全都不愁了。更重要的是，白总是海城的老板，认识的人多。要是余飞跟他一起种棉花，那余强说不定就有门路出来了。

"你瞎掺和什么？"余爸朝余妈嚷道。

余妈白了余爸一眼："我支持老二种棉花怎么就瞎掺和了？老二要真成功了，咱家就能好起来，我盼着咱家好，你跟我嚷什么？"

"爸，白总是个有经验的创业者，跟他一起合作，应该没问题的。"

余建国看余飞主意已定，叹了口气："吃饭吧，吃饱饭才有力气跟你二叔谈，他可不是好说话的人。"

"嗯，您放心，一会儿白总跟我一起去。"余飞知道她爸的意思。无利不起早，二叔去牵头这事，除了为他当村主任做铺垫，说不定还有其他她不知道的内容，她要打起精神，全力以赴。

吃完早饭，余飞刚要发给白敬宇发信息问他什么时候能到，忽然就听到门外一阵摩托车的声音。她开门出去，绿色的摩托车停在门口，白敬宇把头盔摘下来，朝阳下的侧颜尤为赏心悦目。余飞看得有些失神，直到听到旁边的大婶发出一声惊叫："哎哟，这小伙长得可真俊，跟电视里走出来的似的。"

这车子轰鸣声不小，颜色又这么扎眼，刚到村口就有不少村民看到了。眼下大家都见车子停在老余家门口，都过来瞧热闹。大伙认出白敬宇就是上次在余家住了一晚上，第二天一早被余飞从家里赶出的男人。

"那男的跟飞哥真是那个关系？"旁边的妇女低声问另一个女人。

"都在她家住了，不是也差不离了，不然谁一早就找来。听说这男的是海城的，我家男人那天去推广会时还看到他去推销玩具飞机了。"

"去农机会推销玩具飞机?那男人长得挺好的,脑子怎么不太好使?"

"可不是吗?脑子正常的谁会在这时候找余家那女儿。余家现在这种情况,那冤大头不脱几层皮都甭想好好过日子。"

"来了,我去拿个包,马上就走。"余飞自己是不怕闲话的,但不想让白敬宇听到这些。

等她出来,白敬宇把另一个头盔递给余飞。

余飞不理会那些看客,接过头盔,长腿一跨,坐到了车上。"掉头,开到入村的岔路右拐五百米,红色铁门的那家就是。"余飞说。

摩托车帅气甩尾,把看热闹的人群吓得往后一缩,再看的时候,只剩尾气了。

村里的小路有些颠簸,即便白敬宇已经尽量把速度降下来,坐在车后的余飞还是被晃得有些手足无措,只能像昨晚那样,伸手扶住白敬宇的肩膀。

两人将车子开到村口附近,一辆小面包正好拐进来。坐在副驾驶位置的刘大柱看到不远处的那辆摩托车上的男女,眼睛瞬间就瞪圆了。即便白敬宇和余飞两人都戴着摩托车头盔,但两人无论是从身形衣着还是气质上,跟村里那些男男女女还是有区别的,所以刘大柱一眼就认出了两人。

上次刘大柱被白敬宇和严志高害得在派出所里蹲了一晚,回来又被亲爹好一顿教训,这把火还没处发,现在又看到余飞坐在白敬宇车上勾肩搭背。想到他当时就是因为帮余飞才出了后面的事,可余飞转头就跟那姓白的好上了。刘大柱觉得自己就是被耍了的冤大头,恨不能开着车朝两人撞过去。

旁边的刘老柱看出儿子不对劲,伸手一巴掌就拍在了刘大柱的脑门上:"看什么看?我告诉你死了这条心。我们刘家不会让余家的女儿进门,就他们家那样的,我可不去扶贫。"

刘大柱在村里横,但却是个怕老子的,气焰瞬间就蔫了:"谁说要娶她了?这种女人,送给我我都不要。"说完,刘大柱狠狠瞪向前面拐进小道里的摩托车。

余飞带着白敬宇进来的时候,二叔、二婶刚吃完早饭。看到站在余飞旁边的白敬宇,二叔有些意外。"二叔,这是擎翼科技的白总。"余飞主动介绍。

白敬宇率先伸出手:"您好二叔,我是白敬宇。"

二叔认得白敬宇,那天县里开推广会的时候他也去了。白敬宇在上面推广的那个玩具飞机被人笑了好久，飞机还撞到树上坏了。二叔虽然不知道这人来这干吗，但还是笑脸相迎："坐吧。"

余飞开门见山："二叔，我打算跟白总合作，一起种棉花。之前您跟我说的是三百亩，现在我觉得不太够，想要承包六百亩，您看村里的地能不能给我们划出六百亩闲田？"

二叔吃了一惊："六百亩？你们种得过来吗？"

"我们种的这个棉花农场跟传统的棉花种植不同，我这六百亩棉田是一个自动化的棉花农场。"

"自动化棉花农场？"二叔不知道这是什么意思。

"就是田里干活的不是人力，主要以机器为主，管理人员只有我和白总。"

虽然余飞多租地对村里来说是好事，但二叔打心里觉得这事不靠谱。不仅这个什么自动化棉花农场不靠谱，这姓白的也不靠谱。二叔委婉地提点余飞："我们村的土地流转，只能转给本村人。"

余飞当然知道这一点，说："二叔放心，跟你签合同的人是我。我跟白总签了一年的合作协议，我出土地，他出机器。"

二叔心说这余飞真是读书读傻了，这姓白的机器都在推广会上撞坏了，她还跟他合作，还让他负责机器设备？

看二叔神情复杂，余飞笑笑："二叔，我跟您详细说说我和白总打算要搞的这个科技棉田农场吧。"

"好，你们说说。"

"我画了些示意图，您先看一看。"余飞从包里拿出一个本子翻开递过去。白敬宇转头看过去，那上面还真是一幅幅漫画形式的解说图。

他有些意外，他之前只跟她解释过一遍擎翼科技的产品使用方式，她就能全部画出来了。那些图虽然说比不上漫画书上的栩栩如生，但活泼生动，让人一下就明白了他们要建的这个棉花农场是如何种植和管理的。

看着漫画里那个Q版的齐肩发女孩和穿着风衣的短发男孩并肩站着，手里拿着遥控器操控着擎翼一号的背影，白敬宇心中一动。

余飞其实从小就喜欢画画，但在这个小村子里，一切跟提高学习成绩没有帮助的事，都被认为是浪费时间。所以画画这件事，余飞只能偷偷在私底下画。

而村里像二叔这一辈的人，上过初中都算是高学历的。而白敬宇给的资料上面有太多专业名词，要是按着那上面来解释给她爸和二叔听，估计不太好理解，所以她索性就把示意图给画了出来。先给她爸讲通了，再拿来给二叔看。

二叔看着这几张通俗易懂的图，当然也看明白了，但却不相信上面的机器能有画的这么能耐。

这上面说的土壤检测器，说播种前插进土里就能知道这地缺什么东西，湿度够不够，适不适合播种，这不是扯的嘛。他们种了这么多年的棉花，按的都是父辈们留下来的经验，这都是经历过多少年的检验得来的经验。现在这两个小年轻拿几个花里胡哨的小机器就想代替传统的经验，真是不知天高地厚。

二叔不知道余飞说的那什么棉田农场到底能不能赚钱，但他以前种了这么多年的棉花，没人比他更知道种棉花赚不赚钱。他们说不用雇人，全程就他们两人管理六百亩棉田的时候，二叔心说这事老余是怎么同意的。因为心里觉得他们的棉花农场不靠谱，所以二叔看的时候也没当真。但面上还是耐着性子，听一旁的余飞继续解说下去。

对面的余飞在说新科技带动农业，要是做出效益，就有可能吸引到年轻人回村的时候，二叔心里想的是：这个姓白的冤大头只跟余飞签了一年的合同，要是这一年他们没把事情做起来，租金也没给个一星半点儿的，以余家的情况，是不可能付得起后面五年的地租的。到时候合同肯定是一了百了，虽然上面写了违约赔付金额，但余飞是怎么对那群来要债的人二叔是知道的。都是一个村的，他到时候还能拿着家伙上门逼人拿钱不成？

更麻烦的是，这事要是开了头，以后这村里人动不动就跳出来说回村创业，让他给免几百亩的田地，他是给还是不给？要不给，他现在又先开了口子；要是给，这些个村民都是给三分颜色都能开染坊的，这村子以后他就别想管好了。

说到这儿的余飞也看出二叔的心不在焉了，她说完最后一句，问说："二叔，您觉得我们这个项目怎么样？"

二叔看着两人："我觉得，你们要不要再想想？"

白敬宇知道对方担心什么，从包里拿出擎翼科技的资料，递给二叔："二叔，这是我们公司的介绍和产品资料，我们是海城正规注册的研发型公司。这是我的简历，您也可以看一下。在西贝村的棉田合作计划是我们擎翼科技

155

今年的重点计划，我们公司会投入最大的人力和物力来完成这件事，所以您不用担心我们的项目虎头蛇尾。"

二叔扫了眼他递来的资料，看到白敬宇简历上写着曾是云上科技联合创始人，他怔了一下。

二叔记得村里王家一天到晚就嚷嚷着自己那大儿子王明进了海城的云上科技公司。逢人就说那公司在海城有多厉害，楼有多高，名气有多大。要是有条件，王家人恨不能拿着扩音喇叭在村里人的耳边上一天广播三次，所以这个云上科技的名字，二叔是知道的。

"这个云上科技好像是个大公司，这真是你开的？"二叔问。

"云上科技一开始创立的时候也不是大公司，我只是联合创始人。"白敬宇说。

这就相当于承认了？看着眼前这个姓白的小伙子，二叔有些不敢相信。之前对他的想法也有了些改变，态度上也亲和了不少："哎哟，真是年少有为啊。有你这么个大老板来我们村投资，小飞的这个什么棉花农场应该是没问题了。"

白敬宇知道他想岔了，纠正道："二叔，我现在已经离开云上科技了，我是擎翼科技的创始人，跟余飞合作的也是擎翼科技公司。"

"啊？"二叔不懂，创始人不是老板的意思吗？老板还能离开自己的公司？

白敬宇也没打算跟他解释太多这里面的事，余飞也不想二叔再多打听，插话进来："二叔，我想先看一下流转合同的范本。"

"好，叔去拿。"知道了白敬宇的背景，二叔明显积极多了。

合同是已经打印好的，只要填上租赁年限和双方商量好的价格，写上名字盖上章，这事就算是定下来了。余飞看了一遍，又递给白敬宇。白敬宇看到这合同上双方当事人的姓名、住所，流转土地的名次、名称，坐落位置，面积，流转土地的用途都标好了，就是没有价格。余飞也看到了，问："二叔，这上面怎么没有流转价款？"

二叔之前有私心，他一开始为了劝余飞拿下那三百亩地，说的是免费种。要是把价格写上去，他怕余飞缩了，所以想着先让她签下来，再找个借口跟她说他想全免，但村里人不同意，所以只能免一年。现在听余飞一口气想要包六百亩，估计是这个姓白的人傻钱多，愿意给余飞出钱了吧。既然有买单的，那他也就不藏着掖着了，直接说："村里的意思是，最少租六年起，第一年可以免费，但后面是要给租金的。"

余飞颇为认同地点点头："租地给租金是应该的。等以后我们种好了，说不定还需要承包村里更多的地。到时候还要麻烦二叔帮忙牵头。"

听到余飞没有不高兴，还说以后要加租，二叔心里也舒坦："没事，包地是好事，你尽管来找二叔，到时我帮你跟他们商量，把价格再降点儿。"

"谢谢二叔。"

"谢什么，我一早就说过，咱们村里最有出息的人就是你。不愧是去海城打拼回来的，有魄力。"

余飞一脸诚恳道："二叔，您也知道现在我们刚起步，万事开头难，需要村里领导多多支持，您看能不能第一年给我们免六百亩的租金。等我们做起来，第二年的田租我该交多少交多少，您看成吗？"

白敬宇来之前知道村里要给余飞免第一年三百亩的田租，看她现在想要把这六百亩一起免了，心说这精打细算的劲儿，跟她合作看来是没选错。

此时的二叔算是听明白了，这两年轻人一口气要包六百亩，原来是一亩地的钱都不愿掏啊。二叔打起官腔："小飞啊，不是二叔不帮你说话，我之前答应你的是三百亩，现在你说六百亩都要免费，这么多村民，怕是大家不愿意啊。"

余飞早料到他会这么说："二叔，我刚才看了合同上的标的，这些地基本上都荒了十年，我们耕种荒地也是在改良我们村的土地情况；况且也就是免一年，村里的地空着也是空着，我要是种起来了，后面续租和田租的事都不用担心。而且自动化棉田的收益租比传统棉田的高不少，说不定以后村里的年轻人看收成不错，都愿意回村种田了，以后村里就不会再有闲田了。"

二叔心说这些忽悠小年轻的话，听听也就算了。看二叔不说话，余飞又接着说："文涛已经把智能棉花农场的项目跟县里的领导反映了。到时候这棉花农场要是办起来了，我们村就是全县第一个搞智慧棉田的村，县里领导少不得请您这个村主任去给其他的村做示范演讲。"

二叔摆摆手："我还不是村主任呢。"

余飞拍马屁："在我心里您已经是了。"

二叔心里受用，又听白敬宇说："二叔，我和余飞合作期间，我们公司会约海城的报纸和电视的媒体来宣传和采访，到时候记者会请村委代表，也就是您出镜谈谈对我们这个项目的看法和支持力度,您到时候也可以给西贝村做个宣传。"

二叔一听自己还有可能上海城的电视,瞬间就不淡定了。要知道就算是他们东山县的县长也就只能上他们县里的频道,他这可是上的海城电视台啊。要是不知道这个白敬宇还曾是云上科技的什么创始人,二叔才不信他这番鬼话,但现在,二叔的心思活泛了。

"你们说的难处我知道了,小飞是我们西贝村的优秀人才,现在又拉了白总一起回乡创业,我们村委会当然是要全力支持的。你们说的六百亩免一年的事,二叔回头跟几个村委商量一下,问题应该不大。小飞刚才也说了,这要是种出名堂来了,到时候去城里打工的年轻人都有可能会回来,那西贝村以后就不用再愁地没人种了。"

"那就谢谢二叔了。"有二叔这句话,相当于是十拿九稳了。

省了一年的地租,余飞眉开眼笑:"麻烦二叔您抓紧点时间,眼下春播就要开始了。"

二叔也干了一辈子农活,当然知道不能耽搁:"放心吧,我今天就召集几位村委开会。要是都没问题,明天就可以签合同了。"

事情隔一晚上,余飞怕又有变动,开口说:"那我一会儿给文涛打电话告诉他村里免一年租金的事。明天签合同的时候,文涛说他也要过来。这事毕竟县里领导也知道的,他得跟领导汇报进度。"县领导都要过问了,二叔想要拒绝也不行啊。

白敬宇看着神采飞扬的余飞,嘴角也不自觉地扬了起来。

出了二叔家,白敬宇和余飞沿着合同上标的地块转了一圈。

棉田离村里有段距离,地已经荒了好些年,不少田里已经野草丛生,要重新种植,得花不少功夫先把地上的杂草和碎石给先清理出来,才能整地播种。余家之前承包的五十亩棉田,也跟这些地相邻着。

六百亩地骑车转下来也得不少时间,车子开到余家承包的那五十亩农田前,两人在田边停下来。

余飞下车,走在这片她即将要大干一场的棉花田里,有些骄傲地跟白敬宇介绍道:"我们西贝村的气候和地理位置,的确是很适合种棉花。我爸说,低产田棉花,每亩产量为 180~230 公斤。中产田在 230~300 公斤。高产田可达 350~400 公斤以上。我爸种的棉花,只要年景好,每年每亩基本上都能出产400公斤左右的籽棉。"

"地好是一方面,余大叔的种棉花技术应该也是村里数一数二的。等我们开始种植之后,遇到一些细节问题,还得请教一下余大叔。"白敬宇说这句话,可不是在奉承余飞,他是查过西贝村往年的棉花种植亩产数量的。余大叔在当年种植火热的年月里,在附近的乡镇里都是叫得上名的种植好手。他之所以这么坚定地想跟余飞合作,也有这个因素在里面。

余飞没想到他连这事都知道。她爸凭着手艺,在村里受尊敬了一辈子,现在忽然连地都下不了,心情可想而知。她担心她爸抑郁成疾,要是她爸知道白敬宇说以后要请教他,肯定觉得自己还能为家里出份儿力,心境自然不一样。"谢谢!如果有机会,这些话你能不能亲自跟他说,他会很高兴的。"余飞说。

"我当然要亲自说。这是拜托人最起码的诚意。"

"谢谢。"余飞的感激都写在脸上。

"不客气,以后还要请你多照顾。"

"照顾?"余飞不明白,他们一起合作,谈不上照顾吧。

"既然要一起种棉花,为了方便,我以后就住到你家,食宿我会按市价给。"

第十六章　登堂入室

看白敬宇说得一脸认真,余飞愣住:"你说真的还是假的?"

"我像是开玩笑的样子吗?村里没有网络,我要是住严志高那儿,要有什么急事,我们联系都不方便。"

白敬宇的话虽没错,可他们家里她和余美一间房,她爸妈一间房,余强自己一间房,还剩一间放农具杂物的空房。余强那间房余妈肯定不让住,剩的那间房都没收拾,怎么住人?

"我们家只剩一间杂物房,估计没法住人。要不我帮你问问村里哪家出租房子吧。"余飞说。

"分开住还得跑来跑去,杂物房收拾一下,再拉点家具过来,住也不是不可以。"那间房之前白敬宇看过了,好好打扫一下应该没问题。

余飞心说当老板的人脑子都跳跃得这么快的吗？她说同意了吗？他怎么就说到拉家具过来了？余飞刚要说话，又听白敬宇说："我不太清楚这边房租食宿的价位，住宿加三餐，我按每个月四千给你，你看合适吗？"

每个月四千？他们家那间杂物房，还有他们每天吃的那些菜，别说四千，两千都多了。"……那个，我还是觉得不妥。等我帮你问问村里有没有合适的房子吧。"余飞虽然觉得这钱好赚，但那杂物房收四千，的确是昧良心了。再说她觉得让白敬宇住家里，的确不方便。

白敬宇也没强求，开车送余飞回到家门口，正好碰到余妈坐在家门口跟邻居唠嗑。

早上白敬宇刚把余飞接走，邻居月英婶子就领着儿媳妇和两个孩子到她家串门了。几个人把余飞一早就跟之前在他们家住的男人一起走的事，添油加醋地说了一遍，还一脸羡慕地说余飞谈了海城的对象，以后是能嫁到海城享福的。而余家老两口攀上这么好的亲家，以后也不用愁了。

余妈不想余飞这时候谈恋爱嫁人，没好气地让他们别瞎说，没想到真就看到余飞从白敬宇的车上下来了。余妈怔了半秒，看向白敬宇："你，你是那个……"

旁边几个邻居挤眉弄眼，起哄说余婶的乘龙快婿来了。

白敬宇停好车，快步走过来说："余婶您好，我是白敬宇，之前受伤在您家住过一晚上，还没来得及好好跟您道谢。"

"不谢不谢。"余婶说完，黑着脸看向余飞："你们去哪儿了？"

"去二叔那儿谈租地的事。这是擎翼科技的白总，他以后会跟我一起合作种棉花。"余飞说。

"什么？"余婶愣了一下，"他就是那个白总？"

"余婶，您叫我小白就行。我和飞哥一起合作，她也是棉田农场的老板。"一旁的白敬宇说。他在余家住了一晚上，见识了这位余婶是如何对余飞的。

余飞没想到白敬宇会这么说，有些意外地看了他一眼。

余婶看看余飞，又看看白敬宇。之前自家老头子跟她说过余飞要跟海城一个科技公司合作种棉花的事，她没想到那个白总就是女儿之前救回来的男人。屋外的邻居还在张望，余婶没了刚才的烦忧劲儿，神气道："听见了吗？这白总是来跟老二合作的，不是处对象。我女儿现在回乡创业，没空谈朋友。"

白敬宇虽然不是第一次来余家,却是第一次见到余建国。他面带笑意地喊了声:"余叔好,我是小白,白敬宇。"

余建国看到这个举止得体、高大精神的小伙子,忙点头说:"你好,你看叔也没法起身,只能坐在床上跟你唠嗑了。"

白敬宇拉了张椅子,坐到了余建国的床边:"余叔您就别客气了,都是自己人。您是这十里八乡种棉花种得最好的,以后我和飞哥种棉花,还得请您给我们做种植指导。"

余建国看他语气真诚,对自己这个病人也没有流露出丝毫嫌弃的样子,心里对这个年轻人瞬间又多了几分好感。他笑着摆摆手:"我那些都是过时的东西,不敢瞎指导。"

"经验是在无数次实践中总结出来的宝贵东西,什么时候都不过时。就拿实际种植中判断虫害和草害来说,您肯定比我们强。"

余飞把水拿进来,听到白敬宇这么说,心下感激。再看向自家老爸,果然脸上的褶子都张开了不少。

一个家里的顶梁柱,最难过的事莫过于有一天成了家里的废物。自从躺在床上开始,余建国心里就布满阴霾。而在知道自己还"有用"的时候,余建国才打从心里高兴起来。本着为女儿撑腰的想法,也不谦虚了,说:"这话你可说对了。我种了几十年的棉花,这棉田里的虫害和草害我不说全见过,也见得八九不离十了。要是有需要我帮忙辨别的地方,我一定尽全力帮忙。"

"谢谢爸。"

"谢谢余叔。"白敬宇也道谢。

余建国有些不好意思了:"谢啥,还不知能不能帮上忙呢。对了,你们今天去二叔那儿谈得怎么样了?"

余飞把二叔免六百亩一年的事说出来,余建国不住点头:"好,太好了,你们可得好好谢谢人家。"

"知道了,爸。"

关系融洽了,话题就顺畅了。

"余叔,您种了多少年的棉花?"

"我爸种了三十多年了,是村里第一批种棉花的人。"余飞一脸自豪说。

"之前怎么就想到要种棉花呢?"白敬宇问。

回忆起以前,余建国两眼都眯了起来:"我记得八几年那会儿,村里人大多种的是玉米、小麦等农作物。除了自家留下口粮之外,剩余的都拿到集市上去卖了。但就算全家勒紧了肚子,粮食也卖不了多少钱。

"后来村里就来了农业技术人员,指导我们种棉花。当时村里人并不看好这个棉花,想要种的没多少人。我瞅着粮食也卖不了多少钱,就想试试,加上村委有任务要带头种,我就跟着二叔还有村主任几家一起带头种了头一波。

"虽然技术员很认真地教,但我们边学边种,掌握的技术还是不够熟练,试种的效果也不好,但没想到,第一年种出来的棉花,我那两亩地结出的籽棉就卖了接近两百块。当时的两百块可不得了,我那时就决定以后就种棉花,要知道如果光种玉米和小麦,是绝不可能赚得了那么多的。"

余建国回想起那些好年月,声音也高了起来:"从第二年起,我就把家里那五六亩地全都种上了棉花。村里人看到第一批种的人赚钱了,也都纷纷跟着种上了棉花。那时候最兴盛的时候,村里墙上粉刷的标语都是'要想发、种棉花',你就能想象当时种棉花的浪潮有多高。当时整个东山县棉花种植面积占据了总种植面积的80%以上。人无论走到哪里,放眼望去都是一片绿油油的棉田。到秋收季节,棉花加工企业的门前能排出二里地,棉农们交售棉花要排队等一天才能把棉花卖出去。多的时候,等个两三天卖不了都是常事。当然,在地里刨食就是靠天吃饭,这些年我也遇到过几次天灾,颗粒无收。每遇上一次,就有一波人离开农村出去打工,但我始终没有放弃种棉花。就算种棉花没太多收入,就算有风险,但这里就是我的根,我的家人在这里,我哪里都不去。"

余建国沉浸在往事里,脸上也满是笑意:"我种了这么多年棉花,可以说也经历了棉花种植各方面的变化。棉花让我们一大家子人吃饱穿暖,还让我把三个孩子拉扯大,我真的很感谢政府,感谢这些棉田。"说到动情处,余建国眼眶湿润。

余飞把水递给他:"爸,喝点水。"

看余爸说了这么多话,余飞一开始也有点担心他的身体顶不住,但看他越说精神越好,完全不见了往日病恹恹的样子,这才放下心来,由着他跟白敬宇聊了。

余建国难得遇到个对脾气还愿意听自己说话的年轻人,继续兴致高涨地跟白敬宇说:"棉花在那个时期,的确给我们家带来了不错的收益,但随着时代的发展,新形势的变迁,那时候的种植方式已经赶不上现在的市场变化了。现在的收入还是以前的收入,但成本已经不是那时候的成本了。棉农赚的钱都贴在成本上,剩不了几个钱,愿意种棉花的人当然也就越来越少。"

白敬宇点点头:"是这么个理。"

"就拿我们村来说,当年可是全村种棉的。你看现在,这两年也就稀稀拉拉的只有几户在种。村里那些棉农都放弃棉田,去城里务工了。为啥呀?还不是因为去城里打工赚得多。到外面打工的那些人,少的能赚个两三万,多的赚个四五万。而留下来种棉花的村民,棉花种植收入每亩不含人工,只在1000元左右。我们村里人还多,户均不足七亩地,我们家满打满算也就五六亩,种棉花的话,算下来户年均收入也就是几千块钱,这一年要比出去外出打工少赚好几万块钱;再说这种棉花也不是什么轻快活,都是出力,年轻人肯定愿意去大城市打工。"

余建国一脸无奈地感叹,他是从当年棉花种植辉煌的时代走过来的,对现在棉花种植的这种颓势感到可惜又无力。

"余叔您说的没错,时代发展了,政策和技术都要跟上,才能适应现在的发展。您看以前哪家的地就是哪家的,但现在政策也跟着改变了,村里的土地能流转了,这就比以前灵活多了。以后这种一家一户的小农时代也会逐步消失,取而代之的是有能力和有资金的人,将几百亩、几千亩甚至上万亩的田地租赁下来,把这些大面积、大规模的地做成家庭农场或是农业股份公司。只有大面积联合在一起的农田,才更有利于大型的农业机械的推广。就像我和余飞准备要合作的棉田农场,之所以要承包六百亩,是因为如果土地面积太小,我们连机器都开不进去。有了那些省时省力的机器,很多繁重的体力活就可以全用机器来代替。至于播种、打药、摘棉花等环节,机械化的程度也会越来越高。只有让农业智能化,我们的农业才能摆脱低下的生产力,迈向高产高效模式。只有种植模式的改变,才能减少人力成本和物资成本,增加收益,让农业重新焕发生机。"

白敬宇的这番话让余飞听得热血沸腾,也让坐在床上的余建国听得频频点头。

"咱的棉田里,真能全用机器来干活?"

"对,管理的人就是我和余飞,其余干活的都是机器。"

余飞忍不住插嘴道:"爸,我们从棉花播种、浇水施肥到采摘,每个环节都能机械化操作,尤其在棉花采摘环节,机械化操作提高了采摘效率,也节省了经济支出。以前人工采棉一亩地费用在600元到750元之间,白总说机械采棉费用大概是160元。此外,我们之前种棉花成熟期不一致,我们光是人工采棉就需要三遍,周期长达两三个月。而机械采棉一亩地仅需不到一个小时。六百亩也就六百个小时。"

余建国年轻的时候就听说国外的田都是机器来种的。没想到如今自家的农田有了这待遇。

"好,好。"余建国眼里都是对未来的憧憬,"看来现在要做农民,也要有知识、懂技术,才能成为你说的那个……"

"新农人。"余飞看老爸答不上来,笑着说道。

"没错,新农人。我们都要成为新农人。"

大家都笑起来,余家自从出事之后,已经很久没这么热闹了。

余建国跟白敬宇一见如故,死活拉着他在家里吃午饭,还让余飞出去买点好菜回来。余飞知道自己的厨艺有几斤几两,再说家里根本就没什么菜能拿上桌请客的。她赶紧提醒自家过于热情的父母:"白总下午还有事,他开车回县里还得一段时间。"

余建国久逢知己,依依不舍。白敬宇看向余飞:"下午的事其实也没那么急。"

余飞没想到他会这么说,只能硬着头皮说:"那我去买点菜回来。"

白敬宇知道余家的情况,也站了起来:"我跟你一起去吧,两个人一起快点儿。"

"好,那你俩去吧,一会儿我们吃饭再聊。"

余建国觉得自家女儿要跟人合作,当然要了解这个白总各方面的性格,多接触是必要的。他留人在家里吃饭,也是这个意思。

也不知是不是刚才听了太多那些嚼舌根的女人说两人在处对象,看着白敬宇和自家老二走在一起的背影,余妈竟然觉得越看越登对。她把水递给自家老头,压低声音急急说:"你说,咱家老二跟这白总,能不能真处成对象?要是这白总真成了咱家姑爷,那他是不是可以帮帮余强,让他早点出来?"

说到余强,余建国的心瞬间又沉了下去:"你看白总是缺对象的人吗?老二现在跟白总合作,你别瞎掺和。要是白总被咱家的破事整烦了不跟老二合作,咱一家就等着喝西北风吧。"

余妈瞪眼："我怎么就瞎掺和了？要是白总是咱家女婿，余强就是老板的大舅哥，白总帮余强那是天经地义。"

此时跟白敬宇走在村间小道上的余飞还有些蒙，她从原本不想让白敬宇进屋，到现在不得不跟着他一起去买菜，每一步都超出她的掌控范围。她一直是个有计划，并且每一步都按计划走的人；但自从遇到了白敬宇的云上科技，遇到了他本人，她的生活和规划，貌似就一直在变。

"想什么呢？"看她不出声，白敬宇问。

余飞回过神来："没什么。对了，你喜欢吃腊肉吗？"

村里没有超市，菜和肉是在固定时间才能去赶集买的，平日里想吃肉类，只有自家熏的腊肉，所以这类肉食，各家各户平日里都会多熏些备着。余家年前熏的肉，都被那群要债的跟着活的鸡鸭猪一起抢走了。现在家里空空如也的余飞，只能上文涛妈妈家去买点儿。文涛妈妈熏的腊肉，在村里是出了名地好吃。她想给白敬宇炒一道这里的特色菜干笋熏肉。

"都行。"白敬宇顿了顿，说，"之前你把我从水里救出来，我还没谢谢你和你家人，一会儿去买菜的钱我来出。"

余飞一怔："你之前不是说我故意摁喇叭，所以你才掉下去的吗？"

白敬宇当时不认识余飞，凭自己的意识做的判断，但这段日子接触下来后，他发现她似乎不是他想象中的那种人。所以他改变了想法，选择相信她的话："抱歉，我之前想当然了。"

余飞有些惊讶，这件事当时只有他们两人在场，过后她也并没有解释，他为什么会忽然改变了想法。"是什么让你觉得之前是想当然？"她问。

白敬宇想了想，认真说："可能是现在的想当然。"

没想到白敬宇竟然会一本正经跟她说冷笑话，余飞猝不及防，笑了："行，既然你这么说，那你买就你买。"

看她笑，他也笑了起来。这件事，在两人心里算是过去了。

余飞带着白敬宇一路走到文涛家那栋颇为显眼的三层小楼前。

文妈妈就在院里的小菜园里，边背着孙子边摘刚种好的黄瓜。看到余飞，高兴地朝她招手："飞哥今天怎么过来了？快进来坐会儿，吃根黄瓜解解渴。"

余飞进去，把文涛弟弟生的儿子从文妈妈的背上抱下来，文妈妈看向跟在余飞后面进来的白敬宇，笑眯眯道："哎哟，这位是？"

余飞赶紧介绍说："这是文涛介绍过来跟我合作种棉花的白总。白总，这是文涛的妈妈文婶。"

"文婶您好。我这次来东山县推广产品，涛哥帮了我不少忙。这次能跟飞哥合作，也是涛哥帮忙牵线搭桥的，真是太感谢他了。"

"这是他的工作，什么感谢不感谢的，都是他应该做的。"听人夸自己儿子，文妈妈心里高兴，顺手就给两人各递过去两根水嫩翠绿的黄瓜，"小伙子，你要留在这儿种棉花啊，这可不是一般人能干的活。"文妈妈看着细皮嫩肉的白敬宇，不太相信他这种城里人能遭这个罪。

"有机器帮忙，不会太累。"

文妈妈不明白他说机器帮忙不累的意思，余飞也没时间跟她解释了，笑着说："文婶，您家还有熏好的腊肉吗？我嘴馋了，跟您买一块。还有您养的鸡也肥，我也要一只。"

"哎，你跟涛子和陈双都是从小一起玩到大的，也是我从小看着长大的，说什么买，拿回去吃就行。"文妈知道余家的情况，也知道她买这些，十有八九是要款待这个白总。

文妈转身去拿挂在屋檐下的一块两斤多的腊肉，又从鸡窝里抓了只大肥公鸡，用塑料绳子捆好了脚放旁边；然后又去菜园子里掐了好几把最嫩的豆苗和几个大黄瓜、西红柿之类的，找个塑料袋全装进去，这才把这些东西一起拿了过来："都是婶子自己养的猪和鸡、自己种的菜，拿回去尝尝。"

"谢谢文婶。"余飞笑着接过来。

一旁的白敬宇赶忙把两百块塞给文妈，文妈死活不要，反手就把两人推出了院子："赶紧回去做饭吧，你爸妈该等急了。"

白敬宇肯定不能白拿人家东西，刚要再进去给钱，就被余飞拽住了："别去了，钱我已经给了。"

白敬宇怔了一下："什么时候给的？"她刚才一直在逗孩子玩，他是真没看她是什么时候给的。

"刚才你和文阿姨聊天的时候，我把两百块钱给孩子了，文婶现在应该已经看到了。"

"还是本地人了解行情。"白敬宇把钱塞给余飞，"给你。"

余飞不接："今天我们家请客。你要是想请，可以下次。"

旁边有村民路过，白敬宇不想因为这事在路上跟余飞推来推去，点头说："行，反正以后一起住，机会多的是。"

余飞还是觉得让他住进家里不妥："这个再说吧。"

二十分钟后，余飞拿着腊肉，白敬宇拿着鸡回到了余家。余飞看到家里的桌椅板凳都归置整齐了，地也好像干净了些，知道这肯定是她妈刚才看他们走了，赶紧收拾的。

余妈看两人进屋，赶紧招呼白敬宇坐，自己接过菜，要跟余飞一起进厨房做饭。

"妈，您出去吧，我自己就行。"她妈眼睛不太好，厨房里又是刀又是火的，她可不想她妈有什么磕磕碰碰的。

白敬宇从来就不是坐着等人伺候的人，看这么多菜，又是余飞自己干，他把袖子撸到胳膊上，往厨房这边走来："我来帮你，两个人一起做快些。"

余妈用手拐了拐自家老头，朝两人努了努嘴："我怎么觉得这两人有戏呢？"

余爸懒得搭理自家婆娘："别瞎说，去地里拔些萝卜和葱姜蒜，给他们准备些作料。"

厨房里，余飞也觉得白敬宇这样的老板进厨房就是捣乱，但人家已经进来了，她只能把黄瓜、萝卜这些简单的东西拿给他洗洗。

"要不然我帮你抓鸡脚和鸡翅膀吧。"白敬宇洗完配菜，看余飞要自己杀鸡。

"不用，你躲远些，小心别溅你一身。"

白敬宇不知道什么东西会溅他一身，但还是听劝地后退了一步。

下一秒就看到余飞一手抓起被绑了脚的公鸡的两只大翅膀，一手拿起菜刀，地上还放了只碗。她在鸡脖子上飞速一抹，血顺着脖子流下来落到地上的碗里。公鸡疼得翅膀和脚一起奋力挣扎。余飞把刀丢在一旁，一手抓着几乎要挣脱绳子的鸡爪，一手用尽全力摁住鸡翅膀。拼死挣扎的鸡，把自己的血和屎甩得到处都是。白敬宇终于明白余飞刚才为什么让他躲远些了。

半分钟后，公鸡在余飞的钳制下，慢慢没了动静。余飞手一抬，鸡扔进了刚烧好的一锅热水里，三两下就把鸡毛给扒光了。随后再转头，把地上接的半碗鸡血端起来，准备一会儿炖鸡汤的时候放进去。

看到余飞干活，白敬宇才知道什么叫干净利落。站在一旁的他，觉得自己站在这里都有些多余。

"那个……我去把熏腊肉洗洗。"白敬宇不知道自己还能干些什么,只能自己找活干。

"好。"余飞说完,手起刀落,刚拔完毛的大公鸡在"咔咔"声中,就成了盘里码好的一块块肉。

白敬宇把洗好的熏肉放在碟子里,暗道看她收拾菜的架势,厨艺应该也是不错的。没想到下一秒,他就看到余飞直接把整盘鸡肉连头带屁股全都扔进了连油都没放的锅里。

白敬宇惊了,这柴火锅的火这么猛,没放任何油和葱姜蒜,直接下鸡,鸡皮和鸡肉瞬间就能炒糊了。他不能直接问她到底会不会做菜,只能提醒道:"你还没放油。"

余飞边添柴边说:"我看这只鸡挺肥的,它一会儿应该会自己出油,所以就没加。对了,你有没有什么忌口的?"

呵呵,白敬宇心说自己还是看走眼了,这就是个黑暗料理厨子。想到这一大桌的菜都有可能没法下咽,白敬宇站出来:"那个,我口味的确有些刁,要不我来做吧?"

"你会做?"余飞有些意外,在她的意识里,像白敬宇这样的总裁跟厨房都不沾边。

"会做简单的菜。"白敬宇说完,直接从余飞手里拿下了锅铲,然后迅速把锅里的鸡屁股和鸡头给捞了出来,"头尾含有的毒素比较多,不吃好些。"

"哦,好。"余飞对做菜天生少根筋,所以刚才也没想这么多,一股脑儿都倒了下去。

白敬宇之前一直都是自己住,做饭成了必备技能,炒几个好菜根本不在话下。工作不忙的时候,他还挺喜欢煮菜的,因为在热气腾腾的烟火气里,一个人的家里也显得没这么冷清了。余飞的确对做菜没什么信心,真怕把这些菜都搞砸了,也就没再跟他抢,由他做了。

白敬宇往锅里倒了油,锅太热了,油噼里啪啦往外跳。他怕肉糊了,一手拿着锅铲,一手颠着锅,上下翻腾,一副大厨风范。

余飞怕油溅到白敬宇身上,看他腾不出手来,也没考虑太多,直接把身上的围裙解下来,径直从他身后把围裙环过去给他穿上。虽然她的手没有碰到他身上,但她双手拿着围裙从身后环着他时,白敬宇还是脊背一僵,炒菜的动作都停滞了:"你在干什么?"

"给你系围裙。"余飞说得理所当然,她压根就没朝别的地方想,系完就去切萝卜了,但白敬宇的耳根却慢慢红了。好在火光映着,倒也看不出来。

再炒后面的菜时,白敬宇做得有些心不在焉,余光总是若有似无地看向在厨房里一刻不停忙着的余飞。

半个多小时后,余飞吃惊地盯着桌上一大盆红焖鸡,一盘笋干熏肉,一碟素三鲜,一道拍黄瓜外加一锅豆苗鸡汤。满满当当一大桌,色香味俱全,一点儿不比饭店做得差。余飞再看向优雅摘下围裙的白大厨:"这就是你说的简单的菜?你这简单的门槛也太高了吧!"

白敬宇扯了扯嘴角:"水平一般,全靠同行衬托。"

余飞已经有些习惯他的幽默了,不好意思地笑起来。她原本是想让他打打下手的,没想到她才是打下手的那个。

"尝尝。"白敬宇说。

"不了,我手还没洗。"虽然香味诱人,但余飞在他这个客人面前,还是极力控制着肚中的馋虫,找了个借口。

没想到白敬宇伸手拿起一只小鸡腿递到她嘴边:"试试咸淡。"

余飞本想拒绝,但不知怎的,嘴巴却自己张开了。她脸上有些窘,白敬宇忍着笑意,示意她快吃。余飞抬手想要把鸡腿接过来,没想到白敬宇手闪了一下:"你手脏,就这么吃吧。"

这一刻,余飞有种搬起石头砸自己脚的感觉,只能尴尬地张嘴咬了一口他手里的鸡腿。

肉进嘴里,她眼睛瞬间就亮了起来,余飞是被这味道惊艳到了,发自内心地说:"真好吃,你这手艺都能开店了。"东西好吃,余飞也不觉得这么吃有什么尴尬的了,最后一口还差点把白敬宇的手指给咬到。

白敬宇看着她舔着嘴唇,意犹未尽的样子,笑容扩大:"我要是以后住这里,可以经常做饭。"

之前还一直不同意他住这的余飞,这次终于点头了:"一言为定。"

白敬宇笑道:"等流转合同办好,我就搬过来。"

为了方便余建国吃饭,白敬宇和余飞把饭桌端到了主卧。

余家老两口看到这桌子菜都惊了:"这,这是老二做的?"老两口以为老二忽然厨艺开窍了。

当知道是白敬宇做的,余家老两口简直惊掉下巴:村里都是女人做饭,没想到城里竟然是男人做饭?这段时间老两口一直吃余飞做的菜,如今吃到白敬宇做的菜,觉得这就是人间美味。连平日里没什么食欲的余建国都多吃了一碗。

吃完饭,余飞送白敬宇出门。白敬宇长腿跨到车上,转头跟她说:"我明天早上跟文涛一起过来陪你签合同。"

"不用了吧,文涛过来就可以了。"余飞觉得签个合同而已,他就不用再跟着跑一趟了。

"我明天要过来打扫杂物房,春耕快到了,要提前准备。"

"那,好吧。"看他坚持,余飞也就随他了。

"对了,说到提前准备,我觉得网络是必不可少的。我之前去电信问过,他们说成本太高,不愿意在这儿给我单拉网线。但现在我们的情况不一样了,我们做棉花农场的事文涛跟他的领导汇报了,所以我打算请文涛帮忙,让县里领导疏通一下,给我们开开绿灯。只有拉上网线了,我们后续的工作才能顺利开展。"

白敬宇笑笑:"跟我想一块儿去了。我来之前已经去找了文涛帮忙,加上海城那边公司和媒体朋友的帮忙,电信那边已经答应了。他们会在播种之前帮我们通上网。"

余飞没想到他动作这么快,满脸欣喜:"播种之前真能拉上?"

"当然。"

他说得轻描淡写,但余飞知道,要是没有他的关系,她自己想要拉一条网线是多难的事。即便有文涛帮忙,也未必就能成。

"走了。"白敬宇动作帅气地把头盔戴上。

"好。"

他发动车子,看着后视镜里的人越来越小,直到看不见才移开视线。

站在原地的余飞看着那抹绿色的身影,庆幸自己跟他合作是找对人了。有了这么强的队友,她也不能拖后腿,她得好好去补补现如今比较前沿的农业知识。

第十七章 分歧

第二天白敬宇和文涛一大早就过来了，跟余飞一起在村委会办公室见证了签订土地流转合同的过程。完成了这些事，种棉花的事总算是落地了。后续的工作和计划也可以开始进行了。

文涛赶回县里，白敬宇则跟着余飞回家收拾杂物房。

邻居月英婶子看余飞又领着白敬宇回家了，眼睛不停在两人间瞟。等两人进了余家院子，她转头跟一起掰玉米的几个女人说："听说了吗？这海城来的小伙要跟飞哥一起在这种棉花，包了咱村六百亩地哩。"

"可不是，我家的地也租给他们了。"一个女人笑嘻嘻道，"俺家就婆婆和孩子在家，男人们都出去打工了，地一年年空着也是空着，租给飞哥还能收点儿租金，过年过节也能给俺家娃娃买点好东西。"

"甭想好事了，种棉花要是能赚钱，你家男人还用出去打工？就怕到时候飞哥种了你的地，租金给不给得出还得另说。"另一个没租出去地的女人泼冷水。

女人从鼻腔里哼了一声："我管她种棉花能不能赚钱，反正二叔是打包票了。说是飞哥没钱，那海城来的老板有钱。瞎不了。"

余飞租的棉田是二叔和村委帮余飞从大半个村子的农户手里租过来的。那些出租田地的人虽然不相信余飞真能种出什么赚钱的棉花，但合同签了，那以后每年就能多一笔租金，农户自然是高兴的。没租出去的那些农户心里眼热，都等着看余飞种不下去，好让等着收租子的农户白高兴一场。总之，余飞跟海城来的傻老板在村里包地种棉花的事，一夜之间就传遍了全村。

此时大伙眼中的傻老板白敬宇正在余家跟余爸、余妈打招呼。

下不来床的余爸热情地跟白敬宇说："昨天小飞回来跟我们说你要住这儿，我们都不相信。她昨天自己一个人把那间屋子给腾出来了，这里赶不上海城，委屈你了。"

余妈倒了杯水递给白敬宇："一会儿去看看房间，需要什么就跟小飞说。"

"谢谢余婶，我现在过去看看吧。"

走出堂屋，白敬宇站在院里收拾得窗明几净的温暖小屋前。虽然里面没有值钱的东西，全是老旧的桌椅板凳，但整个屋里都被收拾得干净熨帖，桌上还铺上了一块小碎花的桌布，用个玻璃杯子插上了一捧路边的野花，很有生活气息。"这都是你一个人弄的？"他记得这间房原来的样子，能收拾成这样，肯定费老大劲儿了。

余飞点头，怕他嫌弃有怪味，解释说："我已经通风了一天一夜，里面没味道了。"

他知道她是个收拾家的好手，那天他进厨房就看出来了，整个厨房收拾得井井有条，灶台上都擦得不见油星。无论是窗台边挂着的一串风干了的红辣椒，还是看似随意插在厨房空置的土罐子里的连果带枝折下来的柿子，都让这个简陋的家里充满努力生活的气息。"挺好的。"白敬宇抬脚走进去。

余飞站在门外："乡下就这条件，你这几个月凑合一下。"

白敬宇环顾四周，简单是简单了点，但胜在感觉和简洁干净。再说他是来种棉花的，又不是来旅游的。这间房子，他觉得不错。

从屋里出来的白敬宇给她发了条转账信息："这是半年的租金跟伙食费，你先拿着。"

一个月四千，半年就是两万四，余飞看着微信上的金额有些呆。她没想到自己这间小破房，竟然也能租到这么高的价。

看她一直盯着手机看，白敬宇有些好笑："数字不对？"

余飞有些不好意思："没有，我带你熟悉一下环境吧。"虽然白敬宇来过，但该介绍的还是要说一下。

"厕所在院里那头，跟洗澡房连着。家里现在通了沼气，洗热水澡也挺方便的。"

"是吗，你们自己修了沼气池？"白敬宇看向院子对面角落那两间房。他之前听严志高说村里没热水洗澡，他还做好了自己烧热水一桶桶提到厕所洗的准备，没想到这里还有沼气池。

余飞解释说："不是自己修的，是县领导派沼气技术人员来帮助各家各户修建的。有了这个，我们用热水、用电都方便多了。每天投入相当于4头猪的粪便发酵原料，所产的沼气就能解决我们一家的点灯、做饭的燃料问题。要是没有这个，我们冬天可就遭老多罪了。"

余飞想到以前没沼气，用点热水都要烧蜂窝煤，村里的人一两个星期才洗一次澡的日子，简直不是一般的难熬。

"看来我还赶上好时候了。"白敬宇说。

余飞笑："还真是。这几年扶贫助农政策越来越好，乡下的日子也比以前好多了。那个，你也饿了吧，我去给你做点儿吃的。"收了人家的钱，当然要把该做的工作做好。

余飞把手洗干净，要去厨房，白敬宇跟进去："我帮你吧。"

"不用，今天因为去签合同，我还没时间去准备食材，我们就吃简单点儿，你的住宿和伙食就从明天开始算起吧。"

此时已是中午，余飞怕余爸余妈饿了，快速做了几碗野菜鸡蛋疙瘩汤，又把早上蒸好的素馅包子热了热，这才一起端了出去。

白敬宇看着桌面上摆在他面前的一碗红黄色的面糊糊，犹豫了几秒。

"这是野菜疙瘩汤，你先凑合着吃点儿，下午我出去买点菜。"余飞一脸抱歉地说。没办法，巧妇难为无米之炊，况且她还不是巧妇。

"快吃吧。"旁边余建国笑眯眯说着，自己喝了一口。

白敬宇一向不喜欢吃这种糊状的东西，他伸手拿了一个热气腾腾的包子，咬了一口。下一秒，一股混合了葱臭和萝卜臭的味道直冲白敬宇的口腔和鼻腔，顶得他差点翻白眼。

白敬宇蒙了半秒，下意识想要把嘴里的东西吐出来，但多年的礼数教养让他愣是没法在吃得坦然的余家人面前直接吐出来。他用尽最大的努力，才把嘴里那一口"食物"咽下去。

白敬宇把手边一杯水全喝了进去，也去不了嘴里那股浓烈的萝卜和葱在包子里被蒸出水的混合腥臭味道，他有点抓狂，此时非常想要吃点什么进去压一压。

一旁的余建国看到白敬宇这样，轻车熟路地给他递了颗生蒜："小白你是不是吃不惯这个包子的味道？很多人第一次吃小飞做的东西都这样，你试着嚼着蒜一起吃，能缓缓。"

白敬宇看着那头同样味道浓烈的蒜，心说这是传说中的以毒攻毒？他接过余爸递来的蒜，生平第一次生嚼了大蒜。还别说，人民群众在恶劣环境中练出来的生活智慧的确不容小觑，这一头蒜吃进去，新鲜浓烈的蒜味立马就压住了嘴里原先那股子恶臭。可为什么他的感觉还是没有好一些？

余飞看向随时要吐的白敬宇，不好意思道："那个……抱歉啊，我做饭水平实在一般。"

白敬宇心里苦：这哪是一般啊？简直是要命啊。

看他一脸难受，余飞又去把白敬宇杯子里的水给倒满了："漱漱口。"

白敬宇一口气又喝了半杯，然后看着包子，一脸后怕："抱歉啊，这个我实在吃不惯。"

一旁的余建国忙说："没事没事，吃不惯你就喝点儿汤吧。"

有了包子在前，白敬宇对汤也不抱希望了。余飞的手艺已经超出了他的认知，对于这个野菜汤，他做好了最坏的心理准备，舀了一勺放进嘴里，打算用最快速度把嘴里的东西咽下去。两秒之后才回过味来……唔，好像，味道还行。尤其是里面的野菜，让他想起了小时候外婆给他做的野菜蛋花汤。白敬宇又吃了一口，因为有了之前那包子的衬托，这碗糊糊不但让他觉得没那么难以下咽，还有那么一丢丢别具风味。不知不觉，一碗喝完了。

"还喝吗？"余飞没想到他能喝完，试探问道。

白敬宇连忙摇头："不喝了。"

余爸笑着问两人："现在地也租下来了，你们打算种哪个品种的棉花确定了吗？"

"长绒棉。"

"细绒棉。"

余飞和白敬宇一起开口，然后又转头看向了对方。

"你们之前没商量好？"余建国诧异。

"现在商量。"白敬宇看向余飞："你先说吧。"

余飞放下碗筷："长绒棉与其他棉的不同好比羊绒与羊毛的天壤之别。长绒棉原产南美，后传到北美东南沿海岛屿，故又名海岛棉。长绒棉是开发生产精、细、薄高档新型纺织品的原料，其自身内在品质好，市场价格是普通细绒棉的1.6倍以上，主要用来纺高支纱，产品附加值高。我知道我们这里之前一直是种细绒棉的，我这段时间都在查资料，现在国内长绒棉每年的产能仅为7万吨，而国内每年对长绒棉的需求在15万吨以上，且有逐年增长之势。要是我们种长绒棉，肯定能卖上高价。"

白敬宇摇头："我知道你的意思，但这里并不适合种植长绒棉。长绒棉喜温喜光，夏季需要干燥少雨，日照时间更需要极长。我国现在唯一适合种植长绒棉的地区只有新疆，那边的有效积温比这里高得多。这里的平均气温虽然比新疆高,但空气湿度大,阴雨天多,日照时间也比新疆短。如果种了长绒棉,效果不会如你所愿。"

余飞对他的推断并不完全认可:"你说的这些我知道。我这两天一直在关注网上的农业信息,看到新疆那边已经杂交出了可以在别的地区种植的长绒棉的种子型号。这个新的长绒棉品系对阳光温度和气候要求没这么苛刻,完全有可能在我们这儿的早熟棉区种植。"

白敬宇看她如此坚持,微微皱眉:"你是在想当然?"

"当然不是。这个新品种是从国外引进优良长绒棉品种和育种资源,与国内品种配置杂交组合,通过筛选、改良和南繁北育,终于选育出适应范围广、产量高、经济效益显著的长绒棉新品系。人家那是做过无数次试验才得出的结论,可不是顺便瞎说的。既然我们要创新,要做智能农业,为什么不从源头种子这里就选择更好、效益更高的品种?"余飞说。

"杂交出的新品也只是说有可能,并没有确定在别的地区种植一定能种出跟新疆一样的长绒棉。要是失败了,我们后续所做的一切都白费了。那还不如从一开始就种植我们熟悉的细绒棉。具体种植的种子型号我推荐LM5号,它具有高产、稳产、抗逆性强、适应性广的优良特性,在全国曾累计种植过亿亩,创直接经济效益超过六十亿元,荣获国家发明一等奖。种植这个品种是我们目前最稳妥的选择。"

余飞反驳道:"我们要的不是稳妥,是最优。LM5我们这里以前也没种过,你都可以尝试种它,为什么不可以尝试种长绒棉?"

"最优代表的不止是收入上的,还有作物和环境的匹配度、后续管理上的最优。"

余建国没想到刚才随口问的一句话,引来两人这么大的分歧和争执。他看了看坐旁边的女儿,又看了看坐在对面的白敬宇。心说两人刚合作就开始意见不统一,这可别第一天就有了心结。他开口说和:"种什么型号的棉的确是种棉的第一个大事。小飞啊,我觉得白总说得没错,我们村里一直种的都是细绒棉,要是忽然改别的品种,怕是水土不服啊。"

余飞并没退让:"可我们之前种的都是零号山棉,从来没种过LM5号。如果真有风险,那种LM5号一样也会有风险。爸,您不知道现在国内长绒棉有多抢手。网上说在新疆地区已买不到长绒棉了,一是很多轧花厂停止报价,只存不售;二是加紧向内地移库。各市场主体也竞相追逐,让原本价格就高的长绒棉又涨了不少价位，就这还一棉难求。"

白敬宇耐心解释："虽然这里没种过LM5号，但LM5号和零号山棉都是细绒棉，品种相同对环境的要求就差不了多少。而近两年刚推出市场的LM5号的表现力比零号山棉更好，且LM5号又具有高产和抗病抗虫能力，对我们来说是最好的选择。"

"那是你觉得最好。"余飞言下之意就是她并不觉得好。

白敬宇之前只是跟余飞商量了种植的大概流程，他想当然地认为她对他选择的棉花品种不会有异议，所以给她的计划书里也没特意提到品种的问题。没想到这一谈到细节才发现意见不同。

余飞拿出手机，点进QQ群，跟白敬宇说："我在网上加入了一个种棉群，那些种植长绒棉的人，连补贴都比别的棉要补贴得多。大户都尝到了甜头，近期天气转暖，那些棉农已经开始购买棉种、农资等，准备开始播种。现在很多地方都在尝试种植长绒棉，而原来就种植长绒棉的地方，种植面积会比之前增加10%左右。我们之前没种过，不代表种不了，更不代表种不好，没做过的事，不试试怎么知道？"

看余飞据理力争，白敬宇依旧态度淡然而坚决地反对："第一，长绒棉对于生育期要求实在太长，经常会在141~176天。毕竟要长那么长的绒，时间上就会比一般棉的种植期更长。第二，这边一直是细绒棉产区，扎花车不会单独给你起垛子，以后就算要卖，也比较麻烦。第三，补贴比较麻烦，虽然说长绒棉补贴要多一点，但是整体上来说，只有南疆种植的长绒棉质量是最好的，只默认南疆的补贴，其他地方的长绒棉补贴相对难度较大。第四，种植技术暂时没有配套。就目前来说，很多经验都是细绒棉的技术，在长绒棉上，还是需要验证。而产量上起步就比较困难。"

余飞沉默几秒："你如果实在担心，我们的种植区可以种植一部分长绒棉，一部分细绒棉。这样既可以保底，也可以最大程度上获利。"

"想得很好，但事实并非如此。一般来说，轧花厂主要看均匀程度，你一个长一个短，还不如不要。我说这么多，当然不是排斥长绒棉的种植。对于很多科研机构，种植长绒棉的尝试完全是可以的，但是对于像我们这样的创业型农户，最好还是等到时机成熟再去种植和尝试比较妥当。"

"这只是你的判断，并不能证明就一定是对的。"

"你可以怀疑我的对这里不能种长绒棉的判断，但你也是了解金融市场的。长绒棉走了这么久的上行之路,再往后,或许就开始下行。加上业内盲目追高也增加了长绒棉种植的风险。细绒棉虽然单价没这么高,但我们有经验,有机械,能保证产量。这是擎翼科技的第一次实地种植,我不能接受这个高额风险。"

余飞沉默,但并没表态。

看两人谁也说服不了谁,余建国一脑门汗,招呼两人说:"别急别急,现在还不到播种的时候,咱们可以慢慢再讨论。先把疙瘩汤喝完,不然都凉了。"

余飞看出老爸自责,她不想让她爸为难,不再说话,低下头闷声喝完碗里的最后几口。不说话不代表心里没意见,余飞觉得白敬宇太过谨慎了,要是长绒棉风险这么大,为什么那些人还一股脑地加种?明显是尝到了甜头才加的嘛。现在既然有这个机会,为什么不试试?

白敬宇也不吭声,他能理解余飞想要追求更高经济利益的心情,也知道如果他用擎翼科技的产品,在东山县把长绒棉种植成功了,那效果肯定比种植细绒棉更轰动。但他是个凡事都要讲求合理性的人,这件事现有的条件有太多的不确定性,他不能用微弱的可能性去赌一年的收成;况且他现在出来创业,背后还有一群愿意跟着他从头再来的同事,所以他做任何决定之前,就不能只考虑自己。他得找一个成功率最大、最稳妥的方式去种这一季棉花。余飞就算再怎么想种长绒棉,他也会说服她种细绒棉。

白敬宇刚把碗里的疙瘩汤喝完,就听到外面院子门被推开,一道清脆的女音传进来:"爸,姐,我回来了。"

随后就是严志高的声音传了进来:"白总,家具拉来了。"

余飞打开院门,发现领着严志高和一个搬运工人进来的人竟然是余美,她眉头不由皱了起来:"你怎么回来了?"县一中是住宿高中,很多学生都是一学期才回家一趟,离得近的也是一两个月才回家一趟,余美刚去学校才没多长时间,现在回来,让余飞以为她是不是又有了退学的想法。

余美嬉皮笑脸:"我想你了呗。"

余飞信她才怪,跟严志高打了招呼,转头就沉下来跟她说:"一会儿再好好跟你说。"

余美转身跑到白敬宇旁边,一脸惊喜道:"严老师说你要跟我姐一起在村里种棉花,以后还住在我们家,我还不信,没想到是真的。白大哥,欢迎你来我们家。"

白敬宇笑笑:"谢谢。你们聊,我先去搬东西。"

余美也脚底抹油:"姐,我先去看爸妈了。"

余飞只能先帮着白敬宇他们把家具卸下来,等晚上再好好问余美。

白敬宇只买了一张单人床和一张书桌,剩下的就是他的行李箱和电脑。严志高却给他装了满满一货车:他把他妈寄来的一大半各种日用品和食物都搬过来了,同时那辆川崎也给带了过来,说是方便白敬宇在这里骑着去看棉田。

等家具安装好,严志高看着白敬宇那间颇有些格调的小屋有些酸:"没想到啊,比我那儿还强点。"

"那是,飞哥弄的。"白敬宇话里竟然带着点儿小得意。

严志高看着收拾整洁的屋子:"等放暑假,我也过来住两天。"

"暑假你不回海城?"白敬宇知道严妈妈天天盼着儿子回去的,暑假严志高再不回去,估计他妈能亲自过来押他。

"这不是有家不敢回嘛?"想到回去每天就是被亲妈带去各种相亲局,严志高就心累。

"随你。"白敬宇说。

余飞端了茶过来,看到严志高要走,知道他要赶回学校,就跟白敬宇一起把人送到了门口。

严志高看了白敬宇一眼,转头跟余飞说:"飞哥,敬宇是我多年的好友和兄弟。他这人虽然脑子聪明,但生活习惯不好,从小就邋遢,衣服不会洗,床单也不会换,麻烦你多照顾了。"

看严志高一副把傻儿子托付出去的表情,白敬宇就知道他没憋好屁。要不是余飞在这儿,他现在就朝他屁股上踹两脚。

两人送走严志高,刚回到屋里,就听到传来余爸的声音:"胡闹,我不同意!"

余美的声音带着哭腔:"爸,我喜欢唱歌,再说这也是我唯一能考上大学的路了。您要不给我去学音乐,那我现在也趁早别念了,反正我也考不上!"

"你,你……"随后传来余爸一阵剧烈的咳嗽声。

余飞顾不上白敬宇,大跨步走进堂屋,朝她爸的房间跑去。

推开门,余飞就看到余美站在离床头稍远些的地方,一脸倔强。余妈则坐在床边给余爸顺气,边让余美少说两句。余飞瞪了余美一眼,给余爸拿来一杯水:"爸,喝点水。"

余美看余飞进来,忙过去拉住余妈:"妈,您不是想我考上大学吗?你帮我说句话啊。"

"唱歌真能上大学?"余妈半信半疑,她一直希望余美能像余飞一样考到海城,但余美的成绩根本比不上余飞,考海城几乎是不可能的。要是唱个歌就能去海城上大学,那敢情好。

"雪娇说了,只要能考上就能上。"余美一脸肯定。

余美前两天在QQ上跟雪娇聊天,才知道雪娇要去考音乐系,也才知道有艺考这件事。

余美从小就喜欢唱歌,以前在学校每次文艺汇演都有她的一首独唱,不止一位音乐老师说过她的声线好,她自己也觉得很多别人很难唱上去的音,她轻轻松松就唱上去了。

如果真像雪娇说的,唱歌就能上大学,那对余美来说就是老天爷给她和给徐华考到一个城市的机会。徐华一直想要考海大。余美很清楚,以她自己的成绩,别说海大,就连想要考到海城都是不可能的。所以她才想通过唱歌去考海城音乐学院。她已经打听过了,海城音乐学院离海大就只有五站公车的距离。

余飞眉头皱起,她听说过这个雪娇,小姑娘以前也是西贝村的,跟余美关系挺好的。后来小姑娘父母都出去海城打工了,也就把她接去了海城上学。雪娇走后,余美就一直念叨着一定要去海城找雪娇。

至于艺考,余飞觉得余美纯粹就是头脑发热。她现在已经高二下学期了,艺考的学生高三上学期就得考。都说台上一分钟,台下十年功,余美想用半学期突击胜过别人的十年,谈何容易?

余飞对余美转艺考的事并不认同,她相信优秀是靠十几年如一日踏踏实实的努力;再说余美没系统学过声乐知识,也没有老师教过她任何技巧,她跟那些从小就目标明确且一直在上专业课的艺考学生去同台竞技,根本就没有任何胜算。

可余美不知在哪儿被洗脑了,说天赋不是靠学来的,很多有名的歌唱家甚至连音乐学院都没上过,也照样唱出名堂。总之一句话,就是铁了心要去学唱歌,要考音乐学院。

余建国坚决不同意："就算你能考上，那些个音乐美术是一般人能学的吗？先不说学费多贵，你就算考上了，以后出来干什么？到处去卖唱吗？你要考就好好学个正经专业，别整这些没用的。"

余美恼了："什么是有用的什么是没用的？我姐就是学的正经专业，现在有什么用，还不是回家种棉花？还比不上到处卖唱的。"

在屋里收拾东西的白敬宇听到余美的话，眉头皱了起来。

余飞冷着脸看向余美："种棉花怎么了？你长这么大，吃的、穿的、用的都是爸种棉花供出来的，你有什么资格看不起种棉花的？"

余美一脸委屈，边擦眼泪边喊："是只有我看不起种棉花的吗？所有人都看不起种棉花的。种棉花要真这么好，村里人怎么都不种了？我以后就算去卖唱，也不留在家里种棉花。"

余建国瞬间被气到说不出话，指着余美："你要还想好好念书就回学校，你要敢去考什么唱歌，看我不把你的腿打断。"

余妈也劝女儿道："你就听你爸的话，好好回学校上学，别想些有的没的。"

看全家没人赞成她去学音乐，余美气得一跺脚，哭着跑回自己房间了。余妈不放心，追到了余美屋里。余美趴在床上呜呜哭，余妈坐在床边数落道："你这孩子怎么想一出是一出，雪娇说让你去唱歌你就去，你这么多年的学都上狗肚子里了？说话做事怎么一点儿不过脑子，看把你爸气的，咱家现在什么情况你不知道啊？"

余美号得更大声。

"哎哟你小点声，白总现在住我们家，别让人笑话。"

"笑话笑话，你就怕人笑话。我要是考不上，以后留在家里种棉花，到时候全村人都要笑话我，笑话我们全家。"

余美哭得梨花带雨："我们学校现在都传遍了，说我姐给一中抹黑，说她在外面混不下去了所以才跑回来种棉花。妈，我不想跟姐一样，一辈子留在村里种棉花。我想去海城，我不要留在这里。你帮我去劝劝爸好不好？"

余妈不知道这个闺女又犯什么驴，在学校上学上得好好的，被人一撺掇就回家闹。她用手指戳余美的头："你这死孩子，你爸都说了，读那个什么音乐学院贵得很，咱家哪有这个钱让你去念？你老老实实学好文化课，到时考个三本或是大专，出来再去海城赚钱，别想些有的没的。"

余妈这话把余美彻底惹恼了，她考个大专去海城能找到什么好工作？到时候徐华一个海大毕业的，更不可能看上她一个大专生了。余美越想越气，脑子一热就朝着自己妈就嚷道："没钱没钱，你把家里的钱全都留给哥了，又要给他盖房子，又要给他娶媳妇。现在他自己犯了事跑了，还得我们一家人帮他收拾烂摊子。你想过我和二姐吗？你让我毕业去海城找工作就为了让我跟二姐一样，赚了钱再寄回来给我哥吧？我告诉你，不可能！我姐愿意听你的那是她傻，我才不会像她一样，把所有钱都寄回家。你和我爸就是重男轻女，你们眼里只有我哥，我和二姐都是你们用来吸血的。既然你只关心他，那你就别管我，让我退学，反正迟早都要去海城找工作，我现在就去！"

话音刚落，就听"啪"的一声，余美脸上多了个五指印。余美一脸错愕："你打我？"

余美是家里最小的孩子，她妈本就更疼她些，虽然比不上余强的地位，但家里的活余妈也是不舍得让她多干的，长大后更是没动过她一根手指头。余美哭喊道："我哪句说错了？你们就是这么做的，还不让我说吗？"她说完哭着推开房门，朝院子外跑了出去。

房里的余妈听余美说了一堆胡话，又听她说要退学。她怕老头子听到犯病，心里一着急，手就打了上去。没想到余美反应这么大，说跑就跑了。"小美。"余妈在屋里着急大喊，刚想追出去就被绊倒摔在地上。

白敬宇听到外面动静不对，抬脚追了出去。余飞从余爸的房里跑出来："妈，您怎么样了？"

"小美跑了，快，快去把她找回来。"余妈手颤巍巍地指着门口。

余飞把余妈扶起来："您别着急，我这就出去找她。"

余建国在床上气得直骂："看看你生的这两个玩意儿，就没个省心的！"

"老二倒是省心了，你生得出来吗？"余妈吼了老头一句，恨恨道，"小美想唱歌考大学你就让她考不就完了，她就这么跑出去了，要是有个三长两短，我跟你没完！"

"你说得轻巧，我们哪去弄钱给她学那玩意？"

"老二现在不是要种棉花吗，种棉花赚了钱不能供她妹上学？"

"放屁，余美是小飞的孩子？凭什么小飞要供余美去上这么贵的学？她上学时咱没掏一分钱，她还每年都寄钱回来给我们，你咋这么不知足哩？"余建国骂道。

"那谁让她有本事呢？"

余建国不想再惯自家老婆子的毛病："刚才余美说什么你没听见吗？"余美刚才嚷嚷得这么大声，余建国和余飞在这屋都听见了。想起余飞当时的表情，他气得指着老婆子说："老二有本事就活该被我们吸血？先不说她种这棉花能不能赚到钱，就算能赚到，我们也不能再打她钱的主意。余美是咱生的，咱自己的亲闺女都做不到像老二这样孝顺我们，你还有啥脸天天去问老二拿钱？"

"我，我这不是担心余美上不了学养不活自己嘛。"余妈越说越小声。刚才听到余美说出那番话，她心里也是气得慌。家里没亏待过她，没想到她却成了白眼狼。

"你啊你。"余建国气得捶着自己的腿，"你那个好儿子把我害成这样。人小飞本可以自己一走了之，但她没走，还包这么多地，冒这么大风险。那孩子图什么，就是为了带我去海城做手术啊。"余建国说着红了眼眶："要是没有她，就靠咱生的那俩玩意儿，咱死了都没人知道。"

这话余妈没反驳，回想起之前自己对余飞的种种，她心里第一次涌起了愧疚。

余建国一阵猛咳后，指着老婆子："以后这个家就由老二来当，她说什么就是什么。谁也不准跟她作对，不然就给我滚出去。"

第十八章　说服

此时白敬宇跟着余美，一直跑到了棉田边上。余美蹲下身子呜呜哭起来，白敬宇没再过去，跟她隔着四五米的距离。

跑了这么一大段路，余美也累得够呛，哭了一会儿就没劲了，尤其是她发现白敬宇竟然在那边自顾自地开始查看棉田的土质情况，丝毫没有要过来安慰她的意思。她有些发蒙，只能擦掉脸上的泪痕，自己朝他走来："你在干吗？"

"看湿度。"白敬宇抓起一小把土，用力捏碎，土颗粒里干且硬，水分不够，看来整地时有必要大规模灌一次水。

"你追出来不是为了开导我的吗?"余美疑惑了。

"不是。"

余美被他的话噎住,有些恼道:"那你跟着我跑来这里干什么?"

"怕你做蠢事。"

余美瞪他:"我能做什么蠢事?"

白敬宇给了她一个"你做的蠢事还少吗"的眼神。

余美想起自己被卡在铁门间的样子,深吸一口气,说:"我不傻,没去海城实现我的梦想,我不会伤害自己。"

白敬宇挑眉看她:"看来还有救。"

"切,想用激将法,是吧?"余美吸了吸鼻子,愤愤道,"你跟他们一样,都是打着为我好的幌子来干涉我。其实你们根本不知道,也不在意我到底想要什么。你们总把自己的想法强加在我身上,还觉得是在为我好。我在这个家里根本就是被利用、被抛弃的人。我不想成为二姐这样的人,我想走得远远的,让他们再也找不到。"她喊完之后觉得委屈得不行,忍不住又嘤嘤哭起来。

白敬宇拍了拍手上的泥:"放心,你成不了你二姐。还有,不要总是怪别人干涉你的生活,是你没能力去抗拒别人的干涉。也不要动不动就感慨自己被全世界抛弃,这个世界什么时候接纳过你?"

余美呆住,泪眼婆娑地看着眼前的男人,心里只有一个疑问:他追出来到底是为了保护她,还是为了气死她?"你,你……"

"我说错了?"他问。

余美憋屈,一脸恼意:"本以为你是个善良宽厚、有耐心和爱心的人,没想到嘴巴这么毒。"

白敬宇好笑地看着她:"你还是太年轻了。"

不知怎的,跟白敬宇说话虽然让人恼火,但她心里的委屈愤懑竟然也莫名消了不少。看白敬宇进到棉田里,她抬脚也跟了上去。

"你在干什么?"她问。

"土壤采样。"

白敬宇说着在田边捡了好几根树枝,对着这块长方形的田目测了一个 s 形,然后在大致的每个点上,都用树枝在上面插上做标记。他今天没带铲子和袋子,没法深挖,只能先做好记号,回头再过来采样。

"你为什么会从海城来这里种棉花？你知不知道,这里的人都想去海城,你就在海城,却来这里种地？"这事的确让余美很不解。

白敬宇头都没抬："人各有志。"

余美叹了口气,看着远处的云："像你这样的海城人,是不会知道我有多想离开这里。你知道孤独是什么吗？我把我的心里话说出来了,这里的人却没一个想听,包括我姐。我本以为她一定会理解我,然而并没有。"

白敬宇在地上插上最后一根树枝,站直身子："孤独不是没人听你说话,而是你不想说给他们听。"

余美盯着白敬宇："我发现你说的话虽然难听,但还挺有道理的。哎,你能不能帮我劝劝我姐和我爸？"

白敬宇刚要拒绝,就听到一路找过来的余飞朝他们喊了一声："余美。"看白敬宇也在,余飞有些意外。

余美没好气道："他刚才已经劝过我了,你别再跟我说教,我要回去了。"

余飞看出余美的情绪已经稳定下来,也就没有往前追。跟白敬宇说："谢谢你追出来,不好意思,让你跟着操心了。"

白敬宇看她因为跑得急而发白的脸,开口说："没事,顺道过来看看土壤情况。本想挖点土回去做检测,但出来得有点急,没带工具。"

她缓了缓神,问说："你需要什么工具？"

"铁锹、笔和取样袋。"

这里离她家原来的棉田不远,她想了想："你等会儿,我给你拿来。"

白敬宇看她朝不远处一个用木头搭起的小木棚跑去,他抬腿也追了过去。

余飞跑到木棚门前,把木门上面的插销拉开,推开进去。里面不大,只有一张简陋行军床,地下还放了些工具,其中就有铁锹。这里原来只有四根木头柱子和一个塑料棚子,是她爸搭来晚上守夜住的。但余飞觉得太简陋了,夏天就算不担心冷的问题,下雨也够呛。所以她就自己动手,把木头劈成木板,亲自用木板给她爸加盖成了现在这个有房顶、有窗户、能挡风的小木屋。

余飞把工具和袋子找出来递给他："这是我爸之前的工棚,棉花灌溉水的时候,需要有人随时查看田里的情况,他那段时间晚上就会住在这里。"

白敬宇知道传统的灌溉主要采取沟灌方式,一排排黑色的水管顺着棉田行间排列,水从水管里流出来,渗到每一畦棉田里。而棉农通常都是按经验来判断水量是否灌溉足,如果水灌多了,还需要排水,而这个放水和关水过程是离不开人的,所以棉田晚上住人也是正常的。

白敬宇敲了敲结实的小木屋,说:"以后我们的棉花农场里,不会再需要这样的小棚子,也不需要人住在棉田旁过夜。有了水肥一体化的机器和各种检测参考数据作为依据,就算人在家里,也能时时掌控棉田的情况。"

"你收集土质也是为了这个水肥一体化吧?"

"对。地里采土样检测,才能知道这片土地的肥力情况,进而制订种植过程的施肥次数和配方方案。"

"按你计划书里的计划,等我们把六百亩地耕好平好,就开始上播种机,播种、压地膜、放置滴灌带一次完成,然后安装水肥一体化的设备,对吧?"

"对,到时候会有专门的人员过来安装,滴灌系统用太阳能电板供电,配合无线远程控制。有了这个系统,我们就可以节省下大量的人力和物力。"

夕阳的余光笼罩在白敬宇身上,给他镀了一层金色的边。余飞发现,他在说到科技农业产品的时候,身上总有一股让人移不开眼的吸引力。

"走吧。"她拿起沉实的铁锹往棉田走。

他看到她修长的手指上磨出的茧子,伸手把她手上的工具接过去。余飞在家里已经习惯了干重活,忽然有人帮忙,她还有些不适应。怔了半秒,她也没再跟他争,跟在他身后走到了白敬宇刚才做了记号的地方。

他先在采样前将地面整修清理了一下,然后削去最表层的浮土,然后再按层次自上而下逐层从中心典型部位取样。

余飞在他把土放进小纸袋的时候,也学着他刚才的样子,用铁锹挖了一个30厘米深的坑,沿着切断面从下往上取适量的土。她刚才观察的时候,发现他在各个取样点取样的土层深度、厚度和宽窄都一致,她也尽量做到一致,然后将所取土样混合均匀,分别装入了塑料袋中。

看她要挖地,他拿过铁锹:"我来挖吧,你来把土装进去。把地点写到袋子上。"

男女搭配,干活不累,傍晚前两人就把这片棉田的样本弄齐了。

提着土样往回走的时候,白敬宇开口问她:"你不同意余美学音乐艺考?"

余飞没想到他会问这个,想了想,说:"对,我觉得太冒险了,她学了十多年的文化课都没信心考上,为什么会认为她能用半学期的突击就能考上音乐学院?"

"没试过的事,怎么知道不行?"

她有些诧异地看着他:"你觉得行?"

"想想你之前说服我种长绒棉的那番话,道理都是一样的,为什么到这件事上就不行了呢?"

余飞皱眉:"这是两回事。"

"一样的道理。你说你在网上加入了一个种棉群,那些种植长绒棉的大户都尝到了甜头。而余美在她的朋友那听到艺考这个消息,往年的确也有很多文化分不高的学生依靠艺考,考上了很不错的学校。从这个方面来说,艺考这个机会是不是也是千金难求?"

"可那个雪娇在海城是学过了专业课的,余美在这里一天专业课都没上过。"

"你之前说种长棉绒要的不是稳妥,是最优。我们之前没种过,不代表种不了更不代表种不好,没做过的事,不试试怎么知道?既然要种,为什么不选择更好、效益更高的品种?同理,余美在知道文化分不行的情况下,既然都是靠运气,为什么不选择赌更大的?要知道海音可是国内最顶级的音乐院校了,从那儿毕业,只要能力过关,工作肯定是不愁的。可别的城市的三本就不一定了。"

余飞知道他在用她的话来堵她。她反唇相讥:"你也说了,杂交出的新品也只是说有可能,并没有确定在别的地区种植一定能种出跟新疆一样的长绒棉。要是失败了,我们后续所做的一切都白费了。她到时候要复习重考,甚至因为去学音乐耽误了一年,会比复考生面临更大的压力。考虑到综合的原因,好好考文化课才是最稳妥的选择。"

白敬宇忽然扯了扯嘴角:"所以你是同意我说的了?"

余飞回过味来,他这是要反向说服她,让她同意他种细绒棉的事。

看她不说话,白敬宇继续说:"棉田那边我觉得还是细绒棉更稳妥。我知道你租了六年有压力,我投入这么多的机器和设备,我的公司前途都押在上面了,压力比你只多不少。你相信我,我们第一步走稳点,好吗?"

"我今晚再好好想想。"

白敬宇看她听进去了,又继续说:"严志高在海城认识不少艺术圈的老师。如果余美真想走条路,他可以帮余美找老师在线上教学。我之前听老严说,他把余美的歌发给了海城艺术学校的老师,反馈回来说先天条件不错。条条大路通罗马,或许,也可以让她去试试。"

余飞眉头皱起:"谢谢,但不需要。我们跟你们不同,我们的试错成本太高,没法说试就试。在这里,只有一条路,一次机会。"

她大步朝家走去,白敬宇知道自己刚才可能说得有点多了。他跟上去,没再提这件事。

回到家,白敬宇先把这些样本拿回自己房里分别打包装好,准备明天寄回海城检测。

余飞洗了手出来,看到余美还把自己关在房里,而平时都是等着余飞回来做晚饭的余妈,则少有地在厨房做饭。

"妈我来吧。"余飞过来把余妈手上的刀接了过去。这里光线不好,余妈眼睛看不太清,一会儿要是磕碰了更麻烦。她把余妈送出去,看了眼案板上的半个萝卜和菜篮子里的几根黄瓜。本来她打算下午去买点好的食材回来做菜,但余美闹了这么一出,加上跟白敬宇在棉田挖土壤样本,这事就耽搁了。中午那顿已经凑合吃了,晚上再凑合实在说不过去了,毕竟白敬宇交了这么多的伙食费。

余飞正为难,白敬宇拿了好几个塑封包装的烧鸡和各种熟食产品进了厨房:"这是严志高今天带过来的海城特产,今晚就吃这些吧。"

余飞看着他手里那些包装精美的食物,拒绝了:"这是严老师给你的,你自己留着吃吧。今晚我就不叫你跟我们一起吃饭了,明天一早我就去买菜。"

白敬宇知道余飞是不想占他的便宜,他解释说:"严志高给了很多,我一个人也吃不完,一起吃吧。"

"不了,我们的菜够了。我还要做饭,你先忙吧。"余飞转身,开始做疙瘩汤。

白敬宇知道她有自己的底线,他没再说话,拿着东西离开了。

余飞刚做好饭,就听到院子外有人叫她。她快步走出去,看到门外是二婶。"二婶,吃饭了吗,一起进来吃点?"余飞招呼道。

"不了,你红红姐生了个大胖儿子,明天我们家要杀猪,人手不够,婶子是过来问问你愿不愿过来帮忙。"

西贝村家家户户都有养猪的习惯,没发生余强这事之前,余家也是养了七八头猪的,但都在过年前都被那些讨债的一起给赶走了。

余妈年轻时是村里养猪的好手,一直帮干家务的余飞不只学到了养猪的精髓,连阉猪和杀猪都干得有模有样。以前每年过年家里杀猪,都是余飞给余爸打下手。村里能干力气活的男丁都出去打工了,二婶家杀的这头猪又太大,人手不够,这才想到请余飞去帮忙。

村里请人帮忙杀猪是给工钱的,再说余飞正愁没地方买新鲜的肉类食材,这不就正好赶上了嘛。"行,我去。"余飞一口答应下来。

二婶叮嘱她明天早点到,就高高兴兴走了。

白敬宇在屋里听得清清楚楚,余飞明天要去帮人杀猪,她还会杀猪?

余飞吃完晚饭,回到屋里,余美还盖着被子躺在床上,也不知睡了没有。

余飞打开电脑,开始做兼职的工作。等她做完已经是两个小时后。余飞扭了扭脖子,站起身想要去倒杯水。

躺在棉被里的余美忽然开口:"姐,你当时上高中的时候,如果有机会让你去学画画考美院,你会不会去?"

余飞的动作顿了顿,她一直很喜欢画画,她偷偷画画的事,也就只有余美知道。

余飞关上电脑:"不会。我想画可以自己画,没必要一定要考美院。"

余美忽然从被窝里坐起来,情绪激动:"我不是你,不学美术也能考上海大。我只是一个普通人,但我也想有追求梦想的机会,你们不能这么阻止我。"

"能阻止你追梦的人,只有你自己。"

余美用力擦掉眼泪:"我知道,你不是我亲姐,所以才不让我花钱去学。"

余飞皱眉:"你说什么?"

"别假惺惺了!要是以前也就算了,但现在家里是你当家,我听妈说白大哥住在咱家每个月给你四千块,有这么多钱,你为什么不让我去学?这可是关乎我未来的前程,你不让我去,就想让我跟你一样留在农村种棉花吗?"余美被考音乐学院这件事冲昏了头脑。她本就是个直性子,如今说出来的话更是不过脑子,伤人而不自知。

余飞压着火说:"你留不留在农村种棉花跟我无关,我只知道白总给的伙食费,是要保证他在这里的生活水平的,不是让你去学唱歌的。我虽然不是你亲姐,但我自问这些年没刻薄过你。你要是觉得我不是你姐,那你以后就别叫我。"

余美知道自己刚才说的话过分了。她面红耳赤,深呼吸了几下:"姐,对不起,刚才是我说话不过脑,你不要生气。在我心里,你就是我的亲姐,比亲姐还亲。"

余飞不说话。

余美从床上下来拉着她的手,哭着说:"姐,我真的很喜欢唱歌,我从小到大只有唱歌的时候才是最开心的时候。为了唱歌,我什么苦都能吃,你就帮帮我吧。"

余飞看着余美的样子,心里难过。她知道自己刚才说谎了,如果余家也跟白敬宇和严志高他们家一样,让她在高三的时候可以选,那她一定会选择考美院。这种身不由己的选择,她忽然不想让余美再经历一次了。余飞开口说:"你说的,为了唱歌,你什么苦都能吃。我帮你说服爸妈,也会请严老师帮你请老师,你最好给我全力以赴,追上你的梦想。"

余美不敢相信地看着余飞,哽咽道:"姐,我一定会拼命学的。"

"赶紧睡觉,明天坐车回学校。"余飞怕她太激动,让她赶紧上床。

"好。"小姑娘的情绪来得快去得也快,刚才还在哭唧唧,现在就在床上笑个不停。

看余美重新躺下了,余飞又打开电脑,上了那个"新农天地"网站,点开棉花品类,她要再好好看看。

棉花按品质和按纤维物理特性可以分为长绒棉、中长绒棉、中短绒棉和彩色棉等品种。

第一类是纤维细长,长度在 2.5~6.5 厘米范围内、有光泽、品质极佳的长绒棉。这个品种的棉花产量低,费工多,价格昂贵,主要用于高级纱布和针织品。也正因为这种棉品质优良,所以种出来的效益最高,但同时需要的种植环境也十分苛刻,很多地区出产的长绒棉极难达到标准。

第二类是中等长度的棉花,即细绒棉,也称为陆地棉,长度约 1.3~3.3 厘米。适于在广大的亚热带、温带地区种植,是世界上分布最广泛的棉种。它的优点是适应性广、产量高、纤维较长、品质较好,可纺中支纱。国内种植的棉花大多属于此类。

她又仔细了解了白敬宇说的 LM5 号。这个品种是杂交抗虫棉品种,属于中早熟棉花，出苗好，前中期生长稳健。植株塔形。铃卵圆形、较大，吐絮畅，易早衰。生育期130天。株高大概110厘米，单株结铃18.2个，铃重6.5克，霜前衣分41.6%，霜前花率93.1%。纤维主体长度31.3毫米，属于细绒棉里表现最好的。它还抗虫害，对于枯萎病、黄萎病和棉铃虫都有一定的抵抗作用，适宜在东山县所在的全省地区作为春棉品种种植。

两相对比，长绒棉虽然看起来价位高，但种植周期长。细绒棉都采摘了，长绒棉的田里还是一片青枝绿叶。在这个谁先抢占先机谁就能赚到钱的时代，这么漫长的生长时间，或许先机就被别人给占了。再想到后续卖给轧花厂的确会遇到很多麻烦，相关的种植技术也没有成熟。再次了解和对比过后的余飞不得不承认，等到时机成熟再去种植和尝试长绒棉，的确更妥当。想通这些，余飞不再纠结，打算明天就跟白敬宇说按他说的方案执行。

余美早已经睡了，此时已经是深夜，外面漆黑寂静，偶尔传来几声狗吠。余飞轻手轻脚地去院里上厕所，回来发现白敬宇屋里竟然还亮着灯。想到白敬宇现在管理着擎翼科技，肯定比她忙多了，熬夜也是常事。她忽然想起今天忘了给他房里放个热水壶，一会儿她把堂屋的门一关，他想喝水也进不了屋了。余飞想着就转身去烧了壶热水，把暖瓶放在了白敬宇房门口。

白敬宇刚改完一个程序上的漏洞，就听到门外有脚步声。因为之前见过有人翻墙进来，所以他警觉地立马起身开门，没料到正好看到刚转身走的余飞。"有事？"白敬宇站在门口问道。

余飞没想到他会开门出来，赶紧说："没事，怕你晚上口渴，给你烧了壶热水。"

白敬宇看到脚边的水壶，点点头："谢了。"

"没事，应该的。"余飞见他站在原地并没有要转身回屋的样子，顿了顿，说，"那个，我同意种植细绒棉了。我觉得你说得对，现在我们更适合种细绒棉，就按你说的计划来吧。"

白敬宇看她听劝，心里是高兴的："那我们这两天就去县里的种子公司挑种子。"

这个时候的确应该要买棉花种子了，余飞应下："好。明天上午我有事，我们后天早上去吧。你早点休息。"

"你也是。"白敬宇看她进了屋，才提着水壶回了房。

第十九章　她的技能

第二天六点，白敬宇雷打不动地推开房门出去晨跑。刚走到院子，就看到穿着一身宽大劳保服和水鞋的余飞从堂屋走出来。

"早。"他主动打招呼。

"早。"余飞知道他昨晚睡得比她还晚，没想到早上起这么早。

看他一身运动装，她问说："你这是去晨跑？"

"嗯，每天跑一跑，精力能充沛些。"

"你的生活习惯真不错。这边晨跑的人不多，你出去沿着大路向西，可以绕村子一圈。要是觉得距离短，也可以绕到棉田那儿再回来。"余飞怕他不认路，仔细跟他说路线。

"好的，你去哪儿？"白敬宇问。

"我去帮二叔家杀猪。"余飞边戴上手套边说，"早餐我已经做好了，你跑步回来直接吃就行。"

白敬宇想起她昨天跟二婶说的话，没想到是真的。他盯着眼前这个斯斯文文高高冷冷的姑娘，实在不敢相信。"那个，我能不能跟你一起去看看？"白敬宇想去开开眼。

"你想去看杀猪？"余飞有些意外，不过想想也是，他肯定没见过，想去瞧瞧新鲜也正常。

"行，你跟我去吧。等杀完猪，我们买点新鲜猪肉回来做菜。你平时喜欢吃什么，排骨还是猪蹄？"二婶家只用一半的猪，剩下的都是卖给村民的。对于这个给钱爽快的租客，余飞想多照顾他的喜好。

"我都行。"白敬宇从小到大只在超市里买过肉，还没见过现杀现买的，想想还有点小兴奋。

来到二叔家门口，余飞叮嘱他说："一会儿杀猪的时候你就站远点，如果实在受不了你就自己先回去。"

"行，你忙你的，不用管我。"白敬宇说。

此时二叔家已经很热闹了，除了亲戚，还有不少过来看热闹的。

农村杀猪对家庭来说是件大事。二叔家的这头猪是养了两年的大肥猪，两个男人加二叔三个人根本弄不过来。余飞到的时候，已经有一人用钩子钩住猪的喉部，其他两人拉腿提耳，用力将猪按在杀猪凳上。猪不停号叫，一群人围在旁边看着，谁也不敢过去下第一刀。

杀猪不是简单的事，更不是人人都会杀、人人都能杀。要是杀不好，就会像搞笑视频里一样，杀了几刀没杀好。猪跑了，一群人还要追着猪到处跑。

看到余飞，二叔赶紧招呼她过去。

白敬宇看着那头拼命挣扎的四五百斤的猪，心里还有些发毛。余飞却没一点儿害怕，抄起二叔递给她的刀，径直走过去，朝着猪的喉部就一刀下去。

白敬宇整个人都看呆了，不知怎么的，觉得余飞刚才手起刀落的样子，竟然还有那么一丢丢的帅气。

猪疼得嗷嗷叫，血顺着脖子流下来。几个大男人在旁边拼命摁住垂死挣扎的猪，猪血被底下的脸盆接住，不一会儿就有了小半盆。

余飞的这一刀砍得非常到位，猪哼了几声就没气了。这技术，连村里的老人都不得不竖起大拇指。

接下来就是给猪脱毛，猪身很软，不能直接脱毛，需要将猪身吹胀才好操作。余飞在猪的后脚割了一条口子，将挺杆从那里插进去，沿着猪皮往里面捅，在猪肚子上又多捅了几下。这些都是技术活，做完这些，余飞往后退了几步，剩下的就是体力活了。

白敬宇快步走到余飞身边，一脸服气："没想到你还真会杀猪。"

余飞把手里的挺杆丢在地上，拍了拍手套上的灰，笑说："杀猪跟杀鸡一样，多练几次就会了。"

等猪被大卸八块之后，余飞的任务也就完成了。

二婶笑着递了个红包和一袋子猪下水给余飞："今天幸好你过来帮忙了，不然也没这么顺利。这是婶子的一点心意，你拿着。"

余飞收下红包，看了眼袋子里的猪血、猪肝和猪尾巴，说："二婶，干活的钱我已经收了，这些我不能白拿。我今天本来就打算在你这儿买些猪肉，除了这些猪下水，我还要两斤排骨、两个猪蹄、两斤五花肉，您一起给我算算价格吧。"

二婶愣了一下："你要这么多肉？"余家现在穷得叮当响，全村人都知道，现在一下买这么多肉，看来还真是攀上了这个姓白的财神爷啊。二婶笑眯眯地扫了白敬宇一眼："好，二婶这就给你们拿袋子装。"

路上，白敬宇和余飞就分别提着好几包沉甸甸的东西往家走。看着大步走在前面的余飞，经过这一早上，白敬宇对她又有了更深的认知。

村道上有村民开着三轮车准备把自家种的菜拿到镇上卖，余飞半路拦下来买了不少青菜。白敬宇看着三轮车远去的背影，有些不解地问道："他们为什么不在村里卖，要拿到镇上卖？"

"村里买的人少，卖不出东西。"余飞把手里的菜拢了拢，继续说，"其实之前就有驻村干部想在附近几个村里把菜市场都弄起来，还想引进超市，但村民都不太感兴趣。毕竟村里家家户户都有自己的小菜园，而大部分留守的村民都是上了年纪的老人，平时常吃的蔬菜和葱姜蒜都自产自销，加上大家家里多少都养点儿鸡和猪，就已经能满足村民日常的生活了，大家都没有去菜市场买菜的习惯。镇上固定一周两次赶集，所以村民们宁可开半小时车，跑远路把菜拿到附近镇上去卖，也不会冒着放坏的风险，在村里守一天。"

"没有客流量的确是个问题，但没有菜市场，也是真的不方便。"白敬宇小的时候跟外婆住在农村，他记得外婆每天煮的菜也是在自家的小菜园里拔的；而在赶集的时候外婆会多买些猪肉和鱼肉之类的回来存着，为了防止变质，还做成腊肉和咸鱼。

"在外面生活久了，刚回来是挺不习惯的。"余飞也希望村里能与时俱进，但老旧的观念，也不是一时半会儿就能改变的。

两人提着东西走到家门口，看到隔壁月英婶子正跟一个收破烂的男人在讨价还价。月英婶子的院子里，正停着一辆布满灰尘、锈迹斑斑的红色老旧拖拉机。

男人指着拖拉机："你这车帮是铁皮的，这样的铁不值钱，还有这轮胎是橡胶的，根本不能当铁卖，这个东西是需要扣斤数的。这拖拉机一直放院里淋雨，生锈太严重了，这锈铁和好铁可不是一个价。现在市场废铁价格是八毛，我最多出到六毛，一斤挣你两毛钱，这么远的路，我还得请车拉走。这钱都不知道能不能赚回来。"

月英婶子越听越心疼："照你这么说，我这一台拖拉机就卖不了几个钱呗？这机器俺家老头说可有两三千斤，你甭想蒙我。想当年这台机器可是花了我们好几万啊，买回来也没用几年，保养得好着呢；就是在院子里放着也没干什么，怎么就连八毛一斤都要不上了呢？"

男人一副急着要走的样子："我刚才不是说了嘛，两三千斤那不是还有橡胶之类不值钱的东西嘛。你那车子锈成这样,也就我收了。要不这样,咱也甭论斤称了,我给你个实数,你要觉得行,我就把车拉走。"

余飞一眼就看出这台拖拉机是九八年的东方红,因为当年余爸和隔壁一起各买了一台,后来隔壁的男人都出去打工了,这台东方红就一直闲置在了家里。而余爸因为继续在家种棉花,余飞觉得那台老东方红不给力,就用攒下来的奖学金给余爸又换了一台马力更强、功能更强的拖拉机。那台机器在年前被那群要债的给一并开走了,现在余家连台能干活的机器都没有。

"月英婶子,您是要把拖拉机卖了?"余飞开口问。

看到是余飞和白敬宇,月英婶子赶忙热情招呼说:"是啊,我们家这些年也不种棉花了,留着这拖拉机就是占地方,我早就想卖了。这不正赶上收破烂的过来,我就卖了。可谁知道这车被他说得不值钱了。"

余飞知道种棉花没台拖拉机拉货还真不方便,这台车子虽然老旧,但修修后应该还是能用的。

她转头问收破烂的男人:"按你刚才这么算,这台车你给多少钱收?"

男人瞥了两人一眼,用手指比了个"八"。

"八千?"月英婶子脸上一喜。

男人差点笑出声,一副吃定对方的样子:"八千你要多少台我给你找多少台。这都是破铜烂铁了,能用的地方还少,一口价,八百,要卖我就拉走,不卖你就自己留着。"

"八百?"月英婶子气得不行,但转念一想这台车也的确买了十来年了,八百也比留在家里继续占地强啊。

她刚要答应,余飞朝她使了个眼神,抢先说:"先不卖了,你走吧。"

男人没想到中途杀出个程咬金,怔了一下:"这车又不是你家的,你凑什么热闹?"

月英婶子也不傻,开口说:"是我叫她过来帮我把关的,你可别想骗我。八百块太少,我不卖了。"

男人不甘心:"那你们说个数。"

"两千五。"余飞说。

月英婶子吓了一跳,但看余飞这么淡定,也跟着点头:"没错,少一分都不卖。"

白敬宇看着那台拖拉机,除了铁能卖,还有柴油发动机。这个东西虽然是单缸的,但里面也是有活塞的,而活塞是铝的,铝的价格是铁的几倍。还有就是水箱、偏盖,这些都是铝的。加上发电机里面一般都是铜,而且还是价格比较高的红铜,这个价格就更加高了。电瓶更不用说了,任意一个东西,跟铁的价格比起来都是几倍起跳。所以余飞说的两千五,其实是合理的。

收破烂的男人一听,直接甩脸子:"不可能。"

"那就不卖了。"余飞说。

男人有些气急败坏,笃定这车除了他就没人过来收了,极其嚣张地跟月英婶子说:"行,我告诉你,等下次你再叫我来,那就是五百,爱卖不卖。"

看男人骂骂咧咧地走了,月英婶子想想有些急了,埋怨飞哥道:"你怎么还真让他走了?我好不容易等个人上门来收,你这不是给我捣乱吗?"

"婶子,这拖拉机我要了。"

"什么?你要?"

"对,两千五,我买你的拖拉机。"余飞说。

白敬宇本以为她是路见不平,没想到是自己想收。

月英婶子眉开眼笑:"飞哥你可要说话算数啊。"

余飞提着东西太沉了,边往家走边说:"婶子我先回家做饭,中午吃完饭给你把钱拿过来。"

白敬宇跟在余飞身后进门:"你真要买那拖拉机?"

"嗯。那台机器没什么大毛病,回来好好改一改,会有大用处。"

"改一改的人工费和换件的钱,也能买台不错的二手拖拉机了。"白敬宇并不认同她的做法。

余飞把东西放在厨房的灶台边上,瞬间觉得手指上一松:"我自己能改,不花钱。那台车的零件我看了,需要换的地方不多,用不了多少钱。"

白敬宇一怔:"你还会改装拖拉机?"

"会些皮毛。"

会皮毛就敢改?白敬宇不太信。他表情复杂地看着她:"还有什么是你不会的?"

"做饭。"

白敬宇点头:"还挺有自知之明。"

有了好食材,白敬宇随便一发挥就是一桌好菜。

余美一觉睡到快十一点才起来,刚出房门就闻到一股钻鼻的肉香。她快步跑到厨房里,看到白敬宇正在灶台前忙活,余飞在旁边给他打下手。"都几点了?现在才起。"余飞说。

余美嘿嘿笑:"昨天哭累了。"说完她看到正在翻炒的白敬宇,余美瞪大眼:"白大哥,是你在煮菜?"

"早上跟你姐去买了些肉,一会儿尝尝我的手艺。"白敬宇边说边掀开锅盖,整个厨房瞬间香气四溢。

余美没想到白敬宇这么个海城的大老板还亲自下厨给他们做菜,还做得这么好。要知道村里那些要啥没啥的男人,都是每天等着家里的婆娘给做好了吃现成的,这么一对比,她更觉得自己得走出这个小山村。"白大哥你太厉害了,这么好的肉,幸亏不是我姐做,不然就白瞎了。"余美满眼只有那些好吃的,馋得恨不能现在就尝上一口,根本没注意白敬宇已经皱起的眉头。

"觉得你姐做饭不好吃就早早起床自己做,让我们也尝尝你的厨艺。"白敬宇边盛盘边说。

"我哪会做饭,在家不是我二姐做饭就是我妈做。"余美说完才反应过来,白敬宇是因为她说她姐做饭不好吃,所以怼她吗?

余飞也有些意外,跟有些尴尬的余美说:"赶紧去收拾桌子,吃完饭回学校。"

"好!"余美应着,刚跑出去又折回来小声跟余飞说,"姐,你可别忘了答应我去学音乐的事。"

看余美屁颠屁颠地跑出去了,白敬宇看向余飞:"你同意余美去艺考了?"

"嗯。"余飞停下盛饭的动作,语气诚恳,"昨天是我不识好歹,我想过了,应该让她走她想走的路。请你和严老师帮她找个专业老师辅导,价格稍微……亲民些就更好了。"

白敬宇没想到她一晚上能想通这么多事,有些好笑:"行,我跟严志高说。"

一家人吃了顿丰盛午饭,余妈看余美心情好了不少,放下心来。余飞看余爸余妈吃得不错,就说了自己买拖拉机的事。余建国还没说话,余妈马上就嚷起来:"你是不是疯了?花两千五买隔壁家的废铁?"

"爸,妈,我刚才大致看了一下,月英婶子家的拖拉机就是搁置的时间有点长,当时富民叔买回来也没用多少年,这车没出过什么大问题。我们的棉田就要整地了,需要能出大力的机器,我觉得这个价位可以,就买了。"

余建国已经把这个家交给余飞当了,他也不好说什么,点头说:"你决定就行。"

吃完饭,余美回了学校,白敬宇和余飞骑着摩托车去镇上买了喷砂除锈和维修拖拉机的工具回了家。

"我一会儿要跟同事开个视频会,拖拉机等我开完会再跟你一起拆。"白敬宇边停车边说。

"没事,你忙你的。"余飞本来就没打算让白敬宇帮忙。

拉网线的人还没来,白敬宇开会用的也是无线网卡。

余飞换上那身劳保服,自己在院子里开始拆拖拉机上要换下来的部件。刚检查到水箱的位置,就听到铁门外传来敲门声:"有人在家吗?"

"来了。"余飞顾不得手上又油又黑,起身去开院子门。

门外站了三个穿着灰色工作服的人,看到最前面的男人长相时,余飞和男人都愣了一下。

"是你?"张谦看着一身劳保服的余飞,脸上满是惊喜。这次的任务是县领导那边特意关照的,为表示重视,张谦就亲自过来了,没想到竟然再次碰到了她。

余飞也想起他就是电信营业厅的工作人员,她赶紧把人让进来:"是我,你们是来安装网线的吧?快进来,这几天都盼着你们过来呢。"

"不好意思,让你久等了。"要早知道是她,他早就过来了。

余飞洗手给几人倒了水:"你们从县里过来辛苦了,张总,来,先喝点水。"对方过来给她安网线,她却连人家姓什么都想不起来,所以去倒水的时候,余飞又回房翻出他的名片看了一遍,这才叫出了张总。

张谦不知道她又去看了名片,以为她是记住了他的名字,心里高兴:"都是同龄人,叫我张谦就好。对了,我还不知道怎么称呼你。"

"余飞。"

"从海城回来要种六百亩棉花的就是你?"张谦看着眼前长相清丽的女孩,没想到她的名字会这么男孩子气。正因为这样,他才在看到余飞这个名字的时候,以为是个男人。

余飞笑道:"是我。我也不是自己干,我是跟海城擎翼科技的白总一起合作种植的。"

"不管是不是合作的,敢包六百亩就是有魄力。"张谦说完看了眼院子里的拖拉机和维修工具,又看到余飞衣服上的污渍,一脸惊讶说,"你还会修这个？"

"懂点皮毛。"

张谦的目光落在余飞身上，心说这女孩还真是跟一般女孩不一样。

"张哥，这网线大概什么时候能弄好？"余飞问。

张谦知道她着急用网，一口气喝完杯里的水："那我们抓紧时间干活，争取天黑前把电话线和网都拉好，不耽误你的事儿。"

余飞心中一喜："太谢谢你了。需要搭把手的地方你就说话。"

"好。"张谦笑笑，指挥手下开始工作。

三人在外面干活，余飞在院子里继续拆拖拉机。

张谦搭好了线，刚推门进来，就看到余飞像老饕吃蟹般，把这台看似已经报废的拖拉机逐个零件拆开，一一摆在院子的长桌上。"你自己拆下来的？"张谦吃了一惊。

余飞应了一声，她的手在各个机械结构上游走、观察、测试再拧好。像个外科医生般，给机器进行一场"重生手术"。

看她娴熟地拧好一处又拆下另一处，张谦看她的眼光都带了些崇拜，毕竟维修拖拉机这样的技能，男人会的也不多。看余飞要把拖拉机上的柴油机拆下来，张谦快走几步上前帮忙。两人合力把柴油机放到了院子中间的长桌上。放下的瞬间，张谦的手背被桌面划出了一道三四厘米的口子。

余飞赶紧拉着他去水龙头处冲洗了伤口，又给他贴上了创可贴，这才把血止住了。"抱歉啊，来干活还把你弄伤了。"余飞说。

"说抱歉的应该是我，没帮上什么忙还添乱了。"张谦看着她亲手给贴上的创可贴，自嘲笑道。

"你帮我解决网线问题就已经是帮了我大忙了。要不是你们过来，我们这儿还不知什么时候才能用上网。"

"分内的事。对了，有了网线，你的那张无线网卡应该就没什么用了。如果你想卖二手，我可以帮忙卖，保底 8.5 折是可以出的。"

"真的？"余飞正心疼之前白花的那些钱，听他这么一说，马上麻利地把东西拿出来给他，"那就麻烦你了。"

张谦笑笑："不麻烦，你把电话号码和 QQ 号都告诉我一下，我卖出去了就联系你。"

余飞爽快地把号码都告诉了他："谢谢啊，等再去县城我请你吃饭。"

"好。"张谦脸上的笑意越来越浓。

此时在屋里的白敬宇还在听着老蒋汇报公司这一周的情况。

老蒋正在跟他对购买种棉花需要的外购机器设备清单,这些机器价格不菲。看着账单上的数字,白敬宇暗暗跟自己说,这些产品以后擎翼科技都要自己研发;将来,他要让国内的农人都能用上价格合理的智能农机。

在跟老蒋谈事的过程中,白敬宇隐隐约约听到外面有个男人在院子里跟余飞热情交谈。

他已经忍不住要催促老蒋速战速决了,但老蒋又跟他说到了公司研发经费的事:现在市场打不开,公司只出不进,研发费用花钱如流水;要是再想不出别的赚钱路子,再这么下去根本熬不到棉花收成的时候。白敬宇揉了揉太阳穴:"我知道了,这两天我再好好想想。"

等白敬宇开完会出来,便看到一个穿着工作服的男人正坐在余飞旁边,两人有说有笑。

张谦跟在干活的余飞请教拖拉机的常识问题,一抬眼看到白敬宇,怔了一下。虽然自己是个男的,但张谦也不得不在心里感叹一声:这男人长得可真帅。这么帅的男人,就住在余飞的家里?张谦眼角瞥见墙边的那辆绿色摩托车,他刚才就觉得这车眼熟,难道那晚看到的摩托车上的一男一女,真是他俩?想到两人住在一个屋檐下,张谦忽然就有些不舒服了。

看白敬宇出来,余飞停下手里的活,跟张谦介绍道:"这位就是我刚才跟你说的跟我一起合作种棉花的白总。白总,这位是来给我们拉网线的张总。"

张谦先伸出手:"你好,我叫张谦。"

白敬宇礼貌性地伸出手:"白敬宇。网线拉好了?"

"已经拉好了。"张谦说完,才发现白敬宇是看向余飞问的。

余飞点点头:"多亏了张总,现在家里已经能上网了。"

白敬宇朝张谦点点头:"辛苦了。张总,我想问一下,这边什么时候才能实现手机信号全覆盖?"

张谦怔了一下,领导只让他过来拉网线,可没让他过来弄发射塔。白敬宇忽然这么问,张谦听起来还有点质问他们工作的意思。张谦语气淡淡:"我也是刚回东山县不久,具体的我也不太清楚。"都是男人,自然都能看明白对方的心思。

张谦看余飞的眼神让白敬宇不舒服，他轻咳一声："今天辛苦三位了，时间也不早了，从这里回县里还挺远的，路有点颠簸，张总你们也早点回程吧。"

"白总说的没错，张总我就不留你了，回县里的路的确不太好走。趁着天还没全黑，赶紧回去吧，等改天我去县里再请你吃饭。"

余飞都这么说了，张谦只能依依不舍地告辞。

看张谦的车开远，白敬宇幽幽地说："我也帮了你不少忙，怎么没见你请我到县里吃饭？"

余飞一怔，笑笑："那你哪天有空，我请你。"

白敬宇转身往院子里走："先欠着，有空了跟你说。"

余飞跟在他后面，心说这白敬宇从屋里出来后就有些奇奇怪怪的，难道是因为公司的事让他心烦了。

进了院里，余飞想到网费的事，说："刚才张总说网线的钱你之前已经给了，一共多少钱，我出一半。"既然一起合作，就没有让他全出的道理。

"这条网线是我用公司的名号去和县领导谈回来的，电信公司只象征性收取了一点材料费，要求我们的棉花农场后期在宣传的时候提一提他们。这个钱连顿饭钱都不够，你就不用跟我平分了，以后对我的伙食多上点儿心，比什么都强。"白敬宇知道她不想欠他人情，但他的确没花什么钱。

余飞心说这当老板的就是不一样，她是光明正大地抠，他是变着花样地抠。不用花真金白银也能办成事，找这样的人合作真靠谱。"没问题，保证让你在这儿住的期间，天天营养均衡。"既然白敬宇这么说了，余飞再继续算钱就显得太过生分了，她想着后面再从别的方面把这个情分还回去。

白敬宇给她一个"看你表现"的眼神。

两人间的气氛刚回温，余飞手机响了一下，QQ上有个新号加了她，备注是：张谦。站在旁边的白敬宇也看见了。他拿出自己的手机："我还没有你的QQ，加一下。"

操作手机的余飞愣了一下："我们现在住在一起，再说你之前不是加过我微信吗，还要加QQ？"

他点头："没错。"

看他一副执着的样子，她只能把号码报了过去。

"棉棉？"他问。

余飞的脸莫名红了一下:"我家是种棉花的,所以当时随手就起了这个名。"

"加你了,通过一下。"

余飞看到加她的头像是一个小男孩拿着一架飞机奔跑的背影照片,网名叫"擎翼"。她通过了好友申请,说:"你小时候估计跟这小朋友差不多吧。"

白敬宇看着她头像上的那朵雪白棉花,说:"这就是我小时候的照片。"

余飞笑起来:"看来我眼神挺好。"

"找我做合作伙伴这事上,是的。"白敬宇转身回堂屋去倒了杯水。

看他一本正经地说出这些话,余飞有些哭笑不得,继续埋头干活。

从屋里出来的白敬宇给她带了一杯水,把袖子撸上去就要帮忙。余飞赶紧拦住:"不用了。这些东西太脏,一会儿弄脏你的衣服。"

"脏了可以洗。"他不在意衣服,他在意的是她手上那些层层相叠的老茧和伤口。

看他真要上手,余飞把余爸的一套旧的劳保服拿出来给他穿上:"你帮我递工具吧。"

习惯了当主理人的白敬宇,第一次成为递工具的配角。看她动作娴熟,不是假把式,他倒也心甘情愿了。

虽然是两人一起干活,但过程也并不轻松。好几次她的手上都险些豁出口子,余飞没有丝毫矫情,吹吹又继续干了。

清理维修好的部件都重新装回了车上。余飞记下要换的齿轮和其他部件,等着明天去镇上买新的换上。

天色已经不早,余飞洗好手到厨房准备好晚餐的食材,等着"大厨"白敬宇去炒。对于不喜欢收拾这些家伙事的白敬宇来说,他很满意他们现在的分工合作。有了余飞这个得力的二把刀,白敬宇只需要十多分钟,就上桌了三个色香味俱全的菜,荤素搭配,香味扑鼻。

余家三口对于白敬宇做的菜赞不绝口,唯一让余飞觉得美中不足的,就是太费米饭了。

吃完晚饭,余飞边收拾桌子边跟白敬宇说:"明天去种子公司之前,我要先去一趟农村信用社申请种植业贷款。"

她在网上查过,LM5号种子的价格大概是29元一斤。余飞之前跟白敬宇已经商量过,为了后面的机器采收方便,LM5号不能种太密集,所以每亩只能种 6000 株左右，按一穴 3 粒种子来算，那每亩大约就是 2 公斤的种子。

600 亩是 1200 公斤，29 元一斤，一次性付完种子的钱需要 7 万块左右。余飞现在有陈双借的 5 万，还有白敬宇之前给的半年租金和生活费，满打满算是够买种子的。但买种子只是开始，她不能一开始就把所有的钱用完。再说白敬宇的生活费她不能全挪用了，所以贷款是肯定要的。

白敬宇没说什么，只点点头："好，贷款我还是很有经验的，需要的话我可以传授给你。"

余飞有些意外："你也贷款？"

"当然。做生意的人哪个没贷过款？要是擎翼一号再卖不出去，再过两月我也得去贷款了。"

"你从云上科技出来没拿钱？"

看她着急，他有些好笑："当然拿了，但研发产品的费用太烧钱，就算金山也有烧完的时候。"

余飞听完，若有所思，沉默了几秒，问说："你公司里的擎翼一号库存多吗？"

"有一批。"

余飞脑中闪过一些东西，她站在原地咬着手指："让我想想。"

看她绞尽脑汁帮他想办法的样子，他有些好笑："想到什么了吗？"

余飞忽然抬头看他，眼中亮亮的："你看能不能这样，我们先别把目标定太高，毕竟七万一台对农民来说太遥远了。可以学一下网吧经济，不卖电脑，只卖上网时间。一台电脑要几千上万块，但在网吧包夜只用花几块钱。在小县城里，去网吧的人比自己买电脑的人要多得多，因为价格能接受。同理，你用库存的擎翼一号来帮农民打药，按亩来收服务费。这个钱跟机器本身的钱用来比，就是九牛一毛，农民能接受，且能提前体验到产品的便利优势，为以后卖机器做铺垫。毕竟上网久了，大家就想要一台属于自己的电脑。"

白敬宇顿了好几秒才说："想法不错。"他没想到她真能给他想出了一个不错的主意。其实成立一个打药飞行队的想法，在老蒋第一次跟他说公司资金紧张的时候，他就已经想过了。只是当时没马上细化，现在听她这么说，他觉得这件事的确应该早点提上日程了。

"你真觉得可以？"余飞没想到自己的想法会被认可，心里高兴，表情也丰富起来。作为他的合伙人,他帮了她不少忙,她希望自己也能帮到他,还他的人情。

白敬宇看她一副不敢相信的样子,笑了笑:"当然,你的想法很好。"

余飞不好意思地笑起来,一脸真诚地看着他:"我不是拍马屁,我是真觉得擎翼一号很不错。它现在卖不出去只是大家一下子接受不了,等适应了这种新型种植方式,它会成为最畅销的智能农业机器。而擎翼科技,也会成为一家了不起的公司。"

这样的话不是没人对他说过,白敬宇分得出是场面话还是真心话。正是因为看到了她的真,他才被她的话点燃了。他眼眸里多了几分清澈,扬起嘴角:"谢谢。我会努力实现它。"

晚上洗完澡,余飞刚把兼职做好的文档发出去后,甄妮的视频连接就过来了:"飞哥,我给你哥找了个律师。对方的简历我发到你邮箱了,资历是不错的,但收费也不便宜,你考虑一下。如果可以,还得打首付款。"

"好,我知道了,谢谢你甄妮。"

余飞点开邮箱,看到律师费用一栏,长叹了一口气。种子的钱还没贷到款,现在又加上律师费,真是愁啊。

她房间的窗对着院子,余飞一抬头,竟然看到余妈正站在白敬宇房门前跟白敬宇在说话。

余妈找白敬宇只有一件事,余飞穿上鞋马上冲了出去,不管三七二十一,把余妈给拽回来。

余妈刚说到一半,看余飞不让她说下去,哪肯罢休?大声骂道:"你个没良心的,你没本事把你哥救出来,又不肯花钱赎他,我让白总帮忙怎么了?我辛辛苦苦把你养大,你就这么对我的?"

余飞边拽余妈,边跟后面呆在原地的白敬宇说:"白总,我妈梦游了,你别听她胡说,早点休息。"

看堂屋的门被余飞关上,里面传出噼里啪啦的砸东西声和余妈的叫骂声,白敬宇想进去劝,但犹豫了几秒,还是转身回屋了。

叫骂声越来越难听,白敬宇最终还是拿起手机发了条信息。几秒之后他的手机就响了。白敬宇接起电话:"刘叔你好,我是小白。我想跟你打听个事,你们所里之前是不是拘了一位叫余强的……"

第二十章　启动资金

第二天，余飞和白敬宇骑车去县里买种子，两人都很默契地没有提昨晚的事。

西贝村到东山县一百多公里，开车去一趟要两个多小时，路面颠簸，摩托车比汽车要稍微慢点，怎么也得三个小时，去银行外加去种子公司，来回就得一天。颠簸了一路，白敬宇把车终于停在农村信用社门口。"你没有什么不良的信用记录吧？"白敬宇问下车的余飞。

"没有。"

"那就好，申请后拨款一般没那么快，信用社人员应该会先上门调查情况是否属实。如果确定无误，像你这种申请种植业贷款的应该不会被卡的。"

"希望如此。"余飞理了理头发，跟停好车的白敬宇一起走了进去。

余飞本以为这事会比较麻烦，没想到现在正好有个惠农贷款政策，根据情况，最高可以贷五十万。她填了二十万，然后又出示了各种证件和承包六百亩地的合同。填好了各种表格交上去，工作人员就让她回去等消息了。

"你说二十万会不会太多？能贷下来吗？"余飞一出门就问白敬宇。她原本想着只贷十万，但看到政策这么好，就多填了一倍。毕竟光买种子就要花七万，后面还有地膜、肥料和农药这些开支，她想要多点钱在身上，防止突发情况。

"工作人员没有阻止，应该就是在合理范围内的。"白敬宇见过不少在填单的时候就被劝退的例子。

"希望能贷下来。"余飞吁了一口气，"走，去种子公司看看吧。"

白敬宇看了眼时间，已经到了吃午饭的时间，他指了指旁边的小店："先去吃点东西吧。"

两人刚在店里坐下，余飞就接到了文涛的电话："文涛？"

"你们到县里了？"文涛那边有些嘈杂，像是在街上。

"到了，刚办完贷款的事，一会儿就去种子公司。"昨晚余飞在QQ上跟陈双说了今天要去县里办贷款和买种子的事，所以文涛这么问她一点儿都不奇怪。

"你们现在在哪儿,我过去找你们。"

余飞报了位置,然后问道:"好,吃午饭了吗,给你点个你最喜欢的雪菜肉丝面?"

"必须的。"那头的文涛似乎有些激动,"一会儿见面跟你们说件大事。"

"行,等你过来。"

余飞挂了电话,两人先点了东西。等面的时候,白敬宇忽然问:"你说有没有人直接从棉桃里把棉籽挑出来种的?"

"有,我记得上初中那会儿,村里有人想要省掉买种子的钱,的确有棉农这么干了。他们买了第一代种子,看到长势和产量等各方面的指标也很优秀,结了棉桃之后,就把种子留下来,来年又种上去。本以为长出来的棉花还跟头一年那样,没想到这些种子要么发芽率低,要么发芽不久就死了。那些发了芽的也光长个不结桃,产量非常低。看到有人吃了大亏之后,村里就再没人自己留种种棉花了,全都去种子公司买。"

余飞说完顿了顿,继续道:"当时我跟我爸去种子公司买种子的时候,还特意问了专家。专家说育种公司出售的种子都是采用杂交手段培育而成的。这种杂交种子在第一年种植的时候各方面指标确实都很优秀,抗病虫害、抗倒伏、高产等特征表现突出,这是因为杂交培育出来的一代杂种具有双亲的综合优势;但是杂交培育的种子基因往往不纯,第二代就开始变异,大概率会生长不一致,产量降低,所以用于农业种植的杂交种子只能用一次,不能继续留种到下一年。如果非要冒险,坑的只能是自己。"

白敬宇点头:"如果农民买一次种子就能无限循环自给自足,那种子公司也就甭干了。"

两人正说着,文涛风尘仆仆地从外面大步走进来:"飞哥,白总。"

余飞给他拉开凳子:"你刚才在电话里神神秘秘的,啥大事?"

文涛把气喘匀,一脸认真道:"我要回西贝村了。"

"哈?"余飞和白敬宇都不明白他啥意思。

"村里过两天要竞选新的村委,县里把我调回去做西贝村的党支部书记。这个消息过两天才公布,我先告诉你们了。这下,我就能亲眼见证你们六百亩棉花农场从成立到成功的过程了。"

"这是你自己申请的?"余飞问。她记得当时陈双和文涛为了调到县里,可是花了不少心思,现在怎么又回来了?

"我自己申请的,看你这么有干劲,我觉得自己也应该再做些有价值的事。"

自从上次的展会之后,那个顶替他上去主持的同事得到了重用,他这个出大力的反倒被遗忘了。文涛不想再在办公室里熬了,他想出来,在更广阔的天地里成就一番事业。恰逢西贝村村委换届,他就申请调去当驻乡干部了。

"恭喜文书记了。"白敬宇说。

文涛笑得憨实:"谢谢。你们在西贝村创业,我是真希望你们能做出点成果来,这样也可以给整个东山县打个样,以后全县的发展也有了领头人不是?"

余飞问:"这事双姐和文婶她们知道吗?"

文涛一顿,战术性喝水:"还没来得及跟她们说。"

余飞知道陈双肯定是反对的,劝道:"县里的机会总归更多些,为什么一定要回西贝村?"

文涛放下杯子:"其实申请的时候我也没想那么多,就觉得西贝村因为太穷没人愿意来,我就难受。我也想明白了,你都能从海城回来种棉花尝试新的致富路,我从县里回来那还算是个事吗?这么多年了,每年回来都是那条颠簸路,我是真想给村里带来些改变。"

白敬宇看向文涛的眼神从客套到有了一丝真诚:"你打算怎么改变?"

提到这儿,文涛的眼神都亮了起来:"第一,县里今年开展种子到村政策,要打通最后的十公里,以后每个村里都会有'种子超市',农民们买种子、买肥料、买农机,再也不用到镇里、县里自己一车车去拉了,在家门口就能买上好东西。这个驿站点我已经给村里申请了,等过几天村里的换届会开完,我正式上任,就把这事办了。"

"文涛,厉害啊,你这一上任就给村里办了件大好事啊。"余飞听完都忍不住朝他竖起大拇哥。以前她爸买化肥和农资都要骑着三轮车到县里买,然后再自己拉回来。遇到农耕的时候,化肥卖断货,还会白跑一趟,来来去去浪费不少时间。如果村子里有了"种子超市",那她在家门口就能提货。

文涛笑笑,接着说:"还有更好的。'种子超市'还跟农村信用社和电商合作,不仅能帮村民代购优质的农机,还会定期邀请一些农业生产专家,来村里给农民免费提供农机、农具的使用指导和农事咨询。除此之外,为了支持农民春耕生产，农村信用社还有专项补贴。只要购买的种子、肥料等产品达到一万块以上，还能享受分期付款，为农民解决资金周转问题。"

"我的天啊，文涛，你可太棒了！"这消息对现在的余飞来说，简直就是及时雨，"我正愁不够钱买种子，你就给我带了好消息，不愧是十多年的好兄弟。"要是能分期付款，就算银行的款贷不了这么多，她也能周转过来。这样一想，余飞心里的压力瞬间就小了许多。

"都是国家政策好，你运气不错，正好赶上了。"文涛知道她急着买种子，所以第一时间就过来告诉她了。

"的确是个利民的事，要是村里再多几个像你这样的干部，西贝村肯定能脱贫。"白敬宇真心实意地说道。

文涛有些不好意思："我也没你说的这么好。我就是想着自己好歹也是西贝村出来的，也算知根知底，能为村里出一份力也是好的。"他说完转头跟余飞拜托道："要是双儿闹起来，你就帮我劝劝。"

"陈双还好说，就怕文婶。"余飞可是见识过文婶彪悍的一面的。她妈这样的，在文婶面前都不值一提。

"我妈那边我已经想好办法了。我给她送点礼。"

"什么礼？"余飞好奇。

文涛苦着脸："一根藤条，负荆请罪。"

三人笑起来，氛围瞬间轻松不少。

知道了文涛即将在村里引进"种子超市"，余飞和白敬宇也就不用急着去种子公司看情况了。

吃完饭，余飞跟白敬宇去了趟县一中。跟余飞签完合同，白敬宇就让老蒋陆续往这儿发整地设备了。村里接不了这么大的东西，他只能让老蒋发到严志高这儿。

严志高指着停在操场旁边一辆大货车跟他们说："那些设备太大，我已经帮你们雇了车，等会儿司机开车一起跟你们运回去。"

"真是太谢谢你了，严老师。"余飞发现这严志高办事效率真是没得说。

严志高搭着白敬宇的肩膀，吊儿郎当说："谢什么，帮美女办事不是应该的嘛。"

白敬宇挑眉："能不能有点老师样儿？"

严志高笑道:"飞哥看到了吗?始乱终弃啊。你以后找男友千万要擦亮眼,别找这种冷酷无情、翻脸不认人的。要找就找像我这样,热情似火善解人意的。"

余飞跟他们接触了这么久,也习惯了严志高的说话方式,淡笑说:"我的确不喜欢冷酷的,但也不喜欢太热情的。"

严志高继续问:"那你喜欢哪种类型的?我看看认识的人中有没有符合你条件的,给你介绍介绍。"

白敬宇虽然在检查货车里的产品,但耳朵却竖了起来。

余飞笑笑:"我现在只想种棉花,哪有时间谈恋爱?还是不耽误别人了。"

严志高继续说:"没事,可以先聊,谈不了恋爱多个朋友不也挺好的嘛。我海城有不少朋友都是单身,质量和人品都不错的。"

"她说了她没时间。"如果眼神能杀人,严志高已经被白敬宇的眼神刺得遍体鳞伤了。

严志高似乎嗅到了什么不一样的气息,他看了看两人,嘻嘻笑道:"也是,种棉花更重要。"

余飞想起余美的事,问严志高:"严老师,小美要是学音乐,那她的文化课和专业课要怎么协调?"

说到正事,严志高也不开玩笑了,认真道:"文化课照常上,专业课我给余美找了两位老师,一位教歌唱技巧,一位教音乐理论知识。每周日全天在网上给余美上课,我到时候把电脑拿去教室,让余美在教室里学。平时余美就跟着老师推荐的教材自学。"

余飞边听边点头:"这个安排很好,严老师费心了。费用的事……"

严志高打断她的话:"没有费用。他们听说是给我支教的孩子教学,都是义务帮忙。"

余飞知道这义务帮忙里面,多少是有严志高的人情在里面的,看出余飞的犹豫和不想欠人情。白敬宇开口说:"余美要是真能考出去,对于严老师来说,也是一种成就。"

严志高微微一笑:"没错,做老师的,当然希望自己的学生能实现理想。在这里支教的这些日子,我发现很多孩子的天赋和创造力并不比城市里的孩子差;但因为缺少机会,他们跟无数种可能性失之交臂,直至将自己的才华彻底埋没,这真是一件非常可惜的事。"他停了半秒,继续说:"我想过了,如果这次余美真能考上海城音乐学院,我就会联系以前学艺术时的人脉,跟学校搞个艺术护苗活动,帮助更多靠成绩走不出去但却天赋异禀的孩子。"

"严老师,我也是从一中毕业出去的学生。听完你的这番话,我实在不知道要如何表达我的感激之情,我替这里所有的孩子感谢你。"说完,余飞朝他认真鞠了一躬。

严志高嘴角抽了抽,忙伸手说:"别,别,这都是我应该做的。"

在他手快碰到余飞手臂时,白敬宇已经先一步拉住余飞:"要谢也是余美自己谢,你就不要操心专业课和课时费的事了。"

"对。不过我要提前跟你说一下,如果余美考上了,艺术学院的学费会是普通大学的三倍左右。"严志高说的也是他所担心的。在这里,即便他花了大力气帮助了这些孩子,让他们考出去了,但学费依旧是拦在孩子们面前的一座大山。

"只要余美能考上,学费我一定想办法给她交上。"余飞知道严志高的苦心。只要余美能考上,她就是多做几份兼职,也不会让余美上不起学。

白敬宇忽然问余飞:"你大学的学费是怎么交的?"

"我的奖学金加自己打工赚的。"

白敬宇一猜就是这样,继续说:"你不是余美的父母,即便是她父母现在没钱给她交。她作为一个成年人,也可以像你一样,半工半学去负担自己的学费,毕竟这是她自己的选择。"

之前余飞从未认真想过这个问题,如今听白敬宇这么说,她忽然就怔住了:"可她从未自己赚过钱。"

余飞知道余美的性子,对很多事也只是三分钟热度,她不知道余美能不能为了自己的梦想下苦功,更不知道让她自己一个人应付一半的学费和生活费,她能不能撑过去。

"没有人天生就是能干的。再苦再难,只要全力以赴,总能活下去。你们虽然是一家人,但你不是谁的拯救者和庇护者。你在拼尽全力的时候,也应该让她明白这个道理。"

"谢谢你的这番话,让我醍醐灌顶。"

余飞忽然想通了很多问题,自从她开始赚钱,就拼命想着还余家的恩情。她也知道余强、余美的未来不应该由她来担负,但身处这个环境,她竟不知不觉把自己代进了余父、余母的角色。是白敬宇的话让她从角色中醒过来了,她不是谁的拯救者和庇护者，每个人都应该为自己的未来努力。在这个过程中余美或许会怨她，家里人会不理解她，但她相信，只有自立才能自强，才不至于像余强那样，现在都还没断奶。

白敬宇看她终于想明白了，笑笑："行，时间不早了，我们现在回去吧。"

如果说刚才严志高只是怀疑白敬宇有些不对劲，那现在，他是真可以确定白敬宇对余飞不一样了：他心疼余飞，不想再看着余飞被一家人吸血了。但看两人的相处状态，貌似只是白敬宇的一厢情愿。严志高没想到他在有生之年，还能看到白敬宇剃头挑子一头热的样子。他已经迫不及待想在朋友圈发信息，告诉那些垂涎白敬宇的妹子们，她们的男神有心仪对象。

回去的路上，白敬宇带着余飞的摩托车在前面，装了设备的大货车跟在他们后面。车子开到村口，在小卖部打牌的村民都抻着脖子张望。跟在刘大柱后面的几个小青年看着白敬宇的摩托车眼睛都直了。

一个寸头酸溜溜道："二叔还说这姓白的是来这里创业的，我看这老小子就是来找女朋友的。我要有那辆车，也能和飞哥好上。"话音刚落，屁股上就挨了刘大柱一脚："滚。"看刘大柱黑着脸，几个人都不敢再说话了。

第二十一章　智能工具

大卡车一路开到余家门口，左邻右舍都过来看热闹。

白敬宇和司机帮着把各种器材搬下来，余妈看着这些叫不上名的各种工具新鲜得很。自从余家被催债的"洗劫一空"，他们家就再没这么"满当"过。她力气不小，把余爸背到堂屋坐着，让老头子也高兴高兴。

热心的邻居都过来帮忙抬东西，人多力量大，不一会儿机器设备就全进院子了。

得亏院子不小，才能放下其中两个大"家伙"。因为东西太长，得分开两个大木箱子装着。余飞从箱子的缝隙中隐隐可以看到其中一个装着的是大红色支架，下面是两个绿色折叠横条滚筒样的铁耙和两串铁犁组合成的工具。而另一个则是蓝色支架，红色部分是一排桶状的东西，底下还有些圆圆的喇叭形状的铁质东西。

白敬宇把台式电脑和大屏显示器这类电器搬进房里,其他大型工具全都留在了院子里。

"小白总,这些都是什么机器啊,看着可真新奇。"余妈左看看右看看。即便白敬宇让余家人叫他小白或是敬宇,不用叫他白总,但他们还是叫他白总,为表亲近,余家父母叫他"小白总"。

白敬宇看坐在堂屋里的余爸也抻长了脖子往外瞧,忙给他们介绍道:"余叔余婶,这是我们公司生产的农业植保无人机。还有买回来的整地和平地的工具。"

余建国一脸新奇:"这就是无人机啊!小飞跟我说过,这机器能耐大着呢,什么都能干。"

白敬宇笑着说:"也不是什么都能干,要装上不同的配件,才能干不同的农活。"说完他指了指旁边地上的那几个半人多高的小型机器,"这个是农机智能照相机,帮我们实时监控棉田。这是农业气象站,帮我们预测当地实时的天气情况。这是土壤监测仪,播种之前我们要进行土壤检测,确定种植的温度和湿度还有营养成分是否合适播种。有了这些器材,我们足不出户,也可以知道棉田的情况。"

"不出去就知道,这也太邪乎了。"余妈心说这些玩意儿说得比村里的神婆都厉害,怎么做到的?

白敬宇解释说:"等我们把网都联好,软件程序都安装上,到时候把机器在棉田安装上,机器就能把棉田的情况在家里的显示器上显示出来。"

"好,真好啊。"余建国种了一辈子棉花,也没见过这么先进的工具。

余飞在两个大箱子前问白敬宇:"白总,这里面的是耕地、平地的工具吗?"

"对,一个是犁地和耙地一体机,一个是多功能播种机。"

"这播种机跟我们以前用的是一样的?"余建国恨不能站起来走过去看。

余飞帮着白敬宇把包装箱打开后,拿起说明书边看边说:"不是的,爸。这台机器比咱以前用的要先进,是复合作业,能一次性完成种床镇压、开膜沟、铺膜、膜边覆土、膜上打孔播种、膜孔覆土和种行镇压等多项作业。"

余建国瞪大眼:"这么多活,这机器一次就全给干了,真是了不得啊。"

余妈一个劲儿在旁感叹道:"我的个娘啊,这些大城市来的东西,一个

211

比一个邪乎。"

吃完饭,余飞和白敬宇在他房里讨论接下来的种植步骤。白敬宇点开屏幕上的计划页面,跟余飞说:"土质的好坏是棉花种植能否成功的第一步。在播种前,我们要先用土壤检测仪器对棉田进行科学分析,看是否缺少营养元素,根据需要进行土壤改善。"

余飞认同地点点头,她在"新农天地"网站上看过,知道这就跟医生看病一样,先检查,再对症下药,是一个道理。

白敬宇点开一封邮件:"我之前已经把挖回来的土样邮寄到海城检测了,大概今天他们给我发来邮件,说检测结果显示,我们的棉田地块比较缺乏的是钾元素和磷元素。"

"缺钾,缺磷,缺水?"余飞一脸惊讶。

"对,这应该是跟我们的棉田地势低、沙质重有关,同时土质缺少水分。等我们清理完地面,我打算给土地浇一次水。"

余飞边点头边记下来。在传统种植里,棉农没法提前了解土质,都是在种植了棉花之后,看棉花的长势来判断棉花缺了什么营养。如今提前从土质上判断,在种植前提前把基础打好,的确比棉株出现病症后再补救要好得多。没开始种植,余飞就感觉到了科学种植的力量。

余飞记下重点,问:"补充这些元素,是不是在拖拉机耙地的时候,就把钾肥和磷肥按每亩多少克的配比,喷洒在土里,让土壤吸收?"

"对,加入这些有机肥不仅能让土壤肥沃,还能在棉花的生长过程中为土壤中的微生物提供很好的温床;而微生物又能帮助棉花对各种元素进行吸收,是个良性循环。"

"正好拖拉机也整修得差不多了,从明天开始我们就去清理棉田。"余飞把新配件买回来后,这些天她一有空就修,拖拉机已经跟刚拖回来时截然不同了。

"就我们两个人?要不然请些人吧。"这可是六百亩地啊,想想棉田里的那些陈年大枯枝和砖头垃圾,白敬宇觉得这是个不可能完成的任务。

余飞笑道:"当然要请人,我打算明天开我们的拖拉机去我爸的棉田里捡大枯枝,然后送到镇上卖,到时候就可以用卖的钱付请人清理那六百亩的工钱。"

"枯枝还能卖?"白敬宇以为那东西只能用来自家当柴烧。

"当然。它可是栽培双孢蘑菇的好养料,除此之外,它还有用作燃料、生产高密度纤维制品、用作堆肥和牲畜饲料等用途。镇上有家双孢蘑菇的养殖大户专收棉秆,现在种棉花的人少,拉去能卖不少钱呢。"

白敬宇看她一脸准备要去捡钱的开心样,不由笑起来:"行,明天就去。"

第二天一早,白敬宇晨跑回来,余飞已经做好了早餐。

白敬宇做饭好吃,但他好歹是租住在这里的,总不能一日三餐都让他给余家做饭,所以早餐一般都是余飞起来做。虽然她厨艺不佳,但做点稀饭馒头还是能凑合吃的。

吃完东西,余飞把两把铁铲抛到拖拉机车斗里,自己去把机器发动起来。轰隆隆的声音响彻院子,改头换面的拖拉机很带劲儿。就冲这响声,两千多花得值了。

余飞坐到驾驶位,白敬宇不会开,直接坐到了她旁边。这段时间他们虽然经常一起坐摩托车出去办事,但都是一前一后,现在白敬宇就这么紧挨着坐她旁边,她还有些不习惯。

拖拉机发出巨大的声响,摇摇晃晃,颠颠颤颤地出了院子大门。白敬宇坐在又颠又颤的拖拉机上,手紧紧拉住车顶遮阳片下面的扶手。他在海城的时候坐过不少豪车,但都没此时坐在这台拖拉机上感觉刺激和"威风凛凛"。

月英婶子看着这台清理一新的红色拖拉机,差点惊掉下巴,揪着自家儿媳妇小仙问:"这,这是咱家那台拖拉机?"

余飞把车直接开到了二婶家,跟二婶说了她这几天想要请十个人帮忙清理棉田的事。

二婶是村里的妇女主任,整天都是调节村里婆媳妯娌间的芝麻绿豆小事,烦都烦死了。如今听余飞请她帮忙找愿意兼职的女工,瞬间就有了干正事的感觉,满口答应下来。

捡田里的砖头瓦块不是重体力活,小孩、老人都能干。加上现在不是农忙,村里的大姑娘、小媳妇在广播里一听有能赚钱的活儿,马上争着过来报名了。

都是一个村的,大家知根知底,二婶帮余飞现选了二十位干活麻利的女工,直接就去棉田干活了。

傍晚余飞和白敬宇高高兴兴开着拖拉机回来,今天他们卖了十几车棉秆,虽然累,但再过两天,六百亩棉田就能彻底清理出来了。

晚上，余飞在屋里做兼职，QQ上甄妮的视频连接就发过来了。

余飞本打算做完工作再找甄妮的，她已经想好给余强请律师了，让甄妮帮她把首付款给律师。没想到甄妮跟她心有灵犀，先给她发消息了。

余飞刚接通视频，就听到甄妮兴奋的声音："飞哥，好消息。你哥又回到拘留所了。我托关系去问，没想到对方说是你哥的案子查清楚了，原因是你哥当时在宵夜摊多看了对方的女伴几眼，对方觉得你哥在挑衅，让你哥道歉，你哥就骂了街；对方就动了手，没想到被你哥给打断了腿。这事双方都有责任，但对方伤了一条腿，现在就只让你哥赔付医药费，大概五千块之内。你哥在拘留所拘留个十五天估计就可以出来了。"

余飞听完也很高兴："你找的律师真是靠谱，我还想着要联系你，让你把首付款转给律师，没想到他先把活干了。"

听完她的话甄妮也愣了："这不是我找的律师干的，我以为是你找的人。"

余飞一怔："我没找人啊，这是怎么回事？"

"现在还有做好事不留名的？我听说出来调查的可是所里的一把手。"甄妮说。

余飞听完，忽然想到余妈那晚叫白敬宇帮忙的事，她认识的人中，除了他，她实在想不出还有谁能叫得动海城看守所的一把手来管她哥这种鸡毛蒜皮的小案子。

跟甄妮聊完，余飞第一时间把这个好消息告诉了余爸余妈，让他们放心。

余建国不知道余强原本是有十年牢狱之灾的，但觉得从原来的五万变成了五千，总归是好事。这段日子堵在胸口的郁结也疏通了不少。

余妈听到这个消息高兴得在屋里来回踱步，着急催促余飞赶紧给儿子汇钱过去："医药费五千，你给他汇五千，不，一万，他在外面吃住都贵，兜里还要留点钱。算了，你给他汇两万，说不定再通融通融，你哥连十五天都不用待了。"

看余飞没说话，余妈提高音量："我跟你说话呢，听见了没有？"

"妈，现在是法治社会，不是用钱就能搞定一切的。我哥今年已经三十多岁了，他犯了错，就要自己承担责任。拘留十五天是肯定的，他身上还拿着我以前给你们的钱，要是这五千块他自己不掏出来赔给别人，那他就在那儿关着吧。"

"什么你的钱？你给我养老的钱就是我的钱，我给我儿子了就是我儿子的钱。你自己在家吃饱穿暖,也不想想你哥身上的钱都给了别人,他一个人在外面要怎么生活。你是想饿死你哥还是咋地?你有钱也不给你哥,你这心怎么这么毒?要早知道这样,我当年就不该把你捡回来,现在也不用在家里气我。"余妈越骂越大声,一副余飞不出这钱,这事就过不去的架势。

余飞不理余妈,跟一脸难过的余爸说:"爸,我会养您和妈到老,但不会养余强一辈子。您管不了余强一世,就应该让他自力更生。这个世上,只要肯出力,总不会饿死。"她顿了顿,"爸,没事的话我先睡了。"

看余飞走出房间,余妈不依不饶:"你给我回来!你敢不管你哥,我现在就打死你。"

"你闹够了没有?"余爸拍着床不停咳嗽。

"我不闹咋办?她不汇钱,我儿子怎么办!强子是你亲儿子,你的心咋这么狠!"余妈边哭边说,"这些日子,我整宿整宿睡不着觉,一想到余强在外面吃苦受罪,我就心疼得厉害……"

"你给我消停会儿吧。"余建国心烦意乱,他自己的儿子,他又何尝不心疼?余建国长叹一口气,从枕头下摸出一个布包丢给她。

余妈打开鼓鼓的布包,里面全是一张张一百元,她朝指头上吐了口唾沫就开始数了起来。

"别数了,五千块。这些钱是小飞以前回家时三不五时塞给我买酒喝的,我全攒下来了。本想着等她结婚时再给她,现在你拿走吧,汇给余强。这是最后一次,以后让他自己用双手赚钱吃饭。"

余妈有了汇给儿子的钱,自然也就不想跟老头争执了。心说余飞种棉花一年赚这么多钱,余强没钱肯定还要找她要。

第二天余飞和白敬宇依旧去清理棉田垃圾。

拖拉机开到田埂边停下,白敬宇刚要下车,余飞思忖了一路,终于开口叫住他:"那个,谢谢你帮了余强。"

白敬宇也没否认:"事情查清楚了就行,昨晚余婶又说你了?"

余飞苦笑点头:"老人家思想比较固执,让你见笑了。"

"我挺佩服你的。"白敬宇看着她,"坚持自己的原则,他们迟早会明白的。"

"嗯。"余飞不想欠白敬宇人情,但终究还是欠了。

中午余飞跟大伙赶到村公社投票，下午又赶回棉田干活。

这两天村里都在准备投票竞选的事，文涛要成为西贝村村支书的事已经传开了。

一般的村干部组成都是四个职位：村党支部书记、村委会主任、会计和妇女主任。

村党支部书记是农村基层建设的主要负责人，是县里直接任命的。剩下的职位都是村民们自己选出来的，一般都是村里威望较高的人。

西贝村没有村长，村委会主任就相当于代理村长了。

上次竞选，刘老柱因为有包工头的亲戚，给村里头的男人们解决了城里工作的问题。好多人为了个拉水泥和搬砖的活儿，都投了刘老柱。今年二叔帮村里把闲置的棉田租了六百亩出去，总算以微弱胜算，争到了村委会主任这个位置。

妇女主任之前就是二婶在当，她干得不错，这活又吃力不讨好，没人愿意去争，所以今年自然又是二婶在干。

相较于刘老柱一家的灰头土脸，二叔一家出了两个当官的，自然是喜气洋洋。

而棉田这边，二婶帮余飞选的人都是手脚麻利的，三天时间就帮着余飞把棉花农场几百亩田地收拾出来了。

转眼过了一周，文涛说到做到，刚上任就把种子超市的事给搞定了。

种子超市落成期间，余飞的贷款也批下来了，虽然没能贷成二十万，但十万是贷下来了。

种子超市里售卖的种子是采用最新的防虫防潮包衣技术的种子，村里的棉农没见过。虽然文涛鼓励大家在种子超市分期付款购买农资，但大伙因为没见过这样的新动向，所以并不相信。在大家宁可舍近求远，依旧去县里买种子跟化肥的时候，余飞率先在种子超市里订了有机肥料和种子，还办理了种子的分期付款业务。

在文涛的大力宣传下，二叔家、刘大柱家、村会计家还有另外几户都各种了十亩棉田。

村里人种棉花整地时都要及早打垄，西贝村这边春天打垄都在三月底前完成，最迟不超过清明前。可眼下就是四月初了，大家都已经打完垄了，余飞这边的六百亩地连个动静都没有。村里人都觉得她和白敬宇根本就不会种棉花，大家都在等着看他们的笑话，尤其是刘大柱一家。

余飞不管外面的风言风语，跟白敬宇选好了耕地的日子，这才开始正式动工。

余飞家只有一台拖拉机，拉不动这么多工具。文涛帮她借了一台，又喊了二叔和好几位村委，一起把工具拉到棉田里。两辆拖拉机轰轰隆隆地停到了上午拾掇好的棉田田埂边。

余飞停好车，白敬宇跳下车，跟后车的几个男人一起，把车上的犁地工具和耙地工具都搬下来，安装在余飞那辆红色的拖拉机上。人多力量大，加上白敬宇和余飞都是懂安装的，工具很快就安装到了拖拉机尾部。

"谢了，二叔。"余飞拍了拍手上的灰，跟二叔和前来帮忙的村民道谢。

"谢啥，你们现在干的可是让我们西贝村露脸的事，以后有啥二叔能帮上忙的你就尽管开口。咱文书记在会上可是说了，让我们这些干部多帮帮你们这些自主创业的年轻人。行了，不耽误你们干活了，赶紧忙吧，让我们也开开眼，看看你们这智能工具的能耐。"二叔说完，看向在车顶上安装了天线，又在方向盘上安装好了自驾仪电动方向盘的白敬宇。

"这是装的啥工具？"二叔问余飞。

余飞帮着白敬宇把控制器安装上，开口说："这叫自动驾驶仪器，可以自己开车，让机器走直线。"

"啥？"二叔和旁边几个村民以为自己听错了，"自己开车？还能走直线？"

"一会儿你们看就明白了。"余飞拍了拍手上的灰。

几人就像是听笑话一样摇头。附近也有别的村民在用小型的电动工具在耙地，看到这边准备下地的大家伙，都被这些新奇的玩意吸引，全都围了过来。

白敬宇安装完毕，又把平板电脑上的程序打开。他本想让机器自己开，但余飞在来的时候说她想在上面感受一下。

白敬宇知道余飞是不放心让车子自己开，他也没说什么，也跟着跳了上去。这个自驾仪是他们最新研发出来的产品，虽然在量产之前已经做过多次试验，但在这里是实操首秀，以防万一，人在上面还是保险些。毕竟机器出了问题，还可以直接启动应急机制。

"不是说自己开吗？怎么上去了？"旁边看热闹的村民说。

刘大柱也站在人群里，故意大声说："知道海城那些个科技公司靠什么赚大钱吗？"

"靠什么？"几个小弟问。

"靠吹牛啊。"刘大柱冷笑一声，看向拖拉机驾驶位上并排坐着的两个人。

余飞不理他们，发动车子，车子缓缓往前走，但她没敢马上双手脱离方向盘。"没事，你慢慢放手。"旁边的白敬宇说。

"我，我先开一会儿。"

之前多亏了张谦他们过来拉线，这边的几百亩地都覆盖上了信号。此时白敬宇手里的平板界面上迅速显示出此时拖拉机的速度以及按照这一排八个犁的工具排列，整块地可以精确分成十六条路径。而此时他们直行的这一条，是横向排列中的第三条路径。

车子速度很慢地直行了几分钟，平板上的数据不停跳动，显示这条路径走到底还需要多少秒以及还剩多少米。

余飞好奇地看着平板上的数字变化："这都是它即时算出来的？"

"对。"

她想要从后视镜看犁得直不直，白敬宇瞧她左顾右盼的样子，笑着把平板递过去："你从图上就能看出它走得直不直。"

余飞一想也对，看着图上运动着的拖拉机身后笔直的线条，她惊喜道："直，真直。"

田埂上有女人感叹说："这飞哥行啊，第一次开拖拉机就能开这么直，我家老头子都开几十年了，还跟拐弯一样。"

在旁边看着的不少大老爷们都不敢吭声，这里的确没人敢说比余飞开得好。

"那是机器开的，哪是她开的？她哪有这本事？"在自家田里忙活的桂花姐不屑道。

"那机器能自己开？这不是飞哥弄的方向盘吗？"女人指着不远处的余飞说。

话音刚落，女人就看到余飞慢慢放开了双手。这机器走完一行，在白敬宇用平板的操控下，竟然自己就转弯到旁边的路径上了。余飞低头看了眼地上的痕迹，精确度竟然达到了五厘米之内。

她放手的动作，田埂上的村民都看到了。大家就这么吃惊地看着那台红色拖拉机，自己带着驾驶室里坐得笔直的两人缓慢笔直地开了过来。

二叔一行人都看傻眼了，刘大柱旁边的年轻男人推了推他，惊叫道："那城里人没吹牛，车子是真的自己开了。"

所有人都像吃惊站立的狐獴一样，眼睛一眨不眨地看着这台神奇的拖拉机。

车上的余飞从一开始的紧张到逐渐放松下来，她拿着平板电脑，看着这台"自动"拖拉机，不由也激动起来。

白敬宇脸上带着淡淡的笑意，机器到目前为止，表现得都很不错。看到余飞惊叹的样子，他脸上的笑就忍不住要溢出来。

"白总，这个自驾仪真的太神了，能全自主跑直线，还能避免重漏，交接行稳定，还解放双手，真是太实用了。"余飞对此赞不绝口，"按照这个速度，这六百亩地估计两天就能耕完了。"

"嗯，等适应了，我们还可以调节速度。正常来说，一天就应该能耕完；但现在我们边耕边撒有机肥，为了让土壤均匀吸收，得把地耕匀，所以速度上我就调慢了些。"白敬宇说完，又把速度降了百分之十。他要慢慢测试各种功能，看哪里需要改进。

此时解放了双手的余飞，看着他的一键启动作业，心里在暗暗盘算，这机器能自动驾驶，那就没有白天黑夜需要休息的说法。要是能一天二十四小时作业，一天内耕完还真不是开玩笑。这要是放在以前，她真的想都不敢想。哪次犁地，她爸不累得连抬手吃饭都困难？就这样的，一天也就顶多十亩地。

此时站在田埂上的二叔也回过神来，嘿嘿笑说："这白总还真有两下子啊。"

他今天过来帮忙，主要是看文涛这个书记极其看重这个棉花农场，为表关心，他也就过来看看，其实心里也跟其他村民一样，觉得白敬宇和余飞不会种棉花，迟早要闹出笑话来。谁能想到今天这机器还真让他大开了眼界。

文涛看得一脸兴奋，拿出手机边拍边说："真不愧是智能产品，以后要是大家都用上了，种地就不费劲了。"

刚才还在变着法嘲笑机器的刘大柱此时盯着田里那台自己走的车子，用力挠头，百思不得其解：这是咋整的，这车怎么就自己耕地了呢？就算是牛耕地，也得人在牛背上拿鞭子抽不是？

旁边的惊叹声越来越大，甚至不少胆子大的都跑到离拖拉机几米远的地方近距离观看。

就在大家啧啧称奇的时候，拖拉机一个拐弯，忽然一侧全陷入了地里。车上的余飞专心看着平板，没留意机器，忽然这么一晃，她没坐稳，眼看就要一头摔下去。白敬宇眼疾手快，一手扶住车把手，一手揽住了她的腰。还好反应过来的余飞控制住了平衡，把车子停了下来。

"没事吧？"白敬宇问。

"我没事，机器怎么了？"余飞看着出了事故的车子问道。

白敬宇皱着眉："不知道，下去看看。"

余飞和白敬宇从倾斜的拖拉机上跳了下来，余飞瞬间就明白怎么回事了。前几天为了补充田里的水分，他们用水管彻底把田里给浇透了一次。本以为过几天就能干，没想到干的只是表面，底下还是太湿了，拖拉机的轮子跑着跑着就陷到了泥泞里。

村里人开拖拉机在松软潮湿的田块中作业时，若田中有积水，开车的人会绕着走，先耕没有积水的部分，降低牵引阻力，尽量减小农具的耕幅和耕深；但现在拖拉机是自动驾驶，机器也就没有像人脑一样考虑到这些周围的事情，所以就导致了轮子一下卡进去出不来了。

边上看热闹的人看着好好的车子差点就翻了，全都跳下田埂，朝他们跑去。

"哈哈哈，我说什么来着？那玩意就不靠谱，这下栽了吧？"留在田埂上没动的刘大柱拍着腿跟几个小跟班说。

王桂花对着那机器"喊"了一声："还以为海城来的能有多厉害，也就那样。"

文涛跑过去帮忙，一看也明白是什么原因了。

"我把车子从坑里开出来。"余飞说着就重新上了车。原本这事应该由男人来干，可白敬宇不会开拖拉机，只能让余飞上了。

余飞发动车子，关掉自动驾驶仪，想要靠拖拉机自身的力量脱困。只见她稳住方向，把车头朝着干硬路面的一边转去，低速运行，以防机车侧滑横甩。可车子轰了好一会儿，轮子依旧还在泥里打转，非但没出来，还因为轮子的不停旋转，让整台车子越陷越深了。

意识到拖拉机驱动轮打滑，余飞没有再盲目加油门前冲后撤，而是立即停车，从车上下来跟白敬宇说："看这样子是出不来了，我们得先把后面的农具卸下来。"

在下面查看情况的白敬宇也是这么想的,这个深度,只能用木板、石块、柴草等物垫在驱动轮下,用低速挡驶出。如果拖拉机单边驱动轮打滑,只会越陷越深。

"文涛,还得麻烦你和各位乡亲帮帮忙。"余飞转头跟文涛说。

大家虽然是来看热闹,但该搭把手的时候也毫不含糊。在文涛的一声令下,围在旁边的村民都跟着白敬宇一起,把拖拉机后面的工具给慢慢卸了下来。

工具卸下来后,脱困的难度就小了很多。白敬宇又细心地在沦陷一侧的车轮坑洼里,填入了一些泥土,让坑道更平顺些。

余飞重新上了拖拉机。"小心点。"白敬宇在她身后嘱咐道。

"嗯。"余飞发动车子。

因为拖拉机在起步时需较大的牵引力,停车后重新起步会使拖拉机再次陷车,所以她挂了低挡,减压摇转曲轴。拖拉机使劲的同时,白敬宇也在后面推。其他人一看,也帮着一起推。众人拾柴火焰高,拖拉机在轰隆隆的声音里,终于驶出了陷坑。

白敬宇朝停下车子的余飞比了个大拇指。余飞笑着从车里探出头来:"常规操作。"

白敬宇也笑:"继续耕?"

"必须的!"

白敬宇又启动了自驾系统,拖拉机在大半天的时间里,把清理好的棉田都耕完了。这其中车子又陷下去了两三次,但每次都被余飞给重新开了出来。

夕阳西下,为了测试夜间作业能力,白敬宇让余飞先回去,自己留下来继续看机器自动耕地。余飞自己回家给两位老人做了晚饭,又打包了两份饭带去了棉田边。

两人坐在田埂边,机器还在不停干活,不远处拉起的灯架发出昏暗的光亮。

白敬宇打开饭盒,看着里面跟白米饭挤在一起,不太好辨认内容的菜。

余飞捧着饭盒,跟他一一解释:"这是红烧豆腐、西红柿炒鸡蛋和丝瓜炒肉,我照着你之前的步骤做的,味道肯定跟你做的没法比,凑合着吃吧。"

白敬宇吃过之前她做的"死亡包子",如今看着这些黑乎乎的菜,有些不敢下口。看出他的纠结,余飞说:"你要是不想吃,我去小卖部给你买饼干。"

全村就一个村口小卖部,想到之前刘大柱盯着余飞看的样子,白敬宇拿起饭勺:"不用麻烦了,就吃这个。"一口下去,这味道一言难尽。

221

白敬宇拿起她给他带的水壶，一口喝了小半壶。看着饭盒里满满的饭菜，有些暗暗发愁，但面上却没表现出来。只是若无其事地问："你给我拿这么多菜，余叔、余婶他们吃了吗？"

"他们都吃了。"余飞没好意思说。白敬宇这段日子都把他们全家人的嘴给养刁了，如今她做的菜他们都不怎么动筷。她为了不浪费，只能全往他们俩的饭盒里扒拉。

看他吃得慢，余飞也知道怎么回事，说："你不用全吃完，先垫垫肚子，等回去再做点面条吃吧。"

"做都做了，不能浪费了。"白敬宇当着余飞的面，硬着头皮舀了一大口吃起来。

好不容易把饭菜吃完，白敬宇对她说："今晚我要等机器耕完所有的地估计要到半夜，你吃完饭就先回去吧。"

"我回去了你自己一个人怎么把工具卸下来，怎么把拖拉机开回去？"余飞问。

"这……"白敬宇纠结，其实她不用跟他一起熬夜加班，因为耕地可以第二天再继续。他加班，完全是为了公司要做测试数据。

"别这啊那的，我们是搭档，我跟你一起干完再回去。"她说完往嘴里塞了满满一口饭，既然要加班，就得吃饱饭。

白敬宇看她吃得腮帮子鼓鼓的样子，笑道："那就辛苦你了。"

等她吃完饭，白敬宇跟她讨论接下来的种植进程。自从白敬宇住进余家后，他每天吃完晚饭后，都会跟她讨论种植的事。白敬宇把吃完的饭盒扣好，用纸巾擦了嘴，说："这几天温度升得快，五厘米地温都有十四五度。等再观察两天，气温再稳定些，我们就能播种了。"

"过两天是不是早了些？"余飞停下筷子，她知道温度是决定播期的重要依据，但根据往年村里种棉花的经验，播种期要到四月中下旬，因为四月底气温才适合棉花生长，如果播得太早，有可能对出芽率造成影响。

白敬宇知道她担心什么，拿出手机里的农业气象站测出的数据递给她看："播种时间不是按经验，而是根据实际的数据情况。现在温度计显示地温已经合适，那就是可以播种了。再说我们耙了地，要是不尽快种上，地下的水一干，种子就不容易发芽了。"

工具到了之后，白敬宇就在田里安装了几个农业气象站收集数据。余飞看着他手机上面显示出来的数据有光照时长、风速、风向、温度、气压、湿度和降雨量，等等，精确到每一天的每一个时辰。这上面的数据的确如他所说，已经具备了棉花播种的条件。既然选择了智能农业种植，那她就要相信科学的数据。余飞点点头："好，那就找个好天气播种。"

"明天我们把田间摄像头和农业气象站都安装上，到时候在平板上就能看到整个地头的情况了。"白敬宇已经把后面的每个步骤都想好了。

"一个小型农业气象站能管多少亩地？"余飞问。

"十五到二十亩。有了它们，就能感知土壤和棉花的变化。"

余飞不懂就问："可这些器材都是太阳能供电，要是好几天不出太阳，岂不是没有数据？"

"太阳能板能储存能量，如果阴天时间过长，我们就需要勤快点，多跑田间地头了。"目前设计的产品，还是有些无法解决的弊端，这些都是需要他一步步去改进的。

"好，那明天我们一起过来安装。"余飞说。

拖拉机一共干到了晚上十一点，终于停了下来。晚上虽然没有蚊子，但寒气还是冻得人没法久坐。

白敬宇去检查了机器设备，一切正常。他把数据都记下来，虽然中间有些问题，但他对产品的整体表现还算满意。

余飞则有些不敢相信地看着已经耕完了的六百多亩地。要不是她亲眼所见，她真不信在这么短的时间内，自己什么都没干，就这么干坐着，就能让机器自己完成了六百亩的耕地工作。她再一次感叹科技农业的力量，传统农民真是太辛苦了，是时候来一场翻天覆地的大变革了。

两人把拖拉机开回家，村里的路灯昏暗，拖拉机的声音不小，一路上引得村里的狗叫得此起彼伏。村里人睡得都早，余飞怕把车开回家吵醒左邻右舍，就把车子停在了离家不远的一个空旷小广场，跟着白敬宇走路回来。

两人的影子在路灯下拉得很长，虽然他们中间隔着一米多的距离，但地上的影子却靠得很近，像是拉着手依偎在一起似的。余飞觉得有些尴尬，不动声色地跟白敬宇拉开距离。

白敬宇说："不好意思，今晚让你陪着加班。"

"你帮了我那么多，我陪你加个班而已，没什么不好意思的。再说我以前在海城上班,也经常这个点儿回家。"

白敬宇看了她一眼:"等余叔做完了手术,你还会去海城发展吗?"

自从决定种棉花后,余飞就很少再去想回海城的事;如今听他这么问,她又想起云上科技对她的"限海令"。她咽不下这口气,但又没法跟他们斗。去海城,遥遥无期了。

看她不说话,他问:"怎么了?"

"没什么,累了。"她现在还不想跟他说云上科技的事。

白敬宇能感觉到她情绪的变化,想到之前刘大柱他们说她是贪污被开除,看来他要找人去打听打听仕达会计事务所的事了。

第二十二章　设备失窃

第二天一早,白敬宇晨练回来,就看到余飞已经把昨晚停在小广场的拖拉机开了回来,还把他准备要拿到棉田安装的田间摄像头和农业气象站都装到了车上。

余飞跟他打了招呼,说:"早餐已经做好了,吃完我们就可以出发了。"

"好,你吃了吗?"他边洗手边问。

"我一会儿回来再吃。"余飞说着,拿着小篮子去自家小菜园摘菜,留着中午回来做。

自从白敬宇要住这里之后,她就把自家的小菜园扩了两倍,还买了些小鸡仔、小鸭仔,在菜园边围了几个小鸡窝。她想着哪天要是买不到新鲜的蔬菜和肉类,自家养的也能顶上。毕竟白敬宇可是付了高额伙食费的,她不能让他吃亏。

白敬宇刚要问需不需要他跟着一起去摘,就听余妈在堂屋里喊他:"小白总,你赶紧过来吃吧,小飞刚把早饭做好了。"

他只能快步走进去:"余叔余婶早啊,你们怎么也这么早起来了?"

余建国放下筷子,笑说:"人老了睡不了懒觉。对了,听你余婶说昨天你的自驾仪大显神通了,让拖拉机自己耕地,可把村里那些人看傻了。哎呀,一天耕完六百亩地啊,我要是能亲眼去瞧瞧就好了。"

余妈昨天也跟着大伙去看热闹了,回来就告诉了余爸当时的情况。想起昨天的情形,余妈还在笑:"你都没看到那群想要看咱家老二笑话的人,最后一个个都被镇住的样子,就跟被谁点了穴似的。"

"可不是?村里最不缺的就是红眼病,到处编排老二是在海城混不下去了,只能回来种棉花。看老二包了这么多地,又盼着她种不下去。昨天他们就是奔着看笑话去的,谁知道小白总你的机器这么厉害,那些吃饱了撑的总算没话说了。"

这些闲言碎语,白敬宇不是没在村里听到过。但每次余飞就跟没听到似的,压根不在乎。她不在乎旁人怎么看怎么说这一点,让白敬宇很欣赏。

余建国一脸愧疚:"小飞是因为我的病,才辞了海城的工作回来种棉花。刚一开始我是不想让她种棉花的,就算在县里找份工作,也比她一个女孩子在地里种棉花强啊。可她说什么都要跟你合作,说是想要搞个智能农业棉花农场。小白总,你现在就是她的靠山了,以后还请你多帮帮她,这些年她真的太不容易了。"

"余叔您言重了。我跟余飞合作,她也是我的靠山。我们是搭档,她有困难我当然不会袖手旁观。"顿了顿,白敬宇问道,"余叔,飞哥从海城回来,只是因为您身体的原因吗?毕竟她在海城的工作不错,完全可以雇人照顾您。"

余建国还没说话,余妈就抢先说:"小白总,你可别听外面那些黑心烂肺的乱嚼舌根,我们飞哥绝不是在外面干了什么缺德事才跑回来的。她就是孝顺,看她爸腿脚不好,所以才辞职回来的。她聪明着呢,你跟她一起种棉花亏不了。"

白敬宇知道余妈误会他的意思了,说:"我不是担心亏不亏的问题,我是想知道她一个城市白领,为什么会忽然想要回家种棉花。"

余妈眼神躲闪了一下:"这,这我哪知道?你得问她。"

余建国怕白敬宇想歪了,也顾不得家丑了,直接跟他说:"都是因为我那不争气的儿子余强。他妈总是从小飞那儿抠钱给儿子,小飞就是怕她妈把钱都给了余强,没钱给我看病,所以才辞职回来的。"

"你个死老头子你胡咧咧啥?飞哥为什么回来她又没告诉我们,你咋啥事都怪到我头上?"余妈吼完老头又转向白敬宇:"小白总我也不怕跟你说实话,我家飞哥为什么回来我们不知道,她也没跟我们说。但我们养了她这么多年，我敢打包票，绝对不是外面瞎传的那些。"

余建国也急急说："是啊小白总，我们的女儿我们清楚，她不可能干出那些事来。"

看余家父母的样子，白敬宇心里有数了，看来这余飞也没告诉他们原因："余叔余婶，余飞是我的合作伙伴，她是怎样的人，我有自己的判断，不会道听途说，更不会随便怀疑她。我在这儿跟你们表个态，这个棉花农场，我一定会尽我所能，跟飞哥一起把它种出来，不会因为其他任何原因而改变这个计划。"

白敬宇的这番话，终于让余家老两口把心放进了肚子里。

外面传来院子门打开的声音，白敬宇知道是余飞回来了。他快步走出去接过她手里的菜，发现里面除了几种常见的蔬菜之外，还多了一大把香椿芽。白敬宇眼睛一亮："香椿芽？"

"嗯，你不是想吃吗？我回来的时候看到后山长了几棵野香椿树，就摘了些回来。"

他想起之前在棉田休息，跟余飞闲聊的时候提过小时候外婆给他做的一道咸干香椿炒鸡蛋，他就随口说了一嘴想吃，没想到她记下来了。他知道她有强烈的自尊且不想亏欠别人，她的举动是在还他帮余强的人情。她"知恩图报"，想要在日常的琐碎中做力所能及的，让他感到高兴的事。他不想让她有压力，但她有自己的准则。"你怎么摘的？"他记得后山的树都挺高的，她又没带工具。

"爬上去摘啊。"余飞一脸理所当然地拍了拍衣服上的灰。

"……爬？"白敬宇嘴角抽了抽，"下次别爬了。我做个工具，在下面一夹就下来了。"他不怀疑她的身手，但上树总归是有危险的。

"好。"余飞应了一声，进屋洗手去了。

余飞吃完早饭，去厨房把食材洗切好准备妥当，等着白敬宇一会儿进来炒好几个快手菜。只要是需要出去一天的，他们都会提前给余爸余妈留好午饭，然后带饭出去。今天他们要在棉田安装这么多设备，肯定需要一整天。

余飞把饭盒洗干净，就看到白敬宇拿着一个带钩子的圆木棍走了进来："工具做好了，以后不用再爬树也能摘香椿了。"

"你还真做了？"余飞以为他只是说说而已，没想到他动作这么快。她好奇地摆弄着这个工具,乍一看是个带钩子的圆棍,细看发现是个能伸缩的棍套棍,而最头上的那个钩子,也是可以拧下来的。

白敬宇围上围裙准备做饭,看她把钩子拔下来,说:"这个钩子可以换成别的工具,比如你想摘高处的水果,那就换成网抄子。想摘槐树花,就换成小口径镰刀。"

余飞试着把棍子伸长缩短,还别说,真是挺好用,便高高兴兴地收了,毕竟爬树也是容易弄破衣服的。"白总你真是心灵手巧,多才多艺。"余飞跟在灶台边颠勺的白敬宇吹彩虹屁。

"常规操作而已。"白敬宇面上还是一贯的波澜不惊,但嘴角已经翘起。

他用余飞刚摘的香椿炒了个香椿炒蛋,菜一上桌,就引得余飞猛咽口水。这道菜余飞不是没吃过,但却是第一次觉得这么香。菜好不好吃,食材是其次,关键看厨师。

装好饭盒,余飞又给她和白敬宇的水壶里各自灌满凉白开。她的壶是在海城上班的时候买的一个白色女士保温壶,白敬宇的是自己带过来的一个黑色不锈钢保温壶,都是简洁的直筒款,一黑一白放在一起,竟有点像是一个系列的情侣款。

东西准备妥当,余飞再次清点拖拉机上装的田间摄像头和农田小气象站。按白敬宇说的每台监控可以管二十亩地,那六百亩就需要三十个摄像头,两种器材加起来有四十多个产品。

"我们今天能装完这么多机器吗?"余飞有点怀疑。

"差不多。"白敬宇看了眼时间,"出发吧。"

余飞发动拖拉机,白敬宇自然而然地坐到了她旁边。车子一路开出院子,朝棉田驶去。

到了地方,余飞跳下车,昨晚太暗,看不清耕完的几百亩棉田全貌,现在天光大亮再一看,昨天自驾仪控制的机器运行,每一行都是播行笔直,强迫症看了都极其舒适。余飞不得不再次感叹:智能农机太牛了!

棉花是喜温、喜光作物。余飞租下来的棉田都是土层深厚、肥力中等以上的平地或向阳的坡地。这两天把棉田上的垃圾一清理,地一耙,更显得这几百亩棉田广阔无垠。

白敬宇看着平整宽阔的田地:"以后这样的质量和速度就是常态,尽快适应。"

"好的，白总。"余飞心情极好地跟着白敬宇一起把器材卸下来，虚心听他讲解每个产品的安装步骤："首先我们要确定好安装位置，最好选择在空阔的、周围没有遮挡物的地方，因为有树或者其他建筑物会影响风向、风速，让气象站测量不准。摄像头也是同理。"

余飞认真记下，并在心里规划了安装的位置。

"其次在安装的时候，太阳能板要朝南，以免造成后期电量不足导致关机。螺丝有多种型号，每个紧固地方选择的螺丝不一样。你看着我安装一遍，应该就能记住顺序了。"白敬宇说完，有条不紊地示范安装了一台气象站和一台摄像头。安装好后，他按主机开机，又点开平板电脑，让菜单更新了气象站和摄像头的实时位置。

余飞盯着平板电脑上实时变化的画面，激动道："出现了，的确看得很清楚。有了这个，我们真的可以在家就能知道棉田的所有情况了。"

白敬宇一步步教她操作："摄像头采集时间是可以根据需求设置的。一般我们会选择一个小时上传一组数据。图像还可以选择有声直播，在家就能享受到电影的效果。至于气象站，天气的几个要素全都实时更新，在手机和电脑上都能查到。等我们把这些器材都安装完成了，再连接我那台大显示器，就可以看得更全面了。到时候我们把每个地块分区域，想要看哪个区域的就直接点开，就能详细查看相关区域的情况。"

"哇，我对我们的棉花农场是越来越有信心了。"余飞兴奋地拿起一个气象站，"我去下一个点安装。"

两人分工合作。一个上午的时间，随着手头的功夫越来越熟练，车上的器材已经安装了一半。

中午两人坐在田埂边休息吃饭，忽然看到好几辆电动摩托车朝这边过来，骑在最前面的是文涛。"飞哥，白总。"文涛老远就朝他们招手。

余飞和白敬宇站起来，看着他身后的车队，前半截是村委会，后半截是其他村民，站在田埂上的两人有些摸不着头脑。

"文书记，你这是？"余飞虽然私下里跟文涛很熟，但在大家面前，她还是叫书记。

"我今早把你们耕地的视频给大伙看了，昨天没来的村委和乡亲们就都嚷着过来看看，想跟你们学习点耕地经验。"

二叔紧跟书记的话头："飞哥，今天文书记说你们的地昨晚就耕完了。

我们种了这么多年棉花了,可没听过一天一宿就能耕好六百亩地的,所以大家就跟着文书记过来长长见识,学习一下经验。"

余飞笑说:"这都是得益于白总公司设计出的智能农业科技工具,我让他给大伙介绍一下吧。"这是推销产品的绝佳机会,余飞不能让白敬宇错过。

白敬宇当然知道余飞的苦心,细致认真地跟大伙一一介绍了到目前为止用到的所有产品。

眼前的这些人都是去过县里推广会的,之前看白敬宇的无人机撞得那么惨,都用看笑话的心态看他和余飞一起包的这片棉花农场。谁能想到,这海城人还真有两下子。昨天耕完六百亩的棉田让他们对自动驾驶仪充满好奇,如今看着棉田上出现的气象站和检测摄像头,听完白敬宇的讲解,一时间又觉得新奇无比,都围着白敬宇问起了问题。

文涛问旁边的余飞说:"听说你们过几天就要开始播种了?"

"嗯。早一天成熟,就能早一天上市抢占市场。"

"这离我们以前播种的时间可是早了一个多月啊,这能行吗?"二叔心说这两人真是胡闹,刚有了些新鲜玩意,就找不到北了。

"田里的温度已经达到播种需要的温度,应该没问题的。"余飞说。

文涛相信余飞和白敬宇的判断,说:"科技种植不仅是改变老旧的劳动工具,还要改变老思想。咱村想要寻找脱贫攻坚的突破口,转变思想很重要。"

二叔带头鼓掌:"文书记说得对!跟着文书记出来学习这一趟,我们大家都深切地感受到解放思想、创新发展是脱贫攻坚的前提,因地制宜、抢抓机遇是脱贫攻坚的关键。我们村今年的棉花种植户一定要认真学习借鉴棉花农场的先进经验,充分利用好本地的自然环境、气候条件,在文书记的带领下,真正实现脱贫致富奔小康的目标。"

旁边人都在鼓掌,刘老柱父子俩站在人群最后,刘老头看着死对头不要脸地硬拍马屁,偷偷朝地上啐了一口,跟一直盯着田里设备的儿子刘大柱说:"咱走。"

文涛不想耽误余飞他们后面的活儿,只说等他们播种的时候再过来看,就带着大伙走了。

余飞和白敬宇吃完饭,一口气干到晚上七八点才把器材全都安装完了。

月朗星稀,余飞开着拖拉机突突突回村,两人都累得够呛,没人说话,气氛却并不尴尬。经过这段时间的相处,他们已经有了合伙人的默契。余飞有些感慨，刚回来的时候，她还在家里对着寂寥的夜空咒骂云上科技的白敬宇。而如今，她竟然跟着他日出而作、日落而息，成了利益共同体。命运还真是神奇。

第二天一早，余飞刚起床就听到了敲门声。她刚打开门，就看到拿着平板电脑的白敬宇站在门口，脸上带着怒意："我们昨天装好的设备全被人拔了。"

余飞脑子"嗡"了一下："什么？谁干的？"

"摄像头刚安装，太阳能光线不够，只能模糊照到几个人影。"他今天晨练的时候打开手机，没想到信号都接收不到了。他索性自己跑到了棉田，这才发现他们昨天忙了一天安装好的器材，全都被人拔掉偷走了。

"马上报警！"余飞边往身上套衣服边急匆匆地冲了出去。

两人在派出所里定损。听到产品价格，值班人员坐不住了，这些钱在小县城里已经算是大型盗窃案了，全所予以了高度重视。

余飞和白敬宇推测，这事十有八九是村里人干的。因为这些设备安装的时候也就本村的人看到了，这才隔了几个小时，东西就不见了。

文涛刚上任，村里就发生这么恶劣的盗窃案件，这是明着打他的脸。为了帮余飞他们早点找回器材，他在村里循环广播这些产品的价格，同时还在广播里说，如果不主动自首归还，派出所抓到人将按价值处理。这几十多个产品的价值，怎么也得蹲三年了。

事情过去了一天，依旧没有进展。看余飞和白敬宇愁眉不展，余妈神神秘秘地拉着余飞，叫她去问问村里的神婆，让神婆帮他们看看，是谁偷了他们的东西。

余飞哭笑不得，晚上吃完晚饭，她去跟白敬宇商量接下来的进程："要是东西找不回来，我们的播种计划能不能按时进行？"

"明天我通知公司那边再寄一批过来，播种时间不能耽误。"播种时间是重中之重，他们不能因为这件事打乱了整个种植计划。

"西贝村以前的治安一直不错，不知道为什么会发生这样的事，抱歉！"余飞作为村里人，羞愧又气愤。

"东西又不是你偷的，不用道歉。我是你的合伙人，当然不能看着农场停摆。你不必有太多心理负担。"白敬宇看着她说。

虽然他说得云淡风轻，但他知道公司里现在的财务情况吃紧，第一批产品就已经让他们勒紧裤腰带了，再寄一次，老蒋能跳起来骂人。可白敬宇现在也顾不了这么多了，既然决定了要做，那无论多大的困难，他都要克服。

跟余飞和白敬宇同样上火的还有二叔。二叔一直管着村里的治安，大家虽然偶有争吵，但也不至于出现偷东西这种事。现在他刚选上村主任就出了这档子事，这不是给他上眼药吗？

所谓猫有猫道，狗有狗道，二叔在这个村里，就没有查不着的事。第三天，就在白敬宇跟老蒋说再寄一批产品过来的时候，二叔就跟村里的一众干部，把刘大柱和他几个跟班全押到了村委办公室。

刘老柱当然不能看着自己的儿子被抓，扯着二叔叫骂："你这老东西，腰都弓到快头拱地了，阎王咋还不收你呢！"刘老柱是个暴脾气，边骂边一拳挥了过去。

刘老柱和二叔都属于村里有威望的老人，两人明争暗斗了几十年，从来没动过手；如今因为儿子，刘老柱撕破老脸，不管不顾了。

二叔被搡了一拳，当然不能善罢甘休。"老东西，你盼着我死啊，就不怕我死了变鬼来勾你走！"二叔也结结实实给了刘老柱一拳。

看自家老爹挨揍，刘大柱当然不能忍，冲过去对着二叔就是一顿打。众人吓坏了，赶紧拉架。

余飞和白敬宇赶到村委办公室的时候，正看到这打群架的场面。

刘大柱是村里的打架好手，几个人也未必拉得住他。眼见他又挣脱出来，想要对二叔动手。白敬宇大跨步上去，一拳就打在了刘大柱的鼻梁上。刘大柱捂着喷血的鼻子，嗷呜一声，倒在地上。

在派出所里，刘大柱和他的一群兄弟对偷盗农业智能器材的事供认不讳。

听说会判三年，刘大柱差点吓尿了："警察同志，我就是看那个姓白的太狂了，想要给他点教训。我就是跟他们闹着玩的，你看我这鼻子就是他打的，现在我们扯平了，对吧。他的东西我们都没动，都在后山的山洞里放着。我现在就帮他们装回去，你放我们走吧。"

警察不吃他那套："人家打你那是维护治安，你是故意盗窃，能一样吗？怎么扯平？你给我老实待着，等着处理结果。"

此时余家也热闹得不行，刘家是村里的大姓，很多村民都跟刘大柱家沾亲带故，这会儿轮番上余家当说客，想要余飞跟刘家和解，但余飞并没有答应。他俩这几天忙得团团转，除了把器材重新安装回去，还配合厂家把水肥一体化系统给建造安装完毕了。

水肥一体化的灌溉方式，是将滴灌毛管铺设于地膜下，所以在播种之前，就要把这些灌溉系统给弄好。弄好了这些，白敬宇还教了余飞操控擎翼一号打除草剂，在播种之前先打一遍，提前预防草害。操控几次过后，余飞已经能熟练地用农业无人机干活了。两人每天都日出而作、日落而息，累而充实。

这天回去的路上，余飞问白敬宇："刘大柱的事，你打算怎么办？"这事总要解决。在她的立场，她是不愿意和解的，毕竟这事性质太恶劣，如果不给刘大柱点教训，她担心后面他还会犯浑。但文涛刚上任，如果没能把事情解决好，刘家肯定对他有意见，后面少不得要使绊子。余飞左右为难，只能看白敬宇的意思。

白敬宇坐在拖拉机上，晃晃悠悠地说："给他点儿教训，关够十五天，再同意和解。"

"你同意和解？"余飞很是意外，"犯罪成本这么低，你不怕刘大柱或者其他人再来捣乱？"

"刘大柱是个外强中干的人，这次的事，应该够他长记性和杀鸡儆猴的。文书记说要把我们的棉田纳入村里的重点保护区域，由各个村干部实名负责，有他们帮着看管，我们的棉田不会有什么问题。我们同意和解，既卖了刘家一个大人情，也能让文涛的工作更好开展下去。"

余飞本以为像白敬宇这种大城市的老板不会知道村里的弯弯绕绕，没想到他门儿清，一下就抓住主线解决了所有问题。她盯着他忽然笑说："我发现你真的很上道，怪不得能做老板。"

"那是。"白敬宇丝毫不谦虚。

"那现在东西也找回来了，我们是不是要尽快播种了？整完地最好三到五天内就播种，不然土壤里的水分就没有了。到时候把种子播下去，种子也出不了芽。"

白敬宇打开手机看了眼数据："明天是个好日子，就明天吧。"

余飞惊了："哈？这么随意的吗？"

"怕了？"

"你都不怕，我怕什么？"

第二十三章　播种

第二天是个大晴天，余飞的棉田周围说一句人山人海也不为过。

二叔亲自开着拖拉机帮余飞和白敬宇把机器拉到田埂边，余飞帮着白敬宇把种子倒进穴播器里。二婶跟其他的村委站在田埂上维护着秩序，今天这是他们西贝村露脸的日子，连县里都来人了，他们可不能丢了脸面。

此时田埂边早已站满了人，不仅有本村的，还有邻村甚至县里的。大家之所以都过来，除了听说了一天耕600亩的"神话"，还因为这个时候，比传统播种时间是早了一个多月，大伙都不相信这个时候就能播种，所以都过来"开开眼界"。

文涛早早来了现场，陈双今天也回来了，特意过来给余飞打气。夫妻俩跟余飞和白敬宇说了，大家伙绝不会打扰他们工作，他们该干吗干吗，需要帮忙就吱声，不用管旁的。

自动播种机和自动驾驶仪都装到了拖拉机上，余飞和白敬宇已经算好了，他们用的穴播，每穴1粒，每亩需种子1~2公斤。播种量他们不贪多，否则就是既浪费种子，出苗后又易形成高脚弱苗，为后期找麻烦。

机器是连播种、滴灌带和埋管一起的。白敬宇把种子灌满，滴灌带上紧后，余飞发动机器，拖拉机就自己开动起来。白敬宇和余飞站在机器后面跟着车子走，机器走一遍就是三行。

余飞和白敬宇跟着车子，让播种车自己走，他们在后面边走，边看有没有断膜的地方，还有种子有没有播到位置。

车子过去，在膜上面等距的每个方形小孔洞里，自动放进一颗棉花种子。这些孔的距离都是算好的，因为要留给棉花生长与伸展的空间。除了要给棉花生长的空间，也跟后期棉花的采收有关系。种植空间的间距和疏密，都跟采收机的采收宽度是一致的，这才能让采收机跟播种机一样，机器一开就自己采收，最大程度上达到智能一体化。

在播种之前，白敬宇已经把播种机的性能和要点告诉余飞了。即便已经有了心理准备，但亲眼看到这台机器这么智能，余飞还是激动得不行。

车子速度极慢，白敬宇和余飞就走在三行中的两条间隔道上，认真检查刚开始余飞颇为紧张，就怕看漏了。一旁的白敬宇让她放轻松，昨晚他已经教会她如何看机器播种和铺膜合格与否，今天只要按要求检查，就不会有事。来回走了几遍后，余飞才逐渐放松下来，有条不紊地跟在播种机后面走。当播种机开到田地边缘时，白敬宇让车停下，把膜安置好，让车掉个头，然后再让车继续自己走，自己播种。

人群开始骚动，之前很多人只是听说西贝村出了能自己耕地的机器，大伙都不信，如今亲眼看到，自然是震惊的；更何况这机器现在开过去就自己把种子和膜都弄好了，一次到位还不费人力，上哪儿找这么好的事？要知道往年种棉花，光是耕地、耙地就费老大劲儿了，现在只用一台机器就能把活又快又好地全干完了。这样的机器，谁看了不想来一台？机器干了一上午，就播了上百亩地，大伙惊叹的同时，全都羡慕不已。

中午休息的时候，文涛和陈双拿了两瓶水过来想要给余飞和白敬宇解渴，这才发现两人都带了不锈钢水杯。陈双看到两人的水杯，打趣道："你俩这水壶还挺配套啊。那广告词怎么说来着，黑白配，男生女生配。"

"这都什么年代的词了？"余飞笑着喝了口水，转头问文涛："我们今天的播种咋样？"

"必须行啊，大伙都被震住了，没给我们西贝村丢脸。"

文涛把激动的情绪压了又压，跟白敬宇说："我一开始就看好你们公司的产品，我就说你们合作的这个科技棉花农场肯定行。"

白敬宇笑笑："承文书记吉言。"

余飞看着铺好的透明薄膜，满怀期待："不出意外的话，20天左右，棉花种子就会发芽。再过一个多月的时间，这里就能变成绿油油的棉花海洋了。"

陈双摩拳擦掌："这么大面积的棉田，肯定很壮观。"

文涛跟白敬宇聊了一会儿，转头跟余飞说："好了，我们不耽误你俩干活了。"

农人都知道，播种的时间宝贵，不能耽误。陈双给余飞比了个"加油"的手势，跟着文涛走了。余飞和白敬宇继续在田里播种。

田埂上，文涛看一众村民聊得热火朝天，也加入进去。"大伙看了这个科技种植，有什么想法？"文涛问。

"我也想有个啥活都能自己干的机器。"有人说。大家笑起来。有人嘟囔："那机器挺贵的吧，除了飞哥，谁能用得起啊？"

一个尖细的女人声冷笑说:"就是,我们不是飞哥,哪有本事让人给我们白用?"

大家看过去,发现这话是王桂花说的。她话里的阴阳怪气让几个好事的妇女眼神对视了一眼,传达出只可意会、不可言传的嘲讽意味。

村里人对这类男女之事的风言风语传得极快。在白敬宇正式住到余飞家里的第一天,村里就传出余飞为了免费用海城老板的机器种棉花,直接让人睡上门去这种污言秽语。

"王桂花你这话什么意思?"陈双开口质问。

"什么意思,就那意思呗。文书记你也别浪费时间让大家来看这什么科技种棉花了。人飞哥有本事,我们没那本事,搞不了那什么智能农业,每月安安稳稳的领个低保就行了。"王桂花说完,把手里的瓜子皮一扔,一副你能奈我何的样子。

"你当领低保是啥光荣的事,是吧?你有手有脚,不聋不残的,每天就坐家里打牌嗑瓜子,不自己养活自己,天天指着国家养,你要点儿脸吗?"陈双忍不住骂道。

"我怎么不要脸了?我们村一大半都是靠国家养的,怎么,你捞不着心里恨得慌是吧?我就告诉你,国家就养我们这种生得出孩子的,哎气死你。你这种连孩子都生不出的哑蛋,连申请低保的资格都没有。"

王桂花一直对余飞和陈双敌意很深。都是农村女人,凭什么陈双生不出孩子还能做书记夫人,余飞都被人从海城赶回来了,还有个老板追到这里要帮她。她王桂花自认为长得不比陈双差,怎么就嫁了个一事无成的赌鬼,生了孩子还动不动挨揍?

生不出孩子是陈双心里的痛,在这么多人面前被王桂花撕开伤疤,陈双瞬间就失控了:"看我不撕烂你的嘴!"

眼看两人就要打起来,文涛拦住自家媳妇,二叔和二婶也过来拉架,刘老柱一群人却故意拉偏架。二叔看出了刘老柱的伎俩,指着他:"这么多人都在看着,你就非要丢我们西贝村的脸是不?"

刘老柱冷笑一声:"文书记老婆闹事,关我们啥事?连自己婆娘都治不住,村里的脸也是他丢的。"

"你个老不死的,上次没被揍够是吧。"二叔说着又要挥拳。

人群赶紧把两人隔开,文涛一手拉住陈双一手拉住二叔,脸色铁青:"王桂花你污蔑我妻子，我现在要求你马上向她道歉。"

"她也骂我了，你咋不让她跟我道歉？咋？用官威压我啊？大家快来看啊，西贝村书记要公报私仇了，书记要屈打成招了！"

远处的余飞看到王桂花在人群里吵吵嚷嚷，她知道这女人肯定又没事找事了，但她现在没法过去看发生了什么，这机器一开起来，就要走下去。原本来看机器的群众没想到还能看到免费的好戏，一个个看得津津有味。从县里下来的领导听到王桂花的叫骂声，全都脸色极其难看地看向文涛。

文涛知道必须要马上制止住王桂花，但她现在已经完全炸了，根本就不听人话，纯粹在闹事。

这时候二叔给自己老婆使了个眼色，妇女主任跟几个村干部上去就围住她。二婶压低声音警告她："王桂花，你家低保户是怎么评上的你心里清楚。现在刘老柱下来了，你再这么瞎闹，今年的申请表我让你连填的资格都没有。"

这话让疯闹的王桂花直接怔住了，她怎么忘了现在是二叔当了村主任？虽然之前刘老柱帮了她不少，可现在刘老柱已经说了不算了。她怎么一时发昏，答应了刘老柱呢？王桂花平日里再嘴欠，也是不敢当着文涛的面这么说的。但昨晚老刘家跟她说了，只要她今天在现场挑起点儿事，让一直鼓励大家种棉花的二叔和文涛下不来台，事后就给她五百块钱。为了这五百块，她今天把村委的人都得罪光了。

懊恼不已的王桂花瞬间就变了另一副面孔："哎哟你看我这张破嘴，脾气一上来就不管不顾地乱嚷嚷。文书记刚才是我不好，我的错。陈双你甭跟我一般见识。"

陈双不生气是不可能的，可如今这么多人正看着，她不能让事态再恶化下去，愤愤地白了她一眼："你是狗啊，脾气上来就乱吠！我看你也别在这儿丢我们西贝村的脸了，赶紧滚！"

王桂花看众人面色铁青，只能低下头："好好好，我走，我现在就走。"

刘老柱没想到这王桂花这么没用，还没闹出多大动静就哑火了，暗暗骂了几句粗话。

王桂花其实也没走远，看大家不注意她了，她躲在不远处的大树下继续观望。她知道刘老柱肯定还有别的招，她得看余飞这儿出点什么事，才能开心回家。

经过王桂花这么一闹，虽然文涛继续动员，但人群里已经有不少开小差的了。二叔开口喊："都安静，听文书记把话说完。"

"大家不要误会，余飞跟白总签订的是合作协议，不存在白用机器的事。这是一条农业种植的新路子，现在飞哥先试水了，如果你们谁想要尝试科技农业，可以跟飞哥取经，甚至可以跟白总去谈，看有没有适合的合作方式。"

有人说："那我们也得先包下几百亩的地，再加上买种子，这得多少钱？"

"谁说不是呢。"不少人摇头。

文涛尽量安抚大家："大家听我说，困难再大，也有解决的办法。现在我们农村信用社除了惠农贷款，种子超市也有了分期付款业务。如果大家真的愿意去干，你们担心的事都能解决。"

"那要是万一还不上呢？"

"对啊，要是种出来的棉花不行，卖不上价咋办？这不砸手里了？"

文涛继续说："今年国家出来新的棉花政策，价格比往年都要好，不存在卖不上价的问题。有了农业智能机器，咱们能省下至少一半的人工和水肥药的钱，肯定能赚到钱。"

话音刚落，大伙就听到地里自动行驶的机器发出了几声不太正常的咣当声，随后，拖拉机就自己停在了半道上。

白敬宇和余飞同时心头一跳，快步走到机器旁边查看情况。"怎么回事？"余飞问。

"不知道。"白敬宇看着已经熄火的车子，抬脚上了车。车上自动驾驶仪的工作灯还在亮着，可车子根本不动了。白敬宇的脑中迅速收集片段信息作出判断：刚才滴灌膜没有断，后面的工序都是好的，这就说明有可能是机器和拖拉机之间的问题。这个想法让他心安了不少。要知道如果真是播种机出了问题，那维修起来可就麻烦了，时间上也没法保证。

白敬宇在检查的时候，余飞也没闲着。自驾仪和播种机她不懂，但拖拉机她熟啊。从刚才发出的咣当声来看，很有可能是机车牵引力不足而导致的故障。她在车身上捣鼓了几下，推测不是连杆就是活塞出了问题。但这也只是她的猜测，无论如何，车子现在是没法再继续工作了，需要先把播种机器拿下来，然后把拖拉机拖回去检修。

文涛和陈双没想到机器会在这个时候出现问题，都匆匆赶过来询问情况。余飞简单跟他们说了一下情况。文涛皱眉说："如果是拖拉机出问题，能不能先借其他村民的用着?"

余飞知道文涛的意思,但村里现在还留有拖拉机的人家余飞是清楚的,那些机器马力太小,根本带不动。当初村里一起买的那批拖拉机,就她家和她隔壁月英婶子家的是马力最大的,这台都带不动,其他的更别说了。

赶过来的二叔赶紧表态:"二叔的拖拉机马力不错,我去开过来。"

"不用了二叔,请您帮忙先把播种机和拖拉机给拉回去吧。"

白敬宇没拦着。余飞比他了解拖拉机,她说不用,那应该就是用不了。再说他也不确定播种机到底有没有出问题,与其在这里耗着,还不如先把机器拖回去检修清楚。

刚才还干得热火的机器,说停就停了。而刚刚差点就被文涛说动,想着也试试科技农业创业的几个年轻人立马就打了退堂鼓。春播秋收都是争分夺秒的事,平时种个几亩地,拖拉机坏了人还能勉强顶上。可这几百亩地,机器一坏,那就只剩干瞪眼的分儿了。

对乡下的棉农来说,尝试新东西都是极其困难的。只要有一点点的不利因素,就能把他们好不容易生出来的尝试心给彻底打回去。

而在播种机被二叔的拖拉机拉走时,不少人还喝起了倒彩。刚才赞叹这机器的是他们,现在嘲笑余飞的也是他们。

王桂花此时又回到了人群里,嘴里唾沫横飞:"我说什么来着?那什么科技农业的,就是个骗人的玩意。"

文涛的这场动员大会以机器出现故障而宣告失败。文涛回村委开会去了,陈双担心余飞那边的情况,跟着他们一起回了家。

余家老两口看余飞这么早就拉着机器回来了,很是惊讶:"六百亩都播完了?"

"爸,机器出了点问题。"余飞边说边跟白敬宇把机器卸下来。

"啥?这机器咋就坏了呢?"余建国种了一辈子的地,知道机器坏了有多磨人。有时候为了等一个新零件,就得白白耽误十天半个月,这也是不少庄稼人宁可用人力也不用机器的原因。眼下余飞这可是几百亩啊,要是机器坏了,接下来的播种可怎么办?

"余叔您先别着急,我现在就马上检修。"白敬宇知道大家都很焦急,他回来连口水都顾不上喝,立马就开始埋头干活了。

余妈看不嫌脏不怕累、趴在地上就开始检修的白敬宇,心说他们家余强怎么就不能像他一样呢?

今天余强打过电话回来,说他快要出来了,他怕要债的在村子附近等他,所以他先不回来,让家里再给他汇点钱,他在海城待段时间。

自从老头子和余飞都不给余妈钱后,余妈手里也没钱给余强了。余妈只能告诉儿子出来先去找份能糊口的工作。

这话让余强摔了电话,说不给他汇钱,就让老余家断子绝孙。余妈回家跟老头子哭了一场,这眼泪刚擦干,大家就回来了。

余飞给白敬宇倒了一大杯水:"先喝点水再干吧。"

"谢了。"白敬宇擦了把汗,接过来一口气喝完,"你去看看余婶吧,我刚才看她眼睛有点肿。"

余飞刚才光顾着机器了,还没注意到余妈,听白敬宇这么一说,她拿了杯子就往屋里走了。"妈您怎么了?"余飞问。

余妈叹气,把余强要钱的事说了出来。余飞以为余妈下一句就开始跟她哭诉,让她给余强寄钱过去。没想到余妈说:"我跟他说了,我们没钱寄给他,让他自己在外面找份工作养活自己。"

余飞一怔:"妈,您真这么跟余强说的?"

余妈边抹泪边点头:"你爸说得对,你哥做了半辈子废人了,也该好好学学怎么自力更生了。这些日子你跟白总种棉花有多辛苦我都看到了,人家海城的老板都能吃苦,你哥怎么就不能吃点苦养活自己了?"

余飞听到重男轻女了几十年的余妈说出这样的话,心中的震撼难以描述。她走过去,想张开双臂抱抱余妈。但余妈跟她之间一直的冷硬关系,让她还是没勇气做出这么亲密的动作,她最后只是握住了余妈的手:"妈,您做得对。"

白敬宇在院子里排查了一下午,确定播种机没问题,所有人都松了一口气。陈双赶紧把消息带给文涛。余建国在床上坐着,嘴里一刻不停地在隔空指导院子里的余飞怎么修拖拉机。余妈没好气地把水杯递给他:"你就消停会儿吧,老二跟白总在外面商量着修,用不着你。"余妈说完,不顾老头反对,直接把房门给关上了。

余飞已经确定了拖拉机的问题,跟白敬宇说:"机子太老,活塞和连杆都出了问题,我得好好改装一下,加大马力,好方便后面干活。"

"你要自己改装？"白敬宇虽然知道她有这个能力，但自己改装拖拉机毕竟还是有风险的。

"对，我明天就去镇上那家维修店看看，有没有现成的能升级改装的部件，要是没有，可能还需要等。"余飞满面愁容，这种子播到一半，要是得等个十天半个月，这可怎么办？

"明天我跟你一起去，不行再想别的办法。"白敬宇虽然也担心，但不想给她增加心理负担。

第二天一早，两人开着摩托车去了镇上，发现这家维修店竟然关门了。旁边店的人说这家老板生病了，关门歇业好几天，也不知什么时候才来开门。这对于余飞来说真是晴天霹雳。

两人回到家，余建国听说了这事，说："要不然你去找找刘老柱，他路子广，以前认识不少做买卖修拖拉机的，去请他帮个忙。只要咱不追究刘大柱的责任，这事他铁定能马上给你办好。"

刘大柱那边白敬宇原本就说要和解，但为了给他点儿教训，就想等播完种再和解。今天看到他们故意为难文涛，余飞给文涛发了消息，让他答应刘大柱来说服她和白敬宇。她不只要找到配件，还要通过和解这件事，让刘老柱一家不再跟文涛作对。

文涛当然是一点就通，来了余家一趟，看了院里的拖拉机和播种机，刘老柱那边就联系上余飞需要的配件了。第二天一早，刘老柱就拿着东西上门了，白敬宇跟着他去了派出所。

余飞没敢再耽误，赶紧在家修拖拉机。等白敬宇回来，就听到拖拉机重新发动起来的声音。改马力之后，轰鸣声都明显强劲了不少。

第二天天刚亮，等不及的两人就马上开着车子去了棉田。这次跟上次乌泱泱的群众围观不同，一个看热闹的都没有，这反倒让余飞安静舒心了不少。

之前已经播过种、覆上膜的棉田在清晨的暮霭中泛着哑光，余飞摩拳擦掌，斗志昂扬。

有了上次的教训，这次余飞他们再播种，文涛不敢再大张旗鼓地叫人去围观了。自己去看了会儿，确定机器正常运转了，这才放心了。

听文涛的手机一直在响，余飞说："我们这儿没什么问题了，你赶紧去忙吧。"

"好，那我先走了。"

白敬宇叫住他："文书记，我知道你是想让村里人都赶紧脱贫，但他们在没看到效果的时候，你说得越多，越起反作用。等他们看到效果了，不用你说，他们自己就种了。"

文涛知道这个理儿，但他就是忍不住着急啊。他希望村里有更多像余飞这样敢于吃头茬螃蟹的，那西贝村脱困就指日可待了。

"文涛，很多事接受起来需要时间。"余飞认同白敬宇的话。

"我知道了，你们忙吧，有什么需要我协助的给我打电话。"文涛说完，骑着小电车就走了。

余飞跟白敬宇并排走在拖拉机后面，问说："你有没有想过，要是机器没修好要怎么办？"

"没有。"

"为什么？"

"因为不存在这种情况。"白敬宇一脸自信。

余飞心里呵呵，她真应该把他昨天焦急的样子拍下来。算了算了，反正只要能按时把种子给种上，啥都好说。

两人播完一整块地，然后暂停，先清理薄膜上的土，再隔十米在薄膜边上压上一小捧土，防止起风的时候把薄膜刮起来。做完这些，才开着机器转到下一块地，重复刚才的程序。

中午吃饭时，余飞吃着白敬宇做的菜，又看到他设计的产品，转头看了他一眼："有你这样的儿子，你父母应该很骄傲吧。"

白敬宇沉默半秒："我母亲在我五岁的时候过世了。"

余飞差点被呛到，她把嘴里的食物咽下去才说："对不起啊！"

"没事。"他顿了顿，扒拉着饭盒里的菜说，"如果我母亲还活着，应该会为我骄傲吧。"

"那肯定，我要是有你这么个儿子，我也会为你骄傲的。"或许是刚才的信息冲击太大，余飞张口就来，可说完之后，她更后悔了。

果不其然，白敬宇转头看着她："你是在占我便宜吗？"

余飞嘴角抽搐了两下："不是，我说的是如果。"

看她有些慌，白敬宇眼里闪过一抹捉弄的笑意："你想有一个像我一样的儿子？"

"我……"余飞想说对啊，你这么优秀，谁不想有个像你一样的儿子？

241

不知为什么，对着他似笑非笑的眼神，她总觉得有点说不上来的怪，但她还是实话实说，"我连男朋友都没有，儿子更不用想了。就算生，也不可能生出像你这么优秀的儿子。"

"也不是不可能。"白敬宇看着她。

余飞一怔，又差点被呛到。等她好不容易稳好心神，心说白敬宇今天这是怎么了，怎么哪哪都透着古怪？她埋下头："赶紧吃饭吧，都凉了。"今天有点起风，小风刮在脸上还有些凉飕飕的。看她生硬地转移话题，白敬宇有些想笑。

余飞一直往天气上引："那个，我昨天看天气预报，说是从明天起就是大风天了，五到七级风，我们刚铺的地膜没问题吧？需不需要提前做些准备？"

白敬宇每天都会查看气象站的信息，知道这场七级风不会太大，淡定地说："没问题。我们今天在地膜边上多覆盖些土，不会有事的。"

"那就好。"余飞加快吃饭速度，一会儿还得赶工。

两人又干了一天，直到夕阳西下，机器铺上最后三条薄膜带，终于完成了这六百亩地的播种和覆膜工作。

白敬宇和余飞关上机器，两人走了一天，现在两条腿都不听使唤了。两人歪坐在田埂上，连说话的力气都没了。

眼前目光所及的地方，全是一行行条理规则的薄膜带。机械化的播种和覆膜，让棉田里的薄膜看起来整齐划一。看着一天一个样的棉花农场，余飞心里满是期待，希望自己的付出，能换来等价的回报。

休息了好一会儿，余飞起身说："我去上个厕所，一会儿回来收拾东西就回家。"

白敬宇应声。棉田这边没个厕所，他们每次上个厕所，都要走出去好远，确定对方看不到才蹲下解决。

等余飞走远，白敬宇悄悄坐进拖拉机驾驶室里，脱掉了他左边的鞋子，果然从里面磕出了好几块小土块。他的脚被垫得生疼，趁着余飞不在，他又脱了袜子，果不其然，脚上起了好几个大水泡。他忍着疼，把袜子和鞋给重新穿了回去。

余飞还没回来，女孩子去的时间总会久一些。白敬宇双脚跟灌了铅似的，干脆在车上闭着眼眯了一会儿。估计是真累坏了，白敬宇这么打着盹就睡了过去。

也不知道睡了多久，等他醒过来天都快黑了。此时他在落日的余光中隐隐看到有个人影朝他走来，他打开车头灯，发现是余飞。车外的风已经明显比早上的要大了，白敬宇打开车门，对走近的余飞说："你在车上休息会儿，我去给薄膜再盖点土我们就回去。"

余飞把手里的工具丢进拖拉机的工具箱里："不用了，我已经盖完了。"

白敬宇看她一脸疲惫，皱眉问说："你刚才是干活去了？"

"嗯。"她拿出水杯，一口气把水喝完。

"你怎么不叫上我？"白敬宇恼自己刚才竟然睡着了，让她自己去把收尾的活干完了。

"也没多少活，我顺手就干完了。"余飞故作轻松，其实手臂都差点抬不起来了。她一早就看出他走路别扭，知道他脚上肯定磨出水泡了，所以让他自己在这儿休息，她去把活全干了。

白敬宇看了眼时间，他记得他们播完是五点左右，现在都快六点半了。想到她一个人干了一个多小时，他真是越想越郁闷："以后这种事你让我来。"

余飞看了眼他的脚："你脚再磨下去明天就下不了地了。"

白敬宇一直强忍着不让她知道，没想到她还是发现了。这么说来，她是知道他脚伤了，所以故意说去厕所，就是为了让他多休息？看她放个水杯都费劲，他帮她放好，有些心疼道："还能不能开车了？"

"坐一会儿缓缓再走。"余飞现在手一直在打战，她是得好好歇会儿。

白敬宇下了车，拿着手电筒开始检查还有没有没干完的地方，最后发现她全都干了。他看着这个再累也不喊累的姑娘，想到她在余家生活的几十年一直就是这么过来的，忽然就有了想要好好保护她的念头。

等两人回到家已经是晚上八点。白敬宇给余飞做了她喜欢吃的地三鲜和糖醋里脊。余飞饿得前胸贴后背，一连吃了两碗饭。

房间里，余建国没好气地把脸贴在门缝上的老婆子叫回来："看什么呢？赶紧睡觉。"

余妈不动，从门缝里边看边笑："这白总对老二是真好啊。"

"你又想说什么？"

"你说这白总要是成了咱家女婿，是不是就肥水不流外人田了？"

余建国瞪她："什么肥水？谁是肥水？"

余妈终于转过头来，笑眯眯说："白总是肥水，我觉得这肥水是看上咱老二了。"

"别胡说。"余建国刚要躺下,忽然想到什么,跟余妈说,"要不你出去跟他们说一下,天气预报说明天开始要刮大风了。他们今天才刚把地膜铺上,让他们注意一下。"

余妈才不去做电灯泡:"你就瞎操心,棉田里全是那个什么气象站,他们还能不知道,还用得着你去提醒?"

此时余飞和白敬宇吃饱喝足,两人都缓过来了。原本播完了种应该轻松,可听着外面越来越大的风声,余飞反倒越来越担心:"这么大的风,咱刚铺上的地膜没问题吧?"

白敬宇反复看过气象站收集到的实时数据,说:"我们把地膜都压了边,每隔十米又盖了土,七级风应该掀不开的。"说完,他起身收拾碗筷,"你今天也累了,晚上早点休息,明天我们一早再去看看地膜的情况。"

余飞点头:"也只能先这样了。"

第二十四章　风灾

累得够呛的两人匆匆洗漱完就各自回房了。躺在床上,听着窗外一阵紧过一阵的风,余飞在床上翻来覆去,怎么也睡不着。

西贝村的四五月是多风季节,村民们大多五月中旬到五月底才播种。现在是四月初,余飞不知道这场风会持续多久。

白敬宇在屋里看着实时天气更新,这次大风天气预测的最大风速是七级,会持续五六个小时,今晚半夜到凌晨五点是风速最高的时候。

感觉到房梁上的灰嗖嗖往自己脸上头上掉,白敬宇没想到这里的七级风和海城的七级风会差别这么大。此时外面也开始下起了雨,听到雨点敲打窗户的声音,他对今天刚铺的膜也隐隐担心起来。

白敬宇睡不着,干脆起来打开电脑,想要实时观察棉田那边的情况,可黑夜大风加上雨水让摄像头画面里全是一片模糊,根本看不清棉田的情况,他只能依靠屏幕上面时时变动的数据来推测现场的情况。

白敬宇想到最坏的情况,要是明天地膜被损坏严重,那就需要重新播种、重新铺膜，之前的种子和膜就全都浪费了；不仅如此，还要把之前铺的那些先给挖出来清理掉……

白敬宇揉着太阳穴，这里有建筑物，风速还是这么大，棉田附近根本没有挡风的大树，估计情况更严峻。他叹了口气，看向屏幕上的时间，度秒如年。

早上天刚亮，白敬宇推开门出来的时候，发现余飞已经起来了，两个黑眼圈格外明显，不用说就知道昨晚没睡好。两人都没多余的话，开着摩托车就直奔棉田。

昨晚四五点的时候风和雨就已经停了，余飞一路上都在心里祈祷，她知道棉田上的地膜肯定会受损，也做好了心理建设，但当她亲眼看到时，还是被眼前的情况给震惊到了。

昨天刚播好的种、铺好的滴灌带，几乎全被大风刮飞了，没刮飞的也被吹得残破不堪。很多地膜甚至被吹到了最边缘那排白桦树上，让原本光秃秃的树枝上全都是"张牙舞爪"的膜。

白敬宇也有些傻眼了，没想到七级风能造成这么大的损坏。

"你不是说是播种的好日子，七级风没问题吗？"余飞转过头，压不住火气，质问白敬宇。她知道这件事不能全怪他，但她还是控制不住自己的情绪。

白敬宇看着她，想说他没想到会这样，看数据不应该会有这么大的破坏力，可话到嘴边，却一个字也说不出来。

余飞继续朝他吼："刚铺完就成了这样，你说怎么办？"

白敬宇昨晚已经想过补救计划了："接下来三天都是没风的天气，我们马上请人过来，在这三天之内清理好地膜和滴灌带，让棉田重新达到待播状态。这次是因为我的判断失误造成的损失，种子和滴灌带我来负责重新买。"

话已经说到这个份儿上了，余飞再气也只能先解决问题。

两人给文涛打了电话，文涛二话没说，跟村委组织了一众村民过来帮他们一起清理了废掉的地膜和种子。

文涛亲眼看到余飞他们受损的情况也惊了："这几乎百分之七十都要重新铺了？"

余飞沉着脸不说话。

白敬宇在旁边说："这次是我对当地的大风没有清楚的认知，所以预判失误。这百分之三十没有受灾的地块，我们先做好压膜防风工作，对于地膜破损处就进行人工压土。而滴灌棉田要将地头两端的地膜、滴灌带压好，地面支管要用东西固定，以防下一次大风再卷走地膜、支管和滴灌带。"

"那已经被损毁的部分呢？"

"针对大风刮起的地膜、滴灌带，有可能复位的就及时复位。无法恢复的就重播，收掉大管子、滴灌带，耧去残损地膜，耙地重播。这些活都要在三天内完成，因为三天后会有雨。"白敬宇已经看过天气数据了，所以这三天得分秒必争。

文涛看着这片被吹得七零八落的棉田："好，我尽量多给你们找些人。"他还想说，要是他们晚播几天就好了，这样就能避开这场大风。但看着余飞和白敬宇憔悴焦虑的脸，文涛把嘴边的话咽了下去。

村里人陆续赶过来帮忙，每一个看到这个景象的村民，都在暗自庆幸自己没蹚这个浑水。这些原本就抱着看好戏心理的村民，如今更是确定这个智能农业就是个狗屁。

因为付了工钱，来赚外快的村民每天都按时来"捡垃圾"，余飞和白敬宇更是天没亮就来，天黑了才走。这三天余飞和白敬宇都憋着一口气，两人虽然还是正常说话，但心头的那股憋屈没消，心结没解。

直到第三天，该修补的修补好了，重播的全都重播了，两人拖着疲惫的身体回到家，白敬宇问她："今晚想吃什么？我给你做。"看他累得够呛，依旧低下身段求和，余飞心里的火终于消了。

两人一起配合做了几个快手菜，余家父母这几天也在低压氛围内话都不敢多说一句，就怕哪句说得不好，女儿跟白总吵起来，白总一气之下，一走了之了。如今看棉田终于修复过来，两人总算迈过这道坎了，老两口这才放下心来。

吃完饭，余飞和白敬宇照例讨论后面的计划，余建国也想加入他们的讨论，被余妈拖回了房里。

"你干什么？"老余头不满地瞪媳妇。

"他们这都好几天没好好说话了,你去凑什么热闹？有什么话明天再说，睡觉。"余妈不由分说把房门关上。

转眼过了十天。

晚上吃完饭,白敬宇就把余飞叫到了房里,指着显示屏上的天气数据,有些担心道:"从今晚开始会有小雨,雨势一直持续到大后天。三天后会迎来新一轮的大风天,最高风速可达九级。"

"九级?"听到又有大风天气,余飞的心又提到了嗓子眼。这刚弄好不久的地膜,这风是逮着他们这只羊使劲薅羊毛是吧?之前七级风就已经让他们损失了百分之七十,再来个九级,这是让他们全军覆没吗?

看她脸色发白,白敬宇接着说:"我们还有三天时间。这次我们可以提前请人帮忙,沿地膜垂直方面的垄膜面上打好防风带,滴灌棉田压实滴灌带,防止滴灌带被风吹起。"

"嗯,我现在就给文涛打电话,让他帮我们找人。"

第二天一早余飞和白敬宇就去棉田了,余妈跟老头抱怨:"不是说有了机器就不用请人干活了吗?这才过了多久,都请多少次工人了,还一请就是几十个。这能不能赚到钱不知道,给出去的工钱肯定少不了。"

"你懂什么?这大风天又要来了,不请人,这么多地,他们两人能干得完吗?你那眼光能不能放长点,别光盯着眼前这仨瓜俩枣。"

"我能不盯吗?咱家现在都啥情况你不知道啊?"

老两口拌嘴的工夫,余飞和白敬宇已经到了棉田。

昨晚下了一晚上小雨,好在早上已经停了,而且看天色像是要准备出太阳的样子。这对余飞他们来说是个好事。

请的人陆续到了田边,白敬宇和余飞给他们说了要干的活和注意事项。大家都是种过棉花也受过风害的,不用他们说,村民们也知道要干什么和怎么干。

余飞交代完,自己就蹲下来开始清理掉膜上的积水。因为地膜播种行一般比垄低一些,降雨后膜上的积水就会存积在播种行上。如果积水过多,膜承受不住压力,容易破裂。如果让大量的雨水流入到播种行内,膜下湿度过大就会造成棉花烂种或是诱发病害。即便没有发生这些,地膜有积水也会影响到地膜的透光性和温度。所以在降雨后要及时清理地膜上的水珠,同时要在膜间中耕浅锄,破除板结的土壤,提高地温,有利于种子发芽。这些都是她在"新农天地"上学来的。

累了三天,举全村之力,总算是赶在大风天之前,把这六百亩棉田弄得"严严实实"了。村里的老人都说没见过把棉田护得这么金贵的。二叔和文涛也让余飞他们放轻松，说九级风在这儿也不算超级大风，这么细致的保护，棉田一定能挺过去的。余飞和白敬宇在大风来临前做了力所能及的准备，心里的确比第一次更有底了。

晚上余飞睡得迷迷糊糊，忽然听到微信声响，她拿出来一看，是白敬宇发来的一个实时风速截图，此时是凌晨三点，风力已经达到了十二级。

十二级？余飞瞬间就从床上翻坐起来。她穿上衣服开门，一阵雨夹着风灌进来。白敬宇房间一直开着灯，余飞顾不上找雨伞，直接冲到了白敬宇房里。"怎么会这样？为什么气象站测不出准确的风速？"余飞大声质问。

白敬宇一直看着显示器："中心风速忽然增强，我们离中心地带比较近。"

余飞听他声音沙哑，这才发现他两眼都是红血丝，身上穿着昨天的衣服，一看就是一晚上没合眼，一直盯着屏幕在看。

白敬宇的确一晚上没睡。他先是跟老蒋开了会，又处理了公司的事情，等他再看到棉田数据时就吓了一跳，这才忍不住给余飞发了信息。

"那我们现在怎么办？那些地膜扛得住吗？"余飞不忍心再怪白敬宇，但心里还是焦急，恨不能出去替那些小棉花种遭受风吹雨打。

白敬宇坐在椅子上不说话，他也不知道要怎么办。他一向是个无神论者，但此时他只想祈祷。

天刚蒙蒙亮，雨还在淅淅沥沥下着，忐忑不安的白敬宇和余飞已经等不及了，套上雨衣就开着车出去了。

来到棉田，余飞差点两眼一黑，一头栽在地上。如果说上次只有百分之七十受灾，那这次，就是实打实的全军覆没了。

这次连那些白桦树都被刮断了，他们小心翼翼呵护的地膜被风吹得四分五裂。整个棉田就没一处完好的地膜，白色条膜迎风招展，像是在跟两人示威。

"我们明明做了这么多防护，为什么还是这样？"余飞在雨里发了疯似的冲向棉田喊，连续两次的打击让她溃不成军。这些被风吹掉的，是她的心血和希望，是她跟命运对抗的砝码，是她留住余爸最后的机会。这一次，她全输进去了。

余飞像是魔怔了一样，蹲下开始挖捡地上的种子。指甲插进泥里，出了血她也不管，执意要捡回地上被风吹翻的种子。

"别捡了。"白敬宇拉住她。

余飞甩开他的手，继续蹲下去捡。

"余飞，我让你别捡。"白敬宇抓住她的双手，提高音量，"别捡了！"

"这是我的农场，这是我的希望，我为什么不捡？你凭什么不让我捡？"处在失控边缘的余飞推开他。

"你就算把这几颗种子捡起来了又能怎样？我们现在当务之急是想办法补救。"

"怎么救？你睁开眼看看，我们的农场全被摧毁了，毁了。"挣脱不开的余飞呜呜哭了起来。她向来是有泪不轻弹的性子，可现在，她实在是忍不住。她只是想通过自己的努力，过上更好的生活，为什么就这么难呢？以前的她想在海城好好工作，他们把她赶了回来。现在她想在村里好好种棉花，老天又把棉田毁了。她这辈子到底做错了什么，才会经历一次又一次的磨难？

白敬宇看过余飞吓唬人的样子，看见过她杀猪的样子，见过她各种彪悍的样子，却是第一次看到她在雨中哭得稀里哗啦的样子。他有些束手无策，想要把她扶起来，却被她一把推开。

余飞压抑了太久，此时她要是不发泄出来，她今天就要疯了：

"白敬宇你离我远点，我就是鬼迷心窍了才让你入什么技术股。今天这一切都是我活该。在海城被你公司害的时候我就应该清醒的，但凡是跟你沾边的事，就没一件好事。"

白敬宇怔住，海城？她被他公司害？"什么意思？在海城的时候你就认识我？"

余飞情绪激动："我不仅认识你，还恨你恨得咬牙切齿。要不是因为你和你的云上科技，我现在还好好地在仕达上班，根本就不用回来种什么棉花，更不会被你一而再、再而三地戏耍。你口口声声说要用科技兴农，要帮着我一起把棉花种好。可现在呢，明知道这个月份是大风天，却还要提前播种。你睁开眼看看这些被狂风掀翻的滴灌带和棉种，村里没一家棉农像我一样，没到播种季节就遭了两次风灾。看在我救过你的分儿上，你放过我吧！你的云上科技已经把我逼出海城了，我举报不了它，求你不要再来祸害我了。"

余飞话里的信息量太大，白敬宇一下没反应过来。她丢工作跟云上科技有关？她要举报云上科技什么呢？

雨越下越大，白敬宇一把拉住她的手，想把她拽进不远处的小棚子里。可余飞根本不听他的，一意孤行地想要在雨中收拾棉田里的残骸。两人就这么在雨中拉拉扯扯，女人的力气总归比不过男人，她最终还是被他拽走了。

或许是刚才在外面把力气用光了,进了小棚里,余飞瞬间就像是被抽光了力气的人偶,整个人眼看要滑到地上。白敬宇扶着她的肩膀,脱掉她身上的雨披让她坐下来。这才认真问道:"你刚才说的话是什么意思?把话说清楚。"

余飞经过刚才的情绪发泄,此时已经稳定下来。

她木木地看向白敬宇,终于缓缓开口,把她如何在工作中看到云上科技造假,然后被云上科技的人逼回了农村,再到他出现在村里,她走投无路跟他合作,现在又再次面临破产的事一五一十地全说了出来。如今农场毁了,她贷的款也打了水漂,后面会怎样她不知道。她只是觉得受够了生活的窝囊气,就算知道白敬宇跟她被云上科技赶出海城这事没有关系,她也要发泄。谁让他是云上科技的创始人?

白敬宇没想到她和他之间竟然还有这么多事,所以她才会在知道他身份的时候,翻脸不认人:"你刚才说的每一句都是真的吗?"

余飞已经喊得没了力气:"白敬宇,我可以对我说过的每一个字负责。"

白敬宇也看着她:"余飞,如果你刚才说的那些是真的,我愿意为你讨回公道。"

余飞苦笑一声:"你连自己的公道都讨不回来,你还怎么帮我?这个棉花农场就当是我吃一堑长一智,是我赚钱太心急了,我活该得到这个教训,我们的合作就到这里吧。"

"这是天灾,不是我们任何人的错。"

余飞看着棚外的棉田,吸了吸鼻子,心灰意冷道:"现在说谁的错又有什么意义?什么灾都要有人出来买单!我们一人买了一次,扯平了。我不欠你的,你拿着你所有东西走吧。"

白敬宇沉声说:"余飞你听着,我做事从不喜欢半途而废。我既然说了要跟你合作把棉花种出来,就一定要种出来。我们的合作时间是一年,我不会走的。"

余飞甩开他的手,深吸一口气:"我已经没有资本再来一次了,我认命了。"

"余飞,我们是遇到了挫折,但还远不到认命的时候。你还有机会,我们还有机会。"

余飞木然地看向他:"你什么意思?"

"这次的损失,保险公司会来买单。经过上次的风灾之后,我就给棉田上了保险,所以,我们还有机会。不到最后,我们谁也不能放弃。"

窗外淅淅沥沥的雨终于停了。白敬宇双手扶着她的肩膀:"余飞,人不可能一直倒霉。否极泰来,我们会挺过去的。"

余飞看向外面的天空,余爸还在等着她赚钱去做手术,她不能就这么放弃了。白敬宇说得对,现在还不是认命的时候。

文涛和村委的人陆续赶来,这次看到受灾的情况,连文涛都没法再给余飞打气了。不少村民赶过来是为了看热闹的,但在看到现场的灾情后,没人再说一句风凉话。都是庄稼人,知道遇上这样的情况是怎样的后果。同理心让他们对余飞生出了同情。

不知是谁开始第一个上去捡地上的地膜和滴灌带的,村民们不用文涛吩咐,自发地一个接一个地开始弯腰帮着清理。没有人说话,这种清理村民们前不久刚干过,每个人都极其熟练。所有人都加入了这场无声的清理行动。

站在小棚里的余飞看着这一切,刚止住的眼泪,又默默流了下来。这里贫穷落后,充斥着愚昧和是非,但也有着人和人最质朴的善意。正是这些善意,让棉田的满目疮痍,又重新焕发了生机。

白敬宇给保险公司打完电话,文涛沉着脸把他拉到一边:"白总,当初你是怎么跟我保证的?我知道这天灾怨不得你,但你不是说你有仪器,可以预测到灾害发生,可以提前预防吗?这都已经是第二次了,这就是你的预防?这就是你的先进仪器计算出来的?你看看你把飞哥都坑成什么样了!"文涛是恼火的,当初是他极力促成了飞哥和白敬宇的合作。如果当初不是他,说不定飞哥现在也不会这么惨。

白敬宇能理解他此时的心情,他又何尝不生自己的气?如果他设计出来的产品能够更精确些,这些事情都是可以避免的。他知道所有的设计和改进都要有过程,但他还是不能原谅自己。白敬宇一句话都没为自己辩解:"文书记,这件事我有不可推卸的责任,这些我都知道。但现如今不是追责的时候,我们先把受灾的面积全都统计出来,一会儿保险公司会过来。我们抓紧时间,做好抗灾救灾工作,然后重新把种子再播上,不能耽误今年的播种时间。"

"你还要播种?"文涛一脸不可置信。

"当然。"

"飞哥怎么说?"

"我和她不到最后一刻，都不会放弃。"

看他坚持，文涛气得指着他："白敬宇我跟你说，再一再二，没有再三再四。你要是再敢坑飞哥，我第一个饶不了你。"

这次的风灾全村因为只有余飞他们提前播种，所以受灾也只有他们一户受灾。保险公司来得很快，确定了赔付范围。

清理完垃圾，拿到赔偿款，余飞和白敬宇又重新买了种子和地膜。两人又开着机器来到了棉田边上。

有了这两次风灾的经验，白敬宇和余飞都极其谨慎。吃一堑长一智，两人在铺膜播种时特意把方向跟当地的风向垂直，以避免风沙长距离流动损伤棉苗。同时在播种的时候，白敬宇还想到了把棉花种子和玉米种子一起播的办法。棉花从播种到出苗都伴随着风沙季，如果把玉米种子播在棉花种子旁边的一列，玉米种子长得快，等棉花种子出苗的时候，玉米种子已经形成了一列列挡风墙了，这多少能让棉苗少受到风沙的连续侵袭。

除此之外，余飞还请村民用铁丝或绳子将棉秆、小麦秆、玉米秆等捆扎成直径30cm、长60cm的成品草把，放在地膜两边，用来抵挡风沙。

智慧都是在环境中锻炼出来的，除了地膜，在播后24小时内，他们顾不上休息，又布管滴水，控制好了滴水量，防止倒春寒引起棉苗生病。为了压好滴灌带两端，白敬宇和余飞在滴灌带两端地头挖一小坑，将滴灌带末端埋入坑中，用脚踩实防止滴灌带被风吹起。

忙活了一周的两人看着重新收拾好的棉田，终于松了一口气。光是播种这一个程序，他们就弄了三次。即便是这样，他们的播种时间也比传统种植早了一个月。

晚上，累得虚脱的余飞洗完澡躺在床上，她告诉自己：别人干了一次的事他们干了三次，就冲这份打不倒的精神，他们的棉花农场也一定能挺到最后。